Knaur.

Knaur.

Im Knaur Taschenbuch Verlag ist bereits folgendes Buch der Autorin erschienen:
Himmelblau und Rabenschwarz

Über die Autorin:
Lolly Winston arbeitet als freie Journalistin und hat für verschiedene Magazine geschrieben. Sie lebt mit ihrem Mann in Kalifornien. »Sommertau und Wolkenbruch« ist nach »Himmelblau und Rabenschwarz« ihr zweiter Roman und war in den USA wieder ein Bestseller.

LOLLY WINSTON

Sommertau und Wolkenbruch

Roman

Aus dem Amerikanischen von
Georgia Sommerfeld

Knaur Taschenbuch Verlag

Die amerikanische Originalausgabe erschien 2006 unter dem Titel »Happiness Sold Separately« bei Warner Books, New York.

Besuchen Sie uns im Internet:
www.knaur.de

Vollständige Taschenbuchausgabe Juli 2008.

Ein Unternehmen der Droemerschen Verlagsanstalt
Th. Knaur Nachf. GmbH & Co. KG, München

Redaktion: Gerhild Gerlich
Umschlagabbildung: FinePic, München/Illustration Alexandra Dohse
Satz: Adobe InDesign im Verlag
Druck und Bindung: CPI – Clausen & Bosse, Leck
Printed in Germany
ISBN 978-3-426-63607-7

2 4 5 3 1

In Erinnerung an Lindy Winston

Es ist nicht unterhaltsam,
den Untergang des Helden einer Tragödie mitzuerleben,
der durch und durch tugendhaft
oder durch und durch verdorben ist.
Aristoteles

»Die Liebe macht nicht alles schöner,
sie ruiniert einfach alles.
Sie bricht dir das Herz. Sie bringt alles durcheinander.
Wir sind nicht hier, um vollkommen zu sein.
Schneeflocken sind vollkommen.
Die Sterne sind vollkommen.
Wir nicht.«
Ronny Cammareri, *Mondsüchtig*
(John Patrick Shanley, Drehbuchautor)

1

Elinor Mackey räumt ihre Handtasche aus, um sie leichter zu machen, und fragt sich, wie ein kaputter Rasensprengerkopf unter ihre Sachen geraten sein könnte, als sie erfährt, dass ihr Mann Ted eine Affäre hat.

Während sie sich in der Wärme ihrer schwach beleuchteten Waschküche mit ihrer Handtasche beschäftigt, versucht sie, die Energie zu mobilisieren, um die mehr als hundert beruflichen E-Mails durchzugehen, die sich auf ihrem Laptop, ihrem ständigen Begleiter, angesammelt haben. *(Russische Teenies mit Winzigen Titties* stecken in ihrem Spam-Filter fest. Soll sie sie freilassen? Finden Männer so was *gut?)* Vielleicht sollte sie eine Spankopita für den Abend mit ihrem Lesezirkel machen. Ja, alle sollten ein griechisches Gericht kochen, denn schließlich lesen sie zurzeit die *Ilias.* Neuerdings kommen Elinors Gedanken ständig vom Weg ab – wie die Hand eines Kindes, die beim Ausmalen eines Bildes nicht innerhalb der Konturen bleiben kann, sondern mit dem Stift quer über das Blatt fährt, so dass der Baum blau wird und der Himmel braun. Sie nimmt den Rasensprengerkopf in die Hand, und ihr fällt ein, dass sie damit zum Eisenwarenladen fahren wollte, um einen neuen zu kaufen. Das ist ein Trick, den ihr Vater sie gelehrt hat: Nimm das kaputte Teil mit, dann hilft dir in der Regel ein Angestellter, ein neues zu finden, und erklärt dir, wie du es anbringen musst. Elinor beschließt, ihrer Freundin Kat wegen des griechischen Essens Bescheid zu sagen, doch als sie anrufen will, hört sie Teds Stimme in der Leitung.

»Gina, *oh, Gina*«, flüstert er.

Elinor hält den Atem an. Ihr Blick wandert zu den Waschmittelboxen auf dem Bord über der Maschine.

»Du fehlst mir«, sagt, wer immer diese Gina ist, leise.

Der Rasensprengerkopf entgleitet Elinors Hand und landet klappernd auf dem Boden. Sie schaltet den Trockner aus. *Ted? Eine Affäre?*

»Was war das für ein Geräusch?«, fragt Ted.

»Ich habe nichts gehört«, antwortet Gina.

Oder ist vielleicht jemand Fremdes in der Leitung? Immerhin gibt es dieses seltsame Phänomen, dass man zufällig in das Telefonat eines Fremden hineingerät. Elinor hat das schon einmal erlebt. Sie tippte eine Nummer ein, und plötzlich wurde sie Zeuge eines Gesprächs, in dem ein Schüler einen Lehrer zu überreden versuchte, ihm eine bessere Note zu geben.

»Wir können uns nicht mehr so oft sehen«, sagt Ted. Nein, das ist kein Fremder. Es ist definitiv Ted, der da mit einer schniefenden Gina spricht. Ted, der es hasst, auf Partys zu gehen und neue Menschen kennen zu lernen! Ted, der in zerrissenen Flanellpyjamahosen mit Cowboy- und Indianer-Design darauf schläft.

Elinor wendet den Mund von der Sprechmuschel ab und bläst die angehaltene Luft in den Raum wie Zigarettenrauch.

»Reden wir doch heute Abend darüber«, bittet Gina. »Ich habe um sechs Schluss. Lass mich dir was *kochen.*« Sie stöhnt das Wort *kochen,* als sei es ein lasziver Akt.

»Okay«, stimmt Ted zu, aber Elinor könnte schwören, dass Angst in seiner Stimme mitschwingt.

Eine *Affäre.* Elinor wartet darauf, dass Eifersucht sie in Rage versetzt. Stattdessen verspürt sie Mitleid. Für Ted. Für ihre Ehe. Und Erschöpfung. Sie kriecht an ihrer Wirbelsäule hinauf und drückt ihren Kopf nach unten.
Elinor presst ihre leere Handtasche an die Brust. Der Inhalt ist über den Trockner verstreut. Auf der Uni hatte sie eine, die groß genug war, um darin einen Sixpack in ein Rockkonzert schmuggeln zu können. Ihre jetzige enthält eine teure Lederbrieftasche, die beinahe aus den Nähten platzt vor Kreditkarten und Quittungen, einen Palm Pilot, eine Lesebrille, ein Handy, Migränetabletten, einen Concealer für dunkle Augenringe mit dem hübschen Namen »Vergebung in einer Flasche« und einen riesigen Bund Schlüssel, von denen einige ihr ein Rätsel sind.
Ted und Gina legen auf. Elinor presst das Telefon an ihre glühende Stirn. Ted hat eine Affäre. Ihre Ehe geht kaputt.
Lauf zu ihm und sag ihm, du musst mit ihm reden, fordert sie sich auf. *Und dann mach einen Termin mit der Eheberaterin.* Da spricht die nüchterne Vernunft, die Elinor durchs College, durch das Jurastudium und durch fünfzehn Jahre als Anwältin für Arbeitsrecht und Arbeitsverhältnisse bei mehreren Hightech-Firmen in Silicon Valley brachte. Doch neuerdings ist ihre Tüchtigkeit einem überwältigenden Drang gewichen, sich hinzulegen. Einer Erschöpfung, die ihr in den Knochen steckt wie eine Grippe.
Das Leiden stellte sich ein, nachdem sie und Ted ihre Bemühungen aufgegeben hatten, ein Kind zu bekommen. Ein Jahr lang versuchten sie es auf eigene Faust und ließen sich dann auf zwei Jahre Tests und Behandlungen ein, darunter drei intrauterine Inseminationen und zwei In-vitro-Fertilisationen. Elinor wurde einmal schwanger, erlitt jedoch schon

früh eine Fehlgeburt. Trotzdem gab es ihnen Hoffnung. Sie wünschte sich *zwei Söhne* – sie liebt Jungen. Stattdessen bekam sie die Diagnose »Ungeklärte Unfruchtbarkeit« (wahrscheinlich altersbedingt, meinte der Arzt), sattelte zwanzig Pfunde drauf und litt unter hormonbedingter Unberechenbarkeit. Als ihr vierzigster Geburtstag auf sie zukam, fühlte sie sich wie ein unbrauchbares Nutztier, das man schlachten sollte.

»Ist es dir recht, wenn ich mir einen Testosteron-Film ansehe?«, ruft Ted den Flur herunter und reißt Elinor damit aus ihren Gedanken. Erst jetzt wird ihr bewusst, dass sie vor dem offenen Trockner steht und eine Socke in der Hand hält.

»Mmm«, sagt sie. Es kommt öfter vor, dass Ted und sie getrennt ins Kino gehen. Sie mag künstlerische und Zeitgeist-Filme, während Ted das Hau-drauf-Genre bevorzugt. *Stell ihn zur Rede!* Die Socke zittert in ihrer Hand.

»Bist du da?« Besorgnis schwingt in Teds Stimme mit.

»Einen Film?«, ruft Elinor zurück. »Klar. Viel Spaß!« Sie klingt zu begeistert, übertrieben fröhlich. »Warte«, sagt sie leiser. Sie hört Ted den Flur entlanggehen und durch die Küche. Dann grummelt und quietscht das Garagentor. *Tu was!* Sie lässt die Socke fallen und rennt den Flur hinunter. *Fahr ihm nach.* Auf dem Weg zur Garage fällt ihr ein, dass ihr Wagen in der Werkstatt ist. Sie macht kehrt, stürmt zur Terrassentür hinaus und zwischen den Büschen hindurch zu ihrer Freundin Kat hinüber, um sich deren Minivan zu borgen.

»Ich erklär's dir später«, keucht sie, als sie Kat die Schlüssel aus der Hand reißt.

Kat, auf deren kurzem, dunklem Haar eine Baseballkappe sitzt, schaut nach unten und deutet auf Elinors Füße. »Du bist barfuß«, sagt sie, doch es ist eine reine Feststellung, keine Kritik. Kat äußert so gut wie niemals irgendeine Kritik am Verhalten eines anderen Menschen.

Elinor holt Ted bei dem Stoppschild am Ende ihrer Straße ein. Sie schnappt sich Kats Sonnenbrille, die, wie sie weiß, immer hinter der Sonnenblende klemmt, und duckt sich. Die Luft im Wagen ist augusthitzestickig, und sie schaltet die Klimaanlage ein. Auf dem kleinen Bildschirm hinten im Van läuft »Der König der Löwen«. Elinor hat keine Ahnung, wie man dem verdammten Ding den Saft abdrehen kann. »Hukuna matata!«, ruft irgendein Tier, während sie wie wild auf die Tasten einschlägt.

Ted überrascht sie damit, dass er in den Parkplatz ihres Fitnesscenters einbiegt. Elinor schlägt zu scharf ein, und der Wagen rumpelt über den Randstein. Eine Frau, die vor dem Eingang steht, winkt Ted zu. Elinor kennt sie von ihren sporadischen Ausflügen ins Center: Sie arbeitet dort als Trainerin, ist Anfang dreißig und hat glattes, hellbraunes Haar, das bis zu dem kleinen, festen Apfelpo reicht, um den Elinor sie glühend beneidet. Manchmal trägt das Mädchen einen untersetzergroßen Anstecker auf ihrem eng anliegenden »Fragen Sie mich nach *The Zone!*«-T-Shirt. Elinor bleibt im hinteren Teil des Parkplatzes stehen und beobachtet, wie die Trainerin zu Ted ins Auto steigt und ihre Sporttasche auf den Rücksitz wirft.

Elinor folgt ihnen auf den nach Süden führenden Freeway. Ein paar Ausfahrten später biegen sie ab und fahren durch ein ihr unbekanntes Viertel. Schließlich hält Ted vor einem Healthy-Oats-Laden. Die Frau – Gina, es *muss* Gina sein – steigt aus und macht einen kleinen Luftsprung, als habe er sie zu Tiffany's gebracht. Als sie seine Hand nimmt, sieht er sich verstohlen um. *Ted! Du hältst am helllichten Tag Händchen mit deiner heimlichen Flamme?* Er entzieht ihr seine Hand, doch sie scheint sein Unbehagen nicht zu bemerken, denn sie drängt sich eng an ihn, als sie auf das Geschäft zugehen. Elinor schaltet die Zündung aus und wartet. In ihrem Viertel gibt es ebenfalls eine Healthy-Oats-Filiale, doch Elinor war nur ein paarmal dort, um kreidige Proteinshakes zu kaufen, denn die Preise waren haarsträubend.

Vielleicht ist *das* hier die Erklärung für den Leinsamen.

Etwa vor einer Woche, als sie nach einem Regenschirm suchte, fand sie eine Pfundpackung Körner auf dem Rücksitz von Teds Wagen – aus einem Naturkostladen, in dem sie kaum je einkauften. Bei näherer Untersuchung stellte sie fest, dass es sich um kleine, honigbraune Samen handelte, die glatt und glänzend durch die Plastikhülle schimmerten. Ein zweiter Beutel enthielt ein feines, goldfarbenes Pulver. *Gemahlene Leinsamen.*

»Wofür sind die?«, fragte sie und stellte die beiden Beutel auf die Frühstückstheke.

Als Ted sich vom Spülbecken zu ihr umdrehte und die Tüten sah, zuckte er regelrecht zusammen und wurde dunkelrot.

»Das … das ist Leinsamen«, stotterte er.

»Okay.« Elinor lachte. »Ich wollte nicht indiskret sein.« Großer Gott. Er reagierte, als hätte sie ihn mit Pornos oder Zigaretten erwischt.

Ted stürzte sich in eine unnötig ausführliche Erklärung, weshalb Leinsamen und Leinsamenpulver die gesündeste Methode seien, die notwendigen Ballaststoffe zu sich zu nehmen. Leinsamen sei reich an Fasern, Omega-3-Fettsäuren und Lignin, was immer das auch wäre. Das habe Dr. Edwards gesagt. Wenn man Kohlenhydrate esse, müssten es komplexe sein.

»Klingt gut«, meinte Elinor. »Wann hast du Dr. E. denn gesehen?« Auch diesmal war es nicht als Verhör gemeint – sie ver-

suchte lediglich, mit ihrem Mann zu reden. Sie redeten in letzter Zeit so wenig miteinander.
»Letzte Woche.«
»Auf der Tagung in Monterey?«
Ted ist Arzt, ein Fußspezialist, und hat die gesamte vergangene Woche auf einer Tagung seiner Fußarztkollegen verbracht. Dr. Edwards aber ist praktischer Arzt.
»Auf dem Golfplatz.«
Ted hasst Golf. Für gewöhnlich schafft er es auf Tagungen, sich darum zu drücken, doch vielleicht hat er plötzlich Geschmack daran gefunden – wie an Leinsamen.
»Ich mache dir Leinsamenpfannkuchen«, erbot er sich, drehte endlich den Wasserhahn zu und trocknete sich die Hände ab.
»Okay«, sagte Elinor. »Ich bin gespannt.«
Irgendwo ist eine Autoalarmanlage angegangen, und das penetrante Geräusch weckt in Elinor den Wunsch, Kats Minivan geradewegs in die dekorative Pyramide aus Äpfeln und Erdbeeren vor dem Laden zu steuern. *Ruf die Eheberaterin an,* fordert sie sich auf, *und mach gleich für morgen einen Termin.* Doch sie hat ihr Handy zu Hause gelassen, ebenso wie ihre Brieftasche und ihre Schuhe. Sie mag die Kokon-Atmosphäre des sonnigen Therapiezimmers, die Orientteppiche, die deckenhohen Bücherregale, die Staubpartikel, die träge in der Luft schweben. Als sie und Ted darüber sprachen, wie die Unfruchtbarkeit ihr Sexleben ruiniert hatte, nickte die Eheberaterin – Dr. Brewster – mitfühlend und meinte, das sei üblich. Als Ted darüber klagte, wie jähzornig und abweisend Elinor geworden sei, erklärte Dr. Brewster ihm, dass die Hormone diese Stimmungsschwankungen verursachten – Elinor könne nichts dafür.
Während der ersten Monate mit Prozeduren und Arztermi-

nen hat Elinor es geschafft, den Hormonterror zu bekämpfen. Sie praktizierte Yoga und Visualisierung und belegte einen Kurs für Aquarellmalerei. Sie sah im Geist winzige Osh-Kosh-Latzhosen und Cowboystiefel. Das Labor bewertete ihre ersten beiden Embryos während der ersten In-Vitro mit einer glatten Eins, der besten Note, auf die man hoffen konnte. Elinor spielte mit dem Gedanken, sich einen Aufkleber für die Stoßstange machen zu lassen: *Meine Embryos haben vom Stanford Hospital eine glatte Eins bekommen!* Aber es ging schief.

»Irgendwas stimmt nicht mit mir«, insistierte sie.

»Es ist nicht deine Schuld«, widersprach Ted und nahm sie in die Arme. »Ich liebe dich. Lass uns eine Pause einlegen. Lass uns nach Paris fliegen.«

Elinor stieß ihn weg. »Non, merci«, lehnte sie brüsk ab.

Während der zweiten In-Vitro, irgendwo um die zwanzigste Injektion herum, die Ted ihr gab, gewannen die Hormone die Oberhand. Elinor knallte Türen und schrie ihn an. Alles war seine Schuld. Schlechtes Wetter? Eine Reifenpanne? Eine anstrengende Konferenz? Sie kreidete es Ted an.

Eines Morgens wollte sie das Stäbchen eines Heim-Schwangerschaftstests mit einem Hammer zertrümmern, ein undurchführbares Unterfangen, wie sich herausstellte. *Gib mir die zweite. Rosa. Linie.* Sie legte das Stäbchen auf ein Zellstofftuch, wusch sich die Hände und schloss die Augen. Sie öffnete sie. Nichts. Wie von Sinnen rannte sie in den Allzweckraum, riss den Hammer aus dem Werkzeugkasten, rannte ins Bad zurück und zertrümmerte das Stäbchen. Besser gesagt, sie *versuchte* es. Der erste Schlag bewirkte gar nichts. Der zweite splitterte ein Stück vom Waschbecken ab, hinterließ auf dem Stäbchen jedoch nicht einmal eine Delle. Außer sich vor Wut und Verzweiflung drosch sie laut schluchzend immer und immer wieder mit dem Hammer auf das Stäbchen ein. Ihr Gesicht glühte, und sie spürte Speichelfäden aus ihrem Mund hängen. Irgendwann verließen sie die Kräfte, und sie sank im Schneidersitz zu Boden und drückte den Hammer wie ein Kind an ihre Brust. Ted stieß die Tür auf und starrte Elinor an wie eine Fremde auf der Straße, mit der er nichts zu schaffen haben wollte. Sie hatte sich noch nie so abstoßend gefühlt. In diesem Moment setzte die Erschöpfung ein, senkte sich, schwer wie eine Röntgenschürze, auf ihre Schultern.

Die Eheberaterin empfahl Ted und Elinor, sich eine Behandlungspause zu gönnen, Urlaub zu machen, zum Essen auszugehen, sich massieren zu lassen. Dr. Brewster dachte dabei an eine *gemeinsame* Pause, doch Elinor macht sie für sich allein, hat sich von Ted und von ihrer Wut zurückgezogen – in die Waschküche. Sie empfindet es als tröstlich, Wäsche zu waschen und zusammenzulegen. Es ist eine Aufgabe, die sich leicht bewältigen lässt. Sie wäscht kleine, unnötige Ladungen, nur um sich von dem Brummen des Trockners einlullen zu lassen. Ganz besonders mag sie das Klimpern von Knöpfen und Reißverschlüssen. Es ist wie ein Metall-gegen-Metall-Metronom, das ihr innere Ruhe schenkt, während sie auf den blauen Bildschirm ihres Laptops starrt, den sie zwar immer bei sich hat, an dem sie jedoch niemals wirklich arbeitet. Als ihre Kräfte nachließen, hörte sie auf, die Wäsche nach Farben zu sortieren, und jetzt hat ihre gesamte Kleidung eine undefinierbare Schlechtwetterfarbe. Ted scheint es nicht aufzufallen. Er ist immer dankbar, niemals pingelig. »Lass mich dir helfen«, sagt er jedes Mal, wenn er Elinor in der Waschküche findet. »Du sollst das doch nicht tun.«

»Warum nicht?«, fragt Elinor dann aggressiv. Wie ist sie nur an einen Ort geraten, wo es als merkwürdig angesehen wird, dass sie ihre Unterwäsche wäscht?

Ted bringt ihr Blumen mit und kocht Suppe für sie. Elinor dankt es ihm nicht angemessen. Ihr Sexleben hat sich auf null reduziert. Sex führt zu Enttäuschung. Elinor wäscht wie besessen und liest Romane, verkriecht sich in die tröstliche Vertrautheit der Klassiker, die sie auf dem College las. *Anna Karenina, Das Zeitalter der Unschuld.* Währenddessen trainiert Ted wie besessen im Fitnesscenter. Genauer gesagt, Elinor *dachte* es bis heute.

Was machen Ted und Gina-aus-dem-Fitnesscenter bloß so lange da drin? Küssen sie sich neben der Bulgur-Tonne? Geländewagen füllen den Parkplatz des Geschäfts, alle kaufen fürs Dinner ein. Elinor ist sich nicht sicher, was sie tun wird, wenn die beiden herauskommen. Sie versucht, sich in Rage zu bringen. *Magersüchtige Müsli-Nutte!*

Endlich erscheinen Ted und Gina, jeder mit einer großen Lebensmitteltüte. Aus Papier, nicht aus Plastik. Zum ersten Mal fällt Elinor auf, wie dramatisch Ted abgenommen hat. Er hat die fünfzehn Pfund zwar irgendwann erwähnt, doch sie bemerkt erst jetzt, wie die Hose an ihm hängt. Ihr Mann ist ein in die Jahre kommender Highschool-Footballstar-Typ – stämmig, mit breitem Brustkorb, ausladenden Schultern, einem jungenhaften Gesicht und liebenswerten Krähenfüßen. Gina lächelt zu ihm auf und pustet sich dabei eine hellbraune Strähne aus dem Gesicht. Elinor wird plötzlich bewusst, dass sie, seit die beiden in dem Laden verschwanden, das Lenkrad umklammert hält, und zwar so fest, als fahre sie um eine scharfe Kurve. Ginas schwarze Leggings umschließen lange, muskulöse Beine und lassen über den weißen Knöchelsöckchen einen Streifen gebräunter Haut sehen. Elinor streckt der Wut in ihrem Bauch die Hand hin, versucht, sie zu locken. *Hey, Sandy Duncan! Zieh dir eine Hose an, verdammt, und komm raus!* Für einen Moment malt sie sich eine öffentliche Szene aus, Teds schlimmsten Albtraum. Er würde alles tun, um eine Szene zu vermeiden. Sie könnte *Ted, du verdammter Mistkerl!* quer über den Parkplatz schreien, aber damit würde sie sich genauso demütigen wie ihn.

Elinor folgt Ted und Gina weiter durch die gewundenen Straßen des ihr unbekannten Viertels. Ted scheint mit der Route vertraut zu sein. Wie es aussieht, sprechen er und Gina während der Fahrt nicht miteinander. Sie schaut aus ihrem Fenster und er geradeaus, ohne je einen Blick in den Rückspiegel zu werfen. Elinor schafft es endlich, dem »König der Löwen« den Ton abzudrehen, doch die Zeichentrickfiguren flackern noch immer auf den Rückfenstern des Minivan.

»Hab ich schon erwähnt, wie entsetzlich peinlich mir dieses Auto ist?«, fragt Kat, Hausfrau und Mutter von Beruf, Elinor tagtäglich. Sie wurden schnell Freundinnen, als sie entdeckten, dass sie den gleichen trockenen Humor besitzen und beide Jura studiert und damals ein bisschen zu viel gefeiert hatten. Elinor sieht in Kat den Weg, den sie nicht eingeschlagen hat – eine Mutter mit drei Söhnen, die es lieben, im Vorgarten mit ihr Touch-Football zu spielen –, und Kat sieht in Elinor den Weg, den *sie* nicht eingeschlagen hat – eine erfolgreiche Unternehmensjuristin, deren Ehemann strahlt, wenn er davon schwärmt, wie gut seine Frau ihre Sache macht. Die meisten ihrer Freundinnen ziehen beides durch – die gut bezahlte Stellung *und* die fabelhaften Kinder –, aber Kat und Elinor haben einander gestanden, dass sie sich das niemals zugetraut haben.

Schließlich biegt Ted in einen Reihenhauskomplex ein, und

Elinor fragt sich, was sie als Nächstes tun soll. Bis vor kurzem war sie ein Ass im Problemlösen, schlichtete Gehaltsstreitigkeiten, wendete Prozesse ab, händelte schwierige Angestellte – einen Angestellten, der seine Medikamente nicht genommen hatte und darauf beharrte, dass der CFO, der Finanzdirektor, über sein Autoradio mit ihm sprach; eine Angestellte, die versuchte, ihre Hochzeitstorte in ihrer Spesenabrechnung geltend zu machen –, und so möchte sie jetzt auch eine einfache Lösung für das Gina-Problem finden. In Gedanken stellt sie zu Hause im Wohnzimmer eine weiße Tafel auf und bittet Ted, sich aufs Sofa zu setzen. Sie schreibt *Gina* auf die Tafel und atmet dabei den giftigen Geruch des löschbaren Markers ein. Dann streicht sie den Namen mit einem großen X durch.

Als Ted parkt, fährt sie vorbei, merkt sich, auf welches Haus die beiden zueilen, und fährt auf den Besucherparkplatz. Die spitzen Kieselsteine auf dem Weg bohren sich schmerzhaft in ihre nackten Fußsohlen. Die Wasserstrahlen eines Rasensprengers stechen wie Nadeln auf ihre Waden ein, während sie auf Ginas Garten zusteuert.

Hinter einer Reihe frisch gepflanzter Pappeln geht sie in die Hocke und späht aus ihrer Deckung über die Terrasse und durch die offene Glasschiebetür. Hoffentlich kommt Gina nicht auf die Idee, die Vorhänge zuzuziehen. Ted sitzt in der offenen Küche-Wohnzimmer-Esszimmer-Kombination im Parterre an der Frühstückstheke und trommelt mit den Fingern auf die Platte. Gina kommt in einem kurzen Kimono die Treppe heruntergehüpft. Das nasse Haar ist glatt zurückgekämmt, das Gesicht ungeschminkt. Sie braucht kein Make-up und auch keinen Föhn. Ihre Figur ist makellos. Unwillkürlich gleitet Elinors Hand zu ihrem Bauch.

Gina macht sich daran, Gemüse zu schnippeln. Als sie es in einen Wok wirft, bläht sich eine riesige Dampfwolke der Decke entgegen. Sie redet, während sie kocht, nickt zuerst nachdrücklich, schüttelt dann unsicher den Kopf und fährt sich schließlich mit dem Kimonoärmel über Wangen und Nase. Ein Streit? Ted ist bedrückt. Das erkennt Elinor an seiner Haltung: Wenn er bedrückt ist, zieht er die Schultern nach vorne. *Er liebt dich nicht, Gina!,* erklärt Elinor den Pappeln. Bestimmt sind die beiden im Begriff, sich zu trennen. Doch plötzlich steht Ted auf und tritt von hinten an Gina heran, zieht sie vom Herd weg, schlingt die Arme um ihre Taille und lässt seine Hände im V-Ausschnitt ihres Kimonos verschwinden. Gina schließt die Augen und lehnt den Kopf an seine Brust. Ted küsst ihren Nacken, ihre Schultern, und der Kimono gleitet zu Boden. Gleich darauf gleiten auch *sie* zu Boden, und Elinor kann sie nicht mehr sehen. Sex auf dem Küchenfußboden, während aus dem Wok Dampf an die Decke steigt – die Zutaten, aus denen Affären gemacht sind.

Elinor schlägt die Hände vors Gesicht und lässt sich auf die Knie nieder. Die Erde unter dem Gras gibt ein schmatzendes Geräusch von sich, und Nässe dringt durch Elinors Jeans. Sie möchte die Zeit zurückdrehen, die vergangenen zwei Jahre auslöschen. Es ist, als wäre der Spam-Filter für ihr gemeinsames *Leben* kaputt und ließe allen möglichen Mist durch: schmerzhafte, medizinische Prozeduren, negative Testresultate, schlaflose Nächte und jetzt dieses Mädchen.

Am nächsten Tag findet Elinor, als sie die Wäsche einräumt, unter den Unterhemden in Teds Kommodenschublade ein Buch. *Verbringen Sie eine Woche in* The Zone! Auf dem Schmutztitel des Paperbacks stehen ein Datum und eine Wid-

mung: *Lieber Ted, herzlichen Glückwunsch zur Erreichung Deines Zieles! Ich wusste, dass Du es schaffen würdest. Hier ist eine Erinnerung an einige Deiner Lieblingsgerichte. In Liebe, Gina.* Elinor blättert die offenbar während des Kochens bekleckerten Seiten durch. Viele haben Eselsohren, und manche Rezepte sind am Rand mit Herzen versehen. Sie scheinen Benotungssymbole zu sein, wie Sterne für Restaurants. Die »Sojabohnenkroketten« waren ihr nur ein Herz wert, wogegen sie das gedünstete »Regenbogen-Gemüse« mit drei Herzen belohnte, die »Tomatensuppe mit Cognac« gar mit viereinhalb.
Am Abend macht Elinor etwas von Lean Cuisine zum Dinner. Abgehetzt und müde begnügen sie und Ted sich oft mit Tiefkühlgerichten, gegrilltem Käse oder Rühreiern.
»Diese Dinger bestehen in der Hauptsache aus Kohlenhydraten«, sagt Ted und sticht mit der Gabel auf die zu leuchtend grünen Bohnen ein. Er schiebt sein Essen weg. »Ich versuche, die Kohlenhydrate einzuschränken. Mich an komplexe Kohlenhydrate zu halten, genau gesagt.«
»Ach ja? Seit wann?«, fragt Elinor. *Warum kochst du uns kein* Zone-*Festmahl?,* möchte sie ihn am liebsten anherrschen. »Seit *wann?«,* wiederholt sie. Ihre Wut zischt und knackt wie die Heizkörper in einem alten Haus, wenn man am ersten kühlen Herbsttag die Heizung einschaltet. Der Geruch von verbranntem Staub hängt in der Luft. Das ganze Haus ächzt und knarzt.
Ted schaut schulterzuckend auf sein kleines, schwarzes Plastikschälchen mit Pasta und Bohnen hinunter. »Weiß nicht.«
»Ich glaube, du weißt es sehr gut.« Die Widmung in dem Kochbuch war auf den 1. Juni datiert. Demnach lief die kohlenhydratreduzierte Affäre von Ted und Gina seit mindestens zwei Monaten.

Ted senkt stirnrunzelnd den Kopf.
»Ich …« *Ich weiß von Gina,* möchte sie sagen. *Ich weiß von eurer Affäre.* Plötzlich verspürt sie den fast überwältigenden Drang, den Tisch zu Ted umzukippen. Sie presst die Handflächen auf die Schenkel, um das Zittern ihrer Beine unter Kontrolle zu bringen. Im Geist sieht sie, wie sie für Ted immer unattraktiver wird, während sie geifert und tobt und droht und verbietet, aber sie bringt einfach nicht die Kraft auf, ihn mit der souveränen Entschiedenheit zur Rede zu stellen, auf die sie gehofft hat.
Schließlich steht sie auf, trägt ihr Essen zum Spülbecken und schüttet es in den Abfallzerkleinerer. »Manchmal«, sagt sie zum Fenster hinaus, weil es ihr unmöglich ist, ihren Mann anzusehen, »finde ich komplexe Kohlenhydrate ein bisschen *zu* komplex.«

Am nächsten Morgen weckt Elinor das durchdringende Heulen der Tischkreissäge. Ted ist schon auf und arbeitet in der Garage an der Kirschholzvitrine, die er aus einem Bausatz zusammenzimmert. Abgesehen von den Stunden, die er ins Fitnesscenter geflohen ist, hat er sich seit Wochen mit diesem Projekt in der Garage verkrochen. Sie brauchen die Vitrine nicht, aber der Lärm der elektrischen Werkzeuge und die umfangreiche, detaillierte Bauanleitung scheinen seine Nerven zu beruhigen.
»Vielleicht vermittelt diese Arbeit Ted das Gefühl, dass er in der Lage ist, etwas zustande zu bringen«, gab Dr. Brewster Elinor in der letzten Therapiesitzung als Denkanstoß, als sie sich zum wiederholten Mal darüber beschwerte, dass Ted sich nur für die Vitrine zu interessieren scheine. Sie wusste, dass diese Beschwerde aus ihrem Mund seltsam klang, denn alles, was *sie* zu

interessieren schien, war die Wäsche. Doch als Ted seine Bemühungen einstellte, sie aufzuheitern, und sich auf die Vitrine und das Fitnesscenter konzentrierte, begann sie, ihn zu vermissen – und sie erkannte, dass sie ihn als selbstverständlich betrachtete. Und sie fragte sich, welche Hormonteufel sie wohl dazu getrieben hatten, sich von ihrem Mann genervt zu fühlen, als er fürsorglich war, und es ihm dann übel zu nehmen, als er sich zurückzog, um ihr Freiraum zu gewähren.

Sie hat unruhig geschlafen und ist klebrig-verschwitzt. Ihre Lesebrille und die schwere *Ilias* haben sich in den Leintüchern verfangen. Wieder einmal ist sie beim Lesen eingeschlafen. Während sie die *Ilias* auf dem College todlangweilig fand, flüchtet sie sich jetzt ausgesprochen gern in die blutige Tragödie. Sie ist ein glühender Fan des gut aussehenden Hektor, der Krieg führen muss, weil sein blöder Bruder sich in ein schönes Mädchen verliebte, das nicht frei für ihn war.

Elinor stellt im Geist eine Samstagvormittag-Erledigungsliste zusammen. *1. Geliebte des Ehemannes loswerden.* Sie wird das selbst erledigen, keinen Termin bei der Eheberaterin vereinbaren und auch Ted nicht zur Rede stellen. Sie wird das Problem direkt angehen. Wie in ihrem Job. Sich den Missetäter vornehmen und die Karten auf den Tisch legen. Sie möchte dieses Gina-Problem nicht unnötig verkomplizieren oder dramatisieren. Es hat in den vergangenen zwei Jahren genügend Dramen in ihrem Leben gegeben. Sie überlegt, was sie zu dem Mädchen sagen könnte: *Ich weiß, dass Sie mit meinem Mann schlafen. Bitte, hören Sie auf damit. Es gab zwar Probleme in unserer Ehe, aber wir kriegen das wieder hin …* Nein. Sie schuldet Gina ganz sicher keine Erklärung.

Elinor steht auf, putzt sich die Zähne, setzt sich dann mit ihrem schnurlosen Telefon auf die Bettkante, überlegt … tippt die Nummer der Auskunft ein und lässt sich mit dem Fitnesscenter verbinden. Eine Frauenstimme unterbricht die Berieselungsmusik in der Warteschleife. Elinor bittet um einen Termin für eine Fitnessberatung bei Gina, worauf die Frau ihr in fröhlichem Ton mitteilt, dass Gina in einer Stunde Zeit habe, weil jemand abgesagt hätte, was ein wirklich großer Glücksfall wäre, da Gina extrem beliebt sei.

»Das *weiß* ich«, sagt Elinor, die plötzlich einen unbändigen Appetit auf eine Zigarette verspürt, und das, obwohl sie seit dem Studium nicht mehr geraucht hat. »Tragen Sie mich ein«, bittet sie, ihrerseits um einen fröhlichen Ton bemüht, und unterbricht die Verbindung.

Nach dem Duschen stellt sie sich der nächsten Herausforderung: Was soll sie zu diesem Treffen anziehen? Es ist ihr bis heute nicht gelungen, eine entspannte Einstellung zu dem Trainingsoutfit zu entwickeln. Die meisten Frauen in ihrem Vorort gehen nach dem Workout in modischen Veloursjogginghosen mit passenden Kapuzenjacken zum Einkaufen, sehen damit ausgesprochen gepflegt aus und machen den Eindruck, als schwitzten sie nie. Elinor jedoch kommt sich in dieser Aufmachung immer unansehnlich vor.

Sie entscheidet sich für Jeans, einen weißen Pullover mit V-Ausschnitt, der ihre von der Gartenarbeit herrührende Bräune unterstreicht, und rote Hi-Tops, die, wie sie hofft, vermitteln, dass sie genügend Selbstbewusstsein besitzt, um sich nicht um Trends zu scheren. Sie hat während ihrer ganzen Highschool-Zeit Converse-Hi-Tops getragen. Zierlich und lustig, wie sie war, hatten sie sie im Jahrbuch zur »Niedlichsten« gewählt, doch insgeheim hasste sie diesen Titel. Sie wollte nicht niedlich sein. Sie wollte *schön* sein. Aber mit ihrer Knopfnase, den kleinen, leicht auseinanderstehenden, an Milchzähne erinnernden Zähnen und den Apfelbäckchen würde sie niemand jemals als filmstarsexy betrachten. In den Achtzigern versuchte sie, jeden Hinweis auf Niedlichkeit zu zerstören, indem sie sich eine Stachelfrisur zulegte und Lederarmbänder und zerfetzte T-Shirts trug. Wenn sie sich jetzt Fotos aus dieser Ära anschaut, muss sie lachen, denn sie sieht aus wie für Halloween verkleidet. Als sie in die Welt der Unternehmen eintrat, änderte sie ihr Erscheinungsbild auf Stoffhosen, flache Schuhe und einen französischen Zopf ab.

Auf dem Weg durch die Küche sieht Elinor Teds Leinsamentüte auf der Frühstückstheke stehen. Jeden Morgen hat er sich zwei gestrichene Esslöffel auf sein Obst und den Naturjoghurt gestreut. Sie schnappt sich die Tüte und packt sie in ihre Handtasche. Vielleicht wird sie sie Gina zurückgeben. *Sie haben Ihren verdammten Leinsamen im Auto meines Mannes vergessen.*

Elinor wirft einen Blick auf ihren Tagesplaner, während sie zu den Schlüsseln greift. Zwölf Uhr mittags ist mit einem rosa Marker umkringelt. Also erwartet Phil, der CEO, der Chief Excutive Officer ihrer Firma, sie bereits in einer Stunde zu einem Arbeitsessen, um mit ihr die Einzelheiten eines Unternehmenszusammenschlusses zu besprechen. Er will dabei den Bereich Arbeitsbedingungen, Arbeitsverhältnisse einer Kanzlei übertragen, ein Tiefschlag für Elinors Maxime, alles im Haus zu regeln und der Firma auf diese Weise Geld zu sparen. Aber Elinors Fehltage und -entscheidungen, die sich im Zuge ihrer Sterilitätstherapie zunehmend häuften, haben Phil vorsichtig gemacht, und jetzt hat sie Angst, dass sie degradiert oder vielleicht sogar entlassen wird. Dieses Arbeitsessen ist der erste Schritt zu ihrem Unternehmens-Comeback, die Gelegenheit für ihre Ich-bin-Ihr-Mann-Ansprache.

Aber wozu? Wen kümmert's? Sie ist es doch müde, abends bis in die Puppen zu arbeiten und auch noch an den Wochenenden, nur, weil sie keine Kinder hat. Vielleicht ist das der Grund für ihre Unfruchtbarkeit. Die Neonleuchten, die LED-Strahlung von ihrem Monitor und die schlechte Büroluft all die Jahre. Sie greift sich das Telefon und tippt die Nummer der rechten Hand des Generaldirektors ein, die an den Wochenenden immer an ihren Schreibtisch gefesselt ist.

»Lebensmittelvergiftung«, sagt Elinor.

»Er hat seine *Golf*-Verabredung abgesagt, um sich mit Ihnen zu treffen«, redet diese ihr ins Gewissen. Krank zu sein ist in dieser Firma grundsätzlich keine Entschuldigung dafür, einer Besprechung fernzubleiben. Es wird erwartet, dass man auch von Medikamenten benebelt erscheint und den Kollegen seine Bazillen ins Gesicht pustet.

»Ich muss mich ständig übergeben.« Das wäre ihr sehr viel lieber als *mein Mann hat eine Affäre.*

»Trockener Toast«, rät ihr die rechte Hand gelassen.

»Genau.« Elinor umklammert die Autoschlüssel, klappt ihre Tasche zu, hängt sie sich über die Schulter und hastet hinaus.

Sie winkt Ted zu, als sie rückwärts aus der Einfahrt fährt. Er hat von seiner Tischkreissäge aufgeschaut, als sie die Autotür zuschlug, winkt ihr seinerseits zu und lächelt. Die Zähne blitzen, aber die Grübchen werden nicht tief. Elinor schließt für einen Moment die Augen und stellt sich vor, wie er riecht – nach Sägemehl und Mountain Spring Right Guard –, und sie wünscht sich, sie könnten den Rest des Tages nebeneinander auf ihrer Daunendecke liegen. Ohne Leidenschaft. Nur in Liebe.

Mehr als alles andere an ihm liebt Elinor das Gesicht ihres

Mannes. Es ist ein flächiges, attraktives, irisches Gesicht. Jungenhaft, aber schon ein wenig schlaff um das Kinn herum. Mit Augen wie Schokoladenseen. Und einem dicken Haarschopf, in den sie sich früher verkrallte, wenn sie sich liebten. Sie hasst ihren Mann und liebt sein Gesicht und hasst sich selbst und … plopp, PLOPP holpert der Wagen am Ende der Zufahrt über den Randstein. Ted bedeutet ihr lächelnd, nach links einzuschlagen. Sie tut es und winkt ihm noch einmal zu, fährt jedoch nicht los, sondern bleibt in dem Schatten stehen, den die große Eiche in ihrem Vorgarten bis auf die Straße wirft.

Nach der zweiten In-Vitro, als die Hormone sie zu drangsalieren begannen, legte Elinor sich oft unter diesen Baum ins Gras und versuchte, sich zu entspannen. Es war ein heißer Frühling, und abends nach der Arbeit schleppte sie einen alten Schlafsack nach draußen und suchte Zuflucht unter dem Baum, las oder döste. Wenn Ted nach Hause kam, holte er sich einen Liegestuhl aus der Garage und gesellte sich zu ihr. Ständig fragte er sie: »Soll ich dir was holen?«, und er klopfte mit seiner Handfläche nervös auf die Aluminiumarmlehne, wobei sein Ehering leise klimperte, was Elinor wahnsinnig machte. Sie hätte ihn am liebsten angeschrien und hatte schreckliche Gewissensbisse deswegen. Was war nur *los* mit ihr?

Schließlich fährt sie. Zum Fitnesscenter. Unterwegs klappt sie die Sonnenblende herunter und schaut in den Spiegel, fährt sich mit den Fingern durch die schulterlangen Haare, die sie für diesen Anlass ausnahmsweise offen zu tragen beschlossen hat. Sobald sie die Freundin ihres Mannes losgeworden ist, wird sie sich eine neue Frisur zulegen. Und sich vielleicht die Zähne weißen lassen. Sie klappt die Sonnenblende wieder hoch. Gina würde heute Elinors Gesundheit und ihre Fitnessbedürfnisse beurteilen und ein Trainingsprogramm für sie ausarbeiten, hat ihr das Mädchen am Empfang erklärt, als sie anrief und um einen Termin bat. Und Gina würde mit Elinor auf die Erreichung ihrer Ziele hinarbeiten. Nur ist Ginas Ziel, mit Ted zu schlafen, und Elinors Ziel, Gina in die Flucht zu schlagen.

Gina empfängt Elinor in der Lobby des Centers. Sie ist sich eindeutig nicht klar darüber, wen sie vor sich hat, denn sie lächelt ahnungslos-freundlich, als sie ihr die Hand schüttelt. Hat Elinor ein ebensolches Dutzendgesicht wie all die anderen, schlaff gewordenen Frauen mittleren Alters hier? Ginas Finger sind lang und schmal. Sie trägt eine schwarze Jogginghose und ein Shirt mit Kragen. Die langen, braunen Haare hat sie zu einem hohen Pferdeschwanz gebunden. Ihre Ponyfransen reichen bis zu den Augen. Sie ist biegsam und durchtrainiert, aber nicht ausgesprochen schön. Das Gesicht ist ein wenig flach, und die Augen stehen weit auseinander. Sie erinnert Elinor an eine Flunder. Diese Wangenknochen könnten bestimmt keinem Mann das Herz brechen.

Sie setzen sich in der Snackbar an einen Tisch. Gina rattert eine ganze Litanei von Fragen herunter und trägt die Antworten mit eckiger, ordentlicher Schrift ein. Sie ist ein Energiebündel. Flinke Finger, aktive Eierstöcke. Wundervolle Eizellen. Am Nebentisch trinkt eine Gruppe älterer Herren Bier, obwohl es noch nicht einmal Mittag ist. Das ist eine Verrücktheit, die Elinor an diesem Fitnesscenter mag: In der Snackbar gibt es nicht nur Alkoholfreies und Salate, sondern auch Brownies und Bier. Elinor würde sich gern zu den Gentlemen gesellen, sich an ihrer pseudoernsthaften Unterhaltung beteiligen und die Zeit vergessen.

»Alter?«, fragt Gina. Auf ihren Lippen schimmert rosa Gloss.
»Neununddreißig«, schwindelt Elinor. Sie hat zwar kein Problem damit, vierzig zu *werden,* aber sie hat ein Problem damit, vierzig *auszusprechen,* ganz besonders in Gegenwart dieser Schnecke, die ihrem Mann den Kopf verdreht hat. »Das Problem ist vielleicht Ihr Alter«, hat der Arzt ihr in sanftem Ton erklärt, als Elinor nicht empfangen konnte. Sie hat sich zwar nicht ausgesprochen darauf gefreut, vierzig zu werden, aber sie war nicht im Traum darauf gekommen, dass dieser Geburtstag einer medizinischen Krise gleichkam.
»Wirklich? Sie sehen toll aus für Ihr Alter«, meint Gina, ohne aufzuschauen.
Ich habe meinen Hintern verloren, liegt Elinor auf der Zunge, als hoffe sie, ihn bei der Fundstelle des Fitnesscenters wiederzufinden. Einen Moment lang wünscht sie, sie würde ernsthaft eine Fitnessberaterin konsultieren. Sie weiß, dass es oberflächlich ist und dazu noch müßig, darüber zu klagen, aber was sie am Älterwerden am meisten hasst, ist das Südwärtswandern ihrer Pobacken, das sie erst bemerkte, als es schon zu spät war. Irgendwann auf ihrem Lebensweg hat sie ihre zierliche Achtunddreißigerfigur verloren. Im Lauf der zwei Jahrzehnte, die sie für die Geschäftswelt, für *corporate America,* auf ihrem Allerwertesten saß, ist dieser flach geworden. Und dann hat sich ihr Bauch durch die Sterilitätstherapie aufgebläht wie ein Floß von Macy's bei der Thanksgiving Day Parade. Die Krähenfüße, die irgendwann in ihren Augenwinkeln entstanden, stören sie nicht, aber sie möchte ihren Körper wiederhaben.
Gina sagt, wenn der Papierkram erledigt sei, würde sie Elinor wiegen und einen Belastungstest mit ihr machen. Außerdem werde eine Körperfettanalyse erstellt.

Die Leinsamentüte in der Handtasche auf Elinors Schoß ist auf eine tröstliche Weise schwer – als liege eine zusammengerollte Katze dort. Auf dem Weg hierher ist sie äußerst erregt gewesen und hat alle möglichen Textvarianten durchgespielt, doch jetzt fällt ihr keine davon ein, und sie ist todmüde. Wahrscheinlich liegt es daran, dass sie seit ungefähr zwei Jahren keine Nacht wirklich tief geschlafen hat. Während sie bei Besprechungen im Büro und Telefonkonferenzen kaum die Augen offen halten kann, liegt sie nachts um zwei hellwach im Bett und macht eine Schwindel erregende Sorgen-Inventur: Spendereizellen (ausländisch oder einheimisch?), stetig höher werdende Arztrechnungen und stetig zahlreicher werdende Versicherungsformulare.

»Was ist Ihr vorrangiges Fitnessziel?«, fragt Gina.

Bei einem Strandspaziergang auf Hawaii sah Elinor einmal eine Anglerin. Zuerst dachte sie, es wäre ein Mann, doch als sie näher kam, erkannte sie, dass es eine Frau war, mit kurzen, silberweißen Haaren, die der Wind ihr aus dem Gesicht wehte. Sie trug Khaki-Shorts und ein schwarzes T-Shirt, und ihre Beine waren braun und muskulös. Sie war so kraftvoll und schön wie die Szenerie, aber irgendwie geschlechtslos, weder weiblich noch männlich, einfach ein Mensch, der auf das Meer hinauslächelte, das wie ein in der Sonne funkelnder Teppich vor ihm lag. Sie sah aus, als sei sie mit sich und der Welt im Reinen. Sie machte sich bestimmt keine Gedanken darüber, wie ihr Bauch in einem Tankini wirken würde. Elinor ist versucht, das als ihr vorrangiges Fitnessziel anzugeben.

Gina beugt sich vor und sieht Elinor eindringlich an. Ihre weit auseinanderstehenden Augen sind grün und mandelförmig, und ihre Haut ist makellos. Und die bis auf die

Wimpern herunterfallenden Ponyfransen wirken definitiv sexy.

»Fünfzehn Pfund abnehmen«, sagt Elinor. »Und ein fester …« *Körper* liegt ihr auf der Zunge, doch das will sie der Geliebten ihres Mannes nicht eingestehen. Sie räuspert sich. »Ein fester Hintern. Ich komme nicht oft zum Trainieren – ich habe zu viel zu tun.« *Ich bin erfolgreich,* möchte sie anfügen. *Nun ja, vielleicht nicht, was die* jetzt *wichtigen Dinge angeht, aber was die* früher *wichtigen angeht. Wissen Sie, dass Sie in Holland einen Tag bezahlten Urlaub bekommen, wenn Ihre Wasserleitung zu Hause eingefroren ist?* Elinor ist ein wahrer Wissensquell, was internationales Arbeitsrecht und internationale Arbeitsverhältnisse angeht.

»Okay«, sagt Gina. »Dann komme ich, bevor wir anfangen, zu Ihnen nach Hause und miste Ihre Vorräte aus.«

Elinor lacht. »Wischen Sie auch den Boden?«

»Ich werde Ihre Kohlenhydrate eliminieren«, erklärt Gina mit Entschlossenheit in der Stimme. »Die Nudeln, das Brot und die Zerealien.«

»Die Zerealien?«, echot Elinor.

»Die Zerealien sind am schlimmsten!«

»Äh …« *Sie nehmen mir meinen Mann UND meine Frosted Mini-Wheats weg?* Elinor malt sich ein unwahrscheinliches Szenario aus: Gina, wie sie bei ihnen zu Hause die Küchenschränke ausräumt, Gina und Ted, wie sie unter den hellen Lampen in der Küche schwitzen. Die Bombe platzt. Reue. Eine Entschuldigung. Noch wichtiger: eine Vereinbarung. Gina wird sich ihnen nie wieder nähern. »Einverstanden«, antwortet Elinor. »Aber es muss abends passieren, denn tagsüber arbeite ich.«

»Kein Problem«, sagt Gina.

»Mein Mann wird auch da sein. Ist das in Ordnung? Er will ebenfalls die Kohlenhydrate reduzieren. Genau gesagt, tut er es bereits. Er hat ohne mich angefangen.« Elinor hasst die Bitterkeit in ihrer Stimme. Wenn sie Gina aus ihrem Leben entfernt haben, könnten sie ja vielleicht Urlaub in der Südsee machen. Gedünsteten Fisch essen und Naturreis und in einer Wanne für zwei liegen. Am Strand joggen und sich auf dem Marmorfußboden des Badezimmers eines Luxushotelzimmers lieben. Elinor wird mit Ted gleichziehen. Lust und Training. Klingt gar nicht schlecht.
»Kein Problem«, sagt Gina. »Ich kann Sie auch beide ficken.« Aber Elinor ist sicher, dass Gina *fit machen* gesagt hat. Ich kann Sie auch beide *fit machen.*

Während Elinor die Hühnerbrüste mit Estragon bestreut, verspürt sie den Ehrgeiz, ihrem Mann und seiner Geliebten zu beweisen, dass sie kochen kann. Gina wird in fünfundvierzig Minuten eintreffen, und Elinor wird ein Low-fat/Low-carb-Essen auf den Tisch bringen – gedünstete Hühnerbrüste, Zucchinihälften, gefüllt mit Ricotta und gehackten Pilzen und Zwiebeln, Kopfsalat, bestreut mit dem allgegenwärtigen Leinsamen, und frische Beeren mit einem winzigen Klecks Schlagsahne zum Dessert. Sie deckt den Tisch für drei.
Der kleine Fernseher in der Küche läuft, und Ted schaltet zu einer *Nova*-Sendung über Kohle um. »Zu fein, um bei der Stahlschmelze Verwendung zu finden, wird Koks zum Heizen und Kochen für kleine Öfen und Herde verkauft«, sagt der Sprecher.
»Sieh mal an«, sagt Ted. Er ist ungeheuer interessiert an Fakten, die ihm nicht abverlangen, sich eine Meinung zu bilden.

»Wieso drei?«, fragt er mit einem Blick auf die Platzdeckchen.
»Ich habe ein Mädchen eingeladen, das vielleicht meinem Lesezirkel beitritt.« Elinor legt Servietten und Bestecke hin. Bald wird diese Episode Vergangenheit sein. Dann werden sie ihr Leben zurückbekommen.
Ted konzentriert sich wieder auf den Fernsehbericht.
Elinor streut noch ein wenig Estragon und Thymian auf die Hühnerbrüste, weil sie fürchtet, sie könnten fade schmecken – so fade, wie der Sex mit Ted wurde, bevor sie ihn gänzlich einstellten. Sie fragt sich, ob Jerry Halls Mutter tatsächlich jemals jene berüchtigten Worte gesagt hat: »Um einen Mann zu halten, muss man im Wohnzimmer eine Dienerin sein, in der Küche eine Köchin und im Schlafzimmer eine Hure.« Gina ist in der *Küche* eine Hure. Innovativ, das muss Elinor ihr lassen. Sie hingegen ist sowohl im Schlafzimmer als auch in der Küche zu einem *Klotz* verkommen. Vielleicht, weil sie auf der Untersuchungsliege des Arztes zu einem gefühllosen Klotz werden musste, um sich gegen die Schmerzen all der Prozeduren zu schützen. »Sie werden jetzt einen leichten Druck spüren«, sagte der Arzt zum Beispiel. Warum benutzte er nicht das richtige Wort? *Schmerz.* Warum sagte er nicht *Es kann wehtun?* Stattdessen hörte sie Beschönigungen: ein leichter Druck, ein kleines Zwicken. Einmal, als Elinor sich ambulant Zysten entfernen lassen musste, die sich durch die Medikamente an den Eierstöcken gebildet hatten, wurde Ted gestattet, dabei zu sein. »Drück meine Hand«, flüsterte er liebevoll. Elinor verzog das Gesicht, ein brennender Schmerz schoss in Richtung ihrer Hüfte. Teds Hand war kraftvoll und warm, das einzig Tröstliche auf dem Planeten.
Es klingelt. Elinor lässt den weißen Pfeffer fallen. Die Dose

landet klappernd auf dem Boden. Sie wischt sich die Hände ab und geht in die Diele hinaus. Bevor sie die Tür öffnet, zieht sie die Schürze über den Kopf. Zu spießig und matronenhaft.

Gina steht in einem langen Batikrock, einem winzigen, weißen T-Shirt und Lederriemchensandalen auf der Veranda. Zwischen dem T-Shirt und dem auf der Hüfte sitzenden Rock ist ein Streifen ihres flachen, braunen Bauches zu sehen. Elinor würde die Tür am liebsten zuknallen.

»Kommen Sie rein«, sagt sie zu Gina.

Ted hat den Fernseher ausgeschaltet und erscheint in der Diele, um sich als höflicher Ehemann zu erweisen. Als er Gina sieht, zuckt er unwillkürlich zurück. Gina reißt die Augen auf, doch im nächsten Moment hat sie sich wieder in der Gewalt und lächelt unverbindlich.

»Das ist mein Mann Ted«, stellt Elinor ihn ihr vor.

Ted schüttelt Gina kraftlos die Hand. »Nett, Sie kennen zu lernen.« Er öffnet die Tür des Garderobenschranks. »Darf ich Ihnen Ihren Mantel abnehmen?«

Plötzlich ist Elinor der Garderobenschrank unheimlich peinlich. Er ist vollgestopft mit allem möglichen Mist, hauptsächlich Zeugnissen ihres sportlichen Versagens. Dem unentwirrbar verknoteten Springseil, den total verstaubten Wanderstiefeln, dem viel zu engen Skianzug.

»Sie hat keinen Mantel *an*«, sagt sie zu Ted, der sich dennoch in den Schrank beugt, als wolle er hineintauchen.

»Möchten Sie etwas trinken?«, fragt Elinor.

»Haben Sie Tomatensaft?« Armreifen klimpern an Ginas Handgelenken.

Ted macht die Tür des Garderobenschranks zu. Er und Gina vermeiden angestrengt jeglichen Blickkontakt. Bis jetzt würde

Elinor ihnen eine Eins minus für ihre Vorspiegelung geben, einander nicht zu kennen.
»Leider nein«, sagt sie. »Wie wär's mit einer Diätcola?«
»Oh, künstliche Süßstoffe!«, entsetzt sich Gina. »Die gehören zu den Dingen, die wir eliminieren müssen.« Sie bemüht sich um Gelassenheit, doch unter ihren Worten blubbern Nervositätsbläschen.
Du gehörst zu den Dingen, die wir eliminieren müssen, denkt Elinor, als sie Gina in die Küche dirigiert.
»Hey – ich kenne Sie doch«, sagt Ted plötzlich zu Gina. »Aus dem Fitnesscenter.« Sein Hemd hat Schweißflecke unter den Armen.
Gina legt den Kopf schief und kneift die Augen zusammen. »Stimmt. Sie trainieren viel.«
Gina deponiert eine kleine Küchenwaage und einen Spiralblock auf der Frühstückstheke. Elinor reicht ihr ein Glas Orangensaft. Falls irgendetwas gegen Orangensaft spricht, will sie es nicht wissen.
»Bei den Weight Watchers hat man nichts gegen künstliche Süßstoffe«, sagt sie zu Gina, wobei sie Ted anklagend ansieht. »Wie kommt das?« Ihre Kieferknochen schmerzen. Jetzt, da ihre Wut zurückgekehrt ist, wünscht sie, sie könnte ihr freien Lauf lassen. Ihrem Hass auf die pingeligen Diätgurus. Ihrer Verachtung für die Welt.
»Nun, meine Damen«, sagt Ted, »ich habe zu arbeiten …«
»Ich hatte gehofft, wir drei könnten miteinander essen«, sagt Elinor zu ihm. »Und reden.«
Ted erstarrt auf der Türschwelle.
»Oh, ich kann nicht zum Essen bleiben.« Gina stellt das unberührte Glas Orangensaft auf die Frühstückstheke.
»Ach wirklich? Aber ihr beide esst doch *gern* miteinander«,

sagt Elinor. Plötzlich ist ihr schwindlig von der Intensität dieser Begegnung. Sie möchte sich am liebsten auf den Boden setzen. Ihre verrückte Inszenierung abblasen.
Ted legt die Hand an den Türrahmen und dreht sich halb zu Elinor und Gina um.
Gina kichert nervös. *»Was?«*
»Ihr esst gern miteinander. Ihr schlaft gern miteinander. Alles schöne Sachen.« Elinor wedelt mit dem *The-Zone*-Kochbuch.
»Elinor«, sagt Ted. Er wendet sich ihr mit flehendem Blick zu. Plötzlich sieht er alt aus – schlank, dank seiner neuen Sportlichkeit, aber auf eine graue, hagere Weise, nicht auf eine rosige, glückliche.
»Ted«, sagt Elinor.
Bitte, sagen seine Augen. *Es tut mir leid* und *bitte.*
»Ich geh dann mal.« Gina nimmt ihre Waage und ihren Spiralbock.
Elinor sieht sich Ginas unglaublich schmale Taille an, erinnert sich, wie flink Teds Hände unter ihren kurzen Kimono zu ihren Brüsten glitten. *Er* hat angefangen. Plötzlich erträgt sie es nicht mehr, mit den beiden in der Küche zu sein. Sie erträgt es nicht, in ihrem eigenen Haus zu sein. In den letzten Tagen hat Elinor sich ausgemalt, mit Ted nach Hawaii zu fliegen, nackt im Meer zu baden, abends auf dem Rücken im Sand zu liegen und zu den Sternen hinaufzuschauen und morgens lange zu schlafen. Sie surfte sogar im Internet und wählte eine Hotelanlage auf Big Island aus, seufzte wehmütig, als sie sich an ihren letzten Besuch an der Kona Coast erinnerte, von wo sie herrlich erschöpft von zu viel Sonne, Sex und Rum abreisten. Doch jetzt möchte sie allein weg. Die beiden zusammen mit den Kohlenhydrat-Listen und faden Hühnerbrüsten hinter

sich lassen. Vielleicht muss etwas erst ganz kaputt sein, bevor man es reparieren kann.

»Ich muss weg«, sagt sie zu Gina, öffnet einen der Küchenschränke, reißt die Beutel mit Leinsamen und Leinsamenpulver heraus und tritt damit auf Gina zu. Die zuckt zurück, als fürchte sie einen tätlichen Angriff, doch dann schaut sie fragend auf die Tüten.

Elinor drückt sie ihr in die Hand. »Werden Sie glücklich damit!« Sie stürmt die Treppe hinauf. Wie im Film. Es hat etwas Befreiendes, in einer solchen Situation als Erste zu gehen – ähnlich, wie morgens als Erste auf den Beinen zu sein oder als Erste in einen kalten Swimmingpool zu springen. Was braucht sie? Ein paar Businesskostüme, Miederhosen, Schuhe, Pyjamas, Pantoffeln, Toilettenartikel, Schaumbad, Zeitschriften, die *Ilias.* Sie packt alles in ihren kleinen, schwarzen Koffer. Elinor ist ein Profi darin, in Windeseile für berufliche Notfalltrips zu packen. Sie wird sich downtown im Fairmont einquartieren. Zimmerservice. Pfannkuchen mit echtem Ahornsirup.

Auf dem Weg nach unten stößt sie um ein Haar mit Ted zusammen. Sie drängt sich an ihm vorbei und will zur Haustür, doch bei seinem Anblick sind ihr die Knie weich geworden.

Ted versucht, sie aufzuhalten. »Bitte, bleib«, fleht er.

Gina scheint gegangen zu sein.

Elinor wendet sich ihrem Mann zu. Er ist genauso müde wie sie. Das sieht sie ihm an. In vielen Nächten, in denen sie annahmen, dass der andere schlafe, hatten sie beide wach gelegen. Das wurde ihnen klar, wenn sie morgens in der Küche übereinander stolperten. Anstatt zu beobachten, wie die gleichgültigen, blauen Ziffern auf ihrem Radiowecker der Dämmerung entgegenklickten, hätte Elinor sich lieber umgedreht, Ted in die Arme genommen und mit ihm geredet. Aber trotz ihrer Unfähigkeit zu schlafen – oder vielleicht gerade deshalb –, war sie zu erschöpft, um sich zu bewegen.

»Sie ist gegangen«, sagt Ted. »Hör zu – ich *weiß,* dass wir das wieder hinkriegen.«

Elinor umfasst den Griff ihres Koffers fester und setzt sich wieder in Bewegung.

»Ich liebe dich.« Seine Stimme ist lauter geworden, und Verzweiflung schwingt darin mit.

Ich liebe dich auch, denkt Elinor. Ich tat es. Ich tue es. Aber darum geht es jetzt nicht, oder?

»Was wirst du machen?«, fragt Ted, als sie die Haustür öffnet.

»Was ich *machen* werde?« Im Geist sieht sie vor sich, wie er den Gürtel seiner Hose löst und mit Gina auf ihren Küchenboden sinkt. »Was ich *machen* werde? Ich werde den Dalai Lama anrufen. Was meinst du – steht er unter D im Telefonbuch oder unter L? Ich werde mich auf meine Yogamatte legen und mir Sojamilch in mein drittes Auge reiben und aus Truthahnschinken Körbe flechten. Ich werde eine Woche in *The Zone* verbringen.«

Ted tritt auf Elinor zu. Elinor tritt rückwärts auf die Veranda hinaus. Vielleicht wird sie ja im Fairmont endlich richtig schlafen können. Ihr Blick wandert von ihrem Mann zu ihrem Auto. Sie schließt die Augen und stellt sich vor, zwischen die weißen Hotellaken zu gleiten. Womit kriegen sie die bloß so *sauber?* Womit erreichen sie diese weiße Sauberkeit des Neuanfangs? Mit Stärke? Was immer es ist – es muss etwas weniger Alltägliches sein als Stärke. Etwas aus einer anderen Welt.

Sie macht die Augen wieder auf. Ted steht in der Diele. Er will die Schwelle nicht überschreiten, denn er verlässt das Haus nicht gern barfuß. Nicht einmal, um die Zeitung von der Zufahrt hereinzuholen.

»Entschuldige.« Elinor langt an ihm vorbei nach dem Türgriff. Sie möchte sich die Befriedigung gönnen, die Tür hinter sich zu schließen. Als sie sie mit einem dumpfen Laut und einem Klicken ins Schloss zieht, verschwindet Teds bestürztes Gesicht. Das war's dann. Entschlossen steuert sie auf ihren Wagen zu, doch dann bleibt sie auf halbem Weg plötzlich stehen. Das Leben ist nicht wie im Kino. Zumindest nicht *ihr* Leben. Sie hat die Autoschlüssel auf der Frühstückstheke liegen lassen. Mit einem tiefen Atemzug versucht sie, die Courage zu mobilisieren, ins Haus zurückzugehen. Dann fällt ihr der versteckte Reserveschlüssel ein. Als sie das schmale, magnetische Kästchen vor ein paar Jahren auf der Fahrerseite ihres neuen Wagens anbrachte, fragte sie sich, ob sie sich wohl jemals aussperren würde. Sie malte sich mehrere Szenarien aus: in Eile auf dem Firmenparkplatz oder mit verderblichen Lebensmitteln vor dem Supermarkt. Auf *dieses* Szenario war sie *nicht* gekommen.

Sie geht weiter, bleibt jedoch gleich darauf erneut stehen, als knapp über den Bäumen eine Sternschnuppe vorbeizischt, groß und hell und mit einem grünlichen Schweif. Das Sternbild des nördlichen Himmels, das Sternbild des Perseus. Elinor hat das Datum des Meteorregens in ihrem Kalender umkringelt, damit sie und Ted es sich wie jedes Jahr mit Liegestühlen und Decken auf der Terrasse gemütlich machen können. »Ich habe einen Meteor gesehen!«, rufen sie einander dann aufgeregt zu, fast, als wäre es ein Wettstreit. Letzten Sommer wünschte sie sich bei jedem ein Baby. Sie ist zwar nicht abergläubisch, doch Wünsche nimmt sie seit jeher sehr ernst. Als Kind ließ sie sich deshalb so viel Zeit mit dem Auspusten ihrer Geburtstagskuchenkerzen, dass das herunterlaufende heiße Wachs Löcher in den Zuckerguss fraß, und während sie schwanger zu werden versuchte, nahm sie alles und jedes zum Anlass, es sich zu wünschen, von der Münze, die sie auf der Straße fand, bis zu einer ausgefallenen Wimper. Und jetzt schaut sie zum Himmel hinauf. In der Zeitung steht, dass heute Abend bis zu einhundertfünfzig Meteore pro Minute niedergehen würden. Bei dem nächsten neongrünen Farbwischer kneift sie die Augen zu, aber zum ersten Mal in ihrem Leben weiß sie nicht, was sie sich wünschen soll.

2

Die Affäre ist zu Ende. Als Ted an einem heißen Augustmorgen zur Arbeit fährt, genauer gesagt, eine halbe Stunde im zweiten oder höchstens dritten Gang zu seiner Fußarztpraxis in Menlo Park kriecht, atmet er die Luft aus, die er seinem Empfinden nach seit Wochen angehalten hat.

Gestern Abend, nachdem Elinor nach oben gelaufen war, erklärte er Gina, dass sie sich nicht wiedersehen dürften. Gina nickte und steuerte auf die Haustür zu, stolz, mit hoch erhobenem Kopf und entschlossenen Schritten. Als sie in der Diele an ihm vorbeikam, wehte ein Hauch ihres China-Rain-Parfums zu ihm herüber. Aber als Elinor kurz darauf herunterkam, ging sie ebenfalls, und die Haustür schloss sich zum zweiten Mal an diesem Abend mit einem leisen, aber endgültigen Klicken. Allein in dem leeren Haus, erfasste ihn Selbstverachtung. Er konnte es seiner Frau nicht verübeln, dass sie gegangen war, und seine Geliebte wäre ohne ihn mit Sicherheit besser dran.

Er wartete eine Stunde und rief Elinor dann auf dem Handy an. Wie sich herausstellte, logierte sie im Fairmont. »El«, flehte er, »ich habe es beendet. Bitte, komm nach Hause. Ich liebe dich. Lass uns von vorne anfangen. Lass uns wieder zur Eheberatung gehen – zu Dr. Brewster.« Vielleicht ist er ein Snob, aber es widerstrebt Ted zutiefst, diese PhDs mit *Doktor* anzusprechen, besonders, weil sie so wenig zur Heilung anzubieten haben.

»Ich habe ein Bad genommen«, erzählte Elinor. »Das Wasser hier ist richtig heiß.« Sie klang wie ein Kind. »Und die Wanne ist riesig.« Sie biss in etwas Knuspriges. Während der Sterilitätstherapie hatte El nicht baden dürfen. Sie sagte, man hätte ihr die beiden Dinge verboten, die sie am besten trösteten – ein heißes Bad und ein großes Glas Wein. Ted war gekränkt gewesen, dass nicht er eines der beiden Dinge war. »Dieser Bademantel ist ein Traum«, fuhr Elinor fort. »In Hotels ist alles immer so *sauber.*« Die Ruhe, mit der sie sprach, machte Ted nervös. *Schrei mich an!,* bat er im Stillen.

»Ich könnte das Haus von einer Firma reinigen lassen«, bot er an. »So richtig von Grund auf.« Er hieb mit der Faust auf die Frühstückstheke. Seit sechs Monaten wusste er nicht mehr, was er zu seiner Frau sagen sollte. Früher hatte einer den Satz des anderen beendet und über die Witze des anderen gelacht. Jetzt schien jedes Wort, das Ted sagte, bei Elinor ein Zusammenzucken oder Stirnrunzeln auszulösen.

Elinor erklärte ihm, dass sie Zeit für sich brauche. Eine Pause. Eine Erholung von ihrem Leben. Natürlich bedeutete das in Wahrheit, eine Erholung von Ted, dem Weiberhelden, dem *Ehebrecher.*

»Wenn du nicht nach Hause kommen willst, was hältst du dann davon, mit mir auf die Bermudas zu fliegen?« Elinor war begeistert davon gewesen. Sie sagte, der Sand sei rosa, und der farbenblinde Ted versuchte, sich das vorzustellen.

»Mal sehen«, antwortete El vage. Ihre Gleichgültigkeit war unheimlich.

Ted fährt in der Schlange, die dem Freeway entgegenkriecht. Es ist ein stickiger, wolkiger Tag, der Himmel trostlos grau wie die Grundierung für eine Autolackierung. Ted reißt den

Deckel von seinem Joghurtbecher und isst mit einem Plastiklöffel. Diese Kohlenhydrate gehören zu den wenigen, die er sich täglich gestattet. Die Affäre ist zu Ende, doch er wird sich auch weiter an Ginas gesunde Ernährungsregeln halten. Sie hat ihn auf die *Zone*-Diät gebracht und auf den Triathlon, wodurch er sich gesünder fühlt als seit Jahren, und er ist entschlossen, die fünfzehn abgespeckten Pfunde nicht wieder zuzunehmen. In den vergangenen zwei Monaten hat er das Paradoxon kennen gelernt, sich gesund und fit zu fühlen und gleichzeitig hundsmiserabel – das Ergebnis von ständigem Truthahnschinkenverzehr und Sex mit der falschen Frau. Er wird sich ein anderes Fitnesscenter suchen müssen.

Im Lauf der drei Monate ihrer Affäre machte Ted im Geist mehrere Male Schluss mit Gina. Er probte seine Rede unter der Dusche und auf dem Weg zur Arbeit: *Du bist wunderbar,* würde er zu ihr sagen, wobei er den Sicherheitsabstand eines Restauranttisches einkalkulierte, *aber ich liebe meine Frau. Und du brauchst, auch wenn dir das vielleicht im Moment nicht klar ist, einen Jüngeren, keinen so alten Sack, wie ich es bin.* Ted ist fünfundvierzig und arbeitet an einer Trennungsansprache. Was für ein Arschloch. Ein Idiot und ein Lügner und ein Betrüger. Wieso hat er nicht einfach gesagt: *Nein, ich bin verheiratet?*

Er hat lediglich gesagt, er *sei* verheiratet, doch Gina scheint sich genau deswegen zu ihm hingezogen zu fühlen. »Du bist ein erwachsener Mann«, flüsterte sie nur schwärmerisch – im Gegensatz zu ihren früheren Freunden, den »bösen Jungs«, die wegen Trunkenheit am Steuer verknackt wurden oder ihre Jobs verloren. Gina verdrehte zwar abfällig die Augen, als sie die Knaben erwähnte, doch bei dem Gedanken an sie flammt Eifersucht in Ted auf.

Er schaltet in den dritten Gang, was eine regelrechte Erlösung ist, wenn auch nur für einen Moment. Obwohl sie eine Gesundheitsfanatikerin ist, sagte Gina, dass man nicht völlig auf Fett verzichten dürfe. Einmal briet sie ihm in einer gusseisernen Pfanne Spiegeleier mit nitratfreiem Speck. Der Duft weckte in Ted die Sehnsucht nach Schnee und einer abgelegenen Berghütte, nach klebrigem Sex unter Flanelllaken. Gina raucht auch gelegentlich Pot, was sie jeweils mit einer Minihetzrede gegen Alkohol begleitet, der *viel schädlicher* für den Organismus sei.

Sie hatten an den verrücktesten Orten Sex – in ihren Autos und im Park, unter Decken aus Ginas Kofferraum. Gina hat einen Satz Bettzeug im Wagen, den sie als »Taschenbett« bezeichnet und anlässlich des letzten Alarms der Stufe Orange zusammengestellt hat, als die Zeitungen eine Liste der Dinge veröffentlichten, die man im Auto deponieren sollte – unter anderem Wasser, Batterien, Taschenlampen, Müsliriegel und Decken – für den Fall, dass man von einer Sekunde zur anderen flüchten müsste oder unterwegs eine Panne hätte. Oder im Park unter einem alten Schlafsack bumsen wollte, der nach Lagerfeuer roch. Damals, unter dem Baum, war Ted so aufgeregt und voller Angst gewesen, dass er fürchtete, ihn würde der Schlag treffen. In Ginas Wohnung schafften sie es irgendwie nie bis ins Bett. Gina linderte einen Schmerz, dessen Ted sich gar nicht richtig bewusst gewesen war, bis er sie kennen lernte. Alles ging so schnell und fühlte sich so gut an und gleichzeitig so entsetzlich unrecht und schlimm. Es war, als hätte Ted begonnen, Klebstoff zu schnüffeln oder Banken auszurauben.

Während er mit zwei Autolängen Abstand hinter einem BMW herschleicht, überlegt er, wie es überhaupt zu der Krise zwischen ihm und Elinor kam. Wie es scheint, fing es mit der Sterilitätstherapie an. Ihr Sexleben wurde sozusagen ärztlicherseits gesteuert, was ihm jede Spontaneität raubte. Sogar die Küsse wirkten wie eine Pflichtübung. Elinor reichte ihm die Wange wie die Hand zu einem Händedruck oder eine Serviette zu einem Sandwich. Nicht, dass sie abweisend gewesen wäre, sie war nur wie besessen, redete ständig von irgendwelchen Studien, die sie gelesen hatte, oder Akupunkturterminen oder Spendereizellen. Dann verloren sie ihre Fähigkeit zu kommunizieren. Elinor glaubte, Teds stille Verwirrung bedeute, dass er ihr nicht mehr zuhörte, und so verstummte sie. Und er wusste nicht mehr, was er zu ihr sagen könnte, ohne ihren Unwillen zu erregen. Und am Ende verloren sie ihre Würde. Ted verlor seine in einem ganz bestimmten Moment: als er den Plastikbecher mit seiner Spermaprobe auf einem Korridor des Krankenhauses fallen ließ und dieser unter einen riesigen Kühlschrank rollte.

Ted hasste die In-vitro-Methode. Zum ersten Mal im Lauf seines Berufslebens überforderten ihn medizinische Informationen. Er hat sich nie als Kontrollfreak betrachtet, doch die Komplexität und Unzuverlässigkeit all der Reifen, durch die sie springen mussten (Injektionen, Ultraschallaufnahmen, Eizellenentnahmen, Embryonenübertragung) verunsicherten ihn völlig. Ihm ist es wichtig, etwas selbstständig in Ordnung bringen zu können. Auf dem College hatte er Stunden damit zugebracht, seinen alten Plymouth Scamp zu tunen. Wenn er die Motorhaube dieses Wagens öffnete, konnte er jedes Einzelteil benennen. Ted vermisst diesen V-8-Motor genauso, wie er Johnny Carson vermisst und das Haus, in dem er aufwuchs. Wenn er heute unter die Motorhaube seines Audi schaut, verhöhnt ihn ein schimmernder Elektronikblock.

Am Morgen der ersten Eizellenentnahme war Ted höllisch nervös. Immerhin hätte kaum mehr auf dem Spiel stehen können. Guter Gott. In der Klinik saß er neben Elinor, während die Schwester die Valium-IV startete. El lächelte die Zimmerdecke an wie einen alten Freund. Es war eine Erlösung zu sehen, wie sie sich entspannte. Ted küsste sie auf die Stirn und auf die kühlen Wangen. Dann ging er, wie angewiesen, zum Schwesternzimmer, um sich den Schlüssel für »den Raum« zu holen. Haha: Der Schlüsselanhänger war ein weißes Plastik*spermium.* Er versteckte es in seiner Hand und trottete den Flur hinunter.

Später wollte Elinor etwas über »den Raum« wissen. Ted erzählte ihr, er sei lediglich ein Zimmer mit einer Toilettenkabine und einem großen, schwarzen Ledersessel wie die, in die man zum Blutspenden gesetzt würde. Und es lägen viele Zeitschriften da. Nein, nicht *Newsweek!* Die Zeitschriften seien zerlesen und schmierig und mit weißen Stickern mit der Aufschrift »Eigentum der Rei Clinic: nicht mitnehmen« beklebt. Elinor fand das ziemlich lustig. Anfangs hatte sie es geschafft, die Prozeduren mit Humor und Ironie zu nehmen. Ihr schwarzer Humor ist eines der Dinge, die Ted an seiner Frau liebt. Sie ist so intelligent und lustig und schön.

»Na – wie war deine Verabredung mit dem Becher?«, neckte sie ihn.

Und er antwortete: »Oh, sehr romantisch.«

Er lachte zwar, aber gleichzeitig hatte er panische Angst, dass er die Spermaprobe irgendwie ruinieren würde nach allem, was Elinor durchlitten hatte: zehn Tage lang je vier Hormoninjektionen, um ihre Eizellenproduktion anzukurbeln, von den Spritzen blutunterlaufene Schenkel und einen Bauch, der vor Follikeln und Flüssigkeit so geschwollen war, dass sie mit verzerrtem Gesicht auf Zehenspitzen ging. Und jetzt stand ihr dieser chirurgische Eingriff bevor. Mit seiner Spermaprobe auf dem Weg zum Labor machte Ted sich Gedanken wegen des Anästhesisten. Der Bursche sah aus wie ein Zwölfjähriger! Was, wenn er Mist baute und El zu viel Versed gäbe? Ted verlor die Fassung. *Du bist Arzt,* ermahnte er sich. *Reiß dich zusammen.* Doch seine Hände wollten nicht aufhören zu zittern. Der Becher entglitt seinen Fingern wie ein lebender Fisch. Eigentlich hätte er ihn in der kleinen Papiertüte transportieren sollen, die man ihm gegeben hatte, aber die war ihm in »dem Raum« irgendwie kaputtgegangen, und er hatte sie weggeworfen. Das war eine Geschichte für sich. Ehe er sich's versah, war der Becher unter einen riesigen Kühlschrank gerollt, dessen Tür ein Vorhängeschloss sicherte. Ted ließ sich auf Hände und Knie nieder und spähte unter das brummende und klappernde Monstrum. Der Becher war bis ganz nach hinten an die Wand gerollt und klemmte unter einer herunterhängenden Metallschlaufe. Ted presste die Wange auf den Boden und streckte den Arm, so weit er konnte.

Auf den Knien, den Arsch in der Höhe und bis zum Ellbogen in Staub und Schmutz, hörte er eine Männerstimme sagen: »Kann ich Ihnen helfen?« Weiße Nikes, blaue Kluft und darüber ein bärtiges Gesicht.

»Der Becher mit meiner Spermaprobe ist da runtergerollt.« Ted hörte Panik in seiner Stimme.

Der Typ ging seinerseits auf die Knie und spähte unter den Kühlschrank. »Mann«, sagte er.

Sie konnten den Becher nicht greifen und den Kühlschrank nicht verrücken. Der Typ – ein Pfleger, wie sein Schildchen besagte – meinte, er könne zwar jemanden besorgen, der das Gerät wegrückte, aber aus irgendeinem Grund würde das länger dauern als die bis zur Ablieferung der Spermaprobe maximal gestatteten fünfundvierzig Minuten. Ted musste wieder zum Schwesternzimmer, sich wieder den Schlüssel holen, wieder in »den Raum«. Er bezweifelte, dass es noch einmal klappen würde, und als es klappte, befürchtete er, die Probe wäre von schlechterer Qualität als die erste, obwohl Dr. Weston ihm versicherte, dass sie in Ordnung sei.

Aber sie war nicht in Ordnung, oder *etwas* war nicht in Ordnung, denn die In-Vitro funktionierte nicht.

»Lass uns ein Kind adoptieren«, bat Elinor nach dem negativen Ergebnis des Schwangerschaftstests. Als sie die Nachricht bekamen, sagte Elinor ihre sämtlichen beruflichen Termine ab, fuhr nach Hause und rollte sich für vierundzwanzig Stunden auf dem Sofa zusammen. Doch danach war sie wieder im Internet, recherchierte und arbeitete voller Begeisterung Plan B aus – den Besuch bei einer Adoptionsagentur. Ted hatte inzwischen starke Zweifel. Gute Freunde mussten das gerade erst adoptierte Baby seiner wankelmütigen Mutter zurückgeben, und bei einem anderen Paar zerschlug sich die Adoption eines russischen Kindes in letzter Sekunde, obwohl sie bereits vor Ort waren. »Es ist nicht so einfach wie ein Besuch bei Sears, wo man seine Visa-Karte vorlegt und bekommt, was man will«, gab Ted zu bedenken. Er war nicht sicher, dass er eine solche Enttäuschung verkraften würde. Außerdem brächte die Adoption eines ausländischen Babys vielleicht medizinische Probleme mit sich, die ihnen das Herz brechen könnten. »Wollen wir uns nicht eine Atempause gönnen«, fragte er, verlegen, weil er, was diese Dinge anging, nicht so hart im Nehmen war wie Elinor. Was, wenn sie noch eine In-Vitro machten, sie zwar klappte, aber Elinor wieder eine Fehlgeburt erlitte? Er könnte es nicht ertragen, das alles noch einmal durchzumachen.

Elinor erwiderte, es sei keine Zeit für eine Pause, und so versuchten sie es trotz der verschwindend geringen Chance mit einem weiteren In-vitro-Zyklus. Ted sah im Geist das messerrückenschmale Stück auf Dr. Westons Torten-Diagramm zur Gänze verschwinden. Es erschien ihm das Beste aufzugeben. Doch es auszusprechen brachte ihm den Vorwurf ein, unkooperativ zu sein.

Endlich hat Ted den Highway 280 erreicht. Aufatmend schaltet er in den fünften Gang. Luft braust über das offene Schiebedach. Er schaut zu den Hügeln hinauf, die den Highway flankieren und noch knochentrocken sind von der Sommerhitze.

Als sie aufhörten, zu dem Arzt zu gehen, war Ted überzeugt, dass sie ihr altes Leben wieder aufnehmen würden. Wandern. Reisen. Doch anstatt ihre Freude am Leben zurückzugewinnen, schien Elinor sich vom Leben *abzuwenden.* Sie zog sich in ihre Waschküche zurück, und Verzweiflung schwang in ihrer Stimme mit.

»Ist mir egal«, antwortete sie, wenn Ted fragte, ob sie spazieren gehen wolle oder ob er ihr etwas kochen oder ein Video ausleihen solle. *Hey – ich leide auch!,* hätte er sie dann jedes Mal am liebsten angeschrien. Stattdessen zog er sich seinerseits zurück. Machte lange Spaziergänge, ging ins Fitnesscenter und landete irgendwann in Ginas altem Schlafsack.

Während der Sterilitätstherapie machte er eine Diät und durchlief ein Trainingsprogramm, weil er unter anderem hoffte, dass dies dazu beitrüge, die Zahl und Mobilität seiner Spermien zu erhöhen, die von Monat zu Monat schwankten. (»Hmmm, ziemlich lebhaft«, sagte der Gen-X-Arzt angesichts des Laborbefundes auf seinem Klemmbrett. Beim nächsten

Zyklus meinte er stirnrunzelnd: »Diesmal sind sie ungewöhnlich träge.« Worauf Ted am liebsten giftig erwidert hätte: »Wichsen *Sie* doch in einen Plastikbecher!«) Mit der Zeit erschien ihm alles sinnlos – außer seinen Besuchen im Fitnesscenter. Je öfter er hinging, umso besser fühlte er sich. Es war wie eine Pawlow'sche Konditionierung. Jetzt, im Nachhinein, wird ihm klar, dass er irgendwann begann, sich auf Gina zu freuen. Nicht mit romantischen oder sexuellen Hintergedanken, sondern lediglich, weil sie ihn mit ihrem Optimismus aufbaute.

»Sie machen das großartig, Dr. Mackay«, sagte sie beispielsweise und lächelte ihn unter ihren bis auf die Wimpern herabfallenden hellbraunen Ponyfransen hervor über den Rand ihres Klemmbrettes hinweg an. »Sie haben von all meinen Klienten die größten Erfolge. Ich finde, Sie sollten einen Triathlon machen! Wenn Sie einverstanden sind, trainiere ich Sie auf dem Fahrrad und im Pool.« Ihr Vertrauen in ihn rührte Ted.

In Anbetracht ihres freundschaftlichen Verhältnisses kam ihr erster Annäherungsversuch völlig überraschend für ihn. Es geschah, zehn Wochen nachdem er mit dem Trainingsprogramm begonnen hatte, während eines Fitnesschecks im Center. Er war mit Gina in einem Büro im ersten Stock. Sie maß seinen Blutdruck und überprüfte seinen Ruhepuls. Nebenbei plauderte sie über Baseball und schwärmte von den Spielern, als wären sie Filmstars. Sie war ein Red-Sox-Fan und überzeugt, dass ihr Team es dieses Jahr in die Ausscheidungsspiele schaffen würde. Ted musste aufs Laufband, und danach prüfte Gina erneut seinen Puls.

»Perfekt, Dr. Mackay«, lobte sie, und er bat sie zum hundertsten Mal, ihn Ted zu nennen. Doch Gina schien fasziniert zu sein von seinem Beruf und es zu genießen, ihn mit »Doktor« anzusprechen.

»Ich bin Fußchirurg, kein Gehirnchirurg«, sagte er.

»Die Füße sind *doch* wichtig«, insistierte sie. Dann fuhr sie, während sie etwas in seiner Akte notierte, federleicht mit der Fingerspitze an der Innenseite seines Armes aufwärts. Ein Schauer überlief Ted. Sie umfasste sein Handgelenk, hob seine Hand hoch und schob sich seinen Zeigefinger in den Mund. Langsam.

»Ich bin verheiratet, Gina«, sagte Ted mit belegter Stimme.

»Ich weiß«, antwortete sie traurig und setzte dann halbherzig scherzhaft hinzu: »Die Ehe ist der Tod der Taille.« Sie ließ Teds Handgelenk los und hüpfte zur Tür hinaus, ließ ihn mit einer Sehnsucht nach mehr zurück, für die er sich hasste. Mehr von ihrer Fröhlichkeit, mehr von ihrem Optimismus und ihrer Aufmerksamkeit, mehr von ihrer warmen Mundhöhle.

Als er sich jetzt an Ginas warme Mundhöhle erinnert, an den Abend im Park in ihrem Schlafsack, als sie es schaffte, ihm die Hose auszuziehen (er musste ihr geholfen haben!), und die Innenseiten seiner Beine leckte und dann an allem anderen, als es dunkel wurde – Jesus, sie hätten verhaftet werden können! –, überläuft ihn wieder ein Schauer. Er schüttelt energisch den Kopf, wie ein Hund sich schüttelt, wenn er in einem Teich war, und schließt für einen Moment die Augen. Als er sie wieder öffnet, hat er eine Hügelkuppe erreicht, und vor ihm leuchtet ein Meer von Bremslichtern. Erst in diesem Augenblick wird ihm bewusst, wie schnell er fährt. Ein Übelkeit erregender Adrenalinstoß schießt durch seinen Körper, er bremst, schaltet herunter, gerät ins Schleudern, bremst erneut und prallt dumpf gegen einen alten, hoch mit Rechen, Rasenmähern, Gebläsen und Schaufeln beladenen Pick-up, der daraufhin gegen den BMW prallt, hinter dem er in einem Abstand von nur ein paar Zentimetern hergekrochen ist und der daraufhin seinerseits gegen einen Wagen prallt, den Ted nicht sehen kann. Plötzlich kommt ein Rechen von der Ladefläche angeschossen und kracht in seine Windschutzscheibe. Er wechselt, zwischen den Zinken des Rechens hindurchspähend, von der rechten auf die Standspur und schaltet die Zündung aus. Das Anzughemd klebt an seinem Rücken.

Um den nachfolgenden Autos zu entgehen, steigt er auf der Beifahrerseite aus, stolpert an dem steilen Hang entlang zu dem Pick-up und entschuldigt sich durch das offene Fenster bei den drei Männern, die Schulter an Schulter auf der Sitzbank zusammengepfercht sind. »Handy?«, fragt einer von ihnen lächelnd. Zwei seiner Zähne sind mit Silber überkront. Ted zieht sein Handy aus der Tasche und sieht dann, dass bereits zwei andere Leute telefonieren.

Trockenes Gras und Gestrüpp streifen an seinen Hosenbeinen entlang, als er am Fuß des Abhangs weitergeht, um sich auch bei dem Vordermann zu entschuldigen. Er ist eine Frau. »Es tut mir so leid«, sagt er durch das geschlossene Fenster. »Ich habe Ihnen wahrscheinlich den Tag ruiniert.«

»Was?« Die Frau kurbelt das Beifahrerfenster herunter.

»Ich wollte nur …« Ted wischt sich mit dem Ärmel den Schweiß von der Stirn. »Es tut mir leid.«

»Okay«, sagt die Frau und beginnt, auf die Tasten ihres Palm Pilot einzuhacken.

»Es war meine Schuld«, erklärt Ted, als die Polizei kommt, »ich habe nicht aufgepasst.«

Als er wieder in seinen Wagen steigt, schnallt er sich an, obwohl er eine ganze Weile nirgendwohin fahren wird. Der Beamte nickt und überprüft Teds Papiere. Er sagt, dass diese

Auffahrunfälle ständig passierten. Der Stoßverkehr sei einfach ein Albtraum. Ted wünscht, der Mann wäre nicht so verständnisvoll. Er verdient es, bestraft zu werden. Zumindest *ermahnt.*

Nachdem der Cop die Angaben aller Beteiligten aufgenommen hat, fahren die Autos nacheinander ab. Ted versucht, die Wagenpapiere wieder im Handschuhfach zu verstauen, doch es ist einfach zu viel Mist drin. Plastikgabeln, Zahnseide, Papierservietten, Strohhalme. *Jesus, El,* denkt er. Elinor ist wie ein Eichhörnchen, sammelt ständig irgendwelche Kleinigkeiten. Elinor! Er hat tatsächlich für eine geschlagene halbe Stunde vergessen, dass seine Frau das Haus verlassen hat. Möglicherweise *ihn* verlassen hat. Er packt den Inhalt des Handschuhfachs mit einer Hand, drückt ihn zusammen und wirft ihn auf den Rücksitz. Er kann jetzt unmöglich fahren.

Wieder steigt er auf der Beifahrerseite aus. Diesmal klettert er, mit den glatten Sohlen seiner Straßenschuhe auf kleinen Steinen und der trockenen Erde rutschend, den Hang hinauf und setzt sich hin. Harte Grashalme stechen ihn in die Beine. Er schaut auf die Uhr: zehn vor neun. Demnach sitzt sein erster Patient seit zwanzig Minuten im Wartezimmer. Wieder holt er das Handy heraus. Drei Anrufe sind eingegangen. Er will nicht fahren. Also ruft er in der Praxis an. Larry, sein Partner, erklärt sich bereit, für ihn einzuspringen.

»Bist du okay, Kumpel?«, fragt Larry.

»Elinor ist ausgezogen.«

»Jesus. Das tut mir leid.«

»Ja …« Es ist, als steckten ihm plötzlich die ganzen zwei letzten Jahre im Hals. »Ich …« Er möchte Larry von Gina erzählen und was für ein Versager er ist. Aber Larry muss auflegen,

denn jetzt warten nicht nur seine Patienten, sondern auch Teds. Sie verabschieden sich.
Ted zieht die Knie an die Brust und schlingt die Arme darum, hockt wie ein kleiner Junge auf dem sommertrockenen Hügel neben dem Freeway. Der Verkehr fließt wieder schneller. Autos röhren an ihm vorbei, heiße Luft zieht an seinen Hosenbeinen wie ein Sog.

Jeden Donnerstagnachmittag zwischen eins und vier stellt Ted sich seiner Sterblichkeit, wenn er im Shady-Glen-Seniorenheim seine Runde macht, um alten Leuten die Fußnägel zu schneiden.
Als Ted die Eingangshalle betritt, schließt sich die gläserne Schiebeflügeltür hinter ihm mit einem *Wusch.* Er bleibt einen Moment auf der Gummimatte stehen, streicht mit den Händen seinen weißen Kittel glatt, atmet tief ein und wünscht sich in der nächsten Sekunde, er hätte es nicht getan. Die Geruchsmischung aus Urin, Dosenerbsen und Körperausdünstungen treibt ihm die Tränen in die Augen. Er geht den Korridor hinunter und wird mit einem Summton in den großen Gemeinschaftsraum eingelassen. Die weiße Kunststofftafel an der Wand ist mit Druckbuchstaben vollgeschrieben: Heute ist: 12. August. Das Wetter ist: warm. Zum Mittagessen gibt es: Spaghetti mit Fleischklößchen. Sie befinden sich in: San José, Kalifornien. Eine Frau, die zusammengesunken in einem Rollstuhl sitzt, kaut auf einer Glückwunschkarte herum.
Was Ted an seinem Beruf gefällt, ist, dass es ihm gewöhnlich gelingt, Menschen zu helfen, ihre Schmerzen zu lindern, ob durch das Abtragen einer Hornschwiele oder die Operation einer Mittelfußknochenfraktur. Doch die Arbeit im Shady Glen erscheint ihm jetzt als verlorene Liebesmüh. Die Fußnä-

gel alter Menschen – sie sind nicht nur unfassbar dick und gerillt – besitzen die Sturheit, sich sofort nach der Behandlung wieder ins Fleisch zu graben und ihren Besitzer aufs Neue zu quälen, und so hat Ted das Gefühl, diesen Patienten nicht zu helfen, sondern lediglich ihren schmerzhaften Status quo aufrechtzuerhalten. Während der In-vitro-Fertilisation, als er nichts tun konnte, um die Situation zu verbessern oder Elinor aufzubauen, hat ihn das gleiche Gefühl der Nutzlosigkeit erfüllt.

Teds erste Patientin an diesem Tag, Mrs O'Leary, ist nicht so alt wie die übrigen Insassen. Sie ist wegen eines Gehirntumors behindert. Ihre weißen Haare sind stoppelkurz wie die eines Marines, und seit ihrer letzten Operation hat sie eine golfballgroße Delle über einer Schläfe. Eines ihrer Augen ist eingesunken und geschlossen, ihr Gesicht von Steroiden aufgedunsen, und aufgrund der Bestrahlungen hat sie nur noch einen einzigen Zahn im Mund. Sie sieht aus wie eine Vogelscheuche.

Mrs O'Leary freut sich, als er hereinkommt. Sie setzt sich im Bett auf und schaut ihn mit ihrem gesunden Auge flehend an. »Curtis!«, flüstert sie laut.

»Nein, Mrs O'Leary«, sagt Ted, »ich bin Dr. Mackay. Und ich bin gekommen, um mir Ihre Füße anzusehen.« Als Ted die Decke zurückschlägt, um ihre trockenen rosa Zehen zu inspizieren, berichtet sie aufgeregt wispernd, welche Unbilden ihr widerfahren sind: Die Schwestern haben ihr Scheckbuch gestohlen, und jemand hat eine gedeckte Brücke in ihrem Zimmer gebaut. Könnte er das bitte an die Presse weiterleiten?

Anfangs glaubte Ted, er müsse seinen Patienten helfen, besser mit der Realität zurechtzukommen, indem er ihre senilen

Phantasien korrigierte, doch dann begriff er, dass Menschen es als tröstlicher empfinden, wenn man sie ein wenig aufheitert. *Tatsächlich? Stellen Sie sich das vor! Was für eine Unverschämtheit!* Allein, dass ihnen jemand zuhört und reagiert, scheint den Patienten schon gutzutun.

Mrs O'Learys Fußnägel sind in keinem so schlimmen Zustand, da sie erst in den Sechzigern ist. Als er mit dem Schneiden fertig ist, drückt er die dicken Wattepads auf die Nagelränder.

»Und – wie ist es jetzt?«, fragt er.

Sie seufzt erleichtert. »Viel besser.«

Ted massiert ihre Füße mit Creme und breitet dann wieder die Decke darüber. Erschöpft lässt er sich für einen Moment auf den Stuhl sinken, der neben dem Bett steht.

»Wie geht es Ihnen, Lieber?«, fragt Mrs O'Leary. Sie hat zwar geistige Aussetzer, aber sie ist eine der nettesten Heiminsassen. Ted hat schon erlebt, dass Patienten ihn anschrien, ihn mit Wasser übergossen und ihm gackernd ihre welken Genitalien präsentierten.

»Meine Frau hat mich verlassen«, hört er sich antworten.

Mrs O'Leary hebt den Kopf vom Kissen und sieht ihn mit ihrem gesunden Auge verschwörerisch an. »Diese Margaret *taugt einfach nichts!*«

Ted schüttelt den Kopf. »Ich liebe sie.«

Er hätte das Kochbuch nicht in seine Kommodenschublade legen dürfen. Es muss Elinor furchtbar wehgetan haben, als sie es fand. Aber er ist einfach nicht gut darin, etwas zu verbergen. Glücklicherweise hat er Elinor während seiner Affäre nie anlügen müssen. Da ihr offensichtlich nichts an seiner Gesellschaft lag, konnte er kommen und gehen, wie es ihm gefiel. Wenn er von Gina kam, fragte sie niemals, wo er gewesen sei.

Es war schwierig, sie aus ihrem Waschküchen-Büro zu locken. Er kochte jeden Abend, und sie kam zum Essen, doch wenn er danach die Küche in Ordnung brachte, kehrte sie in ihre Höhle zurück, zu was immer sie dort machte. Eines Tages fragte er sie: »Kannst du dich nicht an die Frühstückstheke setzen und mit mir reden, während ich koche?«, doch es war für sie beide eine Qual, wenn sie es tat. Sie saß dann mit verschränkten Armen da, als friere sie, und schaute auf die Zeitung hinunter, ohne zu lesen. Sie versicherten einander, dass ihr Tag gut gelaufen sei, und das war's. Sie stritten nicht einmal mehr. Jedenfalls fast nie.

Ted streckt die Hand aus, um Mrs O'Learys Finger zu öffnen, die sich in die Bettdecke gekrallt haben. »Alles wird gut.« Er streichelt ihre Hand, denn er hat gelernt, dass schon eine einfache Berührung als tröstlich empfunden wird. Jegliche sanfte Berührung – anders als eine Perkussion. Er steht auf. »Versuchen Sie, sich nicht zu viele Sorgen zu machen.« Er zieht den Rolltisch mit dem Lunchtablett heran. »Vanilleeis«, sagt er und öffnet den Pappdeckel des kleinen Bechers. »Essen Sie etwas davon. Das Kalzium ist gesund für Sie.« Aber Mrs O'Leary ist eingeschlafen. Teds Blick fällt auf das Foto, das auf dem Nachttisch steht. Mrs O'Leary im Hochzeitskleid und mit einer Fülle nachtschwarzer Locken, die ihr rosiges Gesicht einrahmen. Ihr Mann lächelt mit leicht vorstehenden Zähnen in die Kamera. Die beiden tanzen, schweben beinahe.

»Sie hätten nicht so ehrlich sein müssen«, sagt ein Mitarbeiter von Teds Versicherung später an diesem Tag am Telefon.

Ted lacht auf. Es klingt hart und rau wie ein Bellen.

»Und Sie hätten nicht mit den anderen Unfallbeteiligten sprechen dürfen«, fährt der Mann fort. »Sie hätten nur auf die

Polizei warten sollen.« Er seufzt. »Erzählen Sie mir Ihre Version der Geschichte.«

Meine Version der Geschichte? Mal sehen. Ich dachte an den Abend, als ich von der Ernährungsberaterin meines Fitnesscenters im Park einen geblasen bekam, und erkannte zu spät, dass ich zu schnell fuhr, krachte in einen Pick-up und verursachte eine Mehrfachkarambolage. »Ich fuhr zu schnell«, erklärt Ted dem Versicherungsangestellten. »Als ich über einen Hügel kam, erkannte ich, dass der Verkehr vor mir langsamer geworden war, aber ich konnte nicht schnell genug bremsen. Ich hab nicht aufgepasst. Hätte ich lügen sollen?«

Selbstverständlich nicht – aber sein Versicherungsbeitrag würde sich jetzt erhöhen, und er würde seinen Status »Guter-Fahrer« und die damit verbundene Ermäßigung verlieren …

Das kümmert Ted nicht. Er hat bereits seinen Status »Guter-Ehemann« verloren. »Hat Ihr Anruf irgendeinen Zweck – abgesehen davon, mir auf die Nerven zu fallen?«, fragt er den Versicherungsmann.

»Beruhigen Sie sich. Ich muss einfach von Ihnen hören, was passiert ist.«

»Das habe ich Ihnen doch bereits erzählt. Es war allein meine Schuld.«

Aber ist der jetzige Zustand seiner Ehe auch allein seine Schuld? Je stärker Elinors Kinderwunsch wurde, umso nebensächlicher fühlte Ted sich. Im Lauf der Monate zog sie sich in sich zurück und wurde wütend auf ihn – als wäre es seine Schuld, dass sie nicht schwanger wurde. Wenn er sie berührte, zuckte sie zusammen oder entzog sich ihm. Manchmal, wenn er ins Zimmer kam, schrak sie hoch, als ängstige sie seine Gegenwart. Ted begann, sich nutzlos zu fühlen und schließlich abstoßend.

Als er eine Therapiepause vorschlug, beschuldigte sie ihn, kein

Kind zu wollen, und es gelang ihm nicht, sie vom Gegenteil zu überzeugen. Er hatte sich immer drei Töchter gewünscht. Die Fehlgeburt war einer der wenigen Anlässe in seinem Leben, schon vormittags etwas Hochprozentiges zu trinken.

Er wollte seine Ehe nicht mehr diesen verrückten Injektionen und Arztbesuchen opfern. Immer wieder malte er sich in Gedanken aus, wie Elinor ihn eines Abends, wenn er von der Arbeit käme, in der Küche am Herd stehend (eine wirklich realitätsferne Vorstellung, denn sie kam grundsätzlich später von der Arbeit als er) mit der Neuigkeit überraschte, dass sie ein Kind bekämen. Die Eröffnung würde ihm den Atem rauben. Er würde Elinor hochheben, zum Sofa tragen und ihr Gesicht mit Küssen bedecken.

Der Versicherungsangestellte informiert ihn, dass eine Frau behaupte, seit der Kollision Nackenschmerzen zu haben. Ted weiß positiv, dass ein Schleudertrauma erst am Tag nach der Verletzung Schmerzen verursacht, doch er sagt nichts.

»Schicken Sie mir einfach den Papierkram«, sagt er zu dem Mann und unterbricht die Verbindung. In diesem Moment wird ihm bewusst, dass er während des ganzen Telefonats seinen Schuh in der Hand gehalten hat. Als das Telefon klingelte, war er gerade erst zur Tür hereingekommen und im Begriff gewesen, sich zum Joggen umzuziehen. Jetzt starrt er auf den Boston Common Oxford mit dem Fersenpolster zur Stoßdämpfung hinunter und hasst ihn plötzlich für seine Zweckmäßigkeit. Er öffnet die Glasschiebetür des auf den Garten hinausgehenden Schlafzimmers, holt aus und wirft den Schuh, so weit er kann, als sei er ein Football. Das Ding segelt über die gesamte Rasenfläche und durchschlägt die Wacholderhecke. Ted hat seit der Highschool nicht Football gespielt, und er vermisst es. Er zieht den anderen Schuh aus. *Ellbogen zu-*

rück, Fuß nach vorne, Bauch zum Fänger. Bingo. Der Schuh verschwindet im Nachbargarten.

Ted dreht sich zu ihrem Ehebett um, einem California King. Es ist sogar zu groß, wenn sie *beide* darin schlafen. Auf keinen Fall wird er sich *allein* hineinlegen. Während der letzten zwei Monate haben sie die Nächte verbracht, ohne einander zu berühren. Elinor murmelte das obligatorische »Ich liebe dich« und schlief schon fast, bevor Ted antworten konnte, und er lag da und wünschte, sie würden sich wieder unterhalten, bevor sie einschliefen, wie sie es früher getan hatten. Wünschte, sie würden Liebe machen. »Wie war dein *Tag?*«, fragte er dann laut und wütend und schreckte sie hoch. »Was?«, fragte sie atemlos. »Gut! Ich habe schon geschlafen!«

Es deprimiert ihn, dass er, wenn er an Sex denkt, an Gina denkt. Er muss sich regelrecht anstrengen, um sich an Intimitäten mit seiner Frau zu erinnern. Ungeduldig reißt er sich die Krawatte herunter und schleudert sie in Richtung Schrank, wo sie auf einem von Elinors Laufschuhen landet. Er stürzt in den begehbaren Kleiderschrank, rafft so viele Schuhe zusammen, wie er tragen kann, und wirft sie in den Garten hinaus. Laufschuhe, Clogs, Wanderstiefel, seine, ihre, was er zu fassen kriegt. Zum Teufel damit. Was ist aus der Frau geworden, die er geheiratet hat? Er will seine Frau wiederhaben. Er will sie wieder zu Hause haben und dann mit ihr zu der Eheberaterin gehen. Begreifen, was, verdammt noch mal, mit ihnen passiert ist.

Er schließt die Glasschiebetür und geht ins Bad, um ausgiebig zu duschen.

Als er danach in Jeans, T-Shirt und Laufschuhe geschlüpft ist (von denen er einen aus dem Garten holen musste), fühlt er sich besser. Er schnappt sich das Telefonbuch und ruft im Hyatt an. Es liegt in derselben Straße wie das Fairmont. Er wird

sich dort ein Zimmer nehmen. Das wird Elinor lustig finden. Er wird sie anrufen und zu einem Dinner auf seinem Zimmer einladen. Auf neutralem Boden. Dieses Szenario hat ihnen die Eheberaterin schon x-mal empfohlen.
Im Hyatt angekommen, entfernt Ted die steife Tagesdecke vom Bett und schaut aus dem vierten Stock die Straße hinauf zum Fairmont. Seine Hände sind eiskalt und schweißnass. Schließlich fasst er sich ein Herz und ruft El an.
»Die haben hier ebenfalls Zimmerservice, weißt du.« Er lacht nervös.
Elinors Stimme klingt ruhig und distanziert. Sie findet seinen Einfall nicht lustig. Und sie kann nicht mit ihm essen, weil sie gleich auschecken wird. Sie fliegt für zwei Wochen zu ihrer Mutter, die nach einer Knieoperation aus der Reha zurück ist. Der Urlaub steht ihr weiß Gott zu.
»Ich bring dich zum Flughafen«, sagt Ted.
»Nein, danke, Schatz«, lehnt El ab. »Kat bringt mich.«
Je ruhiger ihr Ton wird, umso panischer wird Ted. Sie klingt, als hätte sie alles durchdacht. Was, wenn dieses *alles* beinhaltet, ihn endgültig zu verlassen? Er hat ein Brennen in der Luftröhre, als stecke eine Tablette dort fest.
»Rufst du mich an, wenn du da bist?« Ted sinkt aufs Bett. Elinor ist wie ein abfahrender Zug. Die Türen schließen sich zischend, sie wird schneller, und er, Ted, rennt auf dem Bahnsteig nebenher.
Elinor sagt, also gut, sie werde es ihn wissen lassen, wenn sie angekommen sei, aber dann wolle sie eine echte Pause und in den zwei Wochen, die sie weg wäre, nicht mit ihm reden. Sie melde sich, wenn sie zurück sei.
»Und dann gehen wir zur Eheberaterin, ja? Ich vereinbare einen Termin.«

»Okay.« Elinor zögert einen Moment und fragt dann: »Wie geht es dir?«
»Großartig«, antwortet Ted und wünscht in der nächsten Sekunde, er hätte sich den sarkastischen Unterton gespart. Schließlich will er die Situation nicht noch verschlimmern. »Ich hatte einen …«
»Hätte die Knieoperation Mom nicht eigentlich von den Schmerzen *befreien* müssen?« El gerät ein wenig außer Atem, während sie ihre Sachen einsammelt. »Sie sagt, es tue jetzt mehr weh als vorher.«
»Unfall«, beendet Ted den Satz, bei dem sie ihn unterbrochen hat. »Oh, die Prognose ist im Allgemeinen sehr günstig. Sogar für ältere Menschen. Die Schmerzen müssten merklich schwächer werden, wenn sie noch ein paar Wochen ihre Übungen gemacht hat.«
»Moment mal – was für einen Unfall?«, hakt Elinor plötzlich nach, und Ted hört, dass sie aufgehört hat herumzulaufen.
»Mit dem Wagen. Nichts Ernstes. Es ist alles okay.« Er beschließt, nicht ins Detail zu gehen. »Hey – wenn deine Mom wieder fit ist, könnte sie doch vielleicht zu uns ziehen.« Genau. Als ob *das* ihre Ehe retten könnte. Er ballt die Fäuste und versucht, sich von dem quälenden Gefühl der Hilflosigkeit zu befreien.
»Sie würde niemals umziehen. Hey!« Elinors Stimme klingt plötzlich lebhafter, und Ted denkt, dass sie vielleicht eine gute Neuigkeit für ihn hat – eine Idee, wie sie ihre Ehe wieder hinkriegen. »Ich bin heute im Hotelpool fünfzig Bahnen geschwommen.«
»Oh. Ist ja toll.« *Ja, es ist toll, dass deine Frau im Fairmont ist!* »Meinst du nicht … willst du nicht *reden?*« Er steht auf. »El, ich möchte, dass du weißt, wie leid es mir tut.«

Elinor seufzt. »Das ist das Problem. Ich glaube nicht, dass ich *in der Lage bin* zu reden, Ted. Ich kann schreien, ich kann Sachen an die Wand werfen, aber ich glaube nicht, dass ich reden kann.«

»Dann schrei.«

»Das …«, sie bricht ab, schluchzt auf, fasst sich, » … will ich nicht.«

Wunderbar. Er hat es geschafft, dass sie sich noch schlechter fühlt.

»Kommen Sie herein«, ruft sie jemandem zu und sagte zu Ted: »Ich muss los. Wir *werden* reden. Natürlich werden wir reden. Ich brauche nur etwas Zeit. Jesus, Ted …«

»Ich weiß«, sagt er. »Pass auf dich auf.«

»Mach ich doch immer«, antwortet sie. »Bis dann.«

»Ich liebe dich.« Freizeichen. Zu spät.

Ted legt auf und betrachtet das riesige California-King-Bett in seinem Hotelzimmer. Er öffnet seinen Koffer, holt seine Zahnbürste heraus, putzt sich die Zähne, schüttelt das Wasser aus den Borsten, steckt sie wieder in den Beutel und zieht den Reißverschluss zu. Hier im Hyatt fühlt er sich genauso einsam wie zu Hause. Er beneidet Elinor um die Pause. Um den Tapetenwechsel. Um die Ablenkung, ein Flugzeug erreichen zu müssen. Um die Einkaufsliste ihrer Mutter, die sie auf die Frühstückstheke gelegt hat. Um die Befriedigung, sich um jemanden kümmern zu können. Ted nimmt seinen Koffer und schüttelt den Kopf: Er hat sich ein Hotelzimmer genommen, um seine Frau anzurufen und sich die Zähne zu putzen.

Mit einem leichten Schwindelgefühl und zitternden Händen wird Ted auf der Heimfahrt vom Hyatt bewusst, dass er seit dem Frühstück nichts gegessen hat. Er macht bei einem Coun-

try Kitchen Café halt, wo das Essen gesund und tröstlich ist, und bestellt sich eine Linsensuppe, gegrilltes Hühnchen, Salat und einen Obstteller.
Als die Kellnerin gegangen ist, schlägt er die Hände vors Gesicht. Es kommt ihm vor, als wäre dieser Tag so lang wie eine Woche gewesen. Er will nicht nach Hause. Vielleicht sollte er im Auto schlafen. Er reibt sich die Augen, bis sie quietschen. Als er sie öffnet, sieht er rote Kreise und dann einen attraktiven Fuß aus der angrenzenden Nische lugen. In der Öffentlichkeit achtet er immer in erster Linie auf Füße und Schuhe. Er betrachtet die geraden, länglichen Zehen mit den rosa lackierten Nägeln. Sie sind bemerkenswert wohlgeformt. Keine knubbelige Mittelzehe. Silberner Zehenring. Purple-Reef-Flip-Flops. Ein feuerroter, langer Rock umspielt weich den Knöchel. Gina. *Ginas* fließender Paisleyrock. Ginas perfekt modellierter Fuß. Ted hebt den Blick und sieht ihren Hinterkopf. Lange, hellbraune Haare, glatt und seidig. Die einzelnen Haare sind fein, doch es sind so viele, dass sie einen dichten Vorhang bilden, in dem man genüsslich das Gesicht vergraben, hinter dem man sich verstecken kann. Gina. Eigentlich nicht überraschend, denn schließlich ist *sie* es gewesen, die ihn auf dieses Restaurant gebracht hat.
Ted rutscht in seiner Nische nach unten. Sein Kinn ruht auf seiner Brust.
»Müde?«, fragt die Kellnerin, als sie den Obstteller vor ihn hinstellt.
»Fix und fertig.« Ted späht um die Ecke seiner Nische. In Ginas ist für zwei Personen gedeckt. Ihr Begleiter ist offenbar auf der Toilette. Gina legt den Kopf in den Nacken und leert ihr Weißweinglas in einem Zug. Das macht sie, wenn sie nervös ist. So selbstbewusst und energisch sie auch wirkt, Ted kennt

ihre unterschwellige Nervosität, ihr Bemühen um Anerkennung. Einmal nahm er ihr Gesicht in die Hände, schaute ihr in die Augen und sagte: »Entspann dich.«
Vielleicht ist sie jetzt nervös, weil sie ein Date hat. Ted beugt sich weiter aus seiner Nische, gerät auf dem Kunststoffbezug der Sitzbank ins Rutschen und landet um ein Haar auf dem Boden. In letzter Sekunde bekommt er den Tisch zu fassen, stößt dabei jedoch sein Glas um, und das Wasser ergießt sich über die Resopalplatte. Ginas Begleiter trinkt offenbar Pepsi. Vielleicht ist es einer ihrer Trunkenheit-am-Steuer-Freunde. Die Vorstellung, dass dieser Limonadentrinker Gina küsst, dass ein anderer Mann mit seinem Mund diese aufgeworfenen Lippen berührt, die immer leicht süß schmecken und rosa glänzen, ist Ted unerträglich. Gina küsst wunderbar. Das war das Erste, was Ted an ihr bezauberte – die Art, wie sie mit der Zungenspitze die Konturen seiner Lippen nachzeichnete, an seiner Unterlippe nagte und dann ihre Zähne hineingrub, gerade so fest, dass es seine Kopfhaut kribbeln machte. Dann zog sie seine Unterlippe in ihren Mund und saugte langsam daran, verhieß ihm damit noch größere Freuden. Ted richtet sich auf, rutscht an seinen Platz zurück und schlägt mit der Handwurzel auf den Tisch. Eifersüchtig auf ein *Gedeck!* Jesus. Während er versucht, sich mit seiner *Frau* zu versöhnen! Wütend sticht er mit der Gabel auf einen Honigmelonenschnitz ein.
Ein magerer Junge kommt um die Ecke, hinter der die Toiletten liegen, und steuert auf Ginas Nische zu. Ein Wust honigblonder Locken fällt ihm bis über die Augen. Er dürfte ungefähr acht sein. Als er bei Gina ankommt, lässt er sich ihr gegenüber auf die Bank fallen, als sei er völlig erledigt.
Wer ist dieses Kind? Ted hält den aufgespießten Honigmelonenschnitz wie eine Fahne hoch.

In diesem Moment deutet der Junge auf etwas hinter Ted. Gina dreht sich um, die Augen zusammengekniffen, das Kinn vorgereckt, den Mund leicht geöffnet. Die Wände des Restaurants sind mit allen möglichen Dingen dekoriert – von Elchköpfen bis zu Fotos von Prominenten aus der C-Liga.
Ginas Augen weiten sich, und ihr Kiefer klappt nach unten. »*Ted.*« Er sieht ihr an, dass sie am liebsten aufspringen und ihm um den Hals fallen würde, doch sie unterdrückt den Impuls und beschränkt sich auf ein Lächeln. »Hi.«
»Hi.« Ted schwenkt mit zitternder Hand seine Honigmelonenfahne.
Die Kellnerin erscheint mit seiner Salatschüssel auf der Hüfte. »Wollen Sie sich hier rübersetzen?«, fragt sie und tritt auf Ginas Nische zu.
»Ich …« Ted lässt die Fahne sinken.
»Klar.« Gina stößt ein nervöses Lachen aus. »Setz dich zu uns.« Sie rutscht ans Fenster, um ihm Platz zu machen.
Der Junge zieht die Nase kraus und stopft sich ein Pommes-Stäbchen in den Mund.
Ted schluckt trocken, legte die Hände auf den Tisch, stemmt sich hoch und wappnet sich.

3

Es ist wahrscheinlich nicht ratsam, sich eine Woche nach der Entdeckung, dass der Ehemann mit einer anderen Frau geschlafen hat, selbst die Haare zu schneiden, doch Elinor hat ihr ganzes Leben lang vernünftig gehandelt – und was hat es ihr gebracht?

Sie beugt sich im Haus ihrer Mutter in Ohio zu dem Spiegel über dem Waschbecken vor und mustert sich kritisch. Die blonden Haare sind stumpf geschnitten und schulterlang. Zu langweilig. Langweiliger Haarschnitt, üblicherweise zum französischen Zopf geflochten, flache Schuhe, erfolgreich im Beruf. Eizellenqualitätsprüfungen. Sie möchte eine sexy Frisur. Einen dieser fransigen Schnitte, die sie in Zeitschriften bei Filmstars gesehen hat. Einen verrückten Wischmopp mit verschieden langen Strähnen und mit Ponyfransen, die spitzbübisch bis über die Augen fallen. Sie greift in ihre Haare und hält ein Büschel hoch, um eine Vorstellung davon zu bekommen, wie es aussehen soll. Als sie loslässt, fallen sie ordentlich in Fasson, zu dick und störrisch, um zerzaust auszusehen.

Elinor tapst ins Wohnzimmer hinüber, wo ihre Mutter, das operierte Bein hochgelegt, auf dem Sofa liegt. Eine Narbe wie ein Reißverschluss ziert das Knie. In dem Aschenbecher an ihrem Ende des Tisches kokelt eine Zigarette vor sich hin. Irgendwann auf ihrem Lebensweg ist Beatrice eingegangen wie ein zu heiß gewaschenes Kleidungsstück, und jetzt wirkt sie wie eine Maiskolbenhülse, die in einem blauen Bademantel steckt.

»Hast du eine scharfe Schere, Ma?«, fragt Elinor laut, um das Geplärr aus dem Fernseher zu übertönen.

»Schwachkopf!«, ruft ihre Mutter, die wie jeden Morgen die Kandidaten von »Der Preis ist heiß« beschimpft. Dann streckt sie den Arm aus und deutet, ohne den Blick von Bob Barker zu wenden, Richtung Waschküche.

»Ohhhhh«, wehklagt das Publikum, als eine Frau mit ihrer Schätzung himmelweit neben dem tatsächlichen Preis einer Mikrowelle liegt.

Die Vorhänge sind zugezogen und Bob Barkers dritte Zähne der einzige Lichtblitz in dem dunklen Raum. Er ist hager und sonnenbankgebräunt. Elinor zieht die Vorhänge auf. Sie hat Schuldgefühle, dass ihre Mutter sie deprimiert – die Düsternis und Muffigkeit der Wohnung und ihr Anblick, sie den ganzen Tag vor dem Fernseher sitzen zu sehen. Das Haus riecht nach Zigarettenrauch und Lysol und den Jones-Schweinsbratwürstchen, die ihre Mutter jeden Tag zum Frühstück brät, bis sie verbrannt sind. Sie zieht die Glasschiebetür auf, um Luft hereinzulassen.

Beatrice zeigt auf den Fernseher. »Jetzt seh ich nichts mehr, weil es spiegelt.« Sie seufzt. »Warum schaue ich mir diesen Mist überhaupt an?«

»Liest du denn gar nicht mehr?« Elinor hofft, dass es nicht zu kritisch klang. Früher las ihre Mutter jede Woche ein Buch aus der Bibliothek.

»Ich musste jeden Absatz x-mal lesen, bis ich begriff, was da stand, und irgendwann ließ ich es dann bleiben. Meine Konzentration ist den gleichen Weg gegangen wie meine Knochendichte. Ich kann nicht mehr lesen, ich kann keine Marmeladengläser mehr aufschrauben, ich kann nicht mehr tanzen.«

Beatrices Verärgerung über ihre Altersbeschwerden bereitet Elinor Sorge. *Mit ein bisschen Glück wache ich nicht mehr auf*, hat sie vor der Operation am Telefon gegrummelt.

»Du hast nie gern getanzt«, sagt Elinor.

»Hab ich nicht? Siehst du – ich kann mich nicht erinnern. Ich kann mich an *nichts* erinnern.«

»Doch, das kannst du!« Es klingt wie eine Anklage.

Beatrice deutet auf Bob Barker. »Der Mann sieht aus wie Dörrfleisch auf Beinen.«

»Kann ich irgendetwas für dich tun?« Elinor bemüht sich um einen fröhlicheren Ton. »Soll ich uns vielleicht ein paar Videos holen?« Als ihre Mutter nicht hinsieht, drückt sie die Zigarette aus.

»Du könntest mich hinters Haus bringen und erschießen.«

Elinor spürt ihr Kinn zittern und ihre Augen brennen. »Bitte, sag so etwas nicht.«

Beatrice setzt sich inmitten ihrer Kissen mühsam auf und schaut Elinor an »Das war ein *Scherz,* Schätzchen.« Sie dreht Bob Barker den Ton ab. »Lächle doch mal – deiner alten Ma zuliebe.«

Elinor hat plötzlich die Stimme ihres Vaters im Ohr, der in ihrem ersten Studienjahr an einem Herzinfarkt starb. »Lächle, Ellie«, sagte er oft und boxte sie mit der Faust leicht gegen die Schulter. Sie war ein ernstes Kind, hatte ständig die Nase in einem Buch. »Ich bin okay«, musste sie unentwegt versichern, weil alle glaubten, sie mache ein finsteres Gesicht. Dabei konzentrierte sie sich lediglich. Aber auf die falschen Dinge, wie es schien. Als sie sich auf ihre Karriere konzentrierte, hätte sie sich lieber auf ihre biologische Uhr konzentrieren sollen. Als sie sich auf ihre biologische Uhr konzentrierte, hätte sie sich lieber auf ihren Mann konzentrieren sollen, das erkannte sie jetzt. »Was glauben Sie – warum haben Sie es hinausgeschoben, ein Kind zu bekommen?«, fragte die Eheberaterin bei der ersten Sitzung, und Elinor antwortete, dass es keine Absicht war: Sie lernte Ted mit fünfunddreißig kennen und war sechsunddreißig, als sie sieben Monate später heirateten. Kurz nach ihrem siebenunddreißigsten Geburtstag setzte sie die Pille ab und begann, im Hinblick auf eine zu erwartende Schwangerschaft Vitamine einzunehmen, und sie versuchten ein Jahr lang, schwanger zu werden. Mit achtunddreißig bekam sie von ihrem Frauenarzt eine Liste mit Adressen von Zentren für Sterilitätsbehandlungen. Bis sie den richtigen Arzt fanden, kletterten sie die Warteliste hinauf, durchliefen alle erforderlichen Tests, machten drei intrauterine Inseminationen, die Fehlgeburt und die anschließende Erholungsphase durch, eine Hysteroskopie und zwei gescheiterte In-Vitros, und plötzlich war sie vierzig. Und kinderlos. Aber was hätte sie mehr tun können?

»Tut mir Leid, dass ich so trüber Stimmung bin«, sagt Beatrice. »Es geht mir einfach nicht gut.«

»Du musst dich nicht entschuldigen.« Elinor gibt Bob Barker seine Stimme zurück. Sie weiß, wie gern ihre Mutter diese Sendung sieht. Sie sollte aufhören, sich einzumischen. Plötzlich kann sie sich vorstellen, wie hilflos Ted sich gefühlt haben muss, als er sie während der Hormoninfusionen trösten wollte. »Kann ich etwas für dich tun?«, fragte er immer wieder liebevoll. Wenn sie dann nur traurig den Kopf schüttelte, sah Ted enttäuscht und gequält aus.

»Weißt du, Schätzchen, du kannst ruhig wieder nach Hause

fliegen.« Beatrice legt den Kopf in den Nacken und schaut lächelnd zu Elinor auf. »Ich komme jetzt allein zurecht. Wirklich. Flieg du zu deinem Mann.«
Elinor will sie nicht mit der Neuigkeit von Teds Affäre belasten, mit der Tatsache, dass ihre Ehe auf der Kippe steht.
»Ich kann meine Flugkarte nicht umtauschen«, sagt sie, obwohl es gegen eine Gebühr wahrscheinlich machbar wäre. Es tut ihr gut, ihrer Mutter zu helfen, ihr Medizin zu verabreichen, ihr auf einem Tablett Essen zu servieren, Eisbeutel auszutauschen und sie zu stützen, wenn sie abends mit ihr die Treppe hinaufgeht. Sie braucht es, gebraucht zu werden. Und deshalb hat sie sich auch ein Kind gewünscht – einen Menschen zu haben, für den sie sorgen könnte. Dem sie den Mantel zuknöpfen und die Nase putzen und den sie trösten könnte. Und dabei übersah sie, dass *Ted* sie brauchte – ihre Gesellschaft, ihre Aufmerksamkeit, ihre Liebe und Erotik. All die Elemente einer guten Ehe.

Die einzige Schere in der Waschküche ist eine Zickzackschere. Vielleicht genau die richtige für den Look, der ihr vorschwebt. Elinor breitet eine Zeitung über das Waschbecken, packt eine Haarsträhne, zieht sie senkrecht nach oben und schließt die Schere. Die abgeschnittenen Haare bleiben ihr in der Hand, und sie vermisst sie augenblicklich. Im Gegensatz zu ihren meisten Freundinnen muss sie ihre Haare nicht färben. Ihr Vanillepuddingblond neigt nicht zum Grauwerden. Vielleicht hätte sie die Haare lieber wachsen lassen sollen. Lange, blonde Haare bis zur Taille – *das* wäre sexy gewesen.
Wieder mustert sie sich im Spiegel. Ted sagt, ihr Gesicht sei herzförmig, was ihr insgeheim ungeheuer schmeichelt. Sie selbst findet ihr Gesicht zu lang und ihr Kinn zu spitz. Was sie

als Knopfnase betrachtet, bezeichnet Ted als Stupsnase. Er schafft es immer wieder, dass sie sich hübscher fühlt, als sie sich sieht.

»Sie sehen aber gut aus für Ihr *Alter*«, hat Gina im Fitnesscenter gezwitschert. Als sie den Gummi aus ihrem Pferdeschwanz zog, um ihn neu zu machen, fielen ihre blonden Haare wie ein Fächer bis zu ihrer Taille herab – seidig, glänzend und ätherisch. Schulmädchenhaft.

Elinor ist sich nicht schlüssig, wie sie auf die Affäre reagieren soll. Einerseits möchte sie nach Hause fliegen, ins Fitnesscenter stürmen und Gina die Faust in ihren bezaubernden Überbiss rammen. Andererseits möchte sie sich am Fußende des Bettes ihrer Mutter ganz klein zusammenrollen. Natürlich wäre es am besten, vernünftig zu reagieren. Würdevoll. Aber sie weiß nicht, wie das geht.

Die fransig abgeschnittene Haarsträhne sieht auf reizvolle Weise ungepflegt aus. Elinor schnappt sich die nächste. Die Haare landen auf der Zeitung, genau auf der »Liebe Abby«-Rubrik.

Liebe Abby: Mein Mann hatte eine Affäre. Elinor arbeitet sich um ihren Oberkopf herum, wobei sie sich an die Techniken von Friseuren zu erinnern versucht. Die Schere quietscht und schnipst. Schnell sind das Kreuzworträtsel und die Horoskope unter einem blonden Haarberg verschwunden.

Quietsch, schnips. *Ich hätte netter zu Ted sein können, Abby.* Elinor nahm es ihm übel, dass er kein Kind adoptieren wollte und erleichtert war, als sie die Sterilitätstherapie einstellten. Es machte sie wütend, dass plötzlich wieder Schwung in seinen Schritten lag. Sie schnauzte ihn wegen aller möglichen Lächerlichkeiten an, zum Beispiel, weil er vergessen hatte, die Sachen aus der Reinigung zu holen. Ihre Wut sprudelte aus ihr heraus, sie konnte sie nicht zurückhalten. Es passierte einfach, so, wie man sich manchmal erbricht, bevor man das Badezimmer erreicht. Doch sie musste erkennen, dass sie sich mit ihrer Angriffstaktik selbst schadete – wie die Biene, die stirbt, nachdem sie gestochen hat.

»Es ist auch für mich schwer«, sagte Ted, aber es schwang jedes Mal ein Schuldgefühl in seiner Stimme mit, als dürfe er es eigentlich nicht sagen.

»Ich weiß, Schatz«, antwortete Elinor dann. *Alles, was du zu tun hast, ist, in einen Becher zu wichsen!,* dachte sie giftig, doch sie wusste, dass es schwierig für ihn gewesen sein musste. Fremde Menschen, die seine Spermien beurteilten, die schwindende Hoffnung, jemals Vater zu werden … Vielleicht hat auch Ted das Bedürfnis, sich sexy zu fühlen. Elinor schmeißt die Schere auf das Bord neben dem Waschbecken, denn sie sieht plötzlich Ginas nackten, flachen Bauch über der tief sitzenden Leggings vor sich – und wie Ted die Hand auf ihr Steißbein legte, als sie auf den Healthy-Oats-Laden zugingen.

Ted kann sich seinen Leinsamen in den Arsch schieben. Quietsch, schnips, quietsch, schnips, quietsch, schnips. Sie will ihn nicht vermissen, verdammt! Aber sie tut es. Sie vermisst seinen Kiefernnadelgeruch und die Wärme seines stämmigen Körpers im Bett. Feste Schenkel, muskulöse Arme, breite Schultern. Dicke Umarmungen, die den Rest der Welt ausschließen. Sie vermisst die paar Minuten, die sie morgens nach dem Weckerklingeln vom Bett aus in ihren Garten hinausschauen. Ted wacht immer gut gelaunt auf. Sogar wenn sie sich am Abend zuvor gestritten haben – bis zum Morgen hat er das alles abgeschüttelt. Und er lacht immer über Elinors Witze, wie schlecht sie auch sein mögen. Nach ihrem ersten Date rief Elinor ihre Mutter an und sagte: »Er *schafft* mich.«

Elinor hat Ted gesagt, sie würden reden, wenn sie zurückkäme. Bis dahin wird sie wissen, was sie will. Bis jetzt hat sie noch keine Ahnung, was sie will. Sie telefoniert jeden Abend mit Kat und empfindet eine Mischung aus Schuldgefühl und Dankbarkeit, wenn sie an ihre Freundin hinjammert. Eigentlich will sie nicht die Märtyrerin spielen. »Das ist ein solches Klischee«, sagt sie.

»Es ist völlig okay, dass du dich beschissen fühlst«, erklärt Kat ihr. »Sei nicht so streng mit dir.« Elinor liebt Kat, weil sie ihr nie mit einem dieser Silberstreifen am Horizont kommt. *(Du kannst ausschlafen, wenn du kein Kind hast. Du kannst nach Paris fliegen!)*

Die »Liebe Abby« würde ihr wahrscheinlich antworten, dass viele Paare in der Lage seien, eine Affäre hinter sich zu lassen.

Quietsch, schnips.

Vielleicht kann Elinor Ted die Affäre ja verzeihen. Sie ist ziemlich sicher, dass sie es kann. Schnips, schnips, SCHNIPS, schnips. Aber nicht, solange Wut so dicht unter der Oberfläche brodelt. Beängstigende Wut. Gestern, als sie für ihre Mutter Joghurt kaufen fuhr, kam ihr, als sie auf dem Parkplatz eine attraktive Frau in Leggings sah, ein Panik einflößender Gedanke. *Was, wenn die Affäre nicht zu Ende ist? Was, wenn Ted zu Gina und ihrem Leinsamen gezogen ist?* Sie musste sich sehr beherrschen, um ihren Einkaufswagen nicht mitten in eine Avocado-Pyramide zu rammen.

Schnips, schnips, schnips. Nur noch eine Winzigkeit bei den Ponyfransen. Wenn sie aus Ohio zurück ist, gehen Ted und sie zu Dr. Brewster. Schnips. In ihrer Praxis sind Auseinandersetzungen immer irgendwie produktiv. Schnips, schnips. Schnips. Kürzer an den Seiten.

Sie tritt einen Schritt zurück und begutachtet ihr Werk. Hin-

ten sind die Haare noch etwas zu lang für ihren Geschmack, aber sie beschließt, nichts mehr abzuschneiden. Wenn sie heimkommt, wird sie sich von ihrem Friseur einen professionellen »Schlamperlook« verpassen lassen.
Sie beugt sich vor und pustet sich mit dem Föhn, den sie unter dem Waschbecken gefunden hat, den Nacken sauber. Die Hitze fühlt sich gut an. Als sie den Kopf hebt, sind ihre Haare in einem wilden Durcheinander in alle Richtungen zerzaust. Genauso sieht es *in* ihr aus.
»Oh«, sagt ihre Mutter, als sie Elinors neuen Kopf sieht. Sie lächelt. »Dafür brauchtest du also die Schere. Hübsch.«
»Findest du?«, fragt Elinor und zupft, plötzlich verunsichert, an ihren fransigen Haaren. »Glaubst du, es würde Ted gefallen?«
Sie will ihre Haare wiederhaben. Ihre Taille. Ihre funktionierenden Eierstöcke. Ihr Sexleben. Ihren Bikini. Ihren *Ehemann.*
»Komm zu mir.« Beatrice macht den Fernseher aus, hievt ihr lahmes Bein vom Sofa und klopft einladend auf den Platz neben sich. Elinor lässt sich darauf nieder und legt den Kopf an die weiche Frottee-Schulter ihrer Mutter. Beatrice streichelt schweigend ihren Rücken. Sie ist kein neugieriger Mensch. Dieses eine Mal wünscht Elinor, es wäre anders.
»Ted und ich sind getrennt«, sagt sie leise.
»Oh, *Schatz.*« Elinor birgt ihr Gesicht in der warmen Halsbeuge ihrer Mutter und atmet den tröstlichen Geruch von A&D-Salbe ein. »Ich bin eine dumme, alte Frau«, setzt Beatrice hinzu. »Was genau *bedeutet,* dass ihr *getrennt* seid?«
»Das weiß ich auch nicht so genau.« Als Elinor den Arm um ihre Mutter schlingt, erschreckt sie die Zerbrechlichkeit der deutlich fühlbaren Wirbelsäule.
»Ist es, weil du nicht schwanger geworden bist? Diese ganzen Therapien waren eine große Belastung für euch beide.«

Elinor richtet sich auf und lehnt den Kopf an das Rückenpolster. »Es gibt auch noch andere Gründe.« Sie nimmt die Hand ihrer Mutter, dreht sie um und zeichnet mit der Fingerspitze die tiefen Linien nach, die die Handfläche durchziehen.

Beatrice nickt. »Die Fehlgeburt muss schlimm für euch gewesen sein. Aber«, ihr Ton wird fröhlicher, »wenigstens weißt du jetzt, dass du nicht unfruchtbar bist.«

Das haben ihr nach der Fehlgeburt viele Leute gesagt, und sie hat sich geschämt zuzugeben, dass das nichts Neues für sie war. Sie hatte während des Studiums eine Abtreibung vornehmen lassen. Ihr Freund, ein Poet und Kommilitone, war während der Thanksgiving-Ferien bei einem Autounfall ums Leben gekommen, und Elinor fühlte sich wie ein Zombie, als sie auf die Uni zurückkehrte. Eines Abends trank sie zu viele Kamikazes und schlief mit Paul Slandler, einem Tom-Cruise-Doppelgänger, der lieb und zärtlich war und sie verehrte, seit sie Partner im Debattierclub gewesen waren. Ihr Herz war gebrochen, und sie hatte diese melodramatische Einstellung, dass nichts in ihrem Leben mehr eine Rolle spiele. Also ging sie mit Paul auf sein Zimmer und scherte sich nicht um Verhütung. Es war das erste Mal, dass sie nicht verhütete, und PENG war sie schwanger. Von da an war sie der irrigen Überzeugung, so fruchtbar wie die sprichwörtlichen Kaninchen zu sein.

Paul tat für sie, was er konnte. Er fuhr sie mit dem Auto in die Abtreibungsklinik, brachte ihr Schokoladenmilchshakes und malte ihr eine Beileidskarte. Damals war Elinor sicher, die richtige Entscheidung getroffen zu haben – erst die Uni, dann ein Baby. Im Gegensatz zu ihrer Mutter, einer Einserstudentin, die in ihrem ersten Jahr an der Ohio State schwanger geworden war, als sie und Elinors Vater nach einem Footballspiel zu viel Bier getrunken hatten. Beatrice ließ ihr Studium sausen, tauschte Yeats und Keats gegen Dr. Spock und den Windelservice. Sie bekam Elinor und kehrte für immer der Universität den Rücken.

»Ich wusste schon, dass ich nicht unfruchtbar bin«, gesteht Elinor und studiert angelegentlich die Operationsnarbe auf dem Knie ihrer Mutter. »Ich habe vor langer Zeit eine Abtreibung vornehmen lassen, während des Studiums.« Sie dreht ihr Gesicht, ohne den Kopf von der Rückenlehne zu heben, zu Beatrice, deren Ausdruck so wertfrei ist, dass Elinor weinen könnte. »Ich dachte damals, es wäre das Richtige.«

»Das *war* es doch auch, Schatz.« Beatrice hebt die Hand und zupft Strähnen von Elinors frisch geschnittenen Haaren zurecht.

»Vielleicht hätte ich das Baby *kriegen* sollen – wie du damals.« Als Ted und sie sich vergeblich um ein Kind bemühten, begann sie über ihr »Uni-Baby« zu phantasieren, das inzwischen ein Teenager wäre und wahrscheinlich durchsetzen wollte, sich den Nabel piercen lassen oder wochentags zu einem Rockkonzert gehen zu dürfen.

»Nein, nein«, widerspricht Beatrice entschieden. »Bei uns war das damals etwas anderes. Wir hatten nicht die Wahl wie ihr Mädchen heute«, fügt sie mit einem sehnsüchtigen Unterton hinzu und beteuert in der nächsten Sekunde: »Bitte versteh das nicht falsch! Ich habe jede Minute mit dir genossen. Du warst so ein *liebes* Baby.«

»Das hoffe ich!« Elinor hat sich immer ein wenig schuldig gefühlt, weil ihre Mutter ihretwegen nicht zu Ende studieren konnte.

Eine Weile starren sie beide auf den leeren, grauen Bildschirm, und Elinor ertappt sich dabei, Bob Barker zu vermissen.

»Die Wahl«, greift Elinor schließlich das Wort ihrer Mutter auf, »die ist nichts als ein Märchen, weißt du.« Sie legt den Kopf wieder an Beatrices Schulter. Elinor hat immer an dieses Märchen geglaubt und niemals gedacht, dass der Tag kommen würde, an dem sie *nicht* die Wahl hätte. Es gibt vieles, was man auch später im Leben tun kann, aber ein Kind zu bekommen gehört nicht unbedingt dazu.

Ted lässt sich im Country Kitchen Café so schwer auf die gepolsterte Bank fallen, dass Gina neben ihm regelrecht in die Höhe hüpft. Nervös lachen sie auf. Gina umarmt ihn freundschaftlich. Als sie ihn loslässt, berührt er ihre gebräunte Schulter. Unter dem dünnen Stoff des weißen Bodys zeichnen sich ihre Brüste ab. Ted schaut weg.
»Das ist mein Sohn Toby«, stellt Gina ihm den Jungen vor. Sie lächelt voller Stolz.
»Dein … Sohn?« Gina hat Ted nie erzählt, dass sie einen Sohn hat. Es ist ihm auch nie ein Foto von ihm in ihrer Wohnung aufgefallen.
Der Junge späht unter seinem Lockenwust hervor.
»Toby hat bei seinem Vater gelebt.«
»Oh.« Ted pustet auf seine Suppe, obwohl sie nicht mehr heiß ist.
Gina versucht, fröhlich zu wirken, doch er merkt ihr an, dass sie gestresst ist. Sie trinkt ihren Wein aus und bestellt einen Eistee, rührt darin, bis die Eiswürfel zu schmelzen beginnen.
Toby seufzt und klopft mit seinem Löffel auf die Tischplatte.
»Jetzt muss ich *hier* leben.« Die Verzweiflung in seiner Stimme weckt Mitleid mit Gina in Ted.
»Das ist schön«, sagt er zu Toby.

»Sein Vater geht wieder auf die Uni und wird nicht viel zu Hause sein«, erklärt Gina.

Toby tritt gegen den Tisch, dass die Gläser wackeln.

»Wie alt bist du, Toby?« Ted isst einen Löffel seiner Linsensuppe, die die Konsistenz nasser Pappe hat.

»Zehn.«

»Iss deinen Salat, Schatz.« Gina deutet auf den Berg Grünzeug neben Tobys Pommes.

Der Junge rümpft die Nase. Das Gewicht seiner Locken scheint seine Stirn in Richtung Tisch zu drücken. Seine Ellbogen, die viel zu groß für seinen Körper sind, bedecken verschorfte Wunden. Er kratzt daran.

»Nicht, Schatz.« Gina will seine Hände wegziehen. Er zuckt zurück und versteckt die Arme unter dem Tisch. »Ein gewisser Jemand neigt zu Unfällen und hat ein Ekzem.«

Ted bestellt eine Karaffe Zinfandel, und als die Kellnerin ihn mit zwei Gläsern bringt, versucht er, nicht zu schnell zu trinken.

»Ein gewisser Jemand muss sich McDonald's abschminken«, sagt Gina mit einem Nicken in Tobys Richtung. »Ich versuche, ihn dazu zu bringen, täglich wenigstens einen kleinen Salat zu essen.« Ihre silbernen Armbänder klimpern, als sie sich über ihren eigenen Salat hermacht.

Es ärgert Ted, dass sie von Toby in der dritten Person spricht, als wäre er gar nicht da. Es ist das erste Mal, dass er sich über Gina ärgert. Kein Wunder, wenn man nichts miteinander tut, als den Precor zu besteigen, Selbstgekochtes zu essen und miteinander zu schlafen.

Toby verschränkt die Arme, so dass er beide Ellbogen gleichzeitig kratzen kann, und schaut stirnrunzelnd zu Ted auf. »Wussten Sie, dass ein enthaupteter Mensch noch bis zu vier

Minuten bei Bewusstsein bleibt, weil sein Gehirn noch durchblutet ist?« Toby setzt sich vor Begeisterung kerzengerade hin, als er Ted diese Frage stellt.

»Nein, das wusste ich nicht.« Ted legt seinen Löffel hin und schenkt zuerst Gina und dann sich selbst Wein nach.

»Es stimmt wirklich, aber wahrscheinlich tut einem nichts weh.«

»Ein gewisser Jemand hat eine Vorliebe für Gruselstorys«, sagt Gina zu Ted. »Ted ist Arzt«, sagt sie zu Toby.

»Es sind keine *Storys*«, protestiert Toby. »Es sind wahre Geschichten.« Eine seiner Wunden beginnt zu bluten. »Was für eine Art Arzt?«, fragt er Ted hoffnungsvoll. »Ein Chirurg?« Gina reicht ihm eine Serviette hinüber, und er betupft seinen Ellbogen damit.

»Ein Fußspezialist. Ich mache auch kleinere Operationen.«

»Cool!«

»Sag mal – was ist denn dein Lieblingsfach in der Schule?«

»Geschichte. Bloß haben wir noch keinen richtigen Geschichtsunterricht. Nur blöde Sozialkunde. Über Plymouth Rock. Ich mag *richtige* Geschichte. Griechenland und Rom, wissen Sie. Ich schau immer den History Channel, und mein Großvater hat diese tollen Time-Life-Bücher.«

Normalerweise muss Ted sich überlegen, womit er das Interesse eines Kindes wecken und was für Fragen er stellen kann, die mehr als eine einsilbige Antwort erfordern. Dieses Kind spricht von sich aus.

»Wir bringen Toby einfach nicht dazu, sich für seine Schulbücher zu interessieren, weil er immer die Nase in diesen Time-Life-Büchern hat«, sagt Gina mit einem Anflug von Verärgerung zu Ted.

»Wow«, sagt Ted.

»Sie liest *gar nichts*«, erklärt Toby ihm.

»Ich lese sehr wohl!« Gina hört auf zu essen und rückt ihr Platzdeckchen zurecht, so dass es bündig mit der Tischkante abschließt.

»Ja, diese blöden Ernährungsbücher. Alles Quatsch.«

Es befremdet Ted zunehmend, wie die beiden mit ihm übereinander sprechen anstatt miteinander. »Immerhin habe ich dank diesem Quatsch fünfzehn Pfund abgenommen«, sagt er zu Toby.

»Na toll. Hey – kennen Sie Cicero? Wissen Sie, wie er starb? Er wollte eine Republik aus Rom machen, aber Mark Anton wollte das nicht, also brachte Mark Anton ihn um, und wissen Sie, was?«

»Vergiss nicht zu atmen, Toby.« Ginas Verärgerung wird hörbar größer.

»Cicero wurde umgebracht?« Ted weiß, dass Cäsar umgebracht wurde, aber er erinnert sich nicht, was zum Teufel Cicero geschrieben oder getan hat. Für ihn ist er nur ein weiterer Römer, dessen Name mit einem C anfängt. Elinor würde der Junge gefallen. Sie liebt diese Materie.

»Ja. Sie hackten ihm den Kopf und die Hände ab und nagelten die Teile an die Forumsmauer.« Toby hat das Wort »hackten« mit einem Karatehieb gegen die Tischplatte untermalt, wodurch Ginas Weinglas umkippte und sein Inhalt auf ihren Body spritzte. Sie presst eine Serviette darauf.

»'tschuldigung«, sagt Toby, jedoch ohne den Blick von Ted zu lösen, seinem faszinierten Zuhörer. »Ja, und das war's dann mit der Republik.«

Ted möchte Gina einerseits helfen, aber andererseits möchte er nicht auf den Body schauen, geschweige denn, ihn anfassen. Also beschränkt er sich darauf, ihr seine Serviette zu geben.

»Basiert unsere Republik nicht auf der römischen?«, fragt er Toby.

»Ja!« Toby strahlt ihn beifällig an.

»Du meine Güte – ich weiß kaum noch etwas von dem Zeug«, sagt Ted zu Gina. »Alles okay?«

Gina nickt schulterzuckend und legt seine Serviette zu ihrer durchnässten auf den Tisch. Jetzt schaut er doch hin. Ein Weinfleck mit dem Umriss von Südamerika prangt auf ihrer Brust.

»Toby hat letztes Jahr in Maine, wo er mit seinem Vater lebte, am GATE-Programm teilgenommen«, erzählt sie Ted. »Aber er machte seine Hausaufgaben nicht mehr, und seine Noten verschlechterten sich, und deshalb kann er hier nicht am GATE teilnehmen.« Sie sieht ihren Sohn mit tadelnd hochgezogenen Brauen an.

»Gate?« Ted spürt, dass er rot wird. Es macht ihn verlegen, dass er Ginas Outfit bis in die Einzelheiten kennt. Der indische Rock ist ein Wickelmodell, und wenn man den Gürtel gelöst hat, kann man ihn mit einem Ruck wegreißen wie ein Stierkämpfer sein Cape. Der weiße Body hat im Schritt drei winzige Druckknöpfe, die aufspringen, wenn man leicht daran zieht. Manchmal trägt Gina etwas darunter und manchmal nicht. Wenn ja, schob Ted den Slip beiseite und seine Finger in sie hinein, jedes Mal aufs Neue überrascht von der feuchten Wärme.

»Das ist das Programm für Fortgeschrittene«, erklärt Gina, und wieder wird deutlich, wie stolz sie auf ihren Sohn ist. Stolz und gleichzeitig ärgerlich.

Ted schiebt seine Suppe weg und räuspert sich.

»Ist mir egal«, sagt Toby mürrisch. »Ich will hier *überhaupt nicht* in die Schule gehen.« Er fängt wieder an, gegen den Tisch zu treten.

»Toby ist daran gewöhnt, bei seinem Dad zu leben.« Gina versucht, ihm mit den Fingern durch die Locken zu fahren, bleibt jedoch stecken. Toby dreht den Kopf, um der Berührung zu entgehen.

Ted spießt eine Bananenscheibe von seinem Obstteller auf.

»Das ist die kohlenhydratreichste Frucht«, sagt Gina lächelnd.

»Tatsächlich?« Ted schiebt die Bananenscheibe in den Mund.

»Schlimmer als Eiscreme.« Sie zieht die Brauen hoch. »Und sooooo gut.« Ihre Haut schimmert golden und glitzert irgendwie.

»Es dauert eine Stunde, die Leiche eines durchschnittlichen Erwachsenen zu Asche zu verbrennen«, verkündet Toby. »Bei der Einäscherung, wissen Sie.«

»Meine streu bitte in einem Redwood-Wald aus«, sagt Gina.

Toby holt ein Taschenbuch aus seinem Rucksack und steckt seine Nase hinein: *Eine makabre Sammlung.* »Tausend grausige und blutige Tatsachen!« verspricht das Deckblatt prahlerisch.

»Ich bin jetzt beim Y«, erzählt Ted Gina, um seine Trennung von ihrem Fitnesscenter zu dokumentieren.

Gina stimmt zu, dass das Y ziemlich gut sei, empfiehlt ihm jedoch andere Studios, wobei ihres natürlich das beste sei, schon wegen des Pools im Freien und der Fensterwand im Yogaraum. Während sie spricht, wandert ihr Blick durch das Restaurant.

Ted wird von dem Wunsch überfallen, ihr den Body mit den Zähnen auszuziehen. Es ist wie ein plötzlicher und schockierender Zwang – so muss das Tourette-Syndrom sein. Er hätte nach Hause fahren und sich zum Abendessen einen Burger grillen sollen. Ein Footballspiel ansehen. Gina erkundigt sich, ob er für einen zweiten Triathlon trainiere. Er schüttelt den Kopf. Wahrscheinlich sei es jetzt sowieso zu spät. Aber er habe ein paar Typen aufgetan, mit denen er zweimal in der Woche Soccer spiele. Gina meint, es sei noch nicht zu spät, um mit dem Training anzufangen. Sie scheint zu glauben, dass Ted alles erreichen kann, was er sich in den Kopf setzt. Die Kellnerin sagt Bescheid, dass sie jetzt nach Hause gehe und ein Kollege weitermache.

Der Kellner, Derrick, kommt fragen, ob sie ein Dessert wollten. Er starrt Gina an, doch sie scheint es nicht zu bemerken. Sie legt Ted die Hand auf den Arm und schlägt ihm einen Zitronensorbet vor. Er fühlt sich wie ein Arsch, weil ihre Aufmerksamkeit ihn stolz macht. *Sieh her, Derrick,* sagt sein Selbstbewusstsein, *sie zieht mich dir vor.* Er verzichtet auf ein Dessert. Obwohl er sein Essen kaum angerührt hat, ist er nicht mehr hungrig.

»Hat dir die Suppe nicht geschmeckt?«, fragt Gina, als der Kellner damit entschwindet.

Ted zuckt mit den Schultern.

»Es ist gesünder, zu Hause zu essen«, sagt sie. »Hör auf mich, die Ernährungsfanatikerin.« Ted hat ihr Weinglas nach dem Karate-Zwischenfall wieder gefüllt, und sie nippt daran. »Ich nehme diesen Job viel zu ernst.«

»Nein – du machst ihn sehr gut«, widerspricht Ted.

»Jedenfalls solltest du kochen«, sagt sie traurig. »Für Elinor.«

»Sie ist weg«, antwortet Ted. »Ich meine, sie ist für ein paar Wochen zu ihrer Mutter geflogen.«

»Das tut mir l…«

»Damit sie ihr nach ihrer Knieoperation helfen kann. Sie kommt zurück.« Ted wünscht, er hätte den Mund gehalten. »Sie ist …«

»Ein gewisser Jemand muss noch Hausaufgaben machen«, sagt Gina.

Ginas Wagen steht am anderen Ende des Parkplatzes in einer Ecke. Ted fällt ein, dass sie immer weit entfernt parkt, um ein kleines Extratraining einschieben zu können. Als sie sich vor dem Restaurant verabschieden, drückt sie Ted einen kleinen Kuss auf die Wange. Er ist trocken, aber weich, und er schickt einen Stromschlag durch Teds Körper.

»War nett, dich zu sehen.« Gedankenverloren spielt sie mit Tobys Locken. In seine Lektüre vertieft, lehnt er sich an ihre Hüfte.

»Wunderbar, dich zu sehen«, erwidert Ted. Viel zu enthusiastisch. Er hüstelt. »Schön«, korrigiert er sich.

Gina nickt lächelnd. Ihr Blick läuft über sein Gesicht, als lese sie dort etwas.

»Toby.« Ted streckt ihm die Hand hin und kommt sich in derselben Sekunde lächerlich vor. »Bleib am Ball bei deiner Altertumsgeschichte.«

Ted schaut mit zusammengekniffenen Augen zu ihm hoch. »Sie sollten mein Buch über die Schlacht von Salamis sehen. Der eine Typ …«

»Viel Glück beim Triathlon.« Gina nimmt Toby bei der Hand und zieht ihn mit sich, als sie mit schnellen Schritten davongeht. Sie hält nichts von ausgedehnten Abschieden, geht immer plötzlich und lässt Ted mit der Sehnsucht nach mehr zurück. Er verflucht sich dafür, sich immer noch nach ein wenig mehr zu sehnen.

Als Elinor die Haustür öffnet, um die Morgenzeitung ihrer Mutter hereinzuholen, findet sie ein Riesenbouquet korallenroter Rosen auf der Veranda. Ihre Lieblingssorte.

»Oh.« Ihr Atem steigt als weiße Wolke auf. Rote Rosen mag sie nicht, weil die fast künstlich perfekt sind. Rote Rosen bedeuten für gewöhnlich, dass jemand gebumst wurde oder jemand in Ungnade gefallen ist. Ted weiß, dass sie weniger perfekte, natürlichere Blumen mag.

Vielleicht sind die Rosen aber auch für ihre Mutter. Sie zieht die Karte heraus.

Komm nach Hause. Bring Deine Mutter mit. Sie kann doch schon wieder fliegen. Ruf mich an. Ich liebe Dich. Ich BRAUCHE Dich. Ein langer Text für eine Begleitkarte. Elinor stellt sich vor, wie die Angestellte im Blumenladen ihn notierte und Ted dann vorlas. Es tut ihr leid, dass sie ihn gezwungen hat, zu dieser Form der Kommunikation zu greifen. Sie weiß, dass es idiotisch ist, sich zu weigern, mit ihrem Mann zu telefonieren – aber sie will das *Richtige* sagen. Damit sie ihn zurückgewinnt. Das wird ihr in diesem Moment klar, als sie mit den Blumen im Arm auf der Veranda steht und ihren Duft einatmet. Sie weiß, dass ihr Mann sie noch liebt – aber vielleicht wird er sie nie wieder so lieben, wie er es früher getan hat.

Ted beschließt, die verdammte Kirschholzvitrine fertig zu machen, bevor Elinor nach Hause kommt. Das Chaos in der Garage zu beseitigen. Wenn er die Nacht durcharbeitet, schafft er es vielleicht. El hat ganz offensichtlich kein Interesse an dem Ding. Er hat gedacht, sie würde gern ihr Geschirr und Tafelsilber und die Platzdeckchen und Kerzenleuchter und all das andere Zeug darin aufbewahren, das sie nie benutzen, doch er merkte ihr an, dass sie ihre Begeisterung für sein Projekt nur spielte, um seine Gefühle nicht zu verletzen. Sie ist kein Hausmütterchen, keine Nestbauerin. Sie ist zu kopflastig, um Sinn für solche Dinge zu haben. Die einzige Ausnahme ist der Garten. Alles, was damit zusammenhängt, liegt ihr sehr am Herzen.

Er hat panische Angst, dass Elinor nicht zurückkommt. Genauer gesagt, dass sie nicht zu *ihm* zurückkommt. Warum weigert sie sich, mit ihm zu reden? Was hat es für einen Sinn, nichts zu tun? Ist sie dabei, eine Entscheidung zu fällen? Steht er in Ohio vor Gericht? Sollte er nicht wenigstens *anwesend* sein, wenn ihm der Prozess gemacht wird?

Gottlob übertönt das Kreischen der Tischkreissäge seine Angst. Der Geruch des frischen Sägemehls ist tröstlich, symbolisiert einen neuen Anfang. Ted nimmt die Bauanleitung zur Hand und schlägt sie bei der geriffelten Ecke auf, die er machen muss, bevor er die untere Schürze anbringen kann. Er hat sich eindeutig zu viel vorgenommen. Es wäre besser gewesen, wenn er sich für ein Möbel im Shaker-Stil entschieden hätte anstatt für dieses komplizierte Queen-Anne-Stück mit all den Schwüngen und Intarsien. Er beschließt, erst einmal die Schubladen zu bauen.

Es bestürzt ihn, dass er sich gefreut hat, Gina in dem Restaurant zu treffen. Warum hat sie ihm nur nie von ihrem Kind erzählt? Der Kleine ist ein seltsamer Bursche. Ein niedlicher Bursche. Verdammt. Es wird höchste Zeit, dass seine Frau nach Hause kommt, sonst verliert er noch den Verstand. Als er die Stellen, an denen er die Griffe der Schubladen anbringen muss, mit Bleistift markiert, drückt er so fest auf, dass die Spitze abbricht. Er greift nach dem elektrischen Bohrschrauber.

Während ihrer Affäre genoss Ted es, Gina abseits des Fitnesscenters zu sehen – in langen Röcken und Sandalen und mit offenem Haar. Er erinnert sich an den Tag, als sie zusammen einen Joint rauchten und auf dem Rücksitz ihres Wagens Sex hatten. Er ließ sein Auto nach der Arbeit auf dem Parkplatz des Centers stehen, und sie fuhren mit ihrem, weil sie ihm angeblich eine Laufstrecke zeigen wollte. Als sie starteten, zündete sie einen Joint an, und Ted nahm wider besseres Wissen einen Zug. Er behielt den Rauch kurz im Mund, hustete, atmete aus und spürte, wie die Anspannung, unter der er stand, aus ihm herausströmte. Er stellte sich vor, wie sie neben dem Auto herlief wie ein Hund. Das Bild war so komisch, dass er lachen musste. Gina lächelte ihn an. »Es ist nicht gut, beim Rauchen zu fahren«, sagte sie und bog in eine Sackgasse ein. Ted reichte ihr den Joint hinüber. Sie nahm einen Zug, stieß den Rauch aus, legte den Kopf in den Nacken und schloss die Augen.

»Mein einziges Laster.« Sie ließ ihre Schultern ein paarmal kreisen und seufzte wohlig, als hätte jemand eine juckende Stelle auf ihrem Rücken gefunden.

Und mit einem verheirateten Mann zu schlafen, ergänzte Ted im Stillen. Er war versucht, sie zu fragen, ob er der Erste wäre, doch er tat es nicht, denn er wollte nichts über ihr Liebesleben wissen.

Gina stieg aus und öffnete die hintere Tür. »Komm«, forderte sie Ted kichernd auf, »lass uns eine Weile im Fond fahren.« Er gesellte sich zu ihr auf den Rücksitz. Sie aßen Trauben aus Ginas Lebensmitteltüte, die sie vorher sorgfältig abspülte, wobei das Wasser aus der Flasche über ihre Arme rann. Die Dämmerung begann, sie einzuhüllen. Sie aßen und starrten dabei auf die Rückseite der Kopfstützen.

»Sind wir schon da?«, fragte Gina irgendwann und kicherte

wieder. Sie streifte ihre Sandalen ab, beugte sich zu Ted und küsste ihn. Ihr Mund war warm und schmeckte süß nach Trauben. Dann zog sie sich aus und warf ihre Sachen nach hinten, nahm sich Teds Hose vor und öffnete seinen Gürtel und den Reißverschluss.

Vor dem Auto war kein Haus, nur ein Gebüsch, und die Straße hinter ihnen spärlich beleuchtet und menschenleer. Trotzdem hatte Ted Angst, dass plötzlich jemand auftauchen und sie ertappen könnte. Aber sein Nein blieb ungesagt, als Gina sich rittlings auf seinen Schoß setzte und ihr Rock sich um sie beide herum drapierte, so dass nichts zu sehen war. Der weiche Stoff kitzelte Teds Schenkel. Gina stemmte sich auf den Knien in die Höhe und ließ sich auf Ted fallen, stemmte sich wieder hoch, so weit, dass sie sich völlig von ihm löste, wobei sie den Kopf neigte, um nicht gegen den Wagenhimmel zu stoßen, Ted grub seine Finger in ihre muskulösen Schenkel, Gina erstarrte, und Ted dachte, damit wäre es vorbei. Okay. Es war sowieso total verrückt. Doch dann ließ Gina sich wieder auf ihn fallen, und sein Verstand ging aus wie eine Kerze im Wind.

»Ich bin ein erwachsener Mann, verdammt noch mal!«, sagt er zu der Kirschholzvitrine. *Ich habe mein Leben und meine Triebe unter Kontrolle. Jawoll!* KRACH! Um seine Gedanken zu unterstreichen, rammt er die Faust durch die Vitrinentür. Sein Arm steckt in dem Loch fest, er kann ihn nicht bewegen. Während er in dieser lächerlichen Pose hilflos in der Garage steht, hört er die Stimme seines Nachbarn Carl in der Zufahrt.

»Die Frustration nimmt kein Ende, stimmt's?« Carl winkt ihm lachend zu.

Ted winkt mit der freien Hand zurück. »Die verdammten

Scharniere!« Das nächste Mal wird er die Garagentür schließen, nimmt er sich vor.
Carl, ein Bauingenieur im Ruhestand, der vor kurzem seinen heiß geliebten Zigarren entsagt hat, macht seitdem als Ersatz für die Nachtisch-Stumpen zwei Spaziergänge pro Tag. Er schüttelt lachend den Kopf. »Ist Elinor auf Geschäftsreise?«, fragt er. Die Nachbarn im Ruhestand registrieren *alles.* Wenn der Rasensprenger kaputt ist, wenn ein Wagen ein paar Tage nicht in der Einfahrt gestanden hat … Früher fanden Ted und El das angenehm, weil sie sich dadurch irgendwie beschützt fühlten, doch jetzt gäbe Ted viel für Anonymität.
»Ja«, lügt er und zieht seinen Arm aus der Vitrinentür. Splitter brechen knirschend aus dem Loch, und sein Hemd ist blutbeschmiert.
Carl hat sich zu ihm gesellt und begutachtet den Schaden. »He, Kumpel, das sieht nicht gut aus. Vielleicht muss es genäht werden.«
»Ach wo«, wiegelt Ted ab. »Ich geh rein und wasch die Wunde aus, dann bin ich wie neu.« Er drückt auf den Knopf, der das Garagentor herunterfahren lässt, und steuert auf die Küchentür zu. »Es ist okay!«, ruft er über die Schulter, und Carl bleibt, die Hände in den Taschen, mit offenem Mund zurück.

Elinor zittert vor Nervosität, als sie die Nummer eintippt. Sei nicht albern, sagt sie zu sich – dieser eine Anruf wird nicht das Schicksal deiner Ehe entscheiden. Bedank dich einfach und sag ihm, dass du bald nach Hause kommst.
Am anderen Ende wird abgenommen, doch das Telefon fällt klappernd zu Boden und wird wieder aufgehoben.
»Ted?«, fragt Elinor zögernd.
»Elinor!« Ted klingt überrascht – natürlich – und atemlos.

»Wie geht es dir? Was ist denn los?« Sie ist so unsicher, als wäre sie eine Schülerin und er ein Junge, der ihr gefiel.

»Ich … ach, eigentlich gar nichts. Ich habe mich nur leicht verletzt.«

»Wobei denn?« Sie setzt sich auf das Bett ihrer Mutter und streicht mit der Hand über die weiche Tagesdecke. Den vertrauten Chenilleüberwurf zu berühren entspannt sie.

»Es ist absolut idiotisch.«

»Was ist passiert?«

»Ich habe meine Faust durch die Tür gerammt.«

»Durch die Tür?« Ted ist zwar ein liebevoller und mitfühlender Mensch, aber sein Geduldsfaden ist sehr dünn. Es kommt ziemlich häufig vor, dass er mit der Faust auf etwas eindrischt oder etwas an die Wand wirft. Anlass für diese Ausbrüche ist fast immer er selbst, und er beruhigt sich schnell wieder.

»Ja – die von der Vitrine.«

Die Vitrine. Elinor hat ein schlechtes Gewissen, weil das Ding sie so überhaupt nicht interessiert, weil sie Ted verübelt, dass er sich jedem der Details mit einer solchen Aufmerksamkeit widmet. Aber sie hat seine Aufmerksamkeit abgelehnt. Warum verübelt sie es ihm also? Vielleicht, weil er Trost in einer Aktivität gefunden hat und sie nicht. Es sei denn, man zählt das Zusammenlegen der Wäsche. Sie hätte Ted bei seinem Projekt unterstützen können. Beispielsweise die Bauanleitung vorlesen. Stattdessen schmetterte sie alles ab, was Ted zu ihrer gemeinsamen Gesundung vorschlug.

»Bist du okay?«, fragt sie.

»Ja.«

»Ich danke dir sehr für die Blumen. Sie sind wunderschön. Und für die Karte. Ich …« Sie steht auf. »Danke.«

»Es sind Wiedergutmachungsblumen.«

»Ich habe auch Grund zu einer Wiedergutmachung.«
»Ja?« Hoffnung schwingt in seiner Stimme mit.
»Ich komme nach Hause. Sei nicht böse, dass ich nicht mit dir reden wollte. Ich hatte Angst, alles noch schlimmer zu machen.«
»Überlass das mir.«
»Ich liebe dich«, sagt Elinor. »Wir sehen uns bald.«

Ted steht, den klopfenden Unterarm mit einem Geschirrtuch umwickelt, mit nacktem Oberkörper vor der zertrümmerten Vitrine. Als sein Handy in der Küche klingelt, schreckt er aus seinen Gedanken hoch und läuft wieder ins Haus. Vielleicht ist es noch mal El. Vielleicht ist es auch Gott, der ihm mitteilt, dass sich ein Fehler ins System eingeschlichen habe: Die letzten drei Jahre hat es nicht wirklich gegeben. Er und Elinor sind nicht unfruchtbar, er hatte keine Affäre, und seine Frau ist nicht in Ohio. Und er hat nicht vor ein paar Minuten das Möbelstück zerstört, auf das er zwei Monate Arbeit verwendet hat.
»Hi, Ted.«
Die leicht heisere Stimme jagt ihm einen Schauer über den Rücken. »Gina!«
»Ich würde gern etwas mit dir besprechen. Persönlich, wenn es dir recht ist.« Sie klingt nervös und unsicher, nicht fröhlich wie sonst. »Es ist sozusagen ein logistisches Problem.«
»Ähh …«, sagt Ted. Er hätte nicht schon wieder nach ihr sabbern, ihr nicht erzählen sollen, dass seine Frau die Stadt verlassen hat.
Ted hört im Hintergrund etwas krachen. »Entschuldige – ich muss auflegen«, sagt Gina. »Kannst du morgen Abend vorbeikommen? Gegen sieben?«

Ihr drängender Ton irritiert ihn. »Ich …«
»Geht das?«, hakt sie nach.
»Also …«
Gina unterbricht die Verbindung.
Er fängt im Geist zu rechnen an, zählt zu dem Tag zurück, an dem sie das letzte Mal miteinander geschlafen haben. Könnte sie *schwanger* sein? Wäre das nicht genau die teuflische Ironie, die er verdiente? Sie nimmt die Pille, aber es ist schon Verrückteres passiert. Ted dreht durch. Ihm ist, als habe er Gina mit seinen lüsternen Phantasien geschwängert. Er versucht sich mit dem Argument zu beruhigen, dass Gina es ihm doch bestimmt beim Essen in dem Restaurant erzählt hätte. Aber wie hätte sie das tun sollen, während Toby dabeisaß? Was sonst könnte sie mit ihm besprechen wollen?
Erschöpft wankt er ins Wohnzimmer, lässt sich aufs Sofa fallen und legt den verletzten Arm auf ein Kissen. Jetzt wäre ein Drink das Richtige. Ein großer Wodka ohne alles, eine echte Kohlenhydratbombe. Er versucht, die Energie zu mobilisieren, aufzustehen.
Unter dem Strich sieht es so aus: Gina ist eine lebenssprühende, junge Frau und Ted ein ausgelaugter, alter Knacker. Wenn er ihr den Gefallen getan hat, um den sie ihn offenbar bitten will, wird sie wahrscheinlich nichts mehr mit ihm zu tun haben wollen. Ted wartet auf die Erleichterung, die nach dieser Schlussfolgerung eigentlich einsetzen sollte, doch sie kommt nicht.

4

Hör auf zu starren, würde Elinor das Baby am liebsten anherrschen, das neben ihr auf dem Schoß seiner Mutter sitzt. Seine blauen Murmelaugen, die viel zu groß für seinen Kopf zu sein scheinen, haben sich an Elinors Gesicht festgesaugt. *Blinzle wenigstens mal, Herrgott.* Elinor wendet sich ab und schaut durch das Fenster auf die Rollbahn hinaus. Tränen stechen in ihren Augen. Bis zu einem Jahr sehen Babys geschlechtslos aus, weich und weiß wie ungebackener Teig. Austauschbar. Sie könnten jedem gehören. Das Baby kreischt, und Elinor dreht sich um und zwingt sich zu einem Lächeln. Die Mutter pustet sich ihre Ponyfransen aus der Stirn, erwidert das Lächeln und bittet mit einer kleinen Grimasse um Nachsicht. In Elinor steigt die Angst auf, dass sie Bösartigkeit ausstrahlt. In Ohio war ihre Verbitterung Verzeihen und Optimismus gewichen, doch jetzt spürt sie, dass wieder Bitterkeit von ihr ausgeht wie Hitze von einer sommerlich aufgeheizten Straße.

Sie möchte der Frau sagen, dass ihr Baby süß und sie traurig sei, weil sie selbst keines bekommen könne, aber das wäre eindeutig zu offenherzig und würde diese Fremde außerdem wohl kaum interessieren. Wann wird diese Tatsache aufhören, jeden Augenblick ihres Lebens zu beherrschen?

Das Baby windet sich und wirft seinen spuckeblasenklebrigen Schnuller vor Elinors Füße.

»Tut mir leid«, sagt seine Mom.

»Keine Ursache.« Elinor bückt sich, hebt den Schnuller mit einem Zellstofftuch auf und gibt ihn der Mutter mit einem mitfühlenden Lächeln. Dann wendet sie sich wieder dem Fenster zu und lehnt die Stirn an die Plexiglasscheibe. *Du sollst Babys* lieben, *dich nicht vor ihnen ekeln.* Es macht ihr nichts mehr aus, dass sie kein *eigenes* Kind bekommen kann. Sie ist ohnehin nicht begeistert von ihrer DNS, den Alkoholikergenen ihrer Großeltern und ihrer eigenen Veranlagung zu Depressionen. Was sie enttäuscht, ist, kein Baby von *Ted* bekommen zu können. Dass sie kein Kind mit Teds Intelligenz und seiner jungenhaften Attraktivität haben werden. Wann immer Ted auf einer Party ein Baby auf dem Arm hielt, schnürte das Bild Elinor die Kehle zu.

Sie setzt sich gerade hin und schlägt die *Ilias* auf. Die Göttin Athene hat Achilles' Kopf mit einem gleißenden Licht umkränzt, um die Trojaner einzuschüchtern. Achilles hat seine Rüstung verloren, doch seine Mutter hat dafür gesorgt, dass er einen von den Göttern gemachten, speziellen Schild bekommt. Elinor mag Achilles nicht, der von Rachedurst getrieben und immer wieder von den Göttern gerettet wird. Was ist das für ein Held, dem seine *Mom* einen speziellen Schild organisieren muss?

Ein Flugbegleiter schlägt die Klappe eines Handgepäckfaches zu, und Elinor schreckt hoch. Sie bohrt einen Finger in das Loch im Knie ihrer Jeans. Die alte, ausgebeulte 501-Levis ist zusammen mit den Cowboystiefeln noch immer an dem Platz gewesen, wo sie sie bei einem früheren Besuch im Haus ihrer Mutter zurückgelassen hatte, Kleidungsstücke, die sie liebt, aber angesichts ihrer beruflichen Stellung kaum noch trägt. Elinor hat ihre Identität irgendwo auf dem Weg zur erfolgreichen Businessfrau an der Garderobe abgegeben.

Sie zieht an ihrer kurzen Zipfelfrisur. Bevor sie Ohio verließ, hat sie sich in der Stadt Highlights machen lassen. Sie wünscht, sie könnte auch ihre Psyche aufhellen lassen.

Das Flugzeug rattert klappernd die Startbahn hinauf und hebt ab. Achilles stürzt sich auf Hektor. Das Baby kreischt. Achilles rammt Hektor seinen Speer mit solcher Wucht in die Halsgrube, dass er ihn durchbohrt. Warum kann Elinor nicht mit *Zeitschriften* als Lektüre reisen wie *normale* Leute? Als das Flugzeug die Reisehöhe erreicht, wird Hektors herrlicher, muskulöser Heldenkörper hinter Achilles' Streitwagen her durch die Straßen zum Hafen geschleift.

Draußen vor dem Fenster sind nur noch Wolken zu sehen. Sosehr Elinor sich auch wünschte, von zu Hause wegzukommen, von Ted und seiner Fitnesstussi und seinem Truthahnschinken und ihrer kriselnden Ehe und ihrem anstrengenden Job – wovor sie wirklich fliehen möchte, das wird ihr jetzt klar, das ist *sie selbst.* Sie möchte in die Tropen flüchten und ihren qualvollen, stummen Monolog hinter sich lassen.

Zum ersten Mal in ihrem Berufsleben freut Elinor sich nicht darauf, zu ihrer Arbeit zurückzukehren. Plötzlich erscheinen Beziehungen zwischen Arbeitgebern und Arbeitnehmern, Dienstverhältnisse und Arbeitsbedingungen ihr lächerlich unwichtig. Sie denkt an eine Datei in ihrem Computer, die mit »Beschwerden, Gerüche« betitelt ist. Laut Gesetz ist am Arbeitsplatz »jedwede Belästigung« verboten. Offene Feindseligkeit und sexuelle Übergriffe sind einfach festzustellen und zu ahnden, aber Elinor hat gelernt, die obskureren, trivialeren Kümmernisse zu fürchten, von denen neuerdings viele in der Kategorie »Gerüche« angesiedelt zu sein scheinen. Da ist diese

Frau, die sich jeden Tag in der Mikrowelle Fisch zubereitet, der Typ mit der beißenden Körperausdünstung, die Verwaltungsangestellte mit dem erstickenden Chanel No 5. Ihre Vorgesetzten brauchen Elinor, damit sie ihnen sagt, wie sie mit diesen Leuten reden sollen. Anstatt ihre üblichen, diplomatischen E-Mails abzufeuern, hat sie ihren Eingangskorb überlaufen lassen, während sie sich in ihrer Waschküche versteckt. Was das Verhalten am Arbeitsplatz angeht, müssen die Leute zweierlei tun: begreifen, worum es geht, und fröhlicher werden. Am liebsten würde sie einen Rundbrief dieses Inhalts an die Firma schicken.

Gedankenverloren starrt Elinor auf die Wolkenfetzen, die unterhalb der Maschine dahintreiben. Vielleicht sollte sie ihre bezahlte Auszeit nehmen und diese nutzen, um an sich zu arbeiten. Sie hat bereits seit einem Jahr Anspruch darauf. Ted wollte, dass sie ihr Sabbatical nahm, als sie die In-vitro-Fertilisation machten, damit sie sich wirklich entspannen könnte. Aber Elinor war sicher gewesen, dass sie durchdrehen würde, wenn sie nicht arbeitete. Zu Hause zwischen Arztterminen säße und die Tage auf dem Kalender ankreuzte, während sie auf die Testergebnisse wartete. Sie brauchte ihren Job, etwas, was sie unter Kontrolle hatte. Doch jetzt ist sie ihrer Kontrollversuche müde. Sie kann ja nicht einmal ihre biologische Uhr kontrollieren – oder das Sexleben ihres Mannes.

Was soll sie während ihres bezahlten Urlaubs tun? Eigentlich wollte sie ihn für die Zeit nach der Geburt des Babys nehmen. Schwindlig vor Schlafmangel würde sie die Fläschchen für ihr Baby zubereiten. Sie stößt mit dem Kopf gegen das Fenster und wünscht, sie könnte es zerschlagen und davonfliegen. Vielleicht wird sie auch bald dasitzen und versuchen, die Preise der Haushaltsgegenstände in Bob Barkers Show zu erraten.

Als Ted Ginas Haus betritt, weht ihm aus dem Wok der Geruch von Sesamöl und Ingwer entgegen, und der Duft von ihrem China-Rain-Parfum macht ihn schwindlig.
»Hi.« Gina berührt sanft seinen Arm. Sie sieht erschöpft aus. Ihre Augen liegen tief in den Höhlen, und darunter zeichnen sich dunkle Ringe ab. Eine ausgebeulte Jogginghose und ein Altmänner-T-Shirt hängen an ihr herunter, wirken ebenso kraftlos wie sie.
»Toby?«, ruft Gina nach oben.
»Moment!«, ruft Toby zurück.
»Mach das Ding bitte *aus!*« Es überrascht Ted, Gina so gereizt zu erleben. Im Fitnesscenter setzt sie Lob und Ermutigung ein, um ihre Schäfchen zu motivieren. Bei ihrem Sohn scheint sie diese Finesse nicht anwenden zu können.
Aus dem Computer kommen die Geräusche eines monumentalen Zusammenstoßes.
»Also schön – noch zehn Minuten«, gibt Gina nach, »ein Glas Eistee?«, wendet sie sich Ted zu.
»Gern.« Er folgt ihr in die Küche, wo sie Eis in zwei Gläser füllt, Tee darauf gießt und ein paar Scheiben von einer Zitrone abschneidet.
»Alles in Ordnung?«, fragt Ted. Gina hat zweimal hier für ihn gekocht, während Elinor sich in ihrer Waschküche vergrub und sich zu essen weigerte. Was tut er *jetzt* hier? Er hätte lieber nach Ohio fliegen und Elinor überraschen sollen.
Gina nickt und stellt ihr Glas hin, ohne getrunken zu haben. »Hör mal – darf ich dich um einen Gefallen bitten?«
Teds Hemd klebt an dem Schweiß, der sich zwischen seinen Schulterblättern sammelt. »Klar. Schieß los.«
»Toby braucht Nachhilfe. Er ist sehr helle, aber er kann sich nicht konzentrieren. Er braucht Hilfe in Mathe und Natur-

wissenschaften, und ich bin dazu nicht geeignet – sobald wir ein paar Minuten zusammensitzen, fliegen die Fetzen. Den Jungen von der Highschool, den ich angeheuert hatte, hat er in Rekordzeit vergrault.« Sie schaut zu Boden. »Ich hab ihm erklärt, dass er in den Sommerkurs muss, wenn er nicht einmal in der Woche mit einem Nachhilfelehrer arbeitet. Das bedeutet, dass er hierbleiben muss, *man stelle sich das vor, um Himmels willen,* anstatt den Sommer in Maine zu verbringen. Damit kam ich endlich zu ihm durch, und er fragte, ob *du* ihm Nachhilfe geben könntest.« Sie dreht sich weg und hantiert im Spülbecken mit Geschirr. »Ich habe ihm gesagt, dass du und ich lediglich Bekannte seien.« Sie schüttelt lachend den Kopf. »Aber du bist das Einzige, was ihm bisher an Kalifornien gefällt.« Sie wendet sich Ted wieder zu und zieht die Brauen hoch. »Siehst du, was du in einer halben Stunde mit einem Menschen machen kannst?«
Seit ihrer ersten Begegnung bringt Gina Ted diese Bewunderung entgegen, die er bis heute nicht nachvollziehen kann, und jedes Mal möchte er ihr sagen: »Du irrst dich.« Hat er deshalb mit ihr geschlafen – weil sie ihm das Gefühl gab, etwas wert zu sein? Wie narzisstisch.
»STIRB!«, schreit Toby in seinem Zimmer.
»Ich möchte, dass es Toby hier *gefällt.*« Gina wischt die makellosen Arbeitsflächen ab.
»Wie kommt es, dass du mir nie von ihm erzählt hast?« Ted versucht, nicht kritisch zu klingen.
»Zu kompliziert«, antwortet Gina tonlos und senkt den Kopf. Das Thema ist sichtbar schmerzlich für sie. »Und zu peinlich. Was ist das für eine Mutter, die nicht das Sorgerecht für ihr Kind hat? Ich meine, ich habe zwar gemeinsames Sorgerecht mit seinem Vater, aber Toby entschied, dass er während des

Schuljahres nicht bei mir sein wollte.« Nun, da offenbar wird, dass Ginas bisheriges Leben alles andere als einfach war, findet Ted ihre Fröhlichkeit und ihren Optimismus noch bemerkenswerter. Er möchte sie trösten, ohne sie in den Arm zu nehmen. Also rammt er seine Hände tief in die Taschen seiner Jeans und macht einen Schritt auf sie zu.

»Warst du mit ihm verheiratet?«

Gina schüttelt den Kopf. »Nein. Wir waren nur ein paar Monate zusammen. Er ist Hummerfischer.« Sie begutachtet angelegentlich ihre Fingernägel. Ted kann nicht erkennen, wie sie zu Tobys Vater steht. »Früher hat Toby bei *mir* gelebt und die Sommerferien bei seinem Vater verbracht. Als er acht wurde, erklärte er plötzlich, dass er lieber bei seinem Vater in Maine leben würde. Aber Rod hat vor, Landschaftsdesign zu studieren, und seine Frau will nicht, dass Toby weiter bei ihnen wohnt, weil Rod an den meisten Abenden nicht zu Hause sein wird. Toby *liebt* sie – obwohl sie ihn loswerden will! Sie hat keine Kinder.« Gina presst in dem sichtbaren Bemühen, ihre Fassung zu wahren, die Handflächen aneinander. »Mein Sohn möchte lieber bei einer Frau bleiben, die Kinder nicht *mag.*«

Ted macht noch einen Schritt auf sie zu und ballt die Hände in den Taschen zu Fäusten. »Oh, Gina. Das ist bestimmt nur eine Phase. Er steckt momentan in einem Zwischenstadium.« Ted hat Artikel über dieses schwierige Stadium gelesen.

»Ich weiß ja, dass er mich liebt – aber er *mag* mich nicht.« Sie schüttet ihren Tee in den Ausguss. »Aber darum geht es gar nicht. Es geht darum, dass er das Schuljahr schafft. Und deshalb …« Sie macht eine Pause und fährt dann fort: »Die Bitte wird dir sicher seltsam vorkommen, aber ich wollte dich fragen, ob du ihm bei seinen Hausaufgaben helfen könntest.«

Ted erkennt an dem Zögern in ihrer Stimme, dass die Bitte nicht *ihre* Idee war.
Sie schaut zu ihm auf, ein wenig verlegen, ein wenig schüchtern und sehr, sehr müde. »Ihr könntet euch in der Bibliothek treffen. Ohne mich, natürlich.«
»Ähhh…«, dehnt Ted. *Du bist passiv,* hört er Elinor sagen. *Du lässt dein Leben* geschehen. *Sei aktiver.* Er setzt sich auf einen der Barhocker an der Frühstückstheke.
»Tobys Vater ist so unzuverlässig. Er kündigt an, sich zu melden, aber dann lässt er nichts von sich hören. Manchmal ruft er wochenlang nicht an, und irgendwann kommt er dafür mit völlig übertriebenen Geschenken. Ich habe ihm erklärt, dass Kids verlässliche Liebe viel mehr brauchen als große Geschenke, aber irgendwie scheint er das nicht zu kapieren.« Gina wird offenbar bewusst, dass sie die Arbeitsflächen völlig grundlos wischt, denn sie wirft den Schwamm ins Spülbecken. »Doch das ist nicht das Thema. Tobys schulische Leistungen sind das Thema, und er spricht seit unserer Begegnung im Restaurant neulich ständig von dir.« Sie verschränkt die Arme und drückt sie an ihren Magen.
Ted fühlt sich lächerlich geschmeichelt, aber wahrscheinlich braucht der Junge einfach nur eine männliche Bezugsperson. Vielleicht sollte er Gina mit dem jungen, sportlichen Patienten bekannt machen, den er letzte Woche am Mittelfußknochen operiert hat. Wie hieß er noch? Er war Single, oder? Die Vorstellung von Gina mit diesem gut aussehenden Burschen lässt Eifersucht in ihm aufflackern.
Er klemmt die Hände zwischen die Knie. »Tut mir leid – ich muss passen.« Er räuspert sich. »Elinor kommt nach Hause. Wir werden uns versöhnen. Ich habe schon einen Termin bei der Eheberaterin vereinbart.«

»Das ist gut«, sagt Gina.

»Und deshalb wäre es nicht …«

»Ich finde es *wirklich* gut.« Gina dreht sich zum Spülbecken, wendet ihm den Rücken zu. »Ich mag Elinor. Ich mochte sie vom ersten Moment an.« Sie faltet mit schnellen Bewegungen ein Geschirrtuch zusammen.

»Toby ist ein großartiger Junge, aber ich …«

»Ich habe vor dir nie mit einem verheirateten Mann geschlafen.«

»Oh.« Dieses neue Thema verunsichert Ted noch mehr.

»Ich wollte, dass du das weißt. Es war ein schrecklicher Fehler, und ich bedauere ihn.« Sie wendet sich ihm wieder zu. Er hat sie noch nie so bekümmert und müde gesehen.

»Ich fände es einfach nicht gut, eine Beziehung zu dem Jungen aufzubauen.« Ted steht auf und schiebt den Barhocker unter die Frühstückstheke. »Ich bin sicher, dass du über das Community College einen geeigneten Nachhilfelehrer finden kannst. Außerdem bist du die geborene Lehrerin. Schließlich hast du sogar mir den Umgang mit den Geräten im Center beibringen können.«

Gina nickt energisch. »Es war eine verrückte Idee.« Sie massiert ihre Schläfen. »Ich fange nur allmählich an zu verzweifeln, weil mir die Zeit davonläuft. Ich muss das irgendwie geregelt kriegen.«

»Gina.« Ted neigt den Kopf, um ihren Blick einzufangen. »Du bist so geduldig mit anderen – versuch es doch auch mit dir zu sein.« Er hört sich idiotisch an und nach New Age.

»Ehrlich? Ja, vielleicht hast du Recht. Okay«, sagt sie halbherzig und geht ins Esszimmer.

»Toby?«, ruft sie. »Ted ist hier. Willst du dich von ihm verabschieden?«

Toby kommt aus seinem Zimmer geschossen. »Hey! Haben Sie heute Operationen gemacht?« Seine gebräunten, mageren Glieder ragen aus formlosen Schwimmshorts und einem schwarzen T-Shirt mit dem Aufdruck eines großen, weißen Moskitos und dem Schriftzug *Camp Itchalot.*

»Nein. Nur Nachuntersuchungen. Wie war's in der Schule?«

Toby verdreht die Augen und kratzt sich am Knie.

»Ein paar Kids haben ihm einen Streich gespielt«, erzählt Gina Ted.

»Ja«, bestätigt Toby verdrießlich. »Sie haben meinen Spind mit Ping-Pong-Bällen vollgestopft, und als ich die Tür aufmachte, rollten sie alle den Flur runter, und *ich* kriegte Ärger.«

»Man kann es ihnen bestimmt irgendwie heimzahlen«, meint Ted.

Tobys Gesicht leuchtet so hoffnungsvoll auf, dass Ted in seiner Not einen Hustenanfall vorschützt, aus dem unversehens ein echter wird, als Speichel in seine Luftröhre gerät. Er hustet, bis er nach Atem ringen muss, und sein Blick sucht wie der eines gefangenen Tieres nach einem Fluchtweg, fällt auf die Tür, das Fenster – Notausgänge – und dann wieder auf Toby. Gina klopft ihm auf den Rücken und gibt ihm ein Glas Wasser. Schließlich bekommt er wieder Luft.

»Haben Sie Lust auf eine Runde Risk?«, fragt Toby.

Ted japst und trinkt einen Schluck.

»Ted muss los, Schatz«, antwortet Gina an seiner Stelle.

»Warum?« Toby hackt mit der Schuhspitze auf den Teppich ein.

»Ein bisschen Zeit habe ich noch«, sagt Ted und wischt sich den Schweiß von der Stirn. Immerhin wird er die beiden vielleicht nicht wiedersehen. Außerdem graut ihm davor, in das leere Haus zurückzukommen, mit Larry King zu Abend zu essen und mit der Wetter-Lady schlafen zu gehen.

»Yesss!«, triumphiert Toby und zieht die Schachtel unter dem Couchtisch hervor. »Ist ja egal, wie weit wir heute kommen«, meint er. »Ich lasse das Spiel einfach bis zum nächsten Mal hier stehen.« Er klopft mit der Hand auf den Couchtisch.

»Also schön – aber nur eine halbe Stunde.« Gina wirft Ted einen besorgten Blick zu.

Ted setzt sich Toby gegenüber auf das breite, bequeme Ledersofa. Er spürt seine Wangen heiß werden, als er sich daran erinnert, wie er hier neben Gina lag und mit der Fingerspitze jeden ihrer Rückenwirbel nachzeichnete. Er wollte immer so ein Ledersofa haben. »Zu discomäßig«, fand Elinor. »Ledersofas geben mir das Gefühl, dass ich in L. A. mit pferdeschwänzigen Leuten Koks schnupfen sollte.«

Toby schaut zu seiner Mutter auf. Gina lächelt, die Hände in die Seite gestemmt, auf ihn hinunter. »Du spielst nicht mit, oder?«, fragt er hoffnungsvoll.

Sie lacht gezwungen, dreht sich um und geht zur Küche zurück. »Nein, nein, keine Sorge.«

»Weißt du, dass deine Mutter in jedem Sport auf diesem Planeten ein Ass ist?«, sagt Ted zu Toby. »Tennis, Basketball … alles, was man sich vorstellen kann.« Zur Auflockerung seines Cardio-Trainings hat Gina im Center ab und zu ein paar Körbe mit ihm geworfen und ein paar Bälle übers Netz geschlagen.

»Ich mag Sport nicht.« Toby stellt Soldaten auf das Spielbrett, winzige Infanteristen, die ihre Gewehre auf Ted richten.

Ted langt über Skandinavien hinweg und packt, überrascht von seiner eigenen Kühnheit, Tobys Hand, drückt die kleinen, weichen Finger. »Tobe?«

»Was?« Der Junge senkt den Kopf und schaut durch sein Lockenwirrwarr zu Ted hoch.
»Mach's deiner Mutter ein bisschen leichter, okay? Sie ist ein toller Mensch, und du musst sie ein wenig entlasten.«
Toby richtet sich auf und nickt mit ernstem Gesicht.
»Willst du Rot nehmen?«, fragt Ted schließlich.
Toby nickt erneut und öffnet in Teds Griff die Faust, zieht seine Hand jedoch nicht weg. Ted lässt ihn los und tätschelt Tobys Unterarm und dann seine Schulter.
»'kay«, antwortet Toby und nimmt sein Kriegsgerät aus der Schachtel.
»Eines Tages kommst du vielleicht nach Rom und kannst dir das Forum ansehen«, sagt Ted und deutet dabei auf den italienischen Stiefel auf dem Spielbrett. »Ich habe gehört, dass sich dort noch immer Münzen aus der Zeit der Invasion der Barbaren in den Steinböden befinden.«
»Als ob jemals jemand mit mir irgendwohin fahren würde«, gibt der Junge mürrisch zurück.
Gina kommt, stellt auf einen Untersatz ein Glas Eiswasser neben Toby und eine Flasche Root Beer dazu. »Ich mach dir eine tiefgekühlte Käsepizza«, sagt sie zu ihm. »Deine Lieblingssorte.«
»Danke.« Toby schaut ihr ins Gesicht, was er, wie Ted aufgefallen ist, nur sehr selten tut. »Hey«, wendet er sich Ted zu. »Ich habe meine Mom gefragt, ob Sie mir Nachhilfe geben können, und sie sagte, vielleicht …«
»Ted hat im Moment viel um die Ohren, Schatz«, mischt Gina sich ein. »Er ist einfach zu beschäftigt.«
»Ich mache dir einen Vorschlag«, unterläuft Ted ihren Versuch, ihm zu Hilfe zu kommen. »Ich gebe dir Nachhilfe, bis wir jemanden finden, der mich ablösen kann – vielleicht nur

ein- oder zweimal.« Das *Wir* hängt über ihnen in der Luft. Ted würde es gern zurücknehmen. Plötzlich wird ihm klar, dass er während ihrer Affäre nie etwas für Gina getan hat. Sie hat ihm bei seiner Diät und seinem Training geholfen, ihn motiviert, ihm Bücher gekauft, ihm selbst gekochte Suppe mitgebracht. Und was hat er für sie getan? Nichts. Er hat ihr nicht einmal etwas geschenkt.

Flugbegleiter, bitte bereiten Sie die Passagiere für die Landung vor. Elinor wacht auf. Ihre Augen brennen von der trockenen Luft, und ihr Mund fühlt sich an wie zugeklebt. Sie hat geträumt, den Kopf des toten Hektor auf dem Schoß zu halten und seine leblosen Locken zu streicheln. Das »Fasten Seatbelt«-Zeichen leuchtet, also darf sie nicht aufstehen, um sich das Gesicht zu waschen und die Zähne zu putzen. Sie muss schrecklich aussehen. In ihrer Not kramt sie in ihrer Handtasche nach einem Kaugummi. Das Nächste sind Augentropfen, Concealer, Konturstift, Lippenstift, Rouge und Puder. Wird Ted in der Ankunftshalle warten oder davor? Haben sie sich darüber geeinigt? Sie wünscht, sie könnte jetzt duschen. Der staubige Spiegel der Puderdose zeigt ihr ein bleiches Gesicht. Die jahrelange Lektüre juristischer Texte bis in die späten Abendstunden hat ihr über ihrer Nasenwurzel zwei tiefe, senkrechte Falten verpasst, die ihr etwas Mürrisches verleihen. Sie wischt einen Großteil des Rouge weg und tupft den Lippenstift ab, denn beides erscheint ihr zu offensichtlich bemüht.

Während Ted inmitten einer Menschenmenge in der Ankunftshalle wartet, brennt sein Magen vor Nervosität. Es war ihm lieber gewesen, als man noch bis zum Gate hinausdurfte.
»Hey! Wow!«, stößt er hervor, als er seine Frau auf die Roll-

treppe treten sieht, mit der sie, wie die anderen Passagiere, zur Gepäckausgabe hinunterfährt. Elinors Haare sind kürzer und fransig geschnitten – und blonder. Ihre Augen überfliegen die Menge. Ted duckt sich hinter einen größeren Mann, weil er den Moment noch ein wenig genießen möchte, sie unbemerkt zu betrachten, als wäre sie eine Fremde. *Seine* Fremde. Sie trägt Jeans und Cowboystiefel. So war sie auch angezogen gewesen, als sie sich kennen lernten, und er merkte bald, dass sie sich so am liebsten kleidete. Sie sah immer auf eine sexy Art schlampig aus mit ihren Jeans und den Stiefeln und Teds formlosen, alten Pullovern und Sweatshirts mit den Spitzenhemdchen darunter. Der Gegensatz von burschikosem Gammellook und femininer Spitzenwäsche erregte Ted immer wieder aufs Neue.

Elinor hört auf, die Menge abzusuchen. Sie drückt ihren Daunenparka an die Brust und runzelt die Stirn, als habe sie die Hoffnung aufgegeben, dass Ted sie abhole.

Er tritt aus seiner Deckung hervor, streckt die Arme hoch und beginnt, hektisch zu winken. »El! Hier bin ich!«

Sie sieht ihn, lächelt schüchtern, winkt einmal kurz und tritt von der Rolltreppe.

Plötzlich weckt die Kürze ihres Haars eine Befürchtung in Ted. Als sie heirateten, reichte es fast bis zur Taille, und er liebte es, es von ihren Schultern zu heben und sie auf den Nacken zu küssen, auf die warme, leicht feuchte Stelle, die nach Äpfeln roch. Dann kam sie beruflich weiter, und je länger ihre Arbeitstage wurden, umso kürzer wurde ihr Haar. Was, wenn die süße Apfelduftstelle jetzt nicht mehr da ist?

Ted bahnt sich mit den Ellbogen den Weg durch die Menge und greift nach Elinors Hand. »Du siehst *großartig* aus!«

»Wirklich?« Sie lacht und fährt sich mit der freien Hand

durchs Haar. Ted streicht hellblonde Strähnen aus ihrer Stirn und versucht, sie hinter die Ohren zu klemmen.

»Ja, wirklich.« Er zieht sie aus dem Gedränge und in seine Arme, schließt die Augen und atmet tief ihr Parfum ein. Bisher fand er den Duft des Parfums seiner Frau sexy. Jetzt empfindet er ihn als tröstlich, beruhigend, als etwas, auf das man zählen kann, wie die Zeitung in der Zufahrt jeden Morgen. Willkommen, doch nicht unbedingt erregend. Aber dieses *Haar.* Er küsst Elinor beinahe brutal auf den Mund. Im ersten Moment versteift sie sich, räuspert sich unter seinen Lippen, doch dann entspannt sie sich in seinen Armen.

Ted lässt sie los und tritt einen Schritt zurück. »Ich dachte schon, du kämst gar nicht mehr nach Hause.« Er klimpert mit den Schlüsseln in seiner Hosentasche, lässt die Finger über die Konturen jedes Schlüssels gleiten. Für gewöhnlich beruhigt das seine Nerven.

Elinor lächelt gezwungen. »Ich bin hier.«

Sie unterbrechen die Fahrt, um zu Mittag zu essen, entscheiden sich in einem nahezu leeren Restaurant für eine der hintersten Nischen. Ted setzt sich neben Elinor, so dass sie beide mit dem Rücken zum Eingang sitzen. Er bohrt seinen Finger in das Loch in ihren Jeans und kitzelt sie am Knie. Sie lacht nervös. Er lacht ebenfalls, weiß jedoch nicht, worüber. Die Kellnerin kommt, und er bestellt zwei helle Ale.

Als Elinor nach ihrem Glas greift, bemerkt er, dass sie ihren Ehering nicht trägt.

»Wo ist dein Ring?«

»Ich habe ihn abgezogen.«

»Wir sind noch immer verheiratet.« Es ist zwar eine Feststellung, klingt jedoch wie eine Frage.

Elinor wischt sich mit dem Handrücken Bier von der Oberlippe. »Ich fühle mich momentan wie in einem Zwischenstadium.«

»In einem Zwischenstadium«, wiederholt Ted.

»Vielleicht sollte ich ausziehen. Während wir zu Dr. Brewster gehen, meine ich. Ich weiß nicht, ob ich mit dir leben will, solange ich so wütend auf dich bin.«

»Was? Du bist doch gerade erst *angekommen.* Du kannst unmöglich ausziehen. Was wäre das denn für eine Versöhnung?« Das Beste an Elinors Rückkehr ist doch, dass er keine Minute mehr allein in dem leeren Haus verbringen muss! »Du darfst ruhig wütend auf mich sein, El. Du *sollst* sogar wütend auf mich sein.« Ted spricht viel zu schnell und viel zu laut, doch es kümmert ihn nicht. Er zieht Elinor näher zu sich heran. Nach den ersten paar Schlucken Ale braut sich ein bohrender Kopfschmerz über seiner Nasenwurzel zusammen. »Ich möchte, dass alles wieder so wird, wie es war.«

Elinors Ponyfransen reichen bis zu ihren Wimpern. Ted möchte sie auf die Stirn küssen, auf die Nase, auf den Mund. Er will schlicht und ergreifend *seine Frau küssen.*

»Aber das geht nicht«, sagt sie, »und da liegt das Problem.« Sie zupft an dem Etikett ihrer Bierflasche. »Außerdem glaube ich, dass das Verleugnung genannt wird.«

»Dass ich nicht alles zu Tode analysieren will, ist keine Verleugnung«, widerspricht Ted mit mühsam gedrosselter Lautstärke. »Warum können wir nicht einfach von vorne anfangen?« Er umfasst sein Glas fester. Nass von Kondenswasser, entgleitet es seinen Fingern, Bier schwappt auf den Tisch und tröpfelt auf seinen Schoß. »Mist.« Er wischt mit Papierservietten auf dem Tisch und an seiner Hose herum.

»Wir müssen zu Dr. Brewster gehen. Diese Krise wird *Arbeit* machen.«
»Ich weiß.« Schon wieder *Arbeit.* Ted legt den nassen Serviettenklumpen weg. Er ist ja nicht faul oder abgeneigt, aber warum muss bei ihnen alles mit so viel Arbeit verbunden sein? Er hat gehofft, sie würden übers Wochenende in die Weingegend hinauffahren, sich in einer Frühstückspension in einem der kitschigen Himmelbetten lieben und sich darüber Gedanken machen, dass die Nachbarn sie hörten. Natürlich kann er nicht von Elinor erwarten, die Affäre so schnell zu den Akten zu legen. Er fährt mit den Fingern durch ihre Haare, klemmt Strähnen hinter ihre Ohren. »Hör zu, El. Ich weiß, dass mein Verhalten absolut inakzeptabel war, und ich werde alles tun, um wiedergutzumachen, was ich dir angetan habe.«
»Dann geh mit mir zu Dr. Brewster.«
Ted schluckt seine Verärgerung hinunter. »Ich habe dir doch am Telefon gesagt, dass ich einen Termin für uns vereinbaren würde. Und ich habe es *getan.* Wir sind am Dienstag bei ihr«, setzt er hinzu und bemüht sich zu klingen, als freue er sich darauf.
Sie verfallen in Schweigen. Schließlich fragt Ted: »Glaubst du, wir schaffen es?« Die Frage jagt ihm eine Heidenangst ein. »Unsere Ehe zu retten, meine ich.« Jetzt flüstert er beinahe.
Die Kellnerin kommt mit dem Essen.
Elinor beißt in ein Pommes-Stäbchen. »Ich weiß es nicht – aber ich möchte es.« Sie schiebt ihren Teller weg. »Ich werde mein Sabbatical nehmen.«
»Sehr gut.« Ted hört auf zu kauen. »Halt mal – du willst aber nicht wieder die Stadt verlassen, oder?«
Elinor schält den Rest des Etiketts von ihrer Bierflasche. »Nein. Ich nehme mir nur eine Auszeit.« Sie klingt nervös, als sei sie

sich dessen nicht ganz sicher. »Ich will mich auf meine Ehe konzentrieren.«

Meine Ehe. Manchmal scheint es, als wäre es *Elinors* Ehe und *Elinors* Unfruchtbarkeit, als wäre Ted lediglich eine Variable in der mathematischen Gleichung ihres Lebens. Job, Haus, Ehemann, Baby.

»Wenn du dir deine Auszeit nimmst, könnten wir ja verreisen«, schlägt Ted vor. »Vielleicht eine Villa in Italien mieten.«

»Wir werden sehen. Warten wir ab, wie wir bei der Eheberaterin weiterkommen.«

»Ja, richtig: Spaß ist verboten.« Ted kommt sich wie ein Kind vor, das um schönere Sommerferien kämpft. Er öffnet den Mund, beschließt dann jedoch, nichts mehr zu sagen.

»Wir werden schon etwas tun, was Spaß macht«, verspricht Elinor ihm müde.

Ted nimmt ihre kleine Hand in seine und drückt sie. Ginas Finger sind lang – weich und biegsam wie der Rest ihres Körpers –, ganz anders als Elinors kurze, raue mit den abgebissenen Fingernägeln. Es macht ihn verrückt, wie Gina plötzlich in seinen Gedanken auftaucht, wie ein Tick, wie ein Krampf. Er schließt die Augen, konzentriert sich auf die Wärme von Elinors Fingern und streichelt sie. Er liebt ihre unvollkommenen Kinderhände. Sie wecken den Wunsch in ihm, sie zu beschützen. Allerdings weiß er nicht genau, wovor.

»Acht Wochen?« Phil, Elinors Chef, ist nicht gerade begeistert, dass sie sich entschlossen hat, ihr Sabbatical und den überfälligen Urlaub zu nehmen.

»Sie haben mir *monatelang* dazu geraten«, erinnert Elinor ihn. Er lehnt sich in seinem schwarzen Ledersessel zurück, der, beinahe so groß wie der Behandlungsstuhl beim Zahnarzt, weit über seinen Kopf hinausragt. Je höher man in der Geschäftswelt klettert, umso näher parkt man am Firmeneingang und umso größer wird der Schreibtischsessel.

»Richtig.« Phil lacht resigniert. »Aber ich war überzeugt, dass Sie es niemals tun würden.«

Elinor weiß genau, was er wirklich meint. Er wünscht, sie hätte es während der In-vitro-Fertilisation getan, als sie unkonzentriert arbeitete und dazu nur mickrige fünfundvierzig Stunden in der Woche. Jetzt, nach dem Abbruch der Bchandlung, hofft er natürlich, dass sie ihren Kinderwunsch zu den Akten legt und zu ihrer Sechzig-Stunden-Woche zurückkehrt.

»Ich brauche Zeit, um mir über einiges klar zu werden«, erklärt sie ihm.

Phil nickt. »Dürfen wir Sie vielleicht klonen?«, scherzt er.

»Ich hätte nichts dagegen.«

»Ich weiß nicht, was wir ohne Sie machen sollen.« Phil verschränkt die Hände hinter dem Kopf und starrt düster aus dem Fenster.

»Tja, dann müssen Sie den Laden eben zumachen«, witzelt Elinor. »Spaß beiseite: Sie haben keinen Grund zur Sorge. Ich werde alle auf Vordermann bringen.« Sie ist bemüht, ihn zu beruhigen, aber gleichzeitig zunehmend verärgert über die psychologische Vorgehensweise dieser Firmen, die einem das Gefühl geben, unentbehrlich und unersetzlich zu sein. Einmal, als Elinor sich mit einem ihrer wenigen Fälle, die vor Gericht gingen, herumschlug, meinte Phil zu ihr: »Sie sind Steve Young, und wir sind auf dem Weg zur Superbowl!« Elinor wünschte sich zwar insgeheim schon immer, mit Steve Young zu *schlafen,* aber sie könnte sich niemals vorstellen, Steve Young zu *sein.* Sie lachte schallend über diese lächerliche

Analogie. »Okay, Coach«, sagte sie und kehrte mit einem weiteren Aktenstapel und ihrem halb verbrannten Mikrowellen-Popcorn an ihren Schreibtisch zurück.

In der Woche vor ihrem Sabbatical arbeitet Elinor abends lange, um noch so viel wie möglich zu erledigen und ihr Büro ordentlich zu hinterlassen. Wenn sie endlich nach Hause kommt, hat Ted schon gegessen und schläft oft bereits. Elinor duscht, schlüpft in ihr Seidennachthemd und ins Bett, in die behagliche Höhle, die Ted mit seiner Körperwärme geschaffen hat. Sie massiert seine Schultern und seinen Nacken, obwohl eigentlich sie es ist, die eine Massage braucht. Er dreht sich zu ihr um, um sie zu küssen. Sie kitzelt sein Gesicht mit ihrem Haar oder küsst ihn auf seinen warmen Bauch, und dann, an ihrem dritten Abend zu Hause, lieben sie sich.

Elinor hat ganz vergessen, wie es sich anfühlt, aus anderen als medizinischen Gründen berührt zu werden. Während der Therapie kam sie an einen Punkt, wo sie jede Berührung als Schmerz empfand. Ted brauchte sie nur zu streifen, und sie zuckte zurück. Sie kränkte ihn damit, das wusste sie, aber sie ertrug es einfach nicht, von jemandem oder etwas berührt zu werden. Sogar ihre Kleidung tat ihr weh. Der Stoff schabte unbarmherzig über ihren empfindlichen Bauch und die geschundenen Schenkel. Die einzige Berührung, die ihr guttat, war die des Wassers beim Schwimmen. Sie schoss im Freibad ihres Viertels gewichtslos die Bahnen auf und ab, und das Wasser streichelte ihre Haut. Doch dann, viel zu schnell, endete das Erwachsenenschwimmen, die Kids aus der Nachbarschaft sprangen mit ihren Styroporrollen kreischend und spritzend ins Becken, und Elinor floh in ihr kochend heißes Auto.

Aber als Ted sie jetzt berührt, erlebt sie es als Liebkosung, nicht als Grobheit. Trotzdem fällt es ihr schwer, sich zu entspannen, denn durch ihren Kopf läuft flimmernd ein Spruchband: *Sie ist so hübsch und durchtrainiert und jung! Diese herrlichen Haare und diese langen Beine! Ist sie besser im Bett?* Elinor möchte Ted nach Details seiner Affäre ausfragen. Wie haben sie zum Beispiel verhütet? Doch er ist so lieb und zärtlich, küsst sie, als sei nie etwas gewesen. Danach schläft er ein, was Elinor ihm jedoch nicht verübeln kann, da sie erst nach den Zehn-Uhr-Nachrichten heimgekommen ist. Sie braucht wirklich eine Auszeit. Sie müssen wieder zu der Eheberaterin gehen. Als sie so daliegt, unfähig zu schlafen, ist sie froh, dass es dunkel im Zimmer ist und Ted sich im Tiefschlaf befindet, denn so kann er ihr nicht ansehen, wie besorgt sie ist.

Am ersten Morgen ihres Sabbaticals versucht Elinor, zu entspannen und ihren Kaffee und das Kreuzworträtsel zu genießen, doch die leere Leinwand des strukturlosen Tages bringt ihren Puls zum Rasen. Sie hat absolut nichts zu tun bis zu ihrem Termin bei Dr. Brewster morgen früh. In ihrer Not macht sie eine Einkaufsliste für das Gartencenter – Mulch, Pflanzerde, Blumenzwiebeln, Stiefmütterchen –, aber als sie fertig ist, zerreißt sie die Liste und wirft sie in den Mülleimer. Genau damit hat sie die Kontrolle über ihr Leben verloren – indem sie sich in tausend Kleinigkeiten verzettelte, während die großen Dinge den Bach runtergingen. Sie nimmt ein neues Blatt Papier und schreibt: *Ehe retten. Unfruchtbarkeitsproblem lösen.* Die Kürze der Liste deprimiert sie – und die Tatsache, dass sie eine Therapeutin braucht, um mit ihrem Mann in Verbindung zu treten. Wie es scheint, ist sie gezwungen, sämtliche

Aspekte ihrer Ehe in die Hände auswärtiger Dienstleister zu geben – zuerst den Sex und jetzt die Liebe.

Sie ist heute gemeinsam mit Ted aufgestanden und hat ihm Rühreier à la *The Zone* nur aus Eiweiß gebraten, während er duschte. Da sie, als sie fertig waren, anämisch und unappetitlich aussahen, beförderte sie sie in den Abfalleimer und bedeckte sie mit Prospekten, voller Hass auf Gina und verzweifelt bemüht, nicht zu weinen oder zu schreien. Als Ted in die Küche kam, war sie überwältigt davon, wie gut er aussah mit seinem frisch rasierten, rosigen Gesicht, dem dunkelgrünen Hemd, das die tiefbraunen Augen und das weiche, braune Haar betonte, der schicken gelben Krawatte, den breiten Schultern und schmalen Hüften und der energischen Kinnlinie. Plötzlich hatte sie keine Lust mehr, zu der Eheberaterin zu gehen und all die Hässlichkeiten ans Licht zu zerren. Sie wollte lieber diese neu erwachte Wertschätzung ihres Mannes kultivieren, ihr Gelegenheit geben, sich zu stabilisieren, wie man die erste Schicht Farbe trocknen lässt, bevor man die zweite aufträgt. Aber Ted war in Eile – er musste operieren. Sein Abschiedskuss schmeckte nach Zahnpasta.

Elinor stand auf der Veranda, als Ted rückwärts aus der Einfahrt fuhr, und fühlte sich von ihrem Mann verlassen. Während er sich in Form gebracht hatte, hatte sie sich von ihm zurückgezogen – doch er will seine Midlifecrisis offenbar nicht *ohne* sie durchleben. Er will, dass sie sich daran beteiligt, mit ihm Fahrrad fährt oder zeltet und in Australien taucht. Seine Begeisterung für diese Aktivitäten macht Elinor nervös. Sie hat Angst, dass sie nicht mehr weiß, wie man Spaß hat. Sie hat Angst, dass sie ihn enttäuschen wird.

Ein anderes Wort für ein kleines Stück Essen. Elinor tippt nachdenklich mit dem Kugelschreiber auf das Kreuzworträtsel.

Dann schreibt sie *ORT* in die drei Felder. Was würde sie heute tun, wenn sie tun könnte, was sie wollte? Okay – *außer* ein Baby bekommen. Sie schaut durch das Küchenfenster zu den Rosen hinaus, die noch immer blühen. Sich nach draußen setzen. Nach fünfzehn Jahren in einem neonbeleuchteten Büro will sie einfach ins Freie. Sie nimmt ihren Kaffee, die Zeitung und die *Ilias,* holt sich aus dem Wäscheschrank einen alten Quilt und macht sich auf den Weg in den Vorgarten.

Elinor breitet den Quilt unter der großen Eiche aus und lehnt sich an den dicken Stamm, der ihr ein Gefühl der Sicherheit gibt. Sie nippt an ihrem Kaffee und schaut zu, wie die Frauen aus der Nachbarschaft in ihren Geländewagen und Minivans vorbeifahren. Einige von ihnen bemerken sie, bremsen ab, um genauer hinzusehen, und winken dann zögernd. Abgesehen von Kat kennt Elinor keine der Frauen aus dem Viertel näher, denn deren Verbindung stellt sich durch ihre Kinder her, und Elinor und Ted kämen sich bei ihren Schwimmwettbewerben und Halloweenpartys ohne Kinder fehl am Platz vor.

Früher hat Elinor auf die Frage, ob sie Kinder habe, geantwortet: »Wir arbeiten daran« oder »Bisher hatten wir kein Glück«, doch das veranlasste zu unerwünschten Ratschlägen von Akupunktur bis Robitussin. Jetzt sagt sie einfach nur nein.

Als sie ihren Kaffee ausgetrunken hat, legt Elinor sich auf den Rücken und blickt zu der belaubten Kuppel des Baumes hinauf. Die Eiche ist arthritisch, aber trotzdem imposant, wahrscheinlich älter als sie und alle Häuser in der Gegend.

Eine Stimme dringt von der Straße zu ihr herauf. »Miss? Alles in Ordnung mit Ihnen?«

Sie setzt sich auf. Ein Wagen hat angehalten, und hinter dem Steuer sitzt ein älterer Mann, der sie besorgt ansieht.

»Sind Sie gestürzt?«, fragt er.

»Nein, nein. Ich bin beim Jäten«, antwortet sie fröhlich, rupft ein Büschel Gras aus und wirft es in die Luft.

Als Ted aufwacht, tastet er mit geschlossenen Augen nach Elinor. Sie ist nicht da. Er schaut auf den Radiowecker. Es ist zwei Uhr früh, und sie ist nicht da. Sie ist in Ohio. Nein, sie ist zu Hause. Sie sind zusammen ins Bett gegangen, haben noch ein bisschen gelesen, sich einen Gutenachtkuss gegeben, es mit der Löffelchenstellung versucht, festgestellt, dass sie ihnen unbequem war, und sich jeder auf seine Betthälfte verzogen.

»El?« Kein Licht im Bad. Auch auf dem Flur nicht. Ted steht leise fluchend auf, zieht einen Jogginganzug an und tapst barfuß den Gang hinunter. »El?« Vielleicht ist sie in der Waschküche. Sie findet doch immer etwas zu waschen, und seien es Strandbadetücher oder Platzdeckchen aus dem Urlaub. Aber auch in der Waschküche ist es dunkel. Er geht in die Küche, macht Licht und blinzelt geblendet in die plötzliche Helligkeit. Dann schaut er in der Garage nach. Beide Wagen sind da. Esszimmer dunkel, Wohnzimmer dunkel, Arbeitszimmer dunkel. An der Haustür angekommen, stellt er überrascht fest, dass sie unverschlossen ist. Er schlüpft in seine Flip-Flops und tritt auf die Veranda hinaus. Die Nachtluft ist kühl und feucht. Die Straßenlaternen leuchten bernsteinfarben. Am Himmel spiegeln sich rosa die Lichter der Innenstadt. Als Ted den Blick über den Vorgarten wandern lässt, entdeckt er einen formlosen Klumpen unter der alten Eiche.

»El!«, flüstert er laut und eilt über den Rasen. Elinor schläft – in Fötusstellung und mit ihrem Kissen aus dem Bett unter dem Kopf, auf einem alten Quilt als Unterlage in einem Schlafsack. Jesus. Jeder Strolch, der vorbeiführe, könnte sie

hier sehen. Ted geht neben ihr auf die Knie und streichelt ihre Wange.
»Elinor?«
Sie schreckt hoch, schnappt nach Luft und schaut mit zusammengekniffenen Augen zu ihm auf. »Ist es Zeit, zur Eheberaterin zu fahren?« Sie runzelt die Stirn und macht die Augen wieder zu.
»Es ist Zeit, ins *Bett* zu gehen. Was in aller Welt *tust* du hier draußen, Schatz?«
»Ich habe den Rasensprenger ausgeschaltet«, sagt sie, als erkläre das alles, zieht das Kinn an die Brust und streicht mit der Zunge über ihre Lippen.
Ted setzt sich neben sie und spürt die Nässe des Grases durch die Decke.
»Konnte nicht schlafen«, murmelt sie.
»Aber du kannst unmöglich hier *draußen* schlafen.«
»Warum?«
»Weil es gefährlich ist.« Er küsst sie auf die Stirn. »Komm mit ins Haus.«
»Leg dich zu mir.« Elinor macht ihm Platz, öffnet den Reißverschluss des Schlafsacks und versucht, Ted damit zuzudecken, schafft es aber nur, ihn über seine Schenkel zu breiten. Im nächsten Moment ist sie wieder eingeschlafen. Ted lässt prüfend den Blick wandern, vergewissert sich, dass niemand auf der Straße lauert, legt sich auf die Seite, schlingt den Arm um Elinors Taille und vergräbt das Gesicht in ihrem Haar. Ihre Haut ist warm und feucht. Er schließt die Augen und fährt mit den Fingern über das seidene Hemdchen, streichelt ihre Brust und ihren Rippenbogen. Sie ist so winzig. Das war das Erste, was ihm auffiel, als er seine Frau kennen lernte. Es war in dem Sommer, als sein Kumpel Duncan in derselben

Kanzlei arbeitete wie El und ihn zu dem Firmenpicknick einlud. Als das Softballspiel begann, sah er Elinor allein an einem Tisch sitzen und Bier trinken, und dann ging er sie fragen, ob sie denn nicht mitspielen wolle.

»Okay – ich gestehe Ihnen was«, sagte sie. »Ich habe das noch niemandem erzählt.«

Ted lachte.

»Ich weiß nicht, wie es geht.« Sie erzählte, es habe ihr nie jemand beigebracht, einen Softball zu werfen oder zu schlagen. Sie sei als Kind ein Bücherwurm gewesen und müsse an dem Tag, als sie es in der Schule lernten, gefehlt haben. Deshalb erfüllten Sommerpicknicks mit ihren unweigerlichen Softballspielen sie mit heimlichem Grauen. Ted entschied, an diesem Tag ebenfalls nicht zu spielen, und er und Elinor saßen zusammen und unterhielten sich, bis alle gingen und es dunkel wurde. In den darauf folgenden Wochen trafen sie sich nach der Arbeit, und er brachte ihr bei, einen Softball zu werfen und zu schlagen. Sieben Monate später waren sie verheiratet.

Was, wenn die Cops vorbeifahren?, denkt Ted, als er schon fast eingeschlafen ist. Kann man einen Strafzettel dafür kriegen, dass man in seinem eigenen Vorgarten schläft? Er atmet den Geruch des nassen Grases ein. Alle anderen in der Nachbarschaft haben Gärtner, aber er zieht es vor, diese Arbeiten selbst zu erledigen. Soweit er weiß, ist er der Einzige im Viertel, der einen Rasenmäher besitzt. Er liebt das geistig anspruchslose Mähen, Zusammenrechen und Beschneiden, sogar den dumpfen Schmerz danach.

Elinor bewegt sich und hustet, dreht sich zu Ted herum und öffnet ihre Augen, die glänzen wie im Fieber. Sie streckt die Hand aus, berührt Teds Wange und zuckt zurück, als habe sie sich verbrannt. Ihr Haar umrahmt ihr Gesicht wie ein Strahlenkranz. Ted fährt mit der Fingerspitze an ihrer Kinnlinie entlang.

»Ich liebe unser Haus«, sagt sie.

»Ach ja?« Elinor hatte es gekauft, bevor Ted sie kennen lernte, hasste es damals jedoch von ganzem Herzen, weil es so viele Ranchhaus-Fass-ohne-Boden-Probleme damit gab, für deren Behebung ihr die Zeit, das handwerkliche Geschick und auch das Geld fehlten. Nach ihrer Heirat nahmen sie und Ted sich das Haus gemeinsam vor, rissen die Linoleumböden heraus, erneuerten die Einbauschränke, kauften sogar einen klapprigen, alten Pick-up für ihre Fahrten zum Home Depot.

»Wenn du es liebst, dann lass uns reingehen«, neckt Ted sie.

»Ich liebe alles daran«, sagt Elinor, streckt einen Arm aus dem Schlafsack und unterstreicht ihre Aussage mit einer umfassenden Geste. »Ich liebe diesen *Baum.*«

Ted kitzelt sie mit den Fingerspitzen an der Innenseite ihres Unterarms, worum sie ihn früher oft gebeten hat.

»Ich habe unser Fast-Baby geliebt«, murmelt Elinor. »Unsere Zygote.«

»Ich weiß.« Ted beugt sich über sie und küsst sie auf die Stirn. Dann richtet er sich auf, hebt sie hoch und trägt sie auf seinen Armen ins Haus.

Im Bett zupft er ihr lachend Blätter aus den Haaren und türmt sie auf dem Nachttisch auf. Dann zieht er an dem obersten Knopf ihrer Jeans. »Ich erinnere mich, dass ich das in der guten alten Zeit so gemacht habe«, sagt er und reißt die restlichen Knöpfe mit einem Ruck auf. Elinor atmet ihm warm ins Ohr. Sie hebt ihren Po an, damit er ihr die Jeans und den Slip ausziehen kann. Und dann lieben sie sich. Aus keinem bestimmten Grund. Nicht, um ein Baby zu machen oder den statistischen Durchschnitt eines idiotischen Frauenmagazins zu bestätigen oder sich nach einem Streit zu versöhnen. Sie schlafen miteinander, weil Elinor nicht drinnen schlafen konnte und Ted nicht draußen und weil es sich gut anfühlt.

Elinor kichert.

Ted hält mitten in einem langsamen Stoß inne. »Worüber lachst du?«, fragt er irritiert.

»Dass ich mir so viele Jahre Gedanken wegen Verhütung gemacht habe.«

5

Meine Lehrerin sagt, dass ich zu viel rede.« Toby rutscht im Barnes & Noble Café auf seinem Stuhl herum und tritt gegen den Tisch, dass der Schaum auf Teds Milchkaffee aus der Tasse schwappt. »Mom sagt das auch. Zu viel und zu schnell. Ich soll still sitzen und zuhören. Aber wobei? Es erzählt doch keiner was Interessantes.«

»Hör auf, gegen den Tisch zu treten, okay, Champ?« Wenn Ted Toby dazu bringen kann, sich auf diese Bruchrechnungen zu konzentrieren, dann besteht er den mündlichen Rechentest morgen vielleicht.

»'tschuldigung.« Schlagsahne und Karamell bekränzen Tobys Oberlippe. Seine großen Schneidezähne, die krumm und schief und an den Kanten geriffelt sind, reichen bis zu seiner Unterlippe, weshalb sie ständig wund ist. Er ist in diesem Stadium, in dem kein Teil des Körpers sich in der richtigen Proportion zum Rest befindet. Die knotigen Ellbogen und Knie sind viel zu groß für die dünnen Arme und Beine, was wahrscheinlich der Grund dafür ist, dass er ständig irgendwo anstößt. Er schaut Ted verlegen an, hört auf zu treten und beginnt, mit seinen Knubbelfingern auf die Tischplatte zu trommeln. Ted runzelt die Stirn, und der Junge klemmt seine Hände unter die Schenkel, worauf eines seiner Beine wie im Krampf ausschlägt, das Tischbein trifft und wieder Glas und

Tasse überschwappen. »*Tut mir leid!* Wenn ich nicht treten darf, muss ich trommeln.«
Ted wischt die Überschwemmung mit Papierservietten auf. »Schon gut, Kumpel.«
»In der Schule muss ich mich auf meine Hände setzen und zählen.«
Ted überlegt, ob Gina angesichts dieses Verhaltens vielleicht einen Kinderarzt zu Rate ziehen sollte.
»Ich zähle immer nur bis fünf, aber richtig schnell. Einszweidreivierfünf, fünfvierdreizweieins. Im Klassenzimmer sind solche Platten an der Decke, und die sind gut fürs Zählen. Sie haben lauter kleine Löcher, und die kann ich auch zählen. Ich kann nichts dafür – meine Lippen bewegen sich, wenn ich zähle. Und dann fragt Todd Francis mich: ›Mit wem redest du, Matschbirne?‹ Er benutzt mehr Schimpfwörter als alle anderen in der Schule. Ich habe meinem Dad von ihm erzählt, und mein Dad hat gesagt, Todd wird mal bei Burger King arbeiten und ich werde Geschäftsführer bei einer Fortune-500-Firma.« Toby leckt mit der Zunge die Lippen ab. »Glauben Sie auch, dass ich Geschäftsführer werden kann?«
»Nur, wenn du Bruchrechnen lernst. Das brauchst du später für deine Aufsichtsratsvorlagen.«
»Okay, kapiert. Ich bin froh, dass Sie mir helfen.« Tobys Ernsthaftigkeit schnürt Ted die Kehle zu. »Hier gefällt es mir viel besser als im Fitnesscenter«, setzt der Junge hinzu. »Meine Mom meint, ich müsste glücklich sein, weil sie da einen Swimmingpool haben, aber es sind immer kreischende Kinder drin, und die Erwachsenen schnauzen einen an, wenn man nur *eine Zehe* in ihre Bahn streckt. Ich hänge lieber in der Snackbar rum, wo sie A/C haben, und spiele mit meinem Gameboy,

aber sie will immer, dass ich nach draußen gehe.« Toby trinkt schlürfend und lässt den Blick durch das Café wandern, wobei er im Rhythmus des Basses der Jazz-Berieselung nickt. »Wir sollten immer hier lernen.«

Ted beugt sich zu ihm vor. »Hör zu, Kumpel – ich werde dir heute helfen und vielleicht noch einmal nächste Woche, aber dann …«

»Ich weiß, dass Sie meine Mom sitzengelassen haben.«

»Nun, ich …« Ted bricht ab, weil er nicht weiß, was Gina ihrem Sohn erzählt hat.

»Das ist echt schade, weil Sie ihr bester Freund waren.«

»Ich war nicht wirklich …«

»Ihre anderen Freunde sind totale Idioten. Shane darf nicht mal mehr Auto fahren. Er musste den Schein abgeben, weil sie ihn betrunken erwischt haben.«

Hat Gina sich mit diesen Burschen getroffen, während sie sich mit *ihm* traf? Natürlich ist es arrogant anzunehmen, dass er allein sie glücklich machen konnte, aber die Vorstellung, dass sie vielleicht auch mit anderen *geschlafen* hat …

»Ja – das ist Shane«, bricht Toby in Teds Gedanken ein. »Er kommt immer mit dem Taxi. Was für ein Penner. Sie sind der einzige von ihren Typen, der kein Loser ist. Dann hat sie noch Barry, der so eine Art Konzert-Promoter ist. Er kennt *Eminem.* Als wäre das so was Besonderes. Mich reißt es nicht vom Hocker. Aber er ist ziemlich nett zu mir. Es ist komisch – er behandelt mich, wie jeder die angesagten Kids in der Schule behandelt: möchte von ihnen gemocht werden und hat gleichzeitig Angst vor ihnen.«

»Er versucht, dich für sich zu gewinnen.«

»Genau. Er ist stinkreich. Sein Auto ist cool. Hat im Fond Sitzheizung und Lautsprecher und im ganzen Auto Rollos.

Aber wissen Sie, was? Ich glaube, meine Mom mag *Sie* am liebsten. Trotzdem.«

»Du weißt doch, dass ich verheiratet bin, Toby.« In Teds Kopf überschlagen sich die Gedanken. Er hat sich an seinem Kaffee den Mund verbrannt, und die Zungenspitze fühlt sich an wie rohes Fleisch.

»Ich meine, die anderen sehen wahrscheinlich besser aus als Sie, aber ich weiß, dass sie Sie am liebsten mag. Und ich glaube, nicht nur, weil Sie ein Doktor sind. Sie redet schon oft davon, aber ich glaube, sie mag Sie einfach am liebsten.«

»Deine Mutter ist eine sehr nette Frau …« Ted überlegt verzweifelt, wie er von hier zu den Bruchrechnungen zurückkommen kann.

»Shane ist ein echter Trottel. Er muss zusammen mit einem anderen Typen den ganzen Tag Dachfenster einbauen, weil er mit dieser blöden Band nicht genug Geld verdient. Immer hat er Isolierzeug und allen möglichen Müll an seinen Sachen kleben. Er ist total verrückt nach meiner Mom. Wenn er anruft, sagt sie jedes Mal, ich soll nicht mehr drangehen. Wir sehen auf dem Display, wer anruft, wissen Sie.«

Der Mixer schwirrt, und die Espressomaschine zischt wütend. Ted muss laut sprechen, um den Lärm zu übertönen. »Okay – wir müssen an deinen Test morgen denken.« Er schlägt das Buch auf. *Wir wissen, dass* $\frac{5}{10}$ *gleichbedeutend ist mit* $\frac{1}{2}$*, denn* $\frac{1}{2}$ *mal* $\frac{5}{5}$ *ergibt* $\frac{5}{10}$*. Deshalb ist die Dezimale 0,5 gleichbedeutend mit* $\frac{1}{2}$ *oder* $\frac{2}{4}$ … Er holt tief Luft.

»Hey – wieso sind Sie mit meiner Mom ausgegangen, wenn Sie verheiratet sind?« Der Junge mustert Ted mit schmalen Augen.

»Ich habe einen Fehler gemacht, Toby. Meine Frau und ich hatten Probleme. Es war meine Schuld. Deine Mutter

konnte nichts dafür. Eine Ehe kann manchmal sehr schwierig sein.«
»Das weiß ich nicht, weil meine Eltern nie geheiratet haben.«
»Ich weiß, Kumpel – aber sie lieben dich beide.«
»Ja? Meine Mom hat gesagt, ich wäre so was Ähnliches wie ein One-Night-Stand-Baby.«
Ted weiß beim besten Willen nicht, wie er diese Information ins Positive verkehren soll. »Hat sie das zu *dir* gesagt?«
»Nein. Ich hab es gehört, als sie es zu einer Freundin sagte. Was bedeutet das überhaupt?«
»Es bedeutet einfach, dass deine Mutter und dein Vater nicht lange zusammen waren. Aber du bist ihnen sehr wichtig.«
»Jedenfalls will ich nicht bei meiner Mom bleiben. Ich will wieder zu meinem Dad.« Er klappt sein Matheheft zu und verschränkt die Arme. »Helfen Sie mir, ihm einen Brief zu schreiben?«
»Wir müssen für deinen *Test* arbeiten. Und gib deiner Mutter eine Chance. Sie bemüht sich wirklich, dich glücklich zu machen.«
»Hey, Sojasprosse!«, ruft jemand vom anderen Ende des Cafés herüber.
Toby schaut auf, schaudert und rutscht auf seinem Stuhl nach unten.
Ted dreht sich um und sieht einen kräftigen Jungen mit einer umgedrehten Baseballkappe auf dem Kopf auf ihren Tisch zusteuern. »Was machst du denn hier, Tofumonster?«
»Das ist Jamie.« Tobys Stimme ist kaum mehr als ein Flüstern, und er sieht Ted Hilfe suchend an. »Er verarscht mich wegen meines Mittagessens.«
Ted bedenkt Jamie-den-Rowdy mit einem finsteren Blick. Der Junge verzieht sich in den Gartenteil. Für einen erschrecken-

den Moment glaubt Ted, Kat dort in einem großen Buch blättern zu sehen, doch dann erkennt er, dass es eine andere Frau mit einer ähnlichen, dunklen Kurzhaarfrisur ist. Seine Nervosität macht ihm deutlich, dass er sich nicht hätte mit Toby treffen dürfen, ohne es Elinor zu sagen.

»Lassen *Sie* sich mal von einer *Ernährungsberaterin* ein Lunchpaket packen«, sagt Toby in klagendem Ton. »Vollkornweizen-Tortillas mit Tofu-und-sonstigem-Mist-Füllung. Einmal fiel eine Sojasprosse auf den Boden, und seitdem habe ich diesen Spitznamen. Und die Proteinriegel sehen ja echt klasse aus, wie normale Schokoriegel, aber sie schmecken wie Pisse. Und wissen Sie, was traurig ist?« Toby fängt wieder an zu treten. »Sie verplempert abends eine ganze *Stunde* damit, mir den Lunch für den nächsten Tag herzurichten. Ich werfe ihn in den Mülleimer und kaufe mir was von dem Geld, das mein Dad mir schickt. Aber für diese Woche habe ich nichts mehr.« Toby schaut weg und zuckt mit den Schultern.

»Hast du das deiner Mom erklärt?«

Toby schüttelt den Kopf. »Ich kann nicht mit ihr reden!«

»Doch, das kannst du.« Ted zieht seine Brieftasche heraus. »Deine Mom ist eine gute Zuhörerin, Toby. Wenn du ihr sagst, dass dir dieses Essen nicht schmeckt, macht sie dir bestimmt was anderes oder gibt dir Geld, damit du dir etwas kaufen kannst.« Er reicht Toby fünfzehn Dollar über den Tisch. »Mach dir nicht so viele Gedanken.« Ted hat ganz vergessen, wie stressig es sein kann, ein Kind zu sein. Toby tut ihm leid, weil er jetzt in eine der Schulen von Silicon Valley gehen muss. Sie sind angeblich die besten des Landes, aber es wird ungeheuer viel verlangt. Erfolgreiche und von Ehrgeiz zerfressene Eltern zwingen ihre Kinder, wie kleine Geschäftsführer zu funktionieren.

»Das Geld ist *nur* für dein Mittagessen, okay, Champ?«
Toby zögert einen Moment, nimmt es dann, faltet die Scheine zusammen und steckt sie in seine Brieftasche. Sie ist aus blauem Nylon und Velcro. In den Innenfächern stecken Tobys Schulausweis und eine Karte mit Angaben der Eltern, die Gina ausgefüllt hat. »Allergisch gegen Bienengift« hat sie in ihrer ordentlichen Schrift eingetragen. Die Dürftigkeit der Brieftasche greift Ted ans Herz. Es erscheint ihm so gefährlich, ein Kind jeden Tag in die Welt hinauszuschicken und von ihm zu verlangen, sich dort zu behaupten.
Ted kauft ein Paket Karteikarten, um Lernkarten daraus zu machen, und schließlich arbeiten die beiden sich tatsächlich durch die Bruchrechnungen. Auf dem Weg hinaus sagt Ted zu Toby, er dürfe sich ein Buch aussuchen. Toby entscheidet sich für eines über Ritter und Rüstungen. »Sogar die Pferde haben Rüstungen«, staunt er und fährt mit der Fingerspitze über einen Hengst auf dem Einband.
Ted entdeckt ein gerade erschienenes Buch über Antioxidanzien. »Das nimmst du deiner Mutter mit.« Gina versteht eine Menge von Antioxidanzien. »Du kannst ja sagen, du hättest es für sie gefunden.« Er möchte unbedingt die Kluft zwischen Gina und Toby schließen, eine Kluft, in die er hineinzustürzen fürchtet.
Toby schüttelt den Kopf. »Ich will ihr nichts schenken.«
Ted beugt sich zu ihm hinunter. Der Junge riecht nach Schweiß und Radiergummi. »Du musst darauf achten, deine Mutter nicht zu kränken. Das macht sie traurig.«
»Ich mache sie traurig?« Toby tritt gegen einen Tisch, auf dem Kochbücher aufgetürmt sind. *»Ich* mache sie traurig?« Er tritt erneut gegen den Tisch. Diesmal kippt der Turm um, und die Kochbücher fallen auf den Boden. Toby ballt mit hängenden

Armen die Hände zu Fäusten und schaut finster zu Ted auf. »*ICH* MACHE SIE TRAURIG!«

»Sir!«, sagt ein Angestellter von seinem Platz am Informationsschalter aus in tadelndem Ton. »Bitte sagen Sie Ihrem Sohn, er soll die Bücher aufheben.«

Das Wartezimmer der Eheberaterin ist ein dunkler Raum, den Ted nie mehr zu sehen gehofft hat. Er ist so ruhig und besänftigend, so *empathisch*. Der Orientteppich und die geblümten Sofas scheinen zu sagen: *Wir wissen, dass du durchgeknallt bist. Es ist okay. Hauptsache, du hast dein Scheckbuch dabei.* Plötzlich empfindet Ted Widerwillen gegen Dr. Brewsters Empathie. Er und Elinor erzählen ihr, wie elend sie sich fühlen, wie tief ihr Ehekarren im Dreck steckt, und sie nickt wissend. Diese Dinge passieren nun mal. Es ist okay, dass nichts mehr okay ist!

Ted und Elinor sitzen nebeneinander, schüchtern und nervös wie zwei Juniorhigh-Schüler auf einem Ball. Ted greift nach den Quasten aus Baumwollfransen, die sich an den Rändern der Löcher in den Knien von Elinors Jeans gebildet haben. Er rollt eine zwischen den Fingern hin und her. Sie ist überraschend weich.

»Deine Beine sind braun«, bemerkt er.

»Vom Lesen im Freien.«

»Aha.« Sie wählen ihre Worte schon den ganzen Vormittag sorgfältig, als suchten sie beim Überqueren eines Baches vor jedem Schritt den am wenigsten glitschigen Stein.

Elinor trägt ein altes Talking-Head's-T-Shirt und keinen BH. Sie wirkt ausgeruht – keine dunklen Ringe unter den Augen, keine Falten auf der Stirn. Vielleicht ist es die Erleichterung, dem Druck der Sterilitätstherapie entronnen zu sein. Sie streckt die Beine von sich und beugt sich vor, bis ihre Stirn die Knie berührt. Als ehemalige Ballettschülerin ist sie noch heute bemerkenswert gelenkig.

»Bist du okay?«, fragt Ted. »*Aussehen* tust du so. Nein – du siehst *großartig* aus.«

»Ja, ich bin okay«, sagt sie. Aber sie ist *nicht* okay. *Sie* sind nicht okay. Ted sollte aufhören, so idiotische Fragen zu stellen.

Aus der Kompaktanlage auf dem Tisch in der Ecke klimpert klassische Klaviermusik. Gegenüber steht eine große Topfpflanze, ein Ding mit spitzen Blättern und Blüten. Ted kann nicht erkennen, ob das Gewächs echt ist. Elinor hasst künstliche Pflanzen, und Ted hasst, dass er den Unterschied nicht erkennen kann. Woran sieht man den? Büropflanzen misstraut er grundsätzlich. Plötzlich überkommt ihn der Drang, den Topf zu packen und an die Wand zu werfen. Stattdessen lässt er seine Fingergelenke knacken.

Ted schaut zu, wie Elinor ein Kleenex – *wusch, wusch, wusch* – nach dem anderen aus der Schachtel auf dem Tisch neben sich zieht. Zu Hause weint sie so gut wie nie, aber kaum sitzt sie im Therapiezimmer, bricht der Damm. Sie tut immer das Richtige am richtigen Ort – ein Talent, das ihr auch in ihrem Beruf zugutekommt.

»Es ist, als mache es dir überhaupt nichts aus«, sagt Elinor und bezieht sich dabei auf die Tatsache, dass sie kein Kind bekommen können. Sie sind noch gar nicht auf die Affäre zu sprechen gekommen, was Ted kaum fassen kann.

»Das stimmt nicht.« Es ist Zeit, dass er sich endlich einmal zu diesem Thema äußert. »Ich habe es anders empfunden als du, und daraus schließt du, dass ich *gar nichts* empfunden habe. Das ist eine unzulässige Schlussfolgerung.«

»*Du* hättest Anwalt werden sollen.« Elinor schaut ihm geradewegs in die Augen. »Vielleicht war dein Schmerz ja so groß, dass du ihn durch Fremdficken betäuben musstest«, schleudert sie ihm mit dem Hohn der Verzweiflung entgegen.

»Ich hätte gern eine Tochter gehabt!« Ted hat das nie ausgesprochen, weil er Angst hatte, es würde Unglück bringen. Als ob das Schicksal Hoffnung bestrafte.

Elinor beugt sich zu ihm hinüber und sagt mit ruhigerer Stimme: »Siehst du – das *wusste* ich überhaupt nicht! Weil du nicht darüber *redest!* Du möchtest einfach die Uhr zurückdrehen oder zur Tagesordnung übergehen, ohne über irgendetwas zu reden.«

»Weil alles, was ich sage, deinem Schmerz nicht gerecht werden kann. Deinem *körperlichen* Schmerz, den ich nicht nachempfinden kann, weil ich meine Füße nie in die Fußstützen gestellt habe.«

Die Therapeutin nickt, und Ted fühlt sich, als hätte er einen Punkt in einem Tennismatch gemacht. *EINSTAND!*

Draußen fährt reifenzischend ein Auto vorbei. Es ist einer der wenigen Regentage des Sommers. Die Klimaanlage tickt und summt.

»Oh«, sagt Elinor schließlich. »Ich verstehe, was du meinst.« Sie ist eine mitfühlende Zuhörerin – eine weitere Eigenschaft, die ihr in ihrem Beruf zugutekommt. In gewisser Weise macht gerade diese Eigenschaft es schwierig, mit Elinor verheiratet zu sein. Da sie aufmerksam zuhört und die Bedeutung hinter den Worten zu ergründen versucht, wünscht Ted, er wäre tiefgründiger.

»Sie müssen beide begreifen, dass einschneidende Ereignisse wie eine schwere Krankheit oder der Verlust eines Kindes oder

Unfruchtbarkeit Menschen unterschiedlich berühren«, sagt Dr. Brewster mit ihrer Hauchstimme. »Ein Mann und eine Frau können völlig verschieden darauf reagieren und damit umgehen. Sie werden wütend auf den Partner, weil er nicht so traurig zu sein scheint, wie sie es sind, doch das ist nur selten tatsächlich der Fall. Ironischerweise reißt das ausgerechnet dann eine Kluft zwischen Menschen auf, wenn sie einander am meisten brauchen.«

Elinor weint wieder und rupft Massen von Kleenextüchern aus der Schachtel.

»Unfruchtbarkeit und Untreue sind zwei wichtige Themen in einer Ehe«, setzt die Therapeutin hinzu.

Elinor nickt. Die Therapeutin nickt. Ihre Einigkeit hängt über Ted wie eine schwarze, erstickende Wolke. Er wünscht, sie könnten ein Fenster öffnen.

»Ich weiß, dass die Affäre unverzeihlich erscheinen muss«, sagt er. »Und wenn ich sie ungeschehen machen könnte …«

»*Kannst* du aber nicht!«

»Ich *weiß,* Elinor! Ich weiß!« Ted ist gegen seinen Willen laut geworden. Er würde sich am liebsten einen Arm abhacken und ihn den beiden Frauen schenken! »Und darum *sollst* du wütend sein. Vielleicht sollten wir uns *anschreien.* Schrei mich an!«, poltert er.

Dr. Brewster beugt sich vor, als sehe sie eine Sendung, die gerade interessant geworden ist.

»Aber nein! Wir *dürfen* ja nicht schreien.« Ted hebt den Arm in die Richtung der Therapeutin. »Nein. Wir müssen klassische Musik hören und Kleenextücher zerfleddern und *ruhig* über unsere Gefühle sprechen.«

»Was empfinden Sie?«, fragt Dr. Brewster Elinor. Sie bedeutet Ted mit einem Stirnrunzeln, den Mund zu halten.

Gereizt setzt er zu einem Seufzer an, hält ihn jedoch im nächsten Augenblick zurück und funktioniert ihn zu einem Husten um.

»Vielleicht ist es ja gut, dass Suzie NoRisotto des Weges kam«, grollt Elinor. »Vielleicht mussten wir uns trennen, um wieder zueinander finden zu können.«

Teds Rückenmuskeln verkrampfen sich.

»Tut mir leid«, entschuldigt sich Elinor. »Aber ich kann ihren Namen einfach nicht aussprechen.«

»Warum tut es Ihnen leid?«, fragt Dr. Brewster.

»Ich *mag* nicht böse sein«, erklärt Elinor in defensivem Ton. »Es ist, als hätte man Grippe, nur schlimmer – als würde es nie mehr vergehen. Ich hasse das.« Sie lacht unfroh. »Ich bin böse, dass ich böse bin.«

»Aber ich hatte schon *vor* der Affäre das Gefühl, dass du böse auf mich bist«, sagt Ted.

Nach einer kurzen Pause nickt Elinor. Ihr Gesicht ist verquollen und voller roter Flecken. Ted will sich zu ihr vorbeugen, doch die Sitzfläche seines Ledersessels ist rutschig und außerdem gekrümmt wie ein Baseballhandschuh. Sein Gewicht zieht ihn zurück. Also streckt er den Arm aus, nimmt ihre Hand und drückt sie. Fest.

»Wie fühlen Sie sich jetzt?«, fragt Dr. Brewster Elinor.

»Schrecklich«, antwortet Elinor schluchzend. »Das haben wir also geklärt! Ich fühle mich schrecklich, Ted fühlt sich schrecklich. Was haben wir sonst noch geklärt?«

Dr. Brewster steht auf, holt zwei gelbe Notizblöcke und zwei Kugelschreiber aus ihrem Schreibtisch und gibt sie Ted und Elinor. »Ich möchte, dass jeder von Ihnen zehn Dinge aufschreibt, die er am anderen liebt.«

Ted sieht Elinor an. Sie hat den Kopf in den Nacken gelegt

und denkt nach. Ein kleines Lächeln zieht ihre Mundwinkel nach oben.

»Schreiben Sie auf, was Ihnen spontan einfällt, und dann reden wir weiter.«

Ted ist erstaunt, wie schnell Elinor zu schreiben beginnt – und wie schnell sie schreibt. Sein leerer Block schüchtert ihn ein. Er liebt eine Million Dinge an seiner Frau, aber er braucht immer einen Moment, um seine Gedanken zu einem Thema zu sammeln.

Elinor hält inne. Ted spürt, dass sie ihn ansieht.

Er schreibt: *Sinn für Humor, Intelligenz, Schönheit, glatte Knie, weiße, kleine Zähne.* Er denkt daran, wie Elinors Zähne auf einer Party durch den Raum blitzen, wie sie jeden zum Lachen bringt. *Berufsethos, Humor.* Hoppla – Humor steht ja bereits da. Als er das Wort durchstreicht, wird ihm bewusst, dass es für Elinor und die Therapeutin so aussehen muss, als hätte er es sich in einem Fall anders überlegt. Schnell fügt er der Liste hinzu: *Dass sie so viel über Stühle weiß.* Er findet es beeindruckend, dass Elinor den Unterschied zwischen einem Louis-XIV-Stuhl, einem Louis-XV-Stuhl und einem Louis-XVI-Stuhl erkennt. Es hat etwas mit den Querleisten und den Beinen zu tun. Elinor ist ernsthaft der Meinung, dass die Französische Revolution durch *Möbel* ausgelöst wurde. Sie hat eine originelle Theorie dazu: »Denk doch mal nach. Das Königshaus verlangte horrende Steuern vom Volk, um seine Stühle in Gold fassen lassen zu können. Wärst du da nicht auch stocksauer geworden?« Dann ist da noch ihre originelle Theorie, dass *Koffein* die industrielle Revolution auslöste. »Warum ist sie dann nicht in China passiert, wo der Tee *herkam?*«, hatte Ted wissen wollen. »Hmmm – eine gute Frage«, meinte Elinor und überdachte ihre Theorie noch einmal. Früher redeten sie ständig so über Gott und die Welt. Aber nicht über ihre Probleme, über ihre *Themen.* Mein Gott – sie versuchten nur, eine Familie zu gründen!

Ted hat ins Leere gestarrt. Plötzlich wird ihm bewusst, dass Elinor und Dr. Brewster ihn abwartend ansehen. Er wendet sich El zu. Sie wirkt gekränkt, wahrscheinlich, weil er nicht an seiner Liste arbeitet. Offenbar ist sie mit ihrer schon fertig, denn sie drückt den Block an ihre Brust.

»Lesen Sie uns vor, was Sie aufgeschrieben haben?«, fragt Dr. Brewster sie in sanftem Ton.

»Gut aussehend«, beginnt Elinor. »Stark und athletisch. Herrliches, dickes Haar. Phantastischer Bizeps.«

Ted spürt, dass er rot wird. Er hat sich nie als gut aussehend empfunden. Er ist stämmig und ungelenk, oder?

»Auf eine süße Art schüchtern. Liebenswürdig, nett zu seinen Patienten. Okay – manchmal vielleicht ein bisschen *zu* nett. Er hört sich die *gesamte* Lebensgeschichte eines Patienten an, während das Wartezimmer immer voller wird.« Elinor schaut stirnrunzelnd auf ihren Block hinunter. »Ist nie lange böse, wird aber zu schnell ungeduldig und rastet manchmal aus. Tut mir leid – das ist ein Negativum.« Sie überspringt etwas auf ihrer Liste.

Ted möchte es hören, will wissen, was die anderen Negativa sind.

»… arbeitet hart, nett zu alten Menschen«, fährt Elinor fort. »Kann gut spritzen – besser als die Krankenschwestern, das steht fest –, tolles Lachen, kräftige Hände, schokoladenbraune Augen, guter Lehrer.« Sie hebt den Blick. »Er hat mir beigebracht, wie man einen Softball wirft und schlägt«, erklärt sie Dr. Brewster ein wenig verlegen.

»Das ist schön«, sagt die Therapeutin. »Wenn man mit jemandem zusammenlebt, passiert es leicht, dass man solche Dinge vergisst. Ted?«

Ted muss nicht auf seinen Block schauen, um all die Dinge aufzuzählen, die er an seiner Frau liebt. Er schaut ihr in die Augen, und die Liste sprudelt aus seinem Mund: intelligent, lustig, schön, schlagfertig, großartige Anwältin, ein Ass beim Scrabble, schert sich nicht darum, was andere Leute denken, aber geht fürsorglich mit anderen um, nett zu ihren Angestellten, kennt sich mit Stühlen aus, liebt die Natur, macht ihren Garten schön, stärkt ihm den Rücken. *Zumindest bis vor kurzem,* setzt er im Stillen hinzu. Man kann nicht sagen, dass sie aufgehört hat, ihm den Rücken zu stärken – sie machen nur nichts mehr gemeinsam. Jeder von ihnen befindet sich in seinem eigenen Orbit, unfähig, den anderen zu stützen. Gina kann das. Gina richtet Ted auf und stützt ihn. Bei dem Gedanken überläuft ihn ein Schauer, und er ist froh, dass Dr. Brewster das Wort ergriffen hat.

»Oh, sehen Sie!« Elinor deutete auf die Uhr. »Unsere Zeit ist um! Wir werden ein andermal wiederkommen müssen, um festzustellen, dass wir uns immer noch schrecklich fühlen.«

»Wir haben noch ein paar Minuten«, erwidert Dr. Brewster gelassen. Dann macht sie einen Vorschlag: Ted und Elinor sollen einmal in der Woche zu ihr kommen und zweimal in der Woche etwas miteinander unternehmen – einmal ausgehen und einmal zu Hause etwas gemeinsam tun. »Suchen Sie sich ein Projekt, das Sie beide interessiert, oder kochen Sie miteinander oder machen Sie in Ihrem Viertel einen Spaziergang. Oder setzen Sie sich einfach nur zusammen ins Wohnzimmer und lesen. Und wenn Sie ausgehen, versuchen Sie nicht, aus jedem Ihrer Dates einen großen Event zu machen. Es muss nicht immer ein Candle-Light-Dinner sein.«

Ted reibt sich mit beiden Händen das Gesicht. Vor zwei Monaten wurden seine Spermien und Elinors Eizellen in einer Petrischale zusammengebracht, und jetzt sollen sie miteinander *ausgehen* wie ein Pärchen am Beginn seiner Bekanntschaft.

»Wie steht es, Ted – haben Sie eine Idee?«, fragt Dr. Brewster.

»Eine Idee?« Er hat nicht zugehört.

»Für ein Treffen auf neutralem Terrain«, erklärt Dr. Brewster.

»Bowling?«, schlägt Ted vor. El mag Bowling, das billige Bier, die fettigen Pommes, die Schuhe, in denen man über den Boden gleitet. *Es ist, als wäre der Boden ein Ouija-Brett,* sagt sie immer. »In Camp David«, setzt er hinzu.

Elinor lacht schallend über seinen Scherz und trocknet ihre Wangen.

Ted spürt, dass er lächelt. »Gut. Dann haben wir ein Date.« *Bowling.* Offenbar hat er das Richtige gesagt – zum ersten Mal seit einem Jahr.

Es ist Freitagabend und die Bowling-Bar brechend voll. Auf dem Classic-Rock-Sender tobt Led Zeppelin, und oben an der Decke blitzen bunte Lämpchen. Ted schaut zu, wie Elinor Anlauf nimmt, ein Knie beugt und ihre Kugel wirft. Sie landet genau in der Mitte. Elinor steht reglos wie eine Statue, während die Kugel schnurgerade rollt und dann in die Kegel kracht. Alle Zehne! Sie dreht sich um, reißt den Arm hoch, dass die Spitzenborte ihres Hemdchens unter Teds altem, ausgeleiertem Pullover hervorblitzt, und schüttelt die Siegerfaust.

»Du steckst mich in die Tasche«, sagt Ted, als sie ein wenig atemlos zurückkommt. Sie setzt sich auf seinen Schoß, und er trägt den Punktestand auf ihrem Zettel ein. Das Bier ist kalt, der gegrillte Käse warm und auf eine angenehme Art fettig, und der Nacken seiner Frau riecht nach Apfel. Er spürt eine Erektion in seinen Jeans. Elinor muss sie ebenfalls spüren, denn sie gräbt sich in seinen Schoß hinein.

»Ich wette, du wusstest nicht, dass es in dieser Bowling-Bar Lapdance gibt.« Elinor küsst ihn. Ihre Lippen sind kalt und schaumig vom Bier.

»In dieser Bowling-Bar gibt es alles, was ich in diesem Moment auf diesem Planeten brauche.« Ted hebt ihre fransigen Haare hoch und leckt an ihrem Nacken.

»Schau uns an: Mr und Mrs Haben's-nötig-heute-Abend.«

»Das klingt, als hättest du es nicht erwartet.« Er drückt zärtlich ihren Schenkel, während er unter ihr herausrutscht, um seinen Wurf zu machen.

Ted nimmt eine Bowlingkugel aus der Rinne. Sie fühlt sich leicht fettig an. Er stellt sich in Wurfposition, schließt die Augen und lauscht der Kakophonie aus klappernden Kegeln und Gelächter, atmet die Mischung aus Schweiß, Bier und Zigarettenrauch ein und empfindet sie als seltsam tröstlich. Die Bowling-Bar ist wie eine Zeitmaschine: Den Geräuschen und Gerüchen nach könnte er sich in einem beliebigen Jahr seines Lebens befinden. Er öffnet die Augen und wirft seine Kugel. Sie kommt ein wenig zu hart auf, schert aus und trifft nur drei Kegel.

»Gut.« Elinor notiert seine Punkte.

»Gut? Von wegen.« Ted wischt sich die Handflächen an seinen Jeans ab.

»Hey, Dr. Mackey!«, ruft eine Stimme.

Als Ted sich umdreht, sieht er Toby mit einem breiten Grinsen auf sich zukommen. Eine eiserne Klammer legt sich um seine Brust, als er an Toby vorbeischaut und Gina unter den Leuten entdeckt.

»Hi, Toby. Was hat *dich* denn hierher verschlagen?«
»Eine Geburtstagseinladung.« Toby hat Elinor entdeckt und wird schüchtern. Stumm deutet er mit einer hochgezogenen Schulter in die Richtung einer lärmenden Gruppe von Jungen ein paar Bahnen weiter.
»Hat mich gefreut, dich zu sehen«, sagt Ted in entschiedenem Abschiedston. *Und jetzt geh!* Toby ist sichtlich gekränkt. Er weicht ein paar Schritte zurück, verschränkt die Arme und beginnt, an seinen schorfigen Ellbogen zu kratzen.
»Willst du uns nicht bekannt machen?«, fragt Elinor.
»Sind Sie *Mrs* Mackey?« Toby knickt die weiche Spitze seines Schuhs, der ihm etwa zwei Nummern zu groß ist, nach vorne um.
Elinor lacht. »Ja, das bin ich. Und wie heißt *du?*«
»Toby.«
»Freut mich, dich kennen zu lernen, Toby.« Sie schüttelt seine sommersprossige Hand und hält ihm einen Beutel Erdnuss-M&Ms hin.
»Ich bin allergisch gegen Erdnüsse«, sagt Toby unwirsch, als hätten die Süßigkeiten ihn beleidigt. Er tritt gegen einen freien Stuhl, und der schlittert davon.
Elinor lächelt Ted an. »Der Sohn eines Patienten?«
Ted räuspert sich.
»Ist deine Mom die neue Sprechstundenhilfe in der Praxis?«, fragt Elinor Toby.
»Na klar.« Toby schaut Ted an. »Meine Mom ist eine *Sprechstundenhilfe!* Sie kommt ja nicht mal mit *ihrem* Terminplan klar.«
»Toby ist Gina Ellisons Sohn.« Ted hustet. Es fühlt sich an, als hätte er trockene Blätter in seinem Hals. »Du weißt schon – Gina, die Trainerin aus dem Fitnesscenter.«

Elinor lächelt Toby gekünstelt an. »Wir *gehen* nicht mehr in das Fitnesscenter.«
»Es ist auch mistig«, sagt Toby. Er hat sich vorgebeugt und diesen Ausdruck auf dem Gesicht, als würde er gleich einen Zehn-Minuten-Redewasserfall starten. »Deshalb ist es mir auch lieber, wenn Dr. Mackey mit mir in die Mall geht.«
»In die Mall?« Elinor wendet sich Ted zu. »Du hast mir nicht erzählt, dass sie ein Kind hat«, sagt sie mit zusammengebissenen Zähnen.
»Ich habe es erst kürzlich erfahren«, antwortet Ted leise und hofft, dass Toby ihn nicht hört.
»Kürzlich? *Wie* kürzlich?«
»Als du in Ohio warst.«
»Da bist du mit ihm in die Mall gegangen?« Elinor dreht sich mit einem hilflosen Ausdruck zu Toby um. »Er scheint ein großer Fan von dir zu sein.«
»Ich bin den beiden zufällig begegnet – und dann ging ich mit Toby in die Mall und half ihm bei seinen Hausaufgaben. Einmal.« Es ist am besten, die Wahrheit zu sagen. Er schuldet seiner Frau zumindest die Wahrheit.
»Du hast mit ihm gelernt? Einmal?« Elinor schaut Toby an.
»Du warst im Büro«, antwortet Ted und denkt, er sollte den Mund halten.
»Er hat mir bei den Bruchrechnungen geholfen«, erklärt Toby ihr voller Stolz. »Hey – ich hatte zweiundachtzig Punkte in dem Test!«
»Letzte Woche«, sagt Elinor ungläubig.
»Ja – aber ich habe ihm gesagt, dass ich ihm nicht weiterhin helfen würde. Stimmt's, Toby?« Er streckt die Hand aus und drückt Tobys Schulter.
Toby tritt gegen den nächsten Stuhl. »Ja, ja. Könnten Sie mir

vielleicht bei sich *zu Hause* Nachhilfe geben?« Die Frage gilt Ted, aber er schaut dabei Elinor an, und sein Ton ist eher verzweifelt als dreist.

»Was?«, fragt Ted. »Nein, Toby.« Er nimmt den Jungen bei den Schultern und dirigiert ihn von Elinor weg.

»Entschuldigt mich.« Elinor steht auf, hängt sich ihre Tasche über die Schulter und rauscht in Richtung Ausgang, fängt an zu laufen, als sie an den Spielautomaten vorbeikommt.

»Du musst zu deinen Freunden zurückgehen, Toby.« Ted legt die Hände auf Tobys vorstehende Schulterblätter und gibt ihm einen Schubs.

»Sojasprossenhintern! Du bist dran!«, grölt einer der Jungen. Toby macht kehrt und steuert auf den Umkleideraum zu.

Ted setzt sich in Bewegung, geht mit großen Schritten den Flur hinunter, so schnell, dass das fröhliche Kugel- und Kegelmuster des Läufers vor seinen Augen verschwimmt.

»Schuhe!«, ruft eine Stimme aus der Lautsprecheranlage. »Keine Schuhe nach draußen!« Ted stürmt zum Hinterausgang hinaus und prellt sich dabei schmerzhaft die Hüfte. Elinor steigt gerade ins Auto.

»Was hast du vor?«, ruft er ihr zu. »Willst du mich hier lassen?«

Elinor öffnet das Fenster. »Die Geburtstagsgesellschaft kann dich doch nach Hause fahren.«

Ted kommt keuchend bei ihr an.

Hektische Flecken leuchten auf ihren Wangenknochen. »Du hast mir nicht erzählt, dass sie ein Kind hat.«

Ted stemmt sich mit den Händen gegen die Autotür, als wolle er den Wagen am Wegfahren hindern. Es ist noch hell. Die Luft wird zwar schon kühler, doch der Asphalt strahlt Hitze

ab. »Er *wusste* schon von mir, dass ich verheiratet bin, El«, sagt er beschwörend.
»Das wusste seine Mutter ebenfalls. Also hast du mich auch noch mit einem Achtjährigen betrogen.« Elinor schaltet die Zündung ein.
»Toby ist zehn. Er ist klein für sein Alter«, hört Ted sich Ginas Sohn verteidigen.
»Jesus, Ted.« Es klingt eher bestürzt als wütend. »Okay. Du hast also mit ihm Schluss gemacht. Du hast mit dem zehnjährigen Sohn deiner ehemaligen Geliebten Schluss gemacht.«
Ted nickt.
»Was zum Teufel ist los mit uns?«, ruft Elinor über den Parkplatz. An ihrem Hals treten zwei Adern hervor. »Warum machen wir uns das Leben so verdammt schwer?«
»El! Bitte ...«
»Bitte *was?*«
»Bitte lass uns nicht streiten. Ich habe dir alles erzählt, was es zu wissen gibt. Ich schwöre es. Ich begegnete ihr zufällig, als du in Ohio warst, und ich half ihrem Jungen einmal bei den Hausaufgaben, weil er Schwierigkeiten in der Schule hat und sie noch keinen Nachhilfelehrer für ihn gefunden haben. Das war alles, und es ist zu Ende.«
»Wie oft wird es *noch* zu Ende sein, Ted?« Sie schaut mit gerunzelter Stirn durch die Windschutzscheibe, als konzentriere sie sich auf dichten Verkehr.
»Okay. Ich weiß«, sagt Ted.
»Er ist ein hübscher Bursche.« Elinor klingt plötzlich völlig ruhig. Sie umklammert das Lenkrad und kneift die Augen zusammen. »Sieht seiner Mutter überhaupt nicht ähnlich.«
Sie bückt sich, und ihr Kopf verschwindet, als sie unter dem

Armaturenbrett herumfummelt. Als sie wieder auftaucht, reicht sie ihm ihre Bowlingschuhe durchs Fenster.

Ted nimmt sie. »Ich bin gleich wieder da.« Als er sich zur Bowling-Bar umdreht, hört er hinter sich die Gangschaltung.

»Nimm dir ein Taxi, okay?« Es klingt entschuldigend. Sie fährt an. »Ich werde ausziehen!«, ruft sie ihm über die Schulter zu.

»*Was?* Du kannst doch nicht … Was ist das für eine Ehe, wenn du ausziehst und nicht einmal deinen Ring trägst?«

Elinor hält an und bedenkt ihn mit einem Das-kann-nicht-dein-Ernst-sein-Blick.

»Hör zu – ich hab dir doch gesagt, dass ich Toby nicht mehr unterrichten werde. Ich meine …« Er hebt einen Stein auf und schleudert ihn an die Wand der Bowling-Bar.

Elinor gibt Gas. Kies spritzt hinter den Reifen auf.

»Sehen wir uns bei der Eheberaterin?«, ruft Ted.

Elinor bremst so abrupt, dass sie im Sicherheitsgurt nach vorne rutscht. Sie lehnte sich aus dem Fenster und schüttelt den Kopf. »Ich glaube nicht. Ich brauche eine Pause nach diesem Date.« Sie deutet auf die Bowling-Bar. »Oder was immer das da drinnen war.« Der Wagen schießt vorwärts, und diesmal verlässt sie den Parkplatz, schaut nicht einmal in den Rückspiegel.

»Lass *mich* ausziehen!« Ted drückt die staubigen Bowlingschuhe an die Brust. In seiner Kehle brennt der Geschmack von Ketchup und Bier. »BITTE!«

6

Die Männer, die Gina liebt, haben alle irgendeinen Schönheitsfehler: Entweder trinken sie zu viel oder sie verteilen ungedeckte Schecks oder sie können ihre Jobs nicht behalten. Teds ist eine neue Variante: verheiratet. Ein weiterer Punkt auf der Liste unerwünschter Attribute.

Warum kann sie sich nicht in einen Mann verlieben, der ihr *gut*täte? In Bob, zum Beispiel. Nachdem sie das erste Mal miteinander geschlafen hatten, sagte er ihr, dass er sie liebe, er mit ihr nach Paris fliegen wolle. Sie sollte bei ihm einziehen. Gina ging zwar weiter mit ihm ins Kino und zum Essen, aber es kribbelte einfach nicht bei ihr. Wenn er sie abholte, machte sein nervöser Enthusiasmus sie derart wahnsinnig, dass sie am liebsten aus dem Auto gesprungen wäre. Dass er der schlechteste Küsser auf dem Planeten war, machte das Ganze nicht besser. Wenn er seine wabbelige Zunge, die keine Spitze zu haben schien, in ihren Mund schob, war alles, was ihr dazu einfiel, wie gern sie jetzt etwas trinken würde.

»Vergiss das Kribbeln doch erst mal«, sagte ihre Freundin Donna. »Bob ist Partner in einer der erfolgreichsten Anwaltskanzleien im Valley! Das Kribbeln wird schon noch kommen.« Gina hoffte, dass sie Recht behielte, doch ihrer Erfahrung nach kam das Kribbeln *niemals* später – es wurde *schwächer*.

Sie möchte nach Paris fliegen. Sie möchte es unter dem Eiffelturm treiben. Mit Ted.

Ist sie eine dieser gestörten Frauen, die nur Männer lieben können, die sie *nicht* lieben? Nein: Shane liebt sie, und sie liebte ihn ebenfalls. Anfangs, zumindest. Da war das Kribbeln eindeutig *vorhanden.* Sie verliebte sich in einer Bar in ihn (zugegeben, nicht der seriöseste Ort), wo er in einer Band spielte. Während der Leadsänger auf der Bühne herumhüpfte wie ein Möchtegern-MTV-Star, zupfte Shane seinen Bass mit geschlossenen Augen und einer ernsthaften Konzentration, die Gina berührte. Sein Haar, schulterlang, schwarz und fransig, rahmte ein Gesicht ein, das erschreckend blass war, doch der schlanke Körper in dem schlichten T-Shirt und den Jeans wirkte fit. Als sie ihn schließlich kennen lernte – eine Woche später, zwischen zwei Auftritten –, war sie hin und weg von dem Kontrast zwischen seinen leuchtend blauen Augen, dem kohlschwarzen Haar und der hellen Haut. Der Sex mit Shane war gleichermaßen zärtlich und leidenschaftlich. Er ist wahrscheinlich der beste Liebhaber, den Gina jemals hatte. Obwohl schon fast vierzig, hat er den Körper eines Collegeboys, dünn, aber drahtig, mit einer glatten Brust und einem Waschbrettbauch, für dessen Erhaltung er nicht trainieren muss. Er ist zu wenig eitel, um sich Gedanken über seine Figur oder seine Ernährung zu machen. Seine Frisur und seine Kleidung – Jeans, T-Shirts und Flanellhemden – sind irgendwie siebzigerjahremäßig, was Gina anfangs gefiel. Als könne er sie in die Vergangenheit mitnehmen, in eine einfachere Zeit.

Shane machte jeden Morgen Frühstück und sang alberne Lieder, während er Käseomeletts zusammenklappte und Marmelade auf Toasts strich. Obwohl ein männlicher Typ mit seinen Marlboros und dem kleinen Schlangen-Tattoo an der Innenseite seines rechten Knöchels, ist er bemerkenswert häuslich. Seine Mutter kam bei einem Autounfall ums Leben, als er sechzehn war, sein Vater arbeitete nachts und schlief am Tag, und deshalb musste er, Shane, sich um seine vier jüngeren Schwestern kümmern. Also brachte er sich selbst das Kochen bei, das Wäschewaschen und sogar das Bügeln. Darum findet er es nicht unter seiner Würde, bei Gina Staub zu saugen oder sich wie ein Trottel aufzuführen, um sie zum Lachen zu bringen.

Gina kam schon sehr bald dahinter, dass Shanes Schönheitsfehler der Alkohol ist. Er trinkt zu viel und arbeitet wie besessen und fährt zu schnell und raucht und flucht. Wenn er trinkt, entwickelt sich seine Stimmung von Zuneigung zu Verspieltheit, weiter zu Sarkasmus, dann zu Verdrießlichkeit und schließlich zu Wut. Sobald er das Wut-Stadium erreicht hat, ist er ständig in Bewegung, tigert auf und ab und schimpft. Die Tiraden richten sich nicht gegen Gina – für gewöhnlich sind es abstrakte Abrechnungen mit der Musikindustrie oder den unaufmerksamen Gästen in der Bar. Doch seine Wut lodert wie ein außer Kontrolle geratenes Buschfeuer, und angesichts ihrer Unberechenbarkeit ist es jederzeit möglich, dass sie sich gegen Gina wendet.

Und dann ist da noch seine Eifersucht. Eines Abends machte Gina den Fehler, über Ted zu sprechen. Das war, bevor sie etwas mit ihm anfing. Shane fragte sie, wie es in der Arbeit liefe und wer ihr Lieblingsschützling sei. Mit Schwestern aufgewachsen, verstand er sich gut auf diese Art der Konversation. Sie erzählte, es rühre sie regelrecht, wie dankbar dieser Ted für ihre Anregungen sei, wie er förmlich nach ein bisschen Lob und Anerkennung zu hungern scheine. Seine Frau sei eine dynamische Unternehmensjuristin, die ihn offenbar gar nicht beachte. Seiner Schilderung nach war sie mit Leidenschaft unabhängig und selbstgenügsam – zwei Eigenschaften, die Gina insgeheim bewunderte.

»Ich wette, der Kerl liebt dich!«, sagte Shane anklagend und schlug mit der flachen Hand auf den Tisch. Er war beim vierten Bier des Abends und wurde mit jeder Flasche lauter. Gina schaltete hastig auf eine übertrieben negative Schilderung um, wie untrainiert, übergewichtig und *alt* Ted sei, und stellte Shane dann Fragen nach der Band.

Zwei Tequilas später wurde er handgreiflich. Er verprügelte sie nicht, aber er packte sie so fest bei den Armen, dass es wehtat und später blaue Flecke davon zeugten. Sie hatte den Fehler begangen zu sagen, dass sie es den Gästen in der Bar nicht verübeln könne, wenn sie sich unterhielten, während die Band spielte. Sogar sie habe während des Auftritts mit einem Typen geplaudert. Shane schob sie durch die Küche bis an die Wand, und als sie da in der Falle saß und ihr seine Weißglut und sein Bieratem entgegenschlugen, entliebte sie sich. Plötzlich sah sie die Gefahr, dass Shane ihr etwas antun könnte, ihrem *Sohn* etwas antun könnte, und *peng* war es zu Ende. Sie hätte sich gern vorgemacht, dass es ein rationaler und von mütterlichem Verantwortungsbewusstsein gesteuerter Vorgang war, aber das war es nicht. Gina *ent*liebte sich einfach genauso unvermittelt, wie sie sich *ver*liebte. Es geschah nicht oft, aber wenn, dann immer mit einem Donnerschlag.

So war es auch bei Ted gewesen. Er saß ihr eines Morgens an ihrem Schreibtisch gegenüber und erzählte, wie er am Tag zuvor seinem Nachbarn bei der Suche nach dessen Hund geholfen habe. Das Tier war davongelaufen, den Hügel hinter ihren Häusern hinauf, und Ted durchsuchte mit dem Typen zwei

Stunden lang Wald und Flur, bis sie den Hund schließlich im Garten eines anderen Nachbarn fanden, wo er sich das Katzenfutter einverleibte. Er war voller Kletten, und Ted musste einen kleinen, chirurgischen Eingriff vornehmen, eine der Stachelkugeln mit einem Nagelknipser zwischen zwei Zehen des *armen Kerls* herausreißen. Gina hörte ihm zu, lachte und bewunderte ihn für seine Warmherzigkeit – und plötzlich war sie überwältigt von seinem guten Aussehen. Sie spürte, wie aus ihrer Brust Hitze aufstieg und ihre Wangen zum Glühen brachte. *Verdammt. Ich liebe diesen Burschen. Mist, Mist, Mist. Diesen verheirateten Burschen!* Danach vermied Gina es angestrengt, ihm in die Augen zu sehen. Es war sein Gesicht, das sie bezauberte, dieses flächige, irische Gesicht mit den vollen Lippen, das so schnell strahlend lächelte, es waren seine dunkelbraunen Augen und die fleischigen Ohrläppchen, die regelrecht dazu aufforderten, an ihnen zu knabbern.

Sie versuchte, sich Ted aus dem Kopf zu schlagen. Obwohl sie sich von Shane getrennt hatte, rief sie ihn an und ermutigte ihn, zu den Anonymen Alkoholikern zu gehen. Sie erbot sich sogar, ihn zu begleiten, worauf Shane antwortete, es sei nicht üblich, die *Mutter* zu den Treffen mitzubringen. Gina wusste, dass der Cubalibre für seinen Sarkasmus verantwortlich war. Dann hörte Shane auf zu trinken und begann, Gina jeden Abend anzurufen. Er vermisse sie. Er liebe sie. Er begehre sie. Er brauche sie. Sie telefonierten *Stunden.* Sie bemühte sich, ihn aufzurichten und zu unterstützen. Sie schliefen miteinander, und es war perfekt, aber sie liebte ihn nicht mehr. (Ihr Herz hatte einfach seinen eigenen Kopf.)

Irgendwann dazwischen erfuhr Gina von Ted, dass er Eheprobleme hatte. Eines Tages schlug sie ihm während seines Trainings vor, an den Wochenenden mit seiner Frau zu wandern, da es mehr Spaß mache, mit einem Partner zu trainieren. »Beim Wandern sind Sie an der frischen Luft und unterhalten sich und *merken* gar nicht, dass Sie trainieren«, sagte sie.

»Sie gehen davon aus, dass sie *bereit* wäre, etwas mit mir zu unternehmen«, erwiderte Ted, und die Traurigkeit und Frustration in seiner Stimme bestürzten Gina.

Um ihre Betroffenheit zu verbergen, drehte sie sich weg und stellte den Neigungswinkel seines Laufbandes steiler ein. »Ist es nicht immer so?«, meinte sie betont munter. »Man glaubt, man hätte so viel gemeinsam, aber ehe man sich's versieht … Das ist wie mit dem Typen, der behauptete, er liebe Flohmärkte, aber als es ernst wurde mit uns, ging er nie mit.« Was zum Teufel *redete* sie da? Reines Gefasel. Sie wusste nicht, wie sie es schaffte, immer so fröhlich zu wirken. Das tat sie schon seit der Grundschule. Sie war das hübsche Mädchen, das immer fröhlich war. Niemals zickig, sondern vergnügt. Optimistisch. Jedenfalls, was die *anderen* betraf. Und darum wurde sie Personal-Trainer.

Ted fing auf seinem Laufband an zu rennen und lächelte auf sie herunter. Seine Frau wollte nichts mit ihm unternehmen? Sie, Gina, würde *alles* mit ihm machen. Ein Schauer überlief sie, und sie schützte Kopfschmerzen vor und entschuldigte sich, ließ Ted sein Training allein beenden.

Als sie das erste Mal miteinander schliefen, bei ihr zu Hause, bedeckte er ihren Körper mit so hinreißend leichten, warmen, feuchten Küssen, umarmte sie so fest und nahm sie so leidenschaftlich, dass sie ihn einfach noch mehr lieben *musste.*

Dann fragte Barry, ein erfolgreicher Konzert-Promoter, sie im Healthy Oats neben einem Berg Shrimps, ob sie mit ihm ausgehen würde. Sie sagte augenblicklich zu, und ihre Angst vor

Fremden wurde von der Tatsache verdrängt, dass sie so gut wie alles tun würde, um sich den verheirateten Ted aus dem Herzen zu reißen. Sie bemühte sich verzweifelt, Barry anziehend zu finden, doch er war ihr einfach zu … glatt. Wenn er »Babe« zu ihr sagte, kam sie sich wie eines dieser Showgirls vor – ein Accessoire wie seine Rolex und sein Jaguar. Aber es war immer noch besser, als mit Bob auszugehen, mit dem sie Schluss gemacht hatte, weil er sie mit Geschenken und schicken Dinners verwöhnte, und sie wusste, dass sie sich dafür nicht revanchieren konnte.

Sie hat sich noch niemals so zu einem Mann hingezogen gefühlt wie zu Ted, und dabei sieht Shane viel besser aus als er. Teds Gesicht ist attraktiv, sein Körper jedoch nach Jahren sportlicher Aktivität arg mitgenommen. Einer seiner Knöchel ist, seit er ihn sich beim Basketball gebrochen hat, so dick wie eine Orange, und seine Knie und Schienbeine verunzieren rötliche Narben, die fast wie Verbrennungen aussehen. Gina liebt es, nein, liebte es, jede dieser Unvollkommenheiten zu küssen. Nie zuvor hat sie einen Mann so glühend geliebt, und sie hasst es, dass sie keine Kontrolle über diese Liebe hat.

Ihren Klienten fehlt es an Willenskraft, was das Essen und das Training betrifft, und Gina fehlt es an Entschlossenheit, was die Kontrolle ihres Herzens betrifft. Sie versteht es nicht. Warum sind die Leute nur so hemmungslos, wenn es ums Essen geht? Eine ihrer Klientinnen, die nicht einmal übergewichtig ist, quälten die schlimmsten Gewissensbisse wegen eines Schokoladenpuddings. »Ich habe einen gegessen«, gestand sie Gina mit einer Verzweiflung, als habe sie ein Gebäude in Brand gesteckt. »Okay«, meinte Gina fröhlich. »Vergessen wir das und steigen aufs Fahrrad, damit die Endorphine in Gang kommen!« *Essen Sie einen Salat,* hätte sie ihr gern gesagt. *Essen Sie Erdbeeren. Kriegen Sie sich in den Griff!* Aber was Ted angeht, kriegt *sie* sich nicht in den Griff.

In den vierundzwanzig Stunden, bevor sie ihn sah, und während sie mit ihm zusammen war, schwebte sie auf Wolke sieben, doch danach fiel sie in ein tiefes Loch. Sie wusste, dass das nicht gesund war, aber *dieses* Toxin wurde man weder mit einer Diät noch mit Training los.

Gina kämpfte gegen den Drang an, Ted zu sagen, dass sie ihn liebte. Sie war zu stolz, um es als Erste zu sagen – möglicherweise als *Einzige.* Nein, das war nicht der Grund. Sie hatte Angst, dass er flüchten würde, wenn sie es ihm sagte, denn für Männer schienen die Worte »Ich liebe dich« zu bedeuten: »Ich will etwas von dir.« Als wolle man ihnen eine Niere herausreißen. Gina wollte nichts von Ted. Sie wollte nichts, und sie wollte alles. Sie wollte seine Ehe nicht zerstören – sie wollte nur jeden Tag mit ihm schlafen. An manchen Tagen taten sie es zwei- oder sogar dreimal. Und dann fuhr Ted zu seiner Frau nach Hause.

Ich liebe dich ich liebe dich ich liebe dich!, wollte sie schreien, wenn sie bei ihrem Salat-Lunch saßen.

Zwei Monate vergingen, und Ted sagte nie, dass er sie liebe, und wahrscheinlich tat er es auch nicht. Er ist verheiratet. Er liebt seine *Frau.* Er ist ein anständiger Mann. Und das bedeutet, dass er sich schrecklich fühlte, weil er mit ihr, Gina, schlief. Das erkannte sie daran, wie tief er seufzte, wenn er sich von ihr löste, um zu duschen, bevor er heimfuhr. Doch er lud sie weiter zum Mittagessen ein, bedeckte weiter ihr Gesicht mit Küssen und stöhnte weiter »Schönes Mädchen!«, wenn er in sie eindrang. Einmal drehte sie den Kopf weg, damit er sie nicht weinen sähe.

Wie konnte seine Frau ihn ablehnen? »Sie schaut mich nicht einmal an«, erzählte er Gina, als er auf den Stairmaster stieg. Es machte ihn traurig. Traurig – und schuldbewusst, weil er mit Gina schlief. Weshalb Gina wusste, dass sie der Sache ein Ende machen musste. Sie hatte vorher noch nie etwas mit einem verheirateten Mann gehabt. Nur eine verkommene Schlampe trieb es mit verheirateten Männern. Außerdem wollte sie nicht der verdammte Schokoladenpudding eines Mannes sein.

Und so war es ein Segen, als Tobys Vater anrief, um ihr mitzuteilen, dass Toby wieder zu ihr ziehen müsse. Und es war ein Segen, dass Elinor sie und Ted entlarvte, und sie sich trennten. Sie würde Ted vergessen und sich früher oder später in den Richtigen verlieben. *(Mach, dass es* bald *passiert!)* Bis dahin würde sie sich ausschließlich ihrem Sohn widmen.

Es brach ihr das Herz, als Toby ihr vor zwei Jahren erklärte, dass er bei seinem Vater in Maine leben wolle. Vielleicht hätte sie es kommen sehen müssen. Toby war in einem Stadium, in dem er sich von ihr zurückzog. Er wollte nicht mehr schmusen und kam nicht mehr mitten in der Nacht zu ihr ins Bett gekrochen, damit sie ihm etwas vorsang. Obwohl er allmählich ein großer Junge wurde, liebte sie es immer noch, ihn in die Arme zu nehmen, ihn hochzuheben und im Kreis herumzuschwenken und ihn zu kitzeln, bis er um Gnade flehte. »Es ist *kein* Honig hinter meinen Ohren!«, quiekte er, wenn sie ihn zu Boden zwang und seine großen Ohren nach vorne klappte, um die weiche, rosa Haut dahinter zu küssen. »Doch!«, widersprach sie dann. »Genau *da!*«

»Die Berührung ist die Versorgungsleitung, durch die unseren Kindern ein Gefühl der Sicherheit zugeführt wird«, hatte Gina einmal in einem Artikel gelesen, aber kurz nach seinem achten Geburtstag verkündete Toby morgens auf dem Weg zur Schule, dass er nicht mehr umarmt werden wolle.

»Ich verstehe.« Gina versuchte zu verbergen, wie weh ihr das tat. »Du meinst, wenn ich dich vor der Schule absetze.«

Toby rutschte auf dem Sitz hin und her und kratzte sich. »Auch zu Hause«, antwortete er zum Fenster hinaus.

»Okay, Schatz«, sagte Gina. »Ich wünsch dir einen schönen Tag!« Sie spielte die Fröhliche, doch als er ausstieg, biss sie die Zähne zusammen, um nicht zu weinen, und die zurückgedrängten Tränen stachen wie Nadeln in ihren Augen.

»Danke«, antwortete er in einem ungewöhnlich höflichen Erwachsenenton. Dann schloss er die Tür und trottete auf die Schule zu, ohne ihr zum Abschied zu winken oder sich auch nur umzudrehen.

Bestimmt war das völlig normal, sagte sich Gina. Vor allem bei Jungen. Sie würde ihre körperlichen Zuneigungsbezeugungen eben einstellen müssen. Abgesehen von allem anderen hatte er es ja auch nicht leicht als Kind geschiedener Eltern. (Wobei sie nie mit seinem Vater verheiratet gewesen war.) Obwohl ihr das klar war, traf das Ausmaß der Verzweiflung, mit der er zu ihr zurückkehrte, sie unvorbereitet. Gina hatte sich auf ihn gefreut, seine Spiderman-Bettwäsche gewaschen, seinen kleinen Schreibtisch mit Schulutensilien ausgestattet, Müsliriegel und Äpfel für seine Lunchbox gekauft. Als er nach der Landung auf sie zukam, fand sie ihn hinreißender denn je. Diese Wimpern waren einfach zum *Sterben* schön. Kohlschwarz – ein sensationeller Kontrast zu seinen blonden Haaren –, endlos lang und an den Enden nach oben gebogen wie künstliche! Seine gebräunten Arme waren mit blonden Härchen, Sommersprossen und Schorf

bedeckt. Gina liebte seine Schmuddeligkeit. Er war noch immer ein kleiner Junge! Sie versagte es sich, ihn zu umarmen, aber sie konnte einfach nicht widerstehen, ihm mit den Fingern durchs Haar zu fahren.
»*Mom!*«, sagte Toby unwirsch.
»*Was?*«, überspielte sie ihre in diesem Moment überströmende Zärtlichkeit mit einem Schnodderton.
Von dem Tag an konnte sie ihrem Sohn nichts mehr recht machen. Inzwischen hatten sie und Ted sich getrennt, und ihn nicht zu sehen war für sie, als wäre er gestorben. Keiner ihrer früheren Freunde war so abrupt aus ihrem Leben verschwunden. Irgendwie war sie immer befreundet geblieben mit ihren Ehemaligen. Das Leben ist zu kurz, um nachtragend zu sein. Ted verloren zu haben machte Gina krank. Sie bekam Migräneanfälle, musste sich übergeben.
Es war eine verrückte Idee, Ted zu bitten, Toby Nachhilfe zu geben. Der Junge hatte jeden Abend mit seinem Vater telefoniert und ihn angefleht, »nach Hause« kommen zu dürfen. *Nach Hause* in das eiskalte Maine und zu seiner noch kälteren Stiefmutter. Der erste Abend, an dem er seinen Vater nicht anrief, war der des Tages, an dem sie Ted in dem Restaurant getroffen hatten. Toby schien sich ebenso unvermittelt in Ted verliebt zu haben, wie Gina es getan hatte.
»Du hast ihm bei einem Triathlon geholfen? Wirklich«, hakte er auf der Heimfahrt aufgeregt nach. »Weißt du, was? Ich glaube, er mag dich. Er mag dich total, Mom! Warum gehst du nicht mit ihm aus?« Es war das erste Mal, dass Toby ansatzweise Stolz auf sie erkennen ließ, und ihr wurde klar, dass sie sich das genauso von ihm wünschte wie seine Liebe – dass er stolz auf sie wäre. Oder sich ihrer wenigstens nicht schämte.

»Er ist verheiratet«, musste Gina eingestehen.
»Was?« Toby starrte sie ungläubig an – und dann lange Zeit schweigend aus dem Fenster. Schließlich meinte er: »Vielleicht lässt er sich ja scheiden.«
Wie in aller Welt kam er denn *darauf*? In mancher Hinsicht war er so erwachsen.
»Warum gehst du mit solchen Losern wie Shane und Barry aus? Warum kannst du nicht jemand *Netten* finden wie Dr. Mackey?«
»Barry ist kein Loser«, widersprach Gina halbherzig.
Toby verdrehte die Augen und trat gegen das Armaturenbrett. »Ich finde, du solltest mit Dr. Mackey ausgehen.«
Nach zehn Tagen ungebrochener Penetranz ihres Sohnes verlor Gina schließlich die Beherrschung. »DAS HABE ICH GETAN!«, schrie sie. »ICH HABE IHN GEFUNDEN! ICH BIN MIT IHM AUSGEGANGEN! WIR HABEN UNS GETRENNT. ER IST VERHEIRATET.« *Sprechen oder streiten Sie niemals mit Ihrem Kind, als sei es Ihnen gleichgestellt,* hörte Gina im Geist ihren Erziehungsratgeber tadeln. Sie hielt am Straßenrand, um ihre Fassung zurückzugewinnen.
»Es tut mir leid, Schatz«, sagte sie mit zitternder Stimme und strich mit den Händen ihren Rock glatt. »Das war mehr Information, als du brauchst. Ich wollte dir nur erklären, warum wir Dr. Mackey nicht wiedersehen werden.«
Toby nickte, und dann schnalzte er mit der Zunge, wie er es tat, wenn er überlegte.
Während der ganzen nächsten Woche lag er Gina damit in den Ohren, dass Dr. Mackey der *beste* Nachhilfelehrer für ihn wäre, und schließlich gab sie wider besseres Wissen nach und fragte Ted.

Und jetzt hat Ted, aus welchem Grund auch immer, nachdem er wieder mit seiner Frau zusammen ist, beschlossen, Toby jede Woche Nachhilfe zu geben, nachdem er ursprünglich nur für maximal *zwei* Stunden zugestimmt hatte. Er hat Gina gesagt, sie solle den Zettel vom Schwarzen Brett des Community College entfernen – sie brauche keinen Nachhilfelehrer mehr zu suchen. Sie schlafen zwar nicht mehr miteinander, aber zumindest *sieht* sie Ted wieder. Mein Gott, wie genügsam sie geworden ist. Am frustrierendsten ist, dass die beiden Männer, die sie auf dieser Erde am meisten liebt – Toby und Ted –, keine Verwendung für sie zu haben scheinen. Sie verabscheut die Reaktionen, die sie von ihnen erfährt. Von Toby: Ablehnung. Von Ted: Mitleid. Es gibt nichts Schlimmeres für sie, als bemitleidet zu werden. Sie liest es in Teds Augen. *Arme Gina. Du hast ein Zappelkind und keine Ahnung von Mathematik.* Okay, dann erinnert sie sich eben nicht mehr ans Bruchrechnen. Na und? Sie ist auch keine Firmenanwältin.

Gina würde beinahe lieber gehasst als bemitleidet. Sie wäre lieber ein Biest, mit dem man rechnen müsste. Aber sie könnte niemals ein Biest *sein*. Auf der Highschool hätte sie viel dafür gegeben, das stand fest. Sie war Captain der Cheerleader und zur »Schülerin mit der besten Motivation« gekürt worden. Die Kids machten sich über ihren Enthusiasmus lustig. »Weißt du, wie die Jungs das Cheerleader-Team nennen?«, fragte Amanda Cranson Gina eines Tages auf der Mädchentoilette mit einem anzüglichen Blick auf den kurzen Rock von Ginas Uniform. »Die Bums-Truppe!« Gina hätte gern zurückgeschossen, aber es fiel ihr keine bissige Antwort ein, und so stand sie einfach nur stumm da und hasste sich inbrünstig für ihre Anständigkeit.

»Du weißt nichts über mich«, sagte sie schließlich und griff mit zitternden Händen nach einem Papierhandtuch, doch da war Amanda schon zur Tür hinaus und tauchte in das Meer auf dem Korridor lärmender Kids ein, ein Meer, das Gina Magenschmerzen bereitete.

7

Ted graut davor, ohne Elinor in dem Haus zu wohnen, und außerdem möchte er ihr keine Ungelegenheiten bereiten. Also überzeugt er sie, dass es besser ist, wenn *er* auszieht. Er unterschreibt einen monatlich kündbaren Mietvertrag für ein möbliertes Apartment und wünscht dabei, es gäbe eine wöchentliche Kündigung oder, noch besser, eine von einem Atemzug zum anderen. Er würde den Makler am liebsten bitten, ihn zu wecken, wenn Elinor ihm verziehen hat und er wieder zu Hause einziehen kann. Wenn er aufhören kann, ständig daran zu denken, mit Gina zu schlafen – sogar, während er entzündete Fußballen untersucht.

Zu Hause packt er einen mittelgroßen Koffer, packt die Biografie von Ulysses S. Grant, die er schon so lange lesen will, und ein Pfund Speck aus der Fleischschublade des Kühlschranks ein. Elinor zieht die Brauen hoch, als sie den Speck sieht, sagt jedoch nichts. Sie wechseln kein einziges Wort.

Die Sitzgruppe in Teds Mietwohnung hat einen öligen Glanz, angesichts dessen er am liebsten im Stehen fernsehen würde. Die Wohnung war bis vor kurzem als vorübergehende Unterkunft von Leuten genutzt worden, die während des Booms ins Valley kamen. Nun, da die Wirtschaft ins Schleppen geraten ist, können Trottel wie Ted hier verbilligt wohnen. *Wir möchten, dass Sie sich fern von Ihrem Zuhause zu Hause fühlen,* besagt eine Broschüre neben dem Telefon. Fern von Ihrer Hölle in der Hölle. Der Fernseher ist an der Wand befestigt. Ted legt das Pfund Speck in den Kühlschrank und eine Flasche Wodka ins Gefrierfach. Gesunde Ernährungsweise. Und er ist Arzt!

Die Wohnung ist in bedrückend dunklen Tönen gestrichen, und die burgunderroten Wände des Schlafzimmers scheinen auf Ted zuzukommen, als er seinen Koffer öffnet. Er kommt zu dem Schluss, dass er nicht genug Serotonin im Blut hat, um hier zu schlafen, und zerrt den Koffer in das eine Spur hellere, pilzfarbene Wohnzimmer, klappt das Bettsofa aus und legt sich hin. Die Matratze biegt sich um ihn wie ein Taco. Die Laken riechen leicht nach Schimmel. Ted erinnert sich daran, wie er und Elinor die Küche und das Wohnzimmer strichen. Sie hatte ein blasses Gelb ausgesucht – Zitroneneis –, weil das, wie sie sagte, »das natürliche Licht verstärken würde«. Als er zuschaute, wie sie den ersten Eimer mit cremiger Farbe öffnete, empfand er Dankbarkeit dafür, verheiratet zu sein.

Er schaltet den Fernseher ein und dreht einem Typen den Ton ab, der irgendetwas über Trucks brüllt. Bei der Durchsicht seiner Post stößt er auf einen Brief der Versicherungsgesellschaft.

Sehr geehrter Dr. Mackey,
nach unserer Untersuchung der Umstände, die zu dem Unfall am 12. September führten, sind wir aufgrund der Ergebnisse zu einer Entscheidung gelangt. Gemäß der kalifornischen Gesetzgebung kann ein Fahrer prinzipiell als Unfallverursacher angesehen werden, wenn seine Aktionen oder Unterlassungen mindestens 51% der Unfallursache

ausmachen. Laut unseren Nachforschungen sind Sie, Dr. Theodore Mackey, zu 100% verantwortlich für diesen Unfall und des Vergehens schuldig, nicht die nötige Umsicht an den Tag gelegt zu haben …

Elinor hat ihm dringend geraten, ungeachtet der Entscheidung seitens der Versicherung oder der Polizei einen Gerichtstermin festsetzen zu lassen und auf »nicht schuldig« zu plädieren. »Bau auf ein bürokratisches Durcheinander«, sagte sie zu ihm. »Es ist gut möglich, dass die Polizei nicht erscheint, und dann bist du aus dem Schneider und unsere Versicherungsprämie wird nicht erhöht.«

»Aber ich *bin* schuldig.« Es ärgerte Ted, dass die Bürokratie diese Tatsache schlucken könnte.

»Das spielt keine Rolle«, insistierte sie. »Du leistest keinen Meineid, wenn du auf ›nicht schuldig‹ plädierst.«

Schlupflöcher. Ted seufzt und schließt die Augen. Als er sie wieder öffnet, sieht er einen Käfer über den Boden eilen. Eine Küchenschabe? Dieses stinkfaule Arschloch von Makler hätte auch etwas Besseres für ihn finden können als diese verwahrloste Schuhschachtel. Sein Puls rast, als er sich auf das Insekt stürzt. Das Tier erstarrt unter seinem Blick. Ein Käfer. Nur ein brauner Käfer. Trotzdem greift er sich das Telefonbuch und zermalmt das Ungeziefer mit einem Schlag. »Verdammtes Dreckloch!« Es fühlt sich gut an, das Telefonbuch auf den Boden zu knallen – irgendwie *richtig.* Er geht in die Hocke und schlägt auf den zermatschten Käfer ein, bis er nur noch ein brauner Fleck ist.

»Hey!«, kommt gedämpft aus der Etage unter ihm. »Ruhe da oben!« – »*Selber* Ruhe!«, brüllt Ted zurück, hebt das Telefonbuch hoch über den Kopf und lässt es wieder und wieder auf den Boden knallen. »Halt dein verdammtes Maul!« Er brüllt, bis seine Kehle brennt und es in seinem Kopf hämmert und seine Hände schmerzen, erlebt einen der seltenen Momente, in denen Schmerz guttut.

Das Einzige, worauf Ted sich die ganze Woche freut, ist, Gina und Toby zu sehen. Obwohl Gina froh zu sein scheint, dass er ihrem Sohn Nachhilfe gibt, hält sie Distanz. Sie geht jetzt mit dem Konzert-Promoter aus, einem Burschen, der offensichtlich stinkreich ist. Als Ted Toby das letzte Mal zum Unterricht abholte, fuhren die beiden gerade in einem Jaguar vom Parkplatz. Gina winkte Ted zu und lachte dabei über irgendetwas, was Richie Rich gesagt hatte. Ted hat Gina nicht erzählt, dass er und Elinor sich getrennt haben, denn er befürchtet, dass ihn das nur zu einer unangenehmen Komplikation in ihrem Leben machen würde. Stattdessen möchte er lieber helfen und Toby in Mathe mindestens auf eine Drei minus hochbringen.

Eines Samstags entdeckt er auf dem Weg zu Ginas Haus ein Toys-R-Us und biegt in letzter Sekunde schleudernd ab, um Toby ein Geschenk zu kaufen.

»Was mögen denn zehnjährige Jungen heutzutage?«, fragt Ted den kaum den Kinderschuhen entwachsenen Angestellten hinter der Glastheke, in der die Computerspiele ausgestellt und eingeschlossen sind. Der Verkäufer scheint den ganzen Tag darauf gewartet zu haben, dass ihm jemand diese Frage stellt.

»Für welchen Player?«, erkundigt er sich. »Hat er die Xbox 360?«

Ted hat keinen Schimmer.

»PS2?«

Ted zuckt mit den Schultern. »Er hat einen Gameboy. Also sollte es wohl ein Spiel *dafür* sein. Was ist denn das coolste?« Er zuckt unwillkürlich zusammen, als er sich das Wort *cool* sagen hört. Was für ein Möchtegernjugendlicher. »Gibt es eines mit vielen Schlachten?«

Diese Frage veranlasst den Verkäufer, voller Enthusiasmus eine Liste der Pros und Contras herunterzurattern, und Ted entscheidet sich schließlich für ein Spiel, das ihm blutig genug für Tobys Geschmack erscheint, ohne Gina in Angst und Schrecken zu versetzen.

An der Kasse betrachtet er ein Sortiment ihm unbekannter Actionfiguren, kauft dann eine große Schachtel Matchbox-Autos als zusätzliches Bonbon und fühlt sich, als sei er gerade von einem anderen Planeten gekommen.

»Au! Auuuuuu!«, hört Ted Toby jaulen, als er den Plattenweg zu Ginas Haus hinaufgeht. Er klemmt sich die Tüte aus dem Spielzeugladen unter den Arm und joggt los. Toby kommt hinter der Hecke hervor und hüpft einbeinig auf ihn zu. »Bienen!«, kreischt er. Sein Gesicht ist verzerrt und feuerrot, Tränen laufen ihm über die sommersprossigen Wangen. »Biiiiiienen!«

»Es ist okay, Kumpel«, sagt Ted, obwohl er sich dessen nicht sicher ist.

Gina taucht auf, jagt mit einer Spritze in der Hand hinter Toby her. Als sie Ted sieht, bremst sie abrupt. »Gott sei Dank!« Sie streckt ihm die Spritze hin. »Er *braucht* die!« Ihre Hand zittert. »Er ist allergisch!«

Toby bleibt stehen, schließt die Augen und wartet auf die Injektion. Als Ted das Adrenalin nimmt, sieht er, dass Toby nicht nur in den Fuß gestochen worden ist, sondern überall ins

Bein. Bei dem Gedanken, dass der Junge einen anaphylaktischen Schock erleiden könnte, fängt sein Herz zu rasen an.

»Okay, Kumpel«, sagt er. »Okay.« Er zieht die grüne Schutzkappe von der Spritze und gibt Toby die Injektion in den Oberschenkel. »Es ist ganz einfach«, sagt er zu Gina. »Man kann sogar durch die Kleidung spritzen.« Elinor macht ihm immer Komplimente, weil die Spritzen bei ihm nicht wehtun, wie sie sagt. Ironischerweise besteht der Trick darin, brutal vorzugehen, die Nadel regelrecht ins Fleisch zu rammen – so, wie es am wenigsten schmerzt, wenn man ein Pflaster mit einem Ruck abreißt.

»DAD weiß, wie man es macht.« Toby bedenkt seine Mutter mit einem finsteren Blick. Unwillkürlich weicht sie ein paar Schritte in Richtung Haus zurück.

Als das Adrenalin zu wirken beginnt, springt Toby auf den Zehenspitzen herum. »Ef pup WEEEEEEH!«, schreit er. Seine Zunge ist hörbar geschwollen, und das Atmen fällt ihm schwer.

»Okay, Schatz.« Gina streckt die Hände nach ihm aus. »Er ist unter der Terrasse an ein Bienennest gestoßen«, erklärt sie Ted.

»Bleib weg von mir!«, kreischt Toby sie an. »Jepf weiftu, warum ich ef haffe, DRAUFEN FU FPIELEN!«

Gina beugt sich vor und schlingt die Arme um ihre Taille.

»Bist *du* okay?«, fragt Ted.

Sie nickt. »Magenkrämpfe.«

»Hör zu – lass uns in die Notaufnahme fahren.« Ted versucht, gelassen zu klingen, während er Toby in Richtung Auto dreht. »Du brauchst vielleicht noch eine Spritze, Tobe, weil du so oft gestochen worden bist.« Als der Junge zögert, hebt er ihn kurzerhand hoch, wobei er gleichzeitig seine Mitbringseltüte aufhebt. Toby ist überraschend leicht und langgliedrig – wie eine Spinne. Die Schorfkrusten an seinen Ellbogen schaben über Teds Haut. »Au, au, *au.*« Toby schlägt rhythmisch mit dem Kopf gegen Teds Brust.

Gina eilt hinter ihnen her.

»Ich weiß, Champ«, sagt Ted. »Ich weiß.«

Im Krankenhaus halten alle Ted für den Ehemann und Vater. »Nimm die Hand von deinem Dad und drück sie ganz fest«, sagt der junge Notarzt, bevor er Toby noch einmal Adrenalin spritzt. Von deinem *Dad.* Die Annahme weckt Gewissensbisse in Ted, doch er stellt den Irrtum des Arztes nicht richtig. Auch Toby und Gina tun es nicht. Tobys Fingernägel graben sich in Teds Handfläche, während das Adrenalin durch seine Glieder strömt.

Gina sitzt neben der Bahre auf einem Stuhl und hat einen rosa Eimer zwischen den Knien. Als sie in der Notaufnahme ankamen, tropfte aus dem provisorischen Geschirrtuch-Verband einer Indianerin, die sich mit der Heckenschere in die Hand geschnitten hatte, Blut auf den Boden, und als jemand das Tuch öffnete und sagte: »Man kann die Sehne sehen«, wäre Gina fast in Ohnmacht gefallen. Ted schaffte es irgendwie, sie aufzufangen und Toby trotzdem weiter auf dem Arm zu halten, bis von hinten eine Schwester mit einem Rollstuhl für Gina kam.

Plötzlich tritt Panik in Tobys Blick. »Meine FUNGE!«

»Atme durch die Nase«, sagt der Arzt zu ihm. Er kann nicht älter als dreißig sein. Ted setzt sich vor Toby, schließt den Mund und atmet tief durch die Nase ein, um es ihm vorzumachen. Toby schaut ihm in die Augen, und dann atmen sie gemeinsam. Als Tränen an Tobys zitterndem Kinn entlangrinnen, steigt jäh der Wunsch in Ted auf, den Jungen von hier wegzubringen, obwohl er genau weiß, dass er hier am besten aufgehoben ist.

Die zweite Spritze bewirkt, dass Tobys Fersen auf die Bahre hämmern. Eine Schwester breitet noch eine Decke über ihn. Sein Kopf rollt hin und her, und seine Lippen bewegen sich, als er zu zählen beginnt. »Durch die Nase atmen«, erinnert Ted ihn und tritt hinter Tobys Kopf, als der Arzt sich über den Jungen beugt, um ihm mit einer kleinen Stablampe in die Augen zu schauen. Gina beugt sich über ihren Eimer.

»Machen Sie sich keine Sorgen, Schätzchen«, sagt die Schwester zu ihr.

»Keine weiteren Spritzen«, verkündet der Arzt und tätschelt Tobys Bein. »Wir behalten dich nur noch ein Weilchen zur Beobachtung da.«

Du bist hart im Nehmen, liegt Ted auf der Zunge, als ihm einfällt, dass Elinor dieses Lob aus tiefster Seele hasst. »Wenn noch *ein* Gen-X-Internist sagt, ich sei hart im Nehmen, erdrossele ich ihn mit seinem Stethoskop«, schäumte sie. »Man sollte einen Patienten *fragen,* wie es ihm geht, nicht es ihm *sagen.*«

»Wie geht's dir, Kumpel?«, fragt Ted Toby.

Die Beine des Jungen beruhigen sich zu einem ruckartigen Schütteln. »Ich hasse Bienen.«

Ted nickt.

»Du bist ein tapferer Bursche.« Wieder tätschelt der junge Doktor Tobys Bein. »Was ist dein Lieblingssport?«

»Geschichte«, antwortet Toby zerstreut, denn er schaut gerade zu seiner Mutter hinüber.

»Er liebt Geschichte«, erklärt Ted dem Arzt.

Der ist beeindruckt. »Wow. Nun, ich denke, du bist schon

sehr bald wieder bei deinen Büchern.« Auf dem Weg nach draußen wirft er Ted ein Sie-müssen-sehr-stolz-auf-Ihren-Sohn-sein-Lächeln zu. Ted beugt sich hinunter und küsst Toby auf die ungebärdigen Locken. Sie sind überraschend weich. Toby ist abgelenkt, und Gina sieht nicht her, und so ist der Kuss gewissermaßen ein heimliches Vergnügen.

Auf der Heimfahrt sagt Gina zu Toby: »Du warst unheimlich tapfer, mein Baby. Ich bin stolz auf dich.«
»Die Bienen konnten mich nur stechen, weil du mich immer nach DRAUSSEN schickst«, konstatiert er düster. »Warum lässt du mich nicht im Haus bleiben und lesen?«
Gina schließt die Augen.
»Langsam«, sagt Ted, »die dummen Bienen könnten dich auch stechen, wenn du zum Auto gehst, um zur Mall zu fahren.«
»Egal, ich hätte *sterben* können«, mault der Junge und betrachtet aufmerksam die vorbeiziehende Landschaft.
»Das würden wir niemals zulassen«, versichert Ted ihm. Im nächsten Moment möchte er die Worte *wir* und *niemals* zurücknehmen, denn beide stehen für seine dauerhafte Präsenz im Leben des Jungen.
Eine Weile fahren sie schweigend dahin. Schließlich löst Toby seinen Sicherheitsgurt und beugt sich zwischen den Sitzen nach vorne, um mit Ted zu sprechen. »Hey. Wissen Sie, dass Guillotine ein *Mann* war?«
»Du ziepst mich, Schatz.« Gina beugt sich vor, um ihre langen Haare zu befreien.
»'tschuldige.« Toby legt seine Hände um Teds Kopfstütze. »Wissen Sie, dass er Arzt war und die Guillotine erfunden hat, weil er dachte, dass Köpfen die schnellste Todesart wäre?«
»Autsch«, sagt Ted.

»Ja. Die Klinge wog achtzig Pfund. Mehr als ich!« Er lässt sich nach hinten fallen.
»Toby-Schatz – wir kommen gerade vom *Krankenhaus.*« Gina greift sich an die Stirn. »Bitte, schnall dich wieder an. Sofort.«
»Okay, okay. Wissen Sie«, wendet er sich wieder an Ted, »dass die Guillotine Räder hatte und während der Revolution durch die Stadt gerollt wurde und dass sie Ludwig den Sechzehnten auch damit töteten? Und diese Lady – Marie Antoinette? Wissen Sie, was in meinem Buch steht?«
»Was steht in deinem Buch, Kumpel?«, fragt Ted.
»Dass sie nie gesagt hat ›Lass sie Kuchen essen‹. Sie hat das nie *gesagt.*« Toby ist hörbar entrüstet über diese falsche Überlieferung. Er schnallt sich an.
»Wirklich?«, fragt Ted. »Das zeigt, dass man nicht alles glauben soll, was in den Geschichtsbüchern steht.«
Gina schüttelt den Kopf. »Wie konnte ich nur ein so geniales Kind bekommen?« Sie lässt ihr Fenster ein Stück heruntergleiten, und der Wind weht ihre Haare nach hinten. Sie schließt die Augen, drückt ihren Rücken durch und hebt ihr Gesicht, wodurch ein Bogen entsteht, der sich von ihrem Kinn über ihre Kehle, zwischen ihren Brüsten hindurch und über ihren Magen zu dem dunkelroten Bund ihres Batikrocks spannt. Ted schluckt und wendet sich wieder der Straße zu. In der Notaufnahme hatte er sich um alles gekümmert: um Toby, um Gina und um die Entlassungspapiere. Während er für Elinor absolut nichts tun konnte, scheint es bei Toby und Gina zu genügen, dass er *da* ist. Sie brauchen ihn. Ist es krank, dafür dankbar zu sein?
»Stew's Steak Shack!«, ruft Toby plötzlich, und Gina schreckt hoch. »Können wir anhalten?«

Gina runzelt die Stirn. »Nein.«
»Bitte!«
»Bitte!«, schließt Ted sich in dem Versuch, lustig zu sein, mit weinerlicher Kleinkindstimme an.
Gina lächelt. »Na schön«, gibt sie nach. »Steak klingt ja nicht schlecht.«

Sie setzen sich in eine runde Nische, nehmen Toby in die Mitte. Ted und Toby entscheiden sich für Hamburger. Gina rät Ted, seinen Burger in der Proteinversion zu bestellen, also *ohne Brötchen.* »Du hast doch schon so viel erreicht«, sagt sie. Ted setzt sich gerade hin und zieht den Bauch ein.
»Und zum Nachtisch kannst du Erdbeerkuchen ohne den Kuchen essen«, fügt sie hinzu. Gina bringt es fertig, diese Vorschläge zu machen, ohne bevormundend zu klingen. Er mag es, wenn sie sich um ihn sorgt.
Während sie essen, quillt Ketchup zwischen den Eisbergsalatstücken heraus und tropft von Teds Fingerspitzen. Er umklammert sein linkes Handgelenk mit der Rechten und wedelt mit verzerrtem Gesicht vor Tobys herum. »Ahhhh«, stöhnt er scheinbar verletzt in Horrorfilm-Manier, während das Ketchup-Blut weiter von seinen Fingern tropft.
Toby lacht. »Ha! Krass! Wie bei der Frau, die sich mit der Heckenschere geschnitten hat!« Er hüpft auf seinem Platz, wodurch auch Ted und Gina ein wenig ins Hüpfen geraten.
Gina seufzt, lächelt ihren Sohn jedoch mit glänzenden Augen an.
»Hey – wir haben heute gar nicht gelernt!«, fällt ihm ein.
»*Nächsten* Samstag«, sagt Ted.
»Aber wir haben am Donnerstag wieder einen mündlichen Test!« Toby ist vor Schreck aufgesprungen.

»Okay – dann komme ich am Dienstag«, beruhigt Ted ihn. »Um fünf.«
»Kannst du mir dann beibringen, wie man spritzt?«, fragt Gina.
Toby verdreht die Augen. »*Mom!* Das ist doch echt babyleicht.«
Sie verputzen das Steak, die Burger und den Salat und bestellen den Erdbeerkuchen. Während sich das Restaurant allmählich mit Familien füllt, die sich zum Dinner einfinden, wird Ted plötzlich bewusst, dass er glücklich ist.

Als Toby nach dem Duschen ins Bett steigt, holt Ted mit einer großen Zauberergeste die Matchbox-Autos aus der Tüte – eine große Schachtel wie eine riesige Pralinenpackung.
Toby mustert sie schmollend. »Die sind doch für Erstklässler«, meint er und schiebt sie ans Fußende.
»Toby!«, ermahnt Gina ihn.
»'tschuldigung.« Er lässt sich in die Kissen fallen.
»Und was habe ich hier?« Ted zieht das Gameboy-Spiel heraus.
Toby schnellt hoch. »Wow! Das habe ich mir *so* gewünscht!« Er schlägt mit den Fäusten auf die Decke und gibt Ted dann hoch in der Luft alle Fünfe. »Danke!«
Ted schaut zu Gina, die im Türrahmen lehnt. Ihr Ausdruck lässt ihn begreifen, dass er sie wegen des Spieles hätte fragen müssen. Schließlich führt sie einen ständigen Kampf mit ihrem Sohn, weil sie erreichen will, dass er seine »Bildschirm-Zeit« reduziert, all die Stunden, die er mit Computerspielen und TV zubringt.
»Aber du darfst erst damit spielen, wenn du deine Hausaufgaben gemacht hast«, sagt er zu Toby.

»Okay«, stimmt der Junge zu und reißt die Verpackung auf. Gina lächelt schwach. Ted tätschelt Tobys Locken und verlässt das Zimmer, damit die beiden einander ungestört gute Nacht sagen können, bleibt vor der Tür stehen und klimpert mit den Schlüsseln in seiner Tasche, womit er, wie er hofft, deutlich macht, dass er die Absicht hat zu gehen. Allerdings graut ihm in Wahrheit davor, in sein Elendsquartier zurückzukehren.
»Tee?«, fragt Gina leise, als sie aus Tobys Zimmer kommt.
Ted lässt die Schlüssel in seiner Tasche los. »Gern.«

Sie sitzen jeder an einem Ende des Sofas und nippen an Mint Medley.
Gina starrt in den leeren Kamin, als brenne ein Feuer darin. »Weiß Elinor, dass du Toby Nachhilfe gibst?«
»Nein.« Der Rand seines Bechers ist so heiß, dass Ted sich die Lippe verbrannt hat.
»Du darfst sie nicht belügen, Ted.« Gina stellt ihren Becher nachdrücklich auf den Glasbeistelltisch. Der Knall lässt Ted hochschrecken. »Verschweigen ist dasselbe wie Lügen.«
»Ich bin ausgezogen.« Ted hustet, um Zeit zu schinden. Warum zum Teufel kann er mit Frauen nicht *reden?*
Gina betrachtet ihre Füße, die sie auf den Couchtisch gelegt hat. »Ihr versucht, es wieder hinzukriegen? Geht ihr zur Eheberatung?«
»Nein. Im Moment nicht. Sie will nicht.«
Gina lässt die Schultern hängen. »Weiß Toby es?«
»Was?«
»Dass du nicht mit Elinor zusammenwohnst?«
»Nein.«
»Gut. Bitte erzähl's ihm auch nicht.« Sie seufzt und überkreuzt

die Beine im Schneidersitz. »Ich möchte nicht, dass er sich Hoffnungen macht …«

»Hoffnungen?«

»Ja. Auf … irgendwas.«

»Okay.«

Nach einer langen Pause sagt Ted: »Es tut mir leid wegen des Computerspiels. Ich hätte dich vorher fragen müssen.«

Gina nickt. »Ich versuche, ihn zu bremsen.«

»Weißt du – manche Kinder haben einfach keinen Sinn für Sport. Als ich auf der Highschool Football spielte, erlebte ich, wie Eltern ihre Kinder unter Druck setzten, damit sie bessere Sportler würden. Vielleicht solltest du Toby nicht ständig drängen, draußen zu spielen …«

»Danke für die Erziehungsberatung, Dr. Mackey.« So sarkastisch hat er Gina noch nie gehört. »Du brauchst mich nicht mit der Nase darauf zu stoßen, dass ich eine unfähige Mutter bin – das weiß ich bereits.«

»Um Himmels willen, Gina – so habe ich das doch nicht gemeint.« Ted rückt näher an sie heran. »Du bist eine großartige Mutter. Es tut mir leid. Ich bin ein Wichtigtuer.«

Sie rückt von ihm ab und schlingt die Arme um die Taille. »Leute, die selbst keine Kinder haben, glauben immer, sie könnten mit fremden besser zurechtkommen als deren Eltern. Wenn das MEIN Kind wäre … Blablabla.«

»Ich wollte nicht überheblich sein.«

»Natürlich wären du und Elinor *phantastische Eltern.* Das ist schon eine Ironie, stimmt's? Die gebildeten Leute mit den tollen Jobs können keine Kinder kriegen, während wir Blindgänger uns vermehren wie die Karnickel. Warum *haben* Leute wie ich überhaupt Kinder?« Sie wendet sich Ted zu und schüttelt die Ponyfransen aus ihren Augen. »Weil sie eben *kommen!*

Meine Schwangerschaft war ein Unfall, aber ich *kriegte* mein Baby. Ich hatte keinen Yuppie-Plan fürs Kinderkriegen. Ich wartete nicht ab, bis ein Baby in mein Leben passte. Während du die Fliesen für dein bodengeheiztes Badezimmer aussuchtest, kriegte ich mein Kind. Und *du* willst mich fertigmachen, weil ich nicht perfekt bin!«

»Ich …« Ted bricht ab. Er hat kein Arschloch sein wollen. Sie könnte ein *bisschen* gnädiger mit ihm sein. »Es tut mir leid, Gina. Ich habe es wirklich nicht so gemeint. Ich habe einfach laut gedacht, als mir klar wurde, wie Toby es empfinden muss, nicht so sportlich zu sein wie du. Du bist eine tolle Mutter.«

»Nein, das bin ich nicht.« Sie massiert ihre Schläfen.

»Ich bin vielleicht ein Arsch«, er rückt wieder näher an Gina heran, nimmt ihre Hand und beginnt, ihre langen Finger zu streicheln, »aber ich habe keine Fußbodenheizung im Bad.« Er stößt sie mit dem Ellbogen sanft in die Rippen, versucht, sie zum Lachen zu bringen.

Gina greift nach einem Kleenex. »Eine meiner Klientinnen schon.« Sie putzt sich leise die Nase. »Sie hat auch eine IVF durchgemacht.«

»Es tut mir leid«, beteuert Ted noch einmal.

Gina zuckt mit den Schultern. Sie dreht seinen Arm um und fährt mit dem Finger an seiner Ellbogenbeuge entlang. Ein wohliger Schauer läuft von seiner Kopfhaut über seine Wirbelsäule bis zu seinem Steißbein. Als er sich entspannt, hat er das Gefühl, zwischen die glatten Lederpolster des Sofas zu rutschen. Er streckt die Hand aus und packt Gina beim Unterarm – als versuche er, aus einem Boot zu steigen. Ted hat das deutliche Gefühl, dass, während er versuchte, Gina aufzurichten, sie in Wahrheit *ihn* aufgerichtet hat. Und das seit Monaten. Sie hat ihn aus seiner elenden Selbstverachtung herausgezogen, aus seiner egozentrischen Verzweiflung. Und was hat er für *sie* getan? Ihr Komplexe eingeredet!

Gina schließt die Augen. »Du bist kein Arsch. Mein Leben wäre sehr viel einfacher, wenn du es wärst.«

Sie landen in Ginas begehbarem Kleiderschrank, weil sie dort eine weitere geschlossene Tür zwischen sich und Toby haben. Ted legt Gina auf den Rücken, schiebt ihre vielen Sportschuhe beiseite und greift sich ein Sweatshirt, um daraus ein Kissen für sie zu machen. Er reißt mit dem Ruck an dem Band ihres Wickelrocks, mit dem man ihn öffnet, und fährt dann mit den Händen an den weichen Innenseiten ihrer Schenkel aufwärts, zieht ihr die Unterwäsche aus und wirft sie über seine Schulter, womit er sie zum Kichern bringt. Dann stößt er in sie hinein, vergräbt sein Gesicht in ihrem Haar und atmet ihr China-Rain-Parfum ein. Gina knetet seinen Rücken, eine Berührung, die liebevoller und therapeutischer ist als die Heftigkeit, mit der sie früher übereinander hergefallen sind. Ted hebt den Kopf und schaut sie an. Das Licht, das durch die Schlitze der Lamellentür fällt, malt helle Streifen auf Ginas Gesicht. Ihre grünen Augen sind halb geschlossen. Als er sich wieder in ihrem Haar vergräbt, wird seine Selbstverachtung von einer Woge der Ekstase fortgespült.

Es regnet leicht, als Ted spät in der Nacht nach Hause fährt, und er schleicht auf der nass glänzenden Straße dahin, denn es graut ihm vor seinem dunklen Apartment. Obwohl er kein religiöser Mensch ist, verspürt er plötzlich den Drang zu beten. Allerdings weiß er nicht, *worum.* Er respektiert die Gläubigkeit anderer, hat sich jedoch nie für eine Religion entschieden. Auf ihrer Europareise besichtigten er und Elinor beinahe täglich irgendwelche Kirchen und Kathedralen. Sie liebten die

Architektur und den Pomp und die Orgelmusik, die sie bis ins Mark vibrieren ließ. »Ist es nicht lustig, dass wir Heiden nicht genug bekommen von diesen christlichen Stätten?«, lachte Elinor. Sie fehlt ihm. Wie kann er Gina so sehr begehren und gleichzeitig seine *Frau* vermissen? Sein Fuß schwebt zwischen Gas und Bremse. Er fährt nicht, er hält nicht an – er lässt sich treiben.

Rotierende blaue und rote Lichter erscheinen in seinem Rückspiegel. Die Polizei. Natürlich. Wahrscheinlich halten sie ihn für betrunken. Er lenkt den Wagen an den Straßenrand und stoppt. Der Cop leuchtet mit seiner Stablampe ins Auto.

»Stimmt was nicht?«

»Alles okay, Officer.«

»Sie sind fast auf den Fahrradweg geraten.«

»Ich war in Gedanken – aber ich werde jetzt besser aufpassen.«

»Haben Sie etwas getrunken?«

Ted schüttelt den Kopf. »Nur Tee.«

»Würden Sie bitte aussteigen?«

Ted gehorcht und absolviert pflichtschuldigst die Nüchternheitstests – von hundert rückwärts zählen, mit den einzelnen Fingerspitzen der einen Hand den Daumen der anderen berühren, auf einer Linie gehen. Er ist gerade bei der letzten Demonstration, als ein Auto angefahren kommt und an der Ampel hält. Ted erkennt durch das regengesprenkelte Fenster seinen Patienten Rolf Andersson, einen drahtigen, alten Schweden, der zu Schwielen neigt. Der Mann bildete mit den Lippen die Worte *Dr. Mackey!* und schaut dann weg.

Wenn man schon eine Midlifecrisis hat, sollte man sie *zelebrieren*. Man sollte sich einen Dodge Viper zulegen und regelmäßig ins Sonnenstudio gehen, anstatt vor FedEx Kinko's im

Regen einen Nüchternheitstest zu absolvieren, während man nach zu vielen Bechern Kräutertee von einem überwältigenden Harndrang gequält wird, und ein Patient, der einen erkannt hat, sich verschämt abwendet.

»Okay«, sagt der Cop in strengem Ton. »Sie können weiterfahren.« Ted steigt wieder ein und schnallt sich an. Der Beamte klopft mit der flachen Hand an die Fahrertür. »Aber passen Sie auf, wo Sie hinfahren. Sie wären überrascht, wenn ich Ihnen sagte, wie viele Unfälle nur passieren, weil Leute nicht aufpassen.«

8

Hermione hatte nicht geplant, sich auf der Babygeschenke-Party etwas anzutun oder es zumindest zu versuchen, doch eine Kombination von Dingen trieb sie dazu: das Crescendo trillernder Flöten der Vivaldi-CD; das Himbeereis, das in der Bowle zu Bubblegumklumpen zerfiel; die Quiche mit ihren Käsefäden, die wie Gummibänder vom Kinn einer Frau baumelten; die Ohhhhs und ACH-WIE-SÜSS-Rufe, die beim Auspacken der Babygeschenke durch das Wohnzimmer schallten. Während die Frauen über die Strampler und Windeltaschen in Verzückung gerieten, stand Hermione am Büfett und säbelte mit einem Tortenmesser aus Sterlingsilber an ihrem Handgelenk herum. Natürlich war es nicht scharf genug, um irgendeinen Schaden anzurichten. Vielleicht könnte sie sich ja mit einer Dessertgabel erstechen. Oder den Kopf in die Bowle stecken. Oder einfach aufhören, zu Baby-Showers zu gehen. Ja, das würde sie tun. Von jetzt an würde sie nur noch Karten und Geschenke schicken. Und sie würde die Geschenke online bestellen, dann könnte sie sich auch noch die Fahrt zu Toys-R-Us oder Baby Gap sparen. In ihrer Verfassung, nah an den Tränen und ihre bescheuerte Traurigkeit ausstrahlend, war sie ohnehin eine Zumutung für ihre Freundinnen.

»Was schreibst du da?«
Elinor schaut von ihrem Spiralnotizbuch auf und sieht Kat vor sich unter der Eiche stehen, vorgebeugt, die Hände auf die Knie gestützt und außer Atem von ihrem Morgenlauf.
»Ich habe gerade die Post von gestern durchgesehen und eine Einladung zu einer Babygeschenke-Party darunter gefunden, und jetzt schreibe ich eine Art Antwort.« Elinor klappt das Notizbuch zu. Wenn sie ins Haus geht, wird sie die Gastgeberin anrufen und mit Bedauern absagen.
»Diese Partys sind die reine Pest.« Kat lässt sich auf die Decke fallen und schenkt sich einen Kaffee aus der Glaskanne ein. Ihre langen Beine sind muskulös und gebräunt vom Laufen. Elinor bewundert ihre Sportlichkeit und ihre aufwandfreie Hübschheit, das jungenschnittkurze, schwarze Haar und das kleine Gesicht mit den feinen Zügen.
Elinor streckt sich auf dem Rücken aus, schiebt sich ihr zusammengerolltes Sweatshirt unter den Kopf und schaut nach oben. Das Laub der Eiche wirkt vor dem wolkenlosen Himmel wie eine blau unterlegte Spitzentischdecke.
»Du gibst eine schöne Vorgartendekoration ab.« Kat ist vielleicht die beste Freundin, die Elinor je hatte. Ihre Nachbarin dreht durch und kampiert in ihrem Vorgarten unter einem Baum. Sagt sie ihr, dass sie einen Vogel hat? Nein, sie setzt sich zu ihr unter den Baum. Sie treffen sich jetzt jeden Morgen unter der Eiche, wenn Kats Kinder zur Schule gefahren sind. Wenn es regnet, unterhalten sie sich am Telefon, stehen dabei an ihrem jeweiligen Wohnzimmerfenster und geben sich anhand visueller Beispiele Ratschläge. *(Meinst du, ich kann diese Jacke zu diesem Kleid anziehen? Lass mal sehen – dreh dich um.)* Kat nennt es ihre Wohnzimmer-Video-Konferenzen.

»Ich liege hier ganz harmlos, und die Nachbarn denken, ich hätte einen Schlaganfall gehabt.«
Kat betrachtet sinnend die Eiche. »Der Baum braucht einen Namen. Wie wär's mit Stella?«
»Ich glaube, er ist ein Er.«
»Ein Er-Baum?«
Elinor berührt die raue, silbergraue Rinde. »Warren«, entscheidet sie und streicht mit der Fingerspitze über eine Flechte. Sie zerfällt zu Staub.
»Warren«, wiederholt Kat. »Dein neuer Mann?«
»Er ist für mich da.«
»Meine Freundin Elinor trifft sich mit einem Baum«, verkündet Kat.
Elinor schlägt mit der Faust auf das weiche Kissen aus Decke und Gras. »Ted trifft sich mit einem Zehnjährigen? Okay. Ich treffe mich mit einem Baum.«
Kat mustert Warren prüfend. »Er ist ein Baum weniger Worte. Der starke, schweigsame Typ.«
»Wir müssen nicht über alles *reden.* Wir müssen unsere Beziehung nicht zerlegen, als sei sie ein Frosch im Biologieunterricht.«
Kat seufzt. »Ich möchte dir ja eigentlich den Rücken stärken, aber es macht mich traurig, dass ihr beide das Handtuch werft. Ich sehe doch, wie sehr Ted dich noch immer liebt.«
Elinor setzt sich ruckartig auf, und ihr wird schwindlig. »Es war wie eine Erlösung, damit aufzuhören, alles in Ordnung bringen zu wollen – als hätte ich aufgehört, mit dem Kopf an die Wand zu rennen.« Sie zwirbelt den dünnen Stiel eines Blattes zwischen den Fingern.
Kat nickt, sagt jedoch nichts mehr. Sie will sich gerade an die Eiche lehnen, als Elinor eine lange, melassefarbene Saftnase in einer Rindenrille entdeckt. »Vorsicht! Was *ist* das?«

Sie schauen sich die klebrige, dickflüssige Masse näher an und sehen eine Armee winziger brauner Käfer aufmarschieren.
Elinor greift sich einen Stein und zermalmt damit so viele wie möglich.
Kat zieht ihren Laufschuh aus und schlägt ebenfalls auf die Käfer ein, die in alle Richtungen flüchten. »Ich muss bis heute Mittag dreißig Muffins backen und verzieren«, sagt sie, während sie noch härter zuschlägt.
»Warum holst du dir keine von Safeway?«
Kat schüttelt den Kopf. »Ich muss sie selbst backen.« Sie lässt ihren Schuh ins Gras fallen.
»Wer sagt das?«
»Die Mommy-Polizei. Wenn man ganztags arbeitet, darf man sie sich von Safeway holen, aber wenn man Hausfrau ist, muss man sie selbst backen.« Kat legt sich auf den Rücken und balanciert ihren Becher auf ihrem Zwerchfell. »Natürlich gibt es auch Mütter, die ganztags arbeiten *und* backen.«
»Wenn du deren Köpfe aufbrechen würdest, fändest du Elektronik darin«, sagt Elinor. Es deprimiert sie, dass sie sich nicht vorstellen kann, ein Baby zu haben, geschweige denn ein Kind, das alt genug für die Grundschule und Muffins ist. »Gina würde es sich bestimmt nicht nehmen lassen, die Muffins selbst zu backen.« Sie zerdrückt mit dem Daumen eine Ameise auf der Decke. »Aus Leinsamenmehl.«
»Die Kinder würden kotzen.« Kat runzelt die Stirn. »Hey – jetzt rennst du ja wieder mit dem Kopf gegen die Wand.«
Elinor schlägt den Kopf gegen den Baumstamm. *Bumm, bumm, bumm. Aua, aua, aua.* Spitze Rinde sticht in ihre Kopfhaut. Sie reibt sich die schmerzende Stelle. »Darf ich nicht einfach einen Moment lang *wüten?*«
»Natürlich. Entschuldige.«

In den Therapiesitzungen hielt sich Elinor, was negative Bemerkungen über Gina betraf, eisern zurück. Sie hatte Angst, dass ihre wütend blubbernde Eifersucht sonst überkochen würde, und das hätte sowohl auf Ted als auch auf die Therapeutin abstoßend gewirkt. Sie wollte souverän sein. Gefasst. Klasse beweisen.

»Ich glaube, sie ist Buddhistin. Jedenfalls versuchte sie mich im Zuge ihrer Bemühung, mir die Ernährungsumstellung nahezubringen, zu überreden, dieses buddhistische Buch zu lesen.«

Kat rümpft die Nase.

»Sie ist so ein hübsches batikgefärbtes *Hippie*-Mädel.« Elinor merkt, dass sie immer schneller spricht. Sie kniet jetzt auf der Decke und streckt den Zeigefinger in die Luft. »Eine Gesundheitsfanatikerin, die Pot raucht!«

»*Das* tut sie?«

»Als ich Ted fragte, wie es angefangen hätte, sagte er, dass ein Joint zu ihrem ersten Sex geführt habe. Aber wie kam es dazu, dass sie Pot rauchten? Nimmt man sich einen Personal-Trainer, um an Stoff heranzukommen?« Elinor überlegt einen Moment und meint dann: »Klingt eigentlich gar nicht übel. Wie auch immer. Sie ist Buddhistin und schläft mit verheirateten Männern. Ich hasse diese nachgemachten Hippies. Buddhismus und Pot und Ehebruch. Was für eine Heuchelei. Eine *HippieLEI!*«

Kat lacht grunzend. »Oh, El! Siehst du – *das* liebt Ted so an dir.«

Elinor setzt sich auf ihre Fersen. »Vielleicht konnte sie *damit* vor sich rechtfertigen, meinen Mann zu bumsen: Sie hat keine Bindungen. Weder an Kispy Kreme noch an ihre verheirateten Klienten.«

Elinor beugt sich über ihre Knie, rollt sich zu einer Kugel zusammen und lässt sich zur Seite fallen. »Ich wäre eine schreckliche Buddhistin«, sagt sie selbstironisch. »Ich binde mich an *alles.* Ich fühle mich sogar an diesen Baum gebunden.«
Kat ist auf allen vieren hinter sie gekrochen und massiert ihre Schultern. »Du bist total verspannt«, murmelt sie. »Da ist ein Besuch im Spa fällig.«
Elinor streckt sich aus und zupft ein Blatt aus ihrem Haar. »Ich hasse das Spa. All diese flüsternden, tropfenden Weiber und die Rumliegerei im Finstern, während man mit dieser unsäglichen New-Age-Klangkomposition aus Meditationsmusik und elektronischem Möwengeschrei berieselt wird.« Sie setzt sich auf, sammelt die Becher und Löffel ein und packt alles auf ein Tablett. »Ist dir schon mal aufgefallen, dass diese Musik keinen Anfang und kein Ende hat? Sie ist das Äquivalent eines ungemachten Betts. Es nervt mich unsäglich, wenn ich das länger hören muss.«
»Aber der heiße Stein …«
»Und jedes Mal wollen sie einem am Ausgang diese sündteuren Cremes andrehen. Achtzig Dollar für dreiunddreißig Gramm australisches Känguru-Sperma-Gesichtspeeling oder ähnlichen Mist. Und immer setzen sie gezielt moralische Nadelstiche direkt in die Selbstachtung. Sie *könnten* hübsch sein, wenn Sie dieses unverschämt überteuerte Schlangenöl kaufen würden. Ein *Salz*-Peeling. Nein danke – kein Salz in die Wunde.«
Kats Ausdruck ist ein Mittelding aus Frustration und Gekränktheit.
Elinor nimmt ihre Hand und drückt sie. »Entschuldige. Jetzt weißt du, was mein Mann *nicht* an mir liebt.« Sie steht auf, bückt sich und nimmt das Tablett. »Lass uns ein

Bier trinken und eine Runde Pool spielen gehen. Ich lade dich ein.«
»Gebongt.«
Elinor fällt etwas ein. Typisch, denkt sie: Vor lauter Selbstvergessenheit ist ihr total entfallen, was für eine Aufgabe Kat bis mittags bewältigen muss. »Was ist mit den Muffins?«
Kat lässt ihre Faust auf einen Käfer niedersausen, der sich auf die Decke gewagt hat. »Safeway.«

Zu welcher Zeit auch immer – bei Ray and Eddie's herrscht genau die richtige Schummrigkeit, um alle jung aussehen zu lassen. Abends sitzen Bauarbeiter an der Bar, die tagsüber Ranchhäuser niedergerissen haben, um sie durch Häuschen im Hazienda-Stil zu ersetzen. Elinor, Ted, Kat und Jack kamen ab und zu auf einen Absacker hierher, natürlich völlig overdressed in ihrer Restaurant- oder Symphoniekonzertaufmachung, doch Elinor fühlte sich jedes Mal sofort heimisch in dem Lokal, dessen Atmosphäre so gemütlich war wie ein zu großer Flanellschlafanzug.
Jetzt, am Vormittag, hängen nur ein paar Studenten aus dem nahe gelegenen Community College herum, spielen Darts und trinken Ein-Dollar-Bier aus Marmeladengläsern. Elinor und Kat lassen sich an der Theke nieder und bestellen Tequila und Bier. Als Elinor schluckt, breitet sich ein Feuer in ihrem Bauch aus, und ihre Lippen brennen von der Zitrone. Schweiß bricht ihr aus allen Poren, und sie zieht ihr Sweatshirt über den Kopf. Nur in dem Hemdchen ist es wesentlich angenehmer. Genau genommen ist es Unterwäsche, aber neuerdings ist die ja gesellschaftsfähig. Zumindest bei *jungen Mädchen.* Der Barkeeper schielt auf Elinors Brust. Sie schaut nach unten und sieht, dass das Hemdchen in der Mitte durchhängt

und ihre Brustspitzen sich unter der Seide abzeichnen. Na und? Sie kann sich nicht erinnern, wann sie sich das letzte Mal sexy gefühlt hat.
»El«, flüstert Kat hinter vorgehaltener Hand. »Meinst du nicht, du solltest dich wieder anziehen?«
Elinor trinkt den zweiten Tequila, schüttelt sich und zieht die Luft durch die Zähne ein. »Ja, vielleicht.« Der Tequila brennt ihre Unsicherheit und Nervosität weg. Sie bestellt den dritten Tequila.
»Es ist ein *Unterhemd!*«
»Wen kümmert's?« Elinor nimmt einen Schluck aus ihrem Bierglas. Die Kohlensäure kitzelt im Mund. Trinken fühlt sich gefährlich gut an im Moment. Sie wendet sich Kat zu. »Weißt du, was für ein Glück es ist, dass wir Brüste *haben* – dass wir nicht Brustkrebs haben?« Eine ihrer gemeinsamen Freundinnen ist im letzten Frühling gestorben, und Elinors Cousine hat gerade mit der Chemotherapie begonnen.
Kat nickt. »Wir haben in vieler Hinsicht Glück.« Sie zieht das Etikett von ihrer Bierflasche ab und klebt es auf den Tresen. »Verstehe ich das richtig – heute wird gefeiert, indem du dich im Unterhemd mit Tequila zuschüttest?«
»Genau.« Elinor legt den Kopf in den Nacken und späht durch den dicken Boden ihres Schnapsglases. »Tequila ist was Reelles. Ich hasse Cocktails. Darf ich das so sagen?«
»Du darfst. Aber bist du wirklich okay? Du kommst mir im Moment vor wie Thelma und Louise in einer Person.«
Elinor rülpst. Es ist ein sehr lauter Ton, der da aus ihrer Kehle ins Lokal driftet. »Ich komme gleich wieder.« Sie gleitet von ihrem Hocker und tapst auf dem alten Holzboden barfuß in Richtung Toiletten. Erdnussschalen und Staub bleiben an ihren Fußsohlen kleben. Sie bemüht sich, ihr Tequila-Schwan-

ken als absichtliche Tanzschritte zu dem Steppenwolf-Song aus der Musicbox zu maskieren.
Zwei hübsche, junge Burschen lächeln vom Pooltisch zu ihr herüber. Amüsieren sie sich *mit* ihr oder *über* sie? *Sei nicht paranoid,* sagt der Tequila. Sie bleibt stehen, stützt die Hände auf den Pooltisch und beugt sich über den grünen Filz zu den Jungen vor.
»Gefällt euch meine Frisur?«, fragt sie.
»Klar!«
»Hab ich selbst geschnitten.«
»Klasse!« Die beiden sehen in ihren Levis und T-Shirts wie eine Reklame für Jugend aus.
»Wisst ihr, was ein solcher Haarschnitt heutzutage bei einem Vorstadtfriseur kostet?«
Die Jungen zucken lachend mit den Schultern.
»Einhundertfünfzehn Dollar! Darum habe ich meine Dreißiger in einem Büro verbracht – um mir Einhundert-Dollar-Haarschnitte leisten zu können.«
»Ist ja irre«, sagt einer der Jungs. Er erinnert sie an James Dean, hat auch diese sexy Haare, die feucht wirken, als käme er gerade aus der Dusche.
Mit Entsetzen wird Elinor bewusst, dass sie älter ist als Mrs Robinson aus der »Reifeprüfung« und Blanche Dubois aus »Endstation Sehnsucht«. *Vierzig ist die neue Dreißig!,* hält der Tequila dagegen.
»Darf ich dir einen Drink spendieren?«, fragt James Dean.
Er hat sie *geduzt! Jubilier!* »Nein danke.« Elinor schlägt die Hand vor den Mund und drängt den Rülpser zurück, der in ihrer Kehle aufsteigt.
»Ach, komm«, insistiert der Junge. »*Ein* Bier ist *kein* Bier.«
»Also gut …«

Plötzlich steht Kat neben ihr. »Willst du gegen die beiden spielen?«
»Klar.« Elinor kramt Münzen aus der Hosentasche und legt zwei Quarter auf den Tisch. Sie hat die Handtasche zu Hause gelassen, ihr Marschgepäck auf Bargeld, Autoschlüssel, Führerschein und Lipgloss reduziert.
»Ich will mit *dir* spielen«, sagt der Bier-Spendierer zu Elinor.
»Ach ja?« Elinor geht um den Tisch herum auf ihn zu. Ein Stevie-Wonder-Song beginnt gerade. Der Junge legt den Arm um ihre Taille und zieht sie zu einem Tanz an seine Brust, die ebenso flach und straff ist wie sein Bauch. Keine Schwabbelstellen. Er riecht nach Marlboro und Bier. Er riecht nach College.
Kat richtet die Kugeln, behält Elinor dabei jedoch im Auge.
Der Junge wirbelt mit Elinor durch die Schwingtür in den Gang mit dem Telefon und den Toiletten hinaus. Eine orangefarbene Lichtschlange summt wie eine Neonröhre. Elinor schließt geblendet die Augen und hört, wie Kat dem anderen Jungen erklärt: »Sie macht momentan eine schwere Zeit durch.«
Die Billardkugeln knallen. »Du bist dran«, sagt der andere Junge.
Der tanzende Junge knabbert an Elinors Nacken. Seine Wange ist babyweich. »Du bist total lustig«, murmelt er. Nicht alt. Nicht verrückt. *Lustig.* Der Junge stößt versehentlich gegen die Wand. »Hoppla!«, sagt er. Kühnheit durchströmt Elinor. Sie schlingt die Arme um seinen Hals und drängt ihr Knie zwischen seine Beine. Er beugt sich herunter, um sie zu küssen. Seit wie vielen Jahren hat sie keinen anderen Mann geküsst als Ted? Seit ungefähr sechs. *Ihr lebt getrennt,* sagt der Tequila. Der Mund des Jungen ist kühl und schmeckt bitter

vom Bier. Elinor würde ihn gern mit nach Hause nehmen. Als Gewinn aus der Ray-and-Eddie's-Tombola.
»Übt ihr für die Ringermeisterschaft?« Kat lehnt im Türrahmen.
»Oh, meine Mutter ist da.« Elinor kichert und lässt den Jungen los. »Ich habe nur ein bisschen Spaß.« Sie leckt sich die von seinem Kuss feuchten Lippen. »Besser als jede Massage«, fügt sie hinzu. »Und auch noch billiger.«
Kat zieht die Brauen hoch. »Ich weiß nicht, ob das Warren recht wäre.«
»Ist Warren dein Mann?« Der Junge hakt einen Finger in eine Schlaufe von Elinors Gürtel und zieht sie zu sich heran.
»Mein *Freund*«, antwortet sie in laszivem Ton, beugt sich vor und senkt den Kopf wie ein Stier, der angreifen will.
»Oh.« Der Junge klingt nicht beeindruckt.
»Mit dem ist nicht zu spaßen«, sagt Kat zu ihm, packt Elinor bei den Schultern und dreht sie in Richtung Toiletten. »Warren ist ein starker Bursche.«
»Wow! Ein starker Bursche!« Der Junge lacht und geht langsam rückwärts.
Elinor winkt ihm zu, Kat hakt sie unter, und Arm in Arm drängen sie sich durch die Tür. Der Fußboden will nicht unten bleiben und der Tequila ebenfalls nicht. Elinor stürzt zum Waschbecken und dreht das kalte Wasser auf, doch bevor sie sich etwas davon ins Gesicht schaufeln kann, würgt sie und übergibt sich in den Abfluss. Ein bitterer Geschmack brennt danach hinten in ihrer Kehle. Sie schaut auf und betrachtet mit tränenverschwommenem Blick ihr Spiegelbild. Es sieht zum Fürchten aus. Sie ist leichenblass, die Augen liegen tief in den Höhlen, und die Haare kleben feucht an ihrer Stirn.
»Wie attraktiv«, sagt sie zu Kat.

»Keine Sorge.« Kat macht ihr aus nassen Papierhandtüchern eine Stirnkompresse. »Du bist die Königin der Party.«

Elinors Kater ist schon vor ihr munter und treibt mit einem Vorschlaghammer Zimmerernägel in ihren Kopf, als der Schlaf sie langsam aus seinen klebrigen Armen entlässt. Wie ist sie nach Hause gekommen? Per Taxi, fällt ihr ein, und sie atmet auf. Sie erinnert sich, wie die Studenten – ihre Namen hat sie nicht erfahren – sich zum Wagenfenster herunterbeugten, um sich von ihr zu verabschieden. Als Kat das Fenster hochfahren ließ, hätte sie um ein Haar die Finger des einen Jungen eingeklemmt, und Elinor johlte: »Mach zu! Mach zu! Dann haben wir einen gefangen!« In dem Moment fand sie es unheimlich lustig, doch jetzt windet sie sich regelrecht. Wie *peinlich*.

»Keine Sorge – sie *hat* bereits gekotzt«, beruhigte Kat den Taxifahrer. Entzückend.

Der Rest liegt im Dunkeln. Sie macht die Augen auf, schaut an sich herunter und stellt fest, dass sie noch ihre Jeans und das Hemdchen anhat. Ihr Blick wandert weiter und entdeckt auf dem Nachttisch ein Glas Wasser, zwei Ibuprofen-Tabletten und einen Zettel. Eine Nachricht von Kat: *Ruf mich an. XX-OO.*

Elinor überlegt gerade, ob ein Toast oder noch ein wenig Schlaf besser für sie wäre, als es klingelt. Gottergeben quält sie sich aus dem Bett. Ihre Beine sind bleischwer und gefühllos.

Als sie die Haustür öffnet, steht ein fremder Mann vor ihr, in Khakihosen und Anzughemd und mit einem grau melierten Haarkranz. Der gebräunte, kahle Schädel glänzt in der Sonne.

»Morgen«, begrüßt er sie fröhlich.
Elinor sieht Papiere in seiner Hand, und für einen entsetzlichen Moment stellt sie sich vor, dass er gekommen ist, um ihr die Scheidungsunterlagen zuzustellen. Sie fasst sich an die Stirn. Übelkeit steigt in ihr hoch.
»Sind Sie okay?«
»Kommt darauf an. Warum sind Sie hier?«
»Ich bin der städtische Arborist.« Ein wenig verschämt schaut er auf seine Arbeitsschuhe hinunter.
»Aha.« Elinor hatte bis zu diesem Augenblick keine Ahnung, dass es eine solche Berufsbezeichnung gibt.
Er streckt ihr eine Visitenkarte hin. *Noah Orch. Leitender Arborist und Baumchirurg.* Neben dem Text prangt das Relief eines Baumes. »Einige der Bäume in diesem Viertel sind krank.« Er deutet vage die Straße hinunter. »Und ich fürchte, Ihr Baum da gehört dazu.«
Elinor tritt auf die Veranda hinaus und schützt ihre Augen mit der Hand gegen die Morgenhelligkeit, um zu sehen, worauf er zeigt. *Warren.* »Ist es schlimm?«
Sein grau melierter Schnauzbart ist sorgfältig gestutzt. »Es tut mir leid«, sagt er. »Sie werden den Baum verlieren.«
»Oh … aber …« Ihre Beine beginnen zu zittern. Sie braucht einen Cracker und eine ausgedehnte Dusche, aber da sie jetzt nicht einfach weglaufen kann, setzt sie sich auf die Veranda. Innerhalb von Sekunden dringt die Kälte des Betons durch ihre Jeans. »Können Sie denn gar nichts tun? Gibt es kein Mittel?«
Noah Orch schüttelt den Kopf. »Leider nein. Es ist wirklich ein schöner Baum.« Er drückt seine Unterlagen an die Brust und betrachtet Warren voller Respekt.
Dann erklärt er ihr, dass der Baum von Schädlingen befallen

ist, die in den Stamm vorgedrungen sind. »Sehen Sie die kleinen Tiere da? Das sind Borkenkäfer. Die fressen den Baum auf.«

Elinor legt den Kopf auf die Knie, schließt die Augen und wünscht sich inständig, dass dieser Morgen vergeht.

Nach einer Weile schaut sie hoch und auf die verlassene Straße hinaus. »Was macht ein Baumchirurg denn? Sie können Ihre Patienten doch wohl kaum operieren.«

»Es ist nur eine vornehme Umschreibung für Beschneider.«

Elinor legt die Wange auf die Knie und schaut von der Seite zu Noah hoch. »Entschuldigen Sie. Mein Kopf ist mir im Moment einfach zu schwer, um ihn oben zu halten.«

Noah neigt seinen zur Seite und lächelt. »Haben Sie sich heute in der Arbeit krankgemeldet?«

Elinor nickt. »Wissen Sie – ich habe gerade erst angefangen, den Baum wertzuschätzen.«

»Na, immerhin. Die meisten Leute nehmen ihre Bäume gar nicht wirklich zur Kenntnis.« Er verzieht das Gesicht. »Die Stadt kommt am Montag.«

»Die ganze Stadt?«

»Der Baumfällservice der Stadt. Mit der Motorsäge.«

»Jesus. Das nennen Sie Chirurgie?«

»Tut mir leid. Das ist der Kreislauf des Lebens«, fügt er in dem Versuch hinzu, sie zu trösten. »Aber wir pflanzen Ihnen einen neuen Baum. Es gibt eine kurze Liste von der Stadtverwaltung genehmigter Bäume, aus der Sie und Ihr Mann sich einen aussuchen können.«

»Mein Mann … er ist nicht … wir leben getrennt«, stottert Elinor. Sie ist ziemlich sicher, dass sie die Hypothek und den Haushalt auch ohne Ted bewältigen kann, aber allein einen Baum auszusuchen überfordert sie völlig. Das war eines der

Dinge, die ihr am Verheiratetsein besonders gefielen: Entscheidungen gemeinsam mit einem Partner zu treffen.

»Das tut mir leid.« Noah bohrt seine Schuhspitze in eine Ritze der Veranda.

Elinor wird nicht in Gegenwart eines Mannes namens Noah Orch in Tränen ausbrechen. »Mutter Natur ist manchmal wirklich grausam«, sagt sie dumpf durch ihre Knie. »Mutter Natur kommt einem manchmal wie ein Miststück vor.« Sie hebt den Kopf und wünscht, dass sie das nicht wirklich dächte, dass sie ein besseres Verhältnis zu Mutter Natur hätte.

Zu ihrer Überraschung nickt Noah. »Ich weiß.« Er setzt sich neben sie. Angesichts seines nahezu haarlosen Schädels sind sein Schnurrbart und die Koteletten erstaunlich dick. Er ist ein gut aussehender Bursche – einer dieser attraktiven Menschen, die sich gar nicht für besonders gut aussehend halten. Es ist sehr lange her, dass Elinor einen Mann mit einem Schnurrbart geküsst hat. Hat sie je mit einem kahlköpfigen Mann geschlafen? Warum *fragt* sie sich das? Zuerst die Kids in der Bar und jetzt dieser Baum-Typ. Sie bemerkt, dass Noah keinen Ehering trägt. Vielleicht muss er ihn zur Arbeit abnehmen, weil er sich sonst in seinen Geräten verfangen könnte.

Noah deutet auf die Bäume, die die andere Seite des Gartens säumen. »Die Zypresse da drüben sieht mir auch nicht gesund aus. Wahrscheinlich sind die Wurzeln beschädigt. Zypressenwurzeln verlaufen dicht unter der Erdoberfläche.« Er streckt die Hand aus und spreizt die Finger, um es zu veranschaulichen. »Bäume haben Haupt- und Nebenwurzeln, ähnlich wie Arterien, die dem Baum Wasser und Nährstoffe zuführen. *Eine* Arterie zu kappen bedeutet nicht das Ende, aber wenn man zwei kappt, stirbt der Baum in den meisten Fällen.«

Elinor fühlt sich, als seien ihre beiden Hauptarterien gekappt:

ihr Mann und ihre Chance, ein Kind zu bekommen. »Werden Sie dabei sein?«, fragt sie Noah.

»Wie bitte?«

»Werden Sie auch kommen, wenn sie den Baum fällen?«

»Nein. Ich muss …« Noah schaut auf den Rasen hinaus und dann wieder zu Elinor. Er tätschelt ihren Arm. Es ist eine sanfte Geste, keine überhebliche. »Aber sicher«, sagt er. »Ich werde da sein.«

9

Es gibt etwas, was Roger an seinem Job hasst: Wenn Frauen ihn fragen, womit er seinen Lebensunterhalt verdiene, muss er sagen: »Mit Putzen.« Wer will schon einen Sechsundzwanzigjährigen mit einem Schrottauto und einem überfälligen Studentendarlehen, der als Putzmann arbeitet? Die Einzige, die sich für ihn interessiert, ist Sallie Mae. Vielleicht sollte er anfangen, sich als Physiklehrer auszugeben. Sein Freund Phil ist Erdkundelehrer an der Highschool, und die Mädchen finden das toll. *Oh, ein Lehrer!* Als hätte Phil sich an ein verdammtes Kreuz genagelt.

Roger ist ein Ass als Putzmann. Kalk in der Badewanne? Ammoniak und Backpulver. Katzenhaare? Zwei Wischer mit einem nassen Gummihandschuh. Blut? Weißweinessig und Wasserstoffsuperoxid. Danke, Internet. Wenn ihm nicht so leicht übel würde, könnte er auch nach einem Mafiamord alle ohne kriminaltechnische Hilfsmittel sichtbaren Spuren beseitigen.

Seine Kundin Mrs Wilcox beauftragte ihn einmal, ein Zelt zu reinigen. »Entfernen Sie die Tannennadeln«, verlangte sie und deutete dabei mit einer Zeltstange auf ein in ihrem Garten aufgestelltes grüngelb gestreiftes Zirkus-Ungetüm. Sie wollte es makellos haben. Roger sammelte Tannennadeln und tote Spinnen ein und schrubbte Schimmel weg. Auf Mrs Wilcox'

Anordnung hin trocknete er die Planen mit einem Föhn, der an ein orangefarbenes Kabel angeschlossen war, das sich aus dem Haus schlängelte. Er malte sich aus, ihr das Kabel um die Knöchel zu schlingen und ihre hochgewachsene Gestalt wie einen Baum zu fällen.

Es gibt *noch* etwas, was Roger hasst: Wenn die Leute zu Hause sind, während er putzt. Dann kann er weder Radio hören noch ihre Medizinschränkchen inspizieren. Stattdessen muss er sich mit den Leuten unterhalten und sich ihren Mist anhören.

Als er bei seiner neuen Kundin Mrs Mackey klingelt, öffnet sie die Tür zögernd, beschirmt ihre Augen mit der Hand und starrt ihn an wie ein Tier, das man aus dem Winterschlaf geweckt hat. Roger lässt seinen Blick taktvoll zum Briefkasten abwandern, denn die Dame des Hauses ist nicht wirklich angezogen. (Wie es aussieht, wird auch sie nirgendwohin gehen und ihn nerven!) Eine Männerschlafanzughose hängt an ihrer Taille, und unter einem rosa Tanktop mit dem Aufdruck »The Ramones« zeichnen sich ihre Brustwarzen ab. Ein schnurloses Telefon klemmt zwischen ihrer Schulter und ihrer Wange. Einen Moment lang mustert sie Rogers Staubsauger und Utensilieneimer völlig ratlos, doch dann erinnert sie sich offenbar, dass sie ihn angerufen hat, und sie lächelt, wodurch zwei Reihen weißer Zähne sichtbar werden, klein wie Milchzähne. Sie winkt ihn heran.

»Ted kann sich die *Zone* in den Arsch schieben«, sagt sie zu der Person, mit der sie telefoniert. Roger weicht unwillkürlich einen Schritt zurück. »Ich halte mich an Atkins. Jeden Morgen Eier mit Speck.« Sie macht die Tür weiter auf. Er bemerkt, dass sie klobige Wanderstiefel trägt und die offenen Schnürsenkel auf den Boden herunterhängen. Mit viel Gerumpel zerrt er seinen Allzweckstaubsauger über die Schwelle.

»Komme ich ungelegen?«, flüstert er.
»Ich bin gleich fertig«, flüstert sie zurück. »Setzen Sie sich.« Sie deutet auf einen Stuhl in der Diele. Roger gehorcht. Die Intimität, die ihr Geflüster geschaffen hat, gefällt ihm. Mrs Mackey verschwindet mit hüpfenden, klickenden Schnürsenkeln durch eine Schwingtür, doch Roger versteht trotzdem, was sie sagt.
»Ich muss noch immer zehn IVF-Pfunde abnehmen. Sag mir, was schlimmer ist, als fett, müde und *nicht* schwanger zu sein.«
In der Diele riecht es nach Wolle und Zitronen – nach Erwachsenen. Rubinrote Orientteppiche, antike Mahagonimöbel, goldgerahmte Spiegel – das Haus ist das reinste Museum. Während seiner Collegezeit besuchte Roger manchmal Kids, die so wohnten. In richtigen Häusern mit Dielen und Kunstwerken an den Wänden, nicht in billigen Mietwohnungen wie er und seine Mutter, mit nachgemachter Holztäfelung und sowohl für den Außen- wie den Innenbereich geeigneter Auslegeware, die darüber hinwegtäuschen sollte, dass sie in einer umgebauten Garage oder einem Kellergeschoss lebten – im feuchten Schatten eines *richtigen* Hauses.
»Ja, lass einfach das Brötchen weg.« Die Schwingtür zum Esszimmer wird aufgestoßen, und Mrs Mackey kommt zurück. Sie beendet ihr Gespräch und lächelt Roger an. Ihre kurzen, blonden Haare stehen in alle Richtungen ab. Sie sieht aus wie Meg Ryan nach einem Hurrikan. »Danke, dass Sie gekommen sind«, sagt sie. »Entschuldigen Sie, dass Sie warten mussten. Wow – Ihre Hose ist klasse!«
»Was? Danke.« Roger schaut verlegen auf seine karierte Polyesterumschlaghose hinunter, die er in einem Secondhandshop gekauft hat. Wenn er nicht so verdammt mager wäre, würde

sie besser sitzen. Er putzt am liebsten in einem T-Shirt und einer Anzughose aus den 1980ern. Wenn er sie mit Bleiche oder sonst etwas bekleckert, kann er sie einfach wegwerfen.
Roger ist sich nicht schlüssig, ob Mrs Mackey nett oder nervig ist. Sie nimmt seinen Staubsauger und trägt ihn in die Küche. Das ist das Erste, was ihm an ihr gefällt. Warum macht sie das? Okay – vielleicht waren ihre Brustwarzen und die Wanderstiefel das Erste.
In der Küche bietet Mrs Mackey Roger Kaffee und Eier mit Speck an. Er nimmt nur Kaffee, obwohl er hungrig ist, weil er es nie schafft zu frühstücken.
»Entschuldigen Sie – ich bin noch nicht ganz angezogen.« Mrs Mackey schaut auf ihre Füße in den Wanderstiefeln hinunter. »Fünfzehn Jahre lang stand ich morgens um halb sechs auf, zog mein Miederhöschen an und fuhr in ein Büro. Jetzt nehme ich meine Auszeit und kann tun, was immer ich will.« Sie sieht sich in der Küche um, die nach Denny's riecht, aber ziemlich sauber ist. »Man sollte meinen, dass ich mich wenigstens anziehen und mein Haus putzen könnte.«
Roger bemerkt ein abgegriffenes Exemplar der *Ilias* auf der Frühstückstheke. »Sind Sie Lehrerin?«
Mrs Mackey lacht. »Nein. Anwältin. Man liefert einer Firma zehn Jahre lang Sechzig-Stunden-Wochen, und irgendwann bekommt man dafür sechs Wochen bezahlten Urlaub. Es ist ein Anreiz, zehn Lebensjahre zu vergeuden, um dann anderthalb Monate lang tun zu können, was man *wirklich* will.« Während sie spricht, kramt sie im Kühlschrank herum. Schließlich findet sie, was sie sucht: eine Zigarette.
»Toll.« Roger würde eine große Reise machen oder so was.
»Ich habe noch zwei Wochen überfälligen Urlaub drangehängt. Nur weiß ich nicht, was ich mit der ganzen Zeit anfan-

gen soll.« Sie schaltet den Herd ein. »Das kommt davon: Nach zehn Jahren mit Sechzig-Stunden-Wochen hat man vergessen, was man *wirklich* tun wollte, wie zum Beispiel ein Kind bekommen oder nach Italien fliegen und sich Brunelleschis Domkuppel in Florenz ansehen.«

Als sie sich über die orangefarbene Heizschlange beugt, um ihre Zigarette anzuzünden, steigt der Übelkeit erregende Geruch brennender Haare auf.

Roger stellt seinen Kaffeebecher hin. »Sie verbrennen sich ihr Haar!«

»Oh«, sagt Mrs Mackey ungerührt und wedelt lachend mit der Hand vor ihrem Gesicht herum. Die Zigarette zwischen zwei Finger geklemmt, dreht sie sich zum Fenster, zieht die verbrannten Haare nach vorne und inspiziert sie. Dann nimmt sie die Geflügelschere aus dem Messerblock und schneidet die gekräuselten Spitzen ab. Sie regnen ins Spülbecken.

Mrs Mackey ist die erste Kundin, die Roger wie einen Menschen behandelt und nicht wie einen Putzroboter. Sie fragt ihn, wo er wohne und wie der Verkehr auf seiner Herfahrt gewesen sei. Ihr schlampiger Aufzug ist sexy – als käme sie gerade aus dem Bett oder sei auf dem Weg dorthin. Rogers Wangen glühen, während er ihr von seiner ereignislosen Fahrt berichtet.

Mitten in der Unterhaltung beugt sie sich auf einmal übers Spülbecken und bläst den Rauch ihrer Zigarette zum Fenster hinaus. »Entschuldigen Sie«, sagt sie und versucht, den in der Küche hängenden Rauch mit der Hand zu zerwedeln. »Ich rauche eigentlich gar nicht. Nur vorübergehend. Zurzeit ist alles irgendwie vorübergehend.« Sie lässt Wasser über die Zigarette laufen, schüttelt sich und wirft sie in den Mülleimer. »Mein Mann ist gerade ausgezogen.«

»Oh. Tut mir leid.« *Haben Sie keine Kinder?*, liegt Roger auf der Zunge. Stattdessen sagt er: »Ich *war* schon in Florenz. Es ist cool. Sie haben ungefähr achtundzwanzig Jahre gebraucht, um den Dom zu bauen.« Er zupft an den Härchen unter seiner Unterlippe, bis zu denen er sich rasiert hat, als er gestern Abend aus Langeweile seinen Ziegenbart abnahm. Wahrscheinlich hätte er es lieber lassen sollen, denn jetzt brennt die Haut und ist pickelig. Plötzlich wünscht er sich, er wäre nicht so unscheinbar.

»Tatsächlich? Ich werde mich nachher mal über die Reise informieren«, sagt Mrs Mackey, aber sie klingt nicht wirklich entschlossen. Sie lehnt sich ans Spülbecken. »Macht Ihnen das Putzen Spaß?«, fragt sie.

»Ja.« Komisch – er wüsste keinen anderen Menschen, dem gegenüber er das zugeben würde. Sicher, versteinerte Zahnpasta abzukratzen und eingebrannte Spaghettisauce vom Herd zu schrubben ist nicht gerade die Erfüllung, aber es sind zumindest Aufgaben, die man zu Ende bringen kann, im Gegensatz zu seiner Mappe, die er einfach nicht fertig kriegt. Außerdem scheuert er lieber Toiletten, als in einem Kabuff zu hocken und irgendeinen beschissenen Marketingjob zu machen. Und ganz sicher will er nicht Assistent bei Hochzeitsfotoshootings sein. Sein Freund verdient sich eine goldene Nase damit, für ein Inneneinrichtungsmagazin schicke Häuser zu fotografieren. Er hat ein tolles Apartment in der City. Aber Roger will keine Sitzkissen drapieren und keine Traumküchen ablichten.

»Ich bin Fotograf«, sagt er zu Mrs Mackey. »Ich habe Kunst auf dem College als Hauptfach gehabt.« Er verdreht die Augen. »Aber ich habe noch nicht den richtigen Job gefunden.« Was er wirklich machen möchte, sind Schwarzweißporträts.

In seinen Augen sind Menschengesichter die interessantesten Landschaften.

»Fotograf?«, hakt sie nach. *»Echt?«* Sie sagt es, als habe er sich als Raketenwissenschaftler geoutet. »Ich würde Ihre Fotos unheimlich gern sehen.«

»Tja, das ist so eine Sache. Ich habe Probleme, meine Mappe fertigzustellen. Hat mit Angst vor der eigenen Courage und mit Perfektionismus zu tun. Eine schlimme Kombination.«

Gleich nach dem Collegeabschluss arbeitete Roger bei einer Zeitung. Er begleitete den Polizeireporter, aber ein überaktiver Würgereiz hinderte ihn daran, viele Fotos zu schießen. Kaum war er am Schauplatz eines schweren Unfalls oder einer Schießerei eingetroffen, drehte es ihm den Magen um, und er übergab sich in den Rinnstein. »Das ist doch *gar nichts«*, sagte der Reporter jedes Mal ärgerlich zu Roger. Der Pall-Mall-imprägnierte Arsch erreichte, dass Roger in die Kochrezeptabteilung versetzt wurde, und von da an musste er Crème brûlées, Blumenkohlköpfe und wachsüberzogenen dänischen Käse fotografieren. Als Nächstes wurde er entlassen. »Als Letzter geheuert, als Erster gefeuert«, erklärte ihm der zuständige Redakteur ohne Mitleid.

»Vielleicht kann ich Ihnen helfen«, bietet Mrs Mackey ihm an. »Wenn Sie mir Ihren Lebenslauf geben, könnte ich ihn mir ansehen und Ihnen ein paar Vorschläge machen.«

»Okay. Danke.« Plötzlich ist ihre Aufmerksamkeit ihm unangenehm. Er greift sich seinen Staubsauger und den Eimer. Manche Leute wollen, dass man *ihre* Sachen benutzt – eine Lady besteht darauf, dass er nur mit Essig und Wasser putzt und mit diesem umweltfreundlichen Spray, das nicht die Bohne nützt – aber er schwört auf *sein* Arsenal.

»Also, Roger …«, sagt Mrs Mackey mit plötzlich ernster Stimme. »Ich muss Ihnen die schmutzige Wäsche zeigen.« Sie klingt, als ob die Wäsche eine Leiche in ihrem Garten sei.

»Klar.« Was hat sie es bloß so wichtig damit? Er folgt ihr den Flur hinunter zu einem Raum im hinteren Teil des Hauses. Zwei Körbe mit Handtüchern und anderem Zeug stehen dort. Sie öffnet die Schränke über der Waschmaschine und dem Trockner, um ihm eine eindrucksvolle Sammlung von Pulver- und Flüssigwaschmitteln, Fleckentfernern, Spezialseifen gegen Hausstaubmilben, Weichspülern, Bleiche für Farbiges, Bleiche für Weißes, Sprühflaschen, Trocknertüchern und Fusselbällen zu zeigen.

»Wow. Toll.«

»Ich bin dabei, mir die Wäsche abzugewöhnen.« Sie hält sich an den Schrankknöpfen fest.

»Manche Leute wollen nicht, dass jemand Fremdes ihre Wäsche wäscht – vor allem ein *Mann* –, aber ich tue es gern.« Roger lacht grundlos. Mrs Mackey macht ihn nervös. »Wie auch immer.« Mist. Diese Lady sollte lieber wieder ihre sechzig Stunden in der Woche arbeiten. Er kann nicht den Finger darauf legen, aber irgendwas stimmt nicht mit ihr. Vielleicht hat sie ja auch eine Allergie, aber eigentlich sieht es aus, als habe sie geweint. Sie hat diese Verwundbarkeit, die einerseits rührend ist und andererseits unheimlich.

»Jedenfalls …« Mrs Mackey schaut auf die Körbe mit der Wäsche. Roger gefällt ihre Nase. Sie erinnert an eine Sprungschanze. Wenn er eine Porträtaufnahme von ihr machen dürfte, würde er sie unter die Lampe stellen, die ein weiches, gelbes Licht verströmt und Schatten in ihr Haar malt. »In meinem nächsten Leben werde ich *leben.*« Geistesabwesend tätschelt sie Rogers Arm und geht an ihm vorbei zur Tür hinaus.

Er gibt als Erstes das Waschmittel in die Maschine. Das hat

ihm Elissa beigebracht, seine Freundin auf dem College. Nach dem Abschluss studierte Elissa Jura und lernte einen anderen Typen kennen. Nur sagte sie es Roger nicht, bis er quer durchs Land flog, um sie zu besuchen. Sie fand es besser, es ihm persönlich zu sagen. Toll. Sie hätte ihm die verdammten Flugkosten ersparen können. Ihre Gelassenheit machte alles noch schlimmer für ihn. »Nimm's nicht so schwer«, sagte sie. Er warf ihre englische Teekanne an die Wand. »Was *tust* du überhaupt hier?«, schrie er sie an. »Was ist mit deiner Kunst?« Sie hatte einen Abschluss in Malerei. »Du verkaufst dich!« Gott, wie hochtrabend er klang. In dieser Nacht kampierte er auf dem Rasengeviert vor dem Wohnheim und flog dann nach Hause zurück, um für die Herbstbeilage eine Schüssel Kürbiscremesuppe zu fotografieren. Roger hatte in der Nacht zuvor kaum geschlafen und war high vor lauter Müdigkeit.
»Haben Sie die Suppe geschossen?«, fragte der Art Director ihn am Nachmittag auf dem Flur. Als wäre die Suppe ein Reh! Roger brach in hysterisches Lachen aus. Die Suppe geschossen! Er lachte und lachte und lachte, bis er hustete und schließlich würgte. Tränen rannen in seinen Mund. *Scheißtränen.* Er fiel auf die Knie und hatte panische Angst, dass er dem Art Director auf die Schuhe kotzen würde. »Ist ja *gut,* Mann, ist ja *gut*«, sagte der und klopfte ihn auf den Rücken.

Im Allgemeinen erfährt man beim Putzen der Häuser, was ihre Bewohner bewegt. Was Mrs Mackey bewegt, erfährt Roger, als er den Medizinschrank unter dem Waschbecken inspiziert und eine verrückte Mischung medizinischer Utensilien und Mittel vorfindet. Als Erstes fällt ihm einer dieser roten Nadelbehälter ins Auge, wie sie sie im Krankenhaus haben. Durch den dünnen Kunststoff sieht er, dass das Ding fast bis obenhin mit benutzten Nadeln gefüllt ist. Vielleicht ist sie ja Diabetikerin, denkt er, doch dann findet er Phiolen, die etwas anderes enthalten als Insulin. Er nimmt eine in die Hand. »Gonal-F«. Roger dreht sich um, schließt die Badezimmertür, sperrt ab und schaltet den Ventilator ein. Er stiehlt niemals etwas aus den Medizinschränkchen seiner Kunden, aber er schaut sich immer an, was drin ist – eine Angewohnheit, deren er sich zwar schämt, gegen die er jedoch machtlos ist.

Er setzt sich im Schneidersitz auf den Boden und späht in den Schrank. Schachteln mit kleinen Ampullen Pergonal *nur für intramuskuläre Injektionen.* Autsch. Eine Schachtel mit Gonal-F-Ampullen. Einige enthalten ein weißes Pulver, die übrigen eine sterile Lösung. Roger faltet den beiliegenden Waschzettel auseinander. *Gonal-F stimuliert die Follikelproduktion bei Frauen …* Jesus. Mrs Mackey muss sich wie ein Versuchskaninchen fühlen. Wie grässlich. Kein Wunder, dass sie so komisch ist. Es gibt noch eine Menge anderer Dinge in dem Schränkchen – Progesteronkapseln, Injektionsspritzen, steril verpackte, alkoholgetränkte Tupfer, Heftpflaster, Schwangerschaftstests. Verdammt. So war das. Warum wurde sie *nicht* schwanger? Nun da ihr Mann ausgezogen ist, stellt sich die Frage, was sie jetzt mit dem ganzen Zeug anfangen wird.

Als Roger das Schränkchen zumacht, ist ihm übel – als hätte er zu viel Junkfood gegessen. Er putzt das Waschbecken, die Toilette und die Dusche, was alles nicht wirklich schmutzig ist, und macht sich dann daran, den Inhalt der beiderseits neben der Toilette eingebauten Bücherregale abzustauben. Die Mackeys lesen alles von Shakespeare bis zu *This-Old-House*-Zeitschriften. In einem Fach sind Bücher mit dem Rücken zur Wand gestapelt. Er muss auf die Toilette steigen, um sie zu erreichen. Der aufwirbelnde Staub reizt ihn zum Husten. *Breakthrough Technology for Treating Infertility. The Fertility Book, Resolving Infertility.* Eine ganze Bibliothek von Fortpflanzungsliteratur. Auch die kann Mrs Mackey jetzt wohl vergessen. Er wischt die Bücher ab und ordnet sie ein, wie er sie vorgefunden hat.

Im Schlafzimmer staubt er die Lampenschirme und Nachttische ab. Mr Mackey ist offenbar wirklich erst seit kurzem fort, denn es liegen noch fußorthopädische Fachblätter und Krimis auf seinem Nachttisch, und auf dem Wasser in dem Glas daneben schwimmt nur eine hauchfeine Staubschicht. Vielleicht ist es ja nur eine vorübergehende Trennung. Roger hofft es für Mrs Mackey. Aber vielleicht sollte er das gar nicht. Vielleicht ist ihr Mann ein Arschloch.

Roger streicht die bereits glatte Daunendecke glatt und schüttelt die Kissen auf, hält inne und spielt mit dem Gedanken, die Decke zurückzuschlagen. Letzte Woche hat er damit angefangen, den Leuten, bei denen er putzt, Sachen ins Bett zu legen: eine Eichel, einen Prospekt, ein Stück Schnur. Abfall. Ja, man könnte sagen, er lege den Leuten Abfall ins Bett. Weil sie so unachtsam sind. Wenn sie aufmerksamer wären, würden sie künstlerische Fotografie vielleicht wertschätzen.

Wahrscheinlich ist es verrückt, aber früher hat er immer etwas Nettes für seine Kunden getan – das oberste Blatt der Toilettenpapierrolle zu einem Dreieck gefaltet, im Garten Blumen abgeschnitten und in einer Vase auf den Küchentisch gestellt, den Kühlschrank sauber gemacht – aber keiner von ihnen hat es bemerkt. Oder wenn doch, kein Wort darüber verloren. Also dachte er, dass er vielleicht mit dieser neuen Taktik ihre Aufmerksamkeit wecken könnte. Bei den Rowinsons hat er drei winzige Tannenzapfen aus dem Vorgarten ins Bett ge-

schmuggelt. Die beiden Workaholics brauchen dringend einen Kontakt zur Natur. Die Laken der Waxmans sind immer so faltenfrei und festgestopft – man sieht auf den ersten Blick, dass sich in *dem* Bett nichts abspielt. Also legte er ihnen ein paar rote Rosenblütenblätter unter die Kopfkissen. Im Schlafzimmer der Carters ist es dunkel wie in einem Beerdigungsinstitut, und so hat er eine Seite aus einer Zeitschrift mit einer Anzeige für Dachfenster zwischen ihren Laken deponiert. Er stellt sich vor, wie die massige Mrs Carter mit den Zehen die kühlen Laken erforscht und plötzlich »Was ist das?« quiekt und die Dachfenster-Anzeige hervorzieht – und wie ihr Mann verstimmt mit den Schultern zuckt und sagt: »Woher zum Teufel soll ich das wissen?«
Roger kehrt ins Wohnzimmer zurück, sieht sich um und öffnet dann die Klavierbank, nimmt ein Notenblatt heraus – ein Chopin-Prélude –, um es Mrs Mackey ins Bett zu legen. Er stellt sich vor, wie sie in dem langen, weißen Nachthemd, das im Bad an der Tür hängt, mit dem Notenblatt in der Hand auf Zehenspitzen durch das dunkle Haus huscht. Er stellt sich vor, wie sie am Klavier sitzt und ihre kleinen Finger über die Tasten gleiten.
Als er mit seiner Arbeit fertig ist, findet er Mrs Mackey im Vorgarten, wo sie, umgeben von einem Laptop, Büchern, Notizblöcken und Stiften, unter dem großen Baum auf einer Decke liegt und in die Luft starrt.
Als sie Roger kommen hört, setzt sie sich auf. »Mein Arbeitszimmer«, sagt sie mit einer umfassenden Geste. Wie Roger jetzt weiß, gibt es im Haus ein mit allen Schikanen ausgestattetes Arbeitszimmer.
»Hübsch.« Vielleicht ist Mrs Mackey ja noch durchgeknallter als die alte Mrs Warrington, auf deren Esszimmertisch sich

leere Blechdosen türmen, die sie sorgfältig auswäscht und sammelt. Aber, überlegt Roger, wenn man *ihm* all diese Nadeln in den Hintern gerammt hätte, wäre er vielleicht auch durchgeknallt.

Mrs Mackey deutet traurig zu der Baumkrone hinauf. »Morgen kommt die Stadt und fällt diese herrliche Eiche.«

»Warum denn das?«

»Weil sie stirbt.«

»Wirklich?« Roger schaut sich die Eiche genauer an. Ihre Äste sind knorrig und krumm. Es ist cool, dass Mrs Mackey sie schön findet. »Für mich sieht sie ganz gesund aus.«

»Außen. Innen ist sie total verrottet.«

»Damit kann ich mich identifizieren.« Aus irgendeinem Grund tut es ihm gut, ihr das zu sagen.

Mrs Mackey wendet sich ihm wieder zu, zieht die Nase kraus und lächelt ihn auf eine so süße Art an, dass er sich am liebsten zu ihr setzen möchte.

»Ich könnte in Zukunft einmal die Woche kommen, wenn Sie möchten«, bietet er ihr an. »Sehen Sie sich Ihr Haus an und lassen Sie es mich wissen.«

»Ich bin sicher, es ist alles tadellos. Kommen Sie nächste Woche wieder. Ich danke Ihnen, Robert.«

»Ich heiße Roger.«

Sie schlägt sich mit der flachen Hand an die Stirn. »Oh, Gott! Es tut mir leid! Wie unhöflich!«

So würde er sie gern fotografieren, denkt er – inmitten dieses Durcheinanders und mit den stachelig vom Kopf abstehenden Haaren, die ihr etwas rührend Koboldhaftes verleihen. Er deutet auf die *Ilias.* »Das Buch habe ich gehasst, als wir es auf dem College lesen mussten.«

Mrs Mackey kommt auf die Knie hoch. »Das verstehe ich. Ich

mochte es damals auf dem College auch nicht. Aber dies ist eine neue Übersetzung.« Mit nachdenklich geweiteten Augen blickt sie zum Haus hinüber. »Ich hatte mir die Geliebte meines Mannes als Helena von Troja vorgestellt, aber das war entschieden zu viel der Ehre.« Ihr Blick kehrt zu Roger zurück. »Wissen Sie, was ich meine?«

Er hat zwar keine Ahnung, was sie meint, aber sie sieht ihn so erwartungsvoll an, dass er trotzdem nickt.

In der Nachbarschaft ist außer Gärtnern niemand zu sehen. »Ist in diesem hübschen Viertel tagsüber niemand zu Hause?«, fragt er.

Mrs Mackey zuckt mit den Schultern. »In den meisten Familien müssen beide arbeiten, um die Hypothek bezahlen zu können.«

»Sind die Leute hier glücklich?« Was für eine alberne Frage!

»Sagen *Sie's* mir! *Sie* sind doch derjenige, der hinter die Kulissen schaut«, gibt sie zurück. »Zu welcher Erkenntnis sind Sie gelangt? Dass Sie zwar die Staubmäuse unter den Betten und die Ringe von den Gläsern auf den Tischen beseitigen können, aber nicht den Kummer?«

»So ungefähr.«

»Vielleicht können Sie ja ein Universalmittel erfinden: beseitigt Schmutz *und* Kummer.«

Roger lacht.

»Bleicht die Geliebte Ihres Mannes weg!«

Autsch. Darauf fällt ihm keine lustige Erwiderung ein.

Mrs Mackey nickt zu dem Haus auf der anderen Straßenseite hinüber. »Die Häuser sind hübsch. Manche sind mit einem Swimmingpool ausgestattet, manche mit einer schicken Küche und einer Whirlpool-Badewanne. Aber keines ist mit einem Baby ausgestattet – oder mit Glück.«

»Diese zusätzlichen Annehmlichkeiten werden gesondert verkauft.« Roger tritt in den Schatten der Eiche und geht neben Mrs Mackey auf der Decke in die Hocke.

»Von wegen! Die *kann* man nicht kaufen! Womit bewiesen ist, dass Geld nicht glücklich macht – wie viel davon man sich auch erschuften mag.«

»Ich glaube, dieser Ausspruch stammt von einem reichen Typen, der nicht den Neid der anderen auf sich ziehen wollte. Wenn ich Geld hätte, würde ich nach Europa fliegen und fotografieren – und das *würde* mich glücklich machen.«

»Ich würde es Ihnen gönnen.« Sie wirft eine Eichel über den Rasen. »Ehrlich. Bringen Sie nächstes Mal Ihre Mappe und Ihren Lebenslauf mit. Ich möchte Ihre Arbeiten wirklich gern sehen.«

»Danke.« Roger schaut zu der Baumkrone hinauf. »Ist echt eine Schande mit Ihrem Baum.«

»Hast du deine Bewerbungsunterlagen für die Hochschule jetzt zusammen?«, fragt Rogers Mutter im Laufe ihres allmonatlichen Anrufs an diesem Abend. Sie bemüht sich immer, nicht drängend oder kritisch zu klingen, das muss er ihr lassen. Wie üblich antwortet er vage, dass er noch nicht dazu gekommen sei, seine Mappe zu vervollständigen.

»Lass es mich wissen, wenn du Geld brauchst, Schatz«, sagt sie, »um dir die Zeit für deine Arbeiten nehmen zu können.« Aber er würde sie niemals um Geld bitten. Sie hat wahrscheinlich kaum genug für ihren Ruhestand auf der hohen Kante. Er möchte ein Stipendium. Erreichen, dass sie stolz auf ihn ist – und erleichtert.

Nach dem Telefonat geht er mit Letterman und einem Bier ins Bett. Seine Hände sind wund vom Putzen, hier und da fangen Risse und Sprünge an zu bluten. Echt sexy. Oh, Mann. Die kalte Bierflasche tut seiner wunden Haut gut.

Er malt sich aus, bei Letterman zu sitzen.

»Tolle Arbeiten«, sagt Dave und hält Rogers Foto-Mappe hoch.

»Danke«, erwidert Roger. (Man stelle sich das vor: Leute geraten über Kunst-Fotografen ins Schwärmen, nicht nur über Schauspieler und Models.)

»Und Sie schlafen mit dieser Puppe Elinor Mackey?«, fragt Dave. »Wie ist das denn so?«

Roger strahlt ins Publikum: »Toll.«

10

Such zwei Pferde aus und wette niedrig, Babe«, sagt Ginas Begleiter Barry mit seiner fröhlichen Brummstimme grinsend und schiebt dem Buchmacher auf der Rennbahn ein paar Zwanziger unter der Glasscheibe hindurch. »Es macht nur Spaß, wenn man nicht viel riskiert.«
Gina studiert die Namen der Pferde, entscheidet sich für Proud Athena und Hang-tough Harry und erkennt plötzlich, dass sie genau darum gern mit Barry zusammen ist: weil sie nicht viel riskiert. Sie liebt ihn nicht. Nie hätte sie gedacht, dass es sich so gut anfühlt, jemanden *nicht* zu lieben. Bei Ted bringt sie die Angst, ihn irgendwann nicht wiederzusehen, fast um den Verstand. Um ihn ja nicht zu vergraulen, bemüht sie sich ständig, ihre Zuneigung herunterzuspielen, die nicht zu unterdrückende Freude darüber, ihn nur zu *sehen,* zu unterdrücken. Sie kommt sich so hilflos vor – wie in kleiner Hund, der in einem Auto eingesperrt ist.
Nachdem Barry und sie ihre Wetten platziert haben, gehen sie zum Imbissstand, wo Barry zwei Eimer Popcorn, Hotdogs, Erdnüsse, Milkduds, Wasser und Bier kauft. Der Verkäufer beeilt sich, seine Order zusammenzustellen, und spricht Barry mit »Sir« an. Irgendetwas an Barry flößt den Leuten Respekt ein, bringt sie dazu, sich darum zu reißen, ihn zu bedienen. Vielleicht ist es die Mischung aus Designerkleidung und Selbstvertrauen.

Gina sieht zu, wie Barry bei dem jungen Mann bezahlt und einen Fünf-Dollar-Schein in den Trinkgeldbehälter steckt. Obwohl Samstag ist, trägt Barry eine Bügelfaltenhose und ein Strickhemd mit Kragen. Seine dunkles Haar ist zu einem »U« in die Stirn gekämmt, und auf den Geheimratsecken glänzt ein feiner Schweißfilm. Seine Nase ist klein und knubbelig. Er ist zwar nicht unbedingt Ginas Typ, besitzt aber eine Tony-Soprano-Attraktivität, die viele Frauen, wie sie weiß, unwiderstehlich finden.

Das sind gute *Kohlenhydrate,* liegt ihr auf der Zunge, als sie ihre Hand in den Popcorneimer taucht, aber sie sagt es nicht. Warum auch? Die Dinger sind herrlich warm und salzig auf der Zunge. Sie nimmt noch einen Mundvoll, während sie Barry zu zwei Plätzen in der Mitte einer leeren Sitzreihe folgt. Als sie sich niedergelassen hat, reicht er ihr ein Hotdog. Es ist Jahre her, dass sie ein Hotdog gegessen hat. Das Bier steigt ihr in den Kopf, und die Sonne wärmt ihr Gesicht. Der leuchtend gelbe Senf schmeckt nach Sommer.

Barry tätschelt ihr Knie. »Du hast die schönsten Beine auf diesem Planeten, meine Liebe.«

Ginas Wickelrock hat sich geöffnet, und sie greift hinunter, um sich wieder zu bedecken. Lächelnd tupft sie mit ihrer Serviette Barry Senf vom Kinn. Hatte sie jemals eine Beziehung, in der sie und der Mann gleich stark liebten? Woran soll man das erkennen? Vielleicht daran, dass man sich sicher fühlt. Das wäre ein *gesund* geringes Risiko. Andererseits wäre es vielleicht sogar *höher,* denn es könnte diesem einzig wahrhaft geliebten Menschen ja etwas zustoßen. Außerdem könnte das Gefühl der Sicherheit dazu führen, den anderen als selbstverständlich anzusehen, so, wie es Teds Frau zu tun scheint. Gina knüllt das Einwickelpapier ihres Hotdogs zusammen. Warum muss alles immer zu Ted zurückführen? Sie trinkt einen großen Schluck und versucht, ihn aus ihren Gedanken zu verbannen.

»Es geht los!« Barry springt auf, als die Pferde aus ihren Gattern preschen. Gina stellt sich neben ihn. Er legt den Arm um ihre Taille und zieht sie zu sich heran, und sein Duft steigt ihr in die Nase: Aftershave und Wäschestärke. »Zeig's ihnen, Harry!«, feuert er »sein« Pferd an.

»Los, Athena!«, schreit Gina. Sie hat immer Spaß mit Barry – sogar, wenn sie Dinge tun, von denen sie nie gedacht hätte, dass sie ihr Spaß machen könnten. Wenn Ted ihr Heroin war, dann ist Barry ihr Methadon. Bedeutet das, dass sie Barry als Krücke benutzt? Sie trinkt noch einen großen Schluck Bier, bevor es warm wird. Es wäre gut, wenn sie aufhören würde, alles zu analysieren. Außerdem geht es immer von *Barry* aus, wenn sie sich treffen. Soviel sie weiß, hat er auch noch andere Freundinnen, und, man höre und staune: Es macht ihr nichts aus! Eine Sensation, die sich fast wie Selbstbewusstsein anfühlt.

Nachdem sie noch bei zwei weiteren Rennen gewettet, neunzig Dollar gewonnen und Softeis gegessen haben, das an den Waffeltüten entlangrann und über ihre Handgelenke, verlassen sie den Rennplatz und steigen wieder in Barrys Jaguar.

»Bin ich nicht der attraktivste Mistkerl, mit dem du je ausgegangen bist?« Lachend überprüft Barry im Rückspiegel seine Frisur und klemmt sich wieder einen Zahnstocher in den Mundwinkel.

»Keine Kraftausdrücke, bitte.« Sie ist nicht verklemmt, aber sie mag keine Schimpfwörter, denn die werden meist im Zorn verwendet. »Was deine Frage angeht«, sie kichert, »muss ich zugeben, dass der Zahnstocher unwiderstehlich ist.« Es stört Barry nicht, wenn sie sich über ihn lustig macht. Er kann zwar brüsk und streng sein – sie hat schon erlebt, wie er am Telefon Angestellte zurechtwies –, aber er nimmt sich nicht allzu ernst.

»Ein Zahnstocher ist besser als eine Zigarre.« Er steuert den Wagen vom Parkplatz und gibt Gas. »Im Lauf des letzten Jahres bin ich von Zigaretten auf Zigarren und von Zigarren auf Zahnstocher umgestiegen. Gib mir noch ein Jahr, und ich habe mir auch *diese* Dinger abgewöhnt, okay, Schönheit?«

An einer roten Ampel beugt Gina sich hinüber, dreht sein Gesicht zu sich, nimmt ihm den Zahnstocher aus dem Mund und fährt mit der Zungenspitze an seiner Unterlippe entlang.

»Mmmm.« Er küsst sie, bedeckt ihren kleinen Mund mit seinem großen. Gina schließt die Augen und wünscht sich, sie würde etwas empfinden. Sie schließt immer die Augen, wenn Barry und sie sich küssen oder miteinander schlafen. Wenn sie mit Shane schlief, hatte sie die Augen offen, berührte und bewunderte sein langes, schwarzes Haar, das in einem so faszinierenden Kontrast zu seinem blassen Teint steht. Shane hatte die Augen immer *zu,* seufzte tief, sagte ihr, dass er sie liebe, und verfiel dann in die gleiche entrückte Konzentration wie auf der Bühne an seinem Bass. Aber wenn Gina mit *Ted* schlief, hatten sie *beide* die Augen offen, und er hielt ihren Blick fest, was vor ihm noch kein Mann getan hatte. Als die Ampel auf Grün schaltet, rückt Gina von Barry ab und öffnet ihr Fenster einen Spalt, um etwas Luft hereinzulassen.

Abends um halb elf klingelt es. Vielleicht hat Barry vorhin etwas vergessen. Gina späht durch den Spion und sieht einen leicht schwankenden Shane auf der Veranda stehen. Als sie die Tür öffnet, fährt gerade ein Taxi weg.

»Engel!« Shanes Haar ist nass – offenbar hat er gerade geduscht –, und die Spitzen haben die Schultern seines blau karierten Flanellhemdes durchweicht und zwei dunkle Flecken verursacht. Unter dem Hemd trägt er sein übliches T-Shirt und wie immer seine schwarzen Jeans.

Gina verschränkt die Arme, fühlt sich als Barrikade jedoch nicht besonders wirkungsvoll.

»Sind wir zusammen oder auseinander oder was?«, fragt Shane mit zu lauter Stimme.

»Du hast wieder getrunken!«

Er lässt den Kopf hängen. »Ich hatte einen schlimmen Tag.« Er hebt den Kopf. »Was sind wir jetzt?« Shane hat immer einen schlimmen Tag.

»Freunde, Shane. Wir sind Freunde. Solange du nicht trinkst, sind wir Freunde. Wenn du trinkst, sind wir nicht einmal mehr Freunde.«

»Wenn wir mehr wären als Freunde, wie wir es früher waren und wie wir es noch immer sein *sollten, würde* ich vielleicht nicht trinken.« Er spuckt ein wenig beim Sprechen.

Genau, ich *bin schuld,* denkt Gina, doch es hat keinen Sinn, mit ihm zu diskutieren, wenn er betrunken ist. »Ich mach dir Kaffee.« Ein Becher Kaffee und eine halbe Stunde reden – *maximal* –, und dann wird sie ihn in ein Taxi setzen. Sie geht in die Küche.

Shane sitzt zusammengesunken an der Frühstückstheke, während Gina die Kaffeemaschine programmiert und fettarme Milch und Zucker bereitstellt. Sie holt Weizenvollkornbrot, Käse und Truthahnschinken aus dem Kühlschrank und macht ihm ein Sandwich.

»Du könntest es überall schaffen, dass man sich zu Hause fühlt«, sagt Shane. »Du könntest es schaffen, dass man sich in einem kalten Erdloch zu Hause fühlt. Du bist das *personifi-*

zierte Zuhause.« Diese romantische Intensität faszinierte Gina, als sie anfing, mit ihm auszugehen, doch jetzt ist seine Düsternis eher abstoßend für sie. Unter seinen Augen hängen dunkle Ringe, und er riecht nach Whiskey und Zigaretten. Er erinnert sie an eine Bar zur Sperrstunde, wenn die schmeichelhaften Lampen aus- und die hellen eingeschaltet werden und die trostlose Schmuddeligkeit des Lokals sichtbar wird.

Toby erscheint auf der Bildfläche. Als er Shane sieht, verdreht er die Augen, stampft mit dem nackten Fuß auf und macht auf dem Absatz kehrt.

»Hey, Sportsfreund«, ruft Shane ihm nach.

Toby stürmt ohne ein Wort die Treppe hinauf und knallt seine Tür zu.

»Und er ist noch nicht mal ein Teenager«, sagt Shane angewidert.

»Genau.« Gina legt ein Platzdeckchen vor ihn hin und stellt den Teller mit dem Sandwich darauf. »Er ist noch ein *Kind,* Shane. Er ist ein Kind, und es ist sein gutes Recht, sauer zu reagieren, wenn um zehn Uhr abends ein Betrunkener bei uns auftaucht.«

Shane schaut sie überrascht an. Zum ersten Mal bemüht sie sich nicht, ihn aufzuheitern oder etwas mit seinen Augen zu sehen. Sie verhandelt nicht mit ihm. Heute nicht.

»Was ist aus den AA geworden?«, fragt sie.

»Ich hatte einen Rückfall.« Shane nippt an seinem Kaffee, wird von einem Schluckauf geschüttelt, hustet, spuckt und kleckert braune Flecken auf sein Hemd. Hübsch. Und sie fand ihn mal so hinreißend! Sie erinnert sich daran, wie er ihr einmal, als sie erst kurz zusammen waren, die Haare zu zwei Zöpfen flocht. Es war, nachdem sie sich geliebt hatten. »Das habe ich bei meiner kleinen Schwester jeden Morgen getan«, erklärte er und konzentrierte sich darauf, drei gleich dicke Strähnen miteinander zu verflechten. »Aber ich werde dir nicht die Schnürsenkel binden – das musst du selbst tun.« An diesem Tag verliebte Gina sich in ihn, als er hinter ihr saß, sie zwischen seine Beine genommen hatte, die Zöpfe fertig flocht und sie dann mit den Enden an den Wangen kitzelte, als sie seine Brust warm an ihrem Rücken spürte und seine Stimme in ihrer Wirbelsäule vibrierte, als wäre er ein Teil von ihr.

Sie setzt sich zu ihm. »Du hättest heute Abend deinen Betreuer anrufen sollen«, sagt sie. »Du musst aufhören *wollen,* Shane. Du musst es zu einem ernsthaften Ziel machen.«

»*Du* bist mein Ziel.« Er nimmt Ginas Hand. Sie entzieht sie ihm. »Engel«, sagt er leise und traurig. Er wirft das Sandwich auf den Teller, und es fällt auseinander. Gina steht auf und geht zum Spülbecken. »Wenn du mich sehen willst, musst du aufhören zu trinken«, sagt sie, ohne sich zu ihm umzudrehen. »Du kannst nicht alles haben.« Sie greift nach dem Telefon. »Ich rufe dir ein Taxi.«

»Noch nicht. Warte. Gib mir eine Minute!«

Sie hört, dass er den Mund voll hat. Als sie sich ihm zuwendet, sieht sie, dass er das Sandwich in großen Bissen hinunterschlingt. »Das schmeckt toll!« Er nickt hektisch, während er kaut und schluckt. Plötzlich hält er inne. »Lass uns reden. Nur eine Minute.« Er trinkt einen Schluck Kaffee, schindet Zeit wie ein Zehnjähriger, der noch eine Viertelstunde länger fernsehen will. Sie ist es so müde, ständig mit Menschen zu handeln. Mit ihrem Sohn zu handeln, damit er endlich aufhört, mit diesem idiotischen Gameboy zu spielen. Mit ihren Klienten zu handeln, damit sie noch fünf Liegestütze mehr machen, *nur noch fünf!* Mit Shane zu handeln, damit er zu den

AA geht. Irgendwann dachte sie, sie könnte ihn heiraten, wenn er nur aufhören würde, zwei Personen zu sein.

»Bist du ausgegangen?«, fragt Shane.

»Ja.« Gina seufzt und wünscht, sie wäre nicht auf seine Frage eingegangen.

»Mit wem? Barry?«

Sie nickt.

»Er ist ein beschissener Konzert-Promoter, Gina!« Shane ist aufgestanden und steht mit hängenden Fäusten vor ihr. »Der übelste Hurensohn auf Gottes Erdboden.« Mit den Worten kommt Spucke aus seinem Mund.

»Game over.« Gina greift nach dem Kühlschrankmagneten mit der Taxinummer. Shane stürmt auf sie zu. Sie weicht zur Seite aus, und seine Faust knallt gegen die Kühlschranktür. Er dreht sich um, schaut zur Frühstückstheke, als suche er etwas, tritt darauf zu, packt die Zuckerdose und schleudert sie an die Wand.

»Reizend.« Gina hat nicht mehr die Kraft, wütend auf ihn zu sein. »Es ist spät, und du bist betrunken. Ich rufe dir ein Taxi. Wir können uns morgen zum Mittagessen treffen. Komm ins Center, dann spendiere ich dir einen Lunch. Wir können uns auf die Terrasse setzen – es soll schön werden.« Sie hat nicht die Absicht, sich morgen mit Shane zu treffen. Sie wird gar nicht im Center sein. Aber das war alles, was ihr auf die Schnelle einfiel, um ihn zu beruhigen und zum Gehen zu bringen.

»Das Center!« Shane spuckt die Worte buchstäblich aus. »Der verdammte Yuppie-Fitnessclub. Wenn diese Leute ein *Leben* hätten, müssten sie nicht auf Maschinen trainieren, vor dem Fernseher auf dem Laufband rennen. Jesus. Wenn das richtige Menschen wären wie Bauern, dann würde das *Leben* sie trainieren.«

»Ja, das würde die Probleme der Welt lösen – wenn alle Bauern wären«, hört Gina sich zu ihrer Überraschung schlagfertig antworten. Als sie die Nummer des Taxiunternehmens eintippt, kommen plötzlich Shanes Fäuste angeschossen und schlagen ihr das Telefon aus der Hand. Es schlittert über den Boden, bricht auf und spuckt die Batterien aus.

»Okay! Du willst, dass ich gehe, also gehe ich.« Shane stürmt aus der Küche und die Treppe hinauf. Gina sammelt die Telefonteile und Batterien ein, setzt in Windeseile alles zusammen, drückt auf »Wahlwiederholung« und folgt Shane.

»Charley's Taxi«, meldet sich die Fahrdienstleitung. Gina erklärt der Frau, dass sie sofort ein Taxi brauche, und fragt sich gleichzeitig, ob sie nicht lieber die Polizei hätte anrufen sollen. Die Tür zu ihrem Zimmer steht offen, und als sie hineingeht, klettert Shane gerade auf ihren an der Gaube stehenden Schreibtisch und stößt dabei die Fotos von Toby und ihrer Mutter um. Ehe sie bei ihm ist, steigt er aus dem Fenster und verschwindet aus ihrem Blickfeld.

»Shane!« Gina wirft das Telefon aufs Bett, klettert ihrerseits auf den Schreibtisch, kniet sich aufs Fensterbrett und beugt sich vor. Shane steht auf dem Dach. »Komm wieder rein!«, flüstert sie in der Hoffnung, dass die Nachbarn nichts mitkriegen.

»Nein. Du willst, dass ich nach Hause gehe? Ich *werde* nach Hause gehen. Ich werde gaaaaaanz nach Hause gehen!« Er entfernt sich noch weiter von ihr. Sie streckt ein Bein hinaus, um ihm zu folgen, doch dann wird ihr klar, dass er sie mit sich in die Tiefe reißen könnte. Also zieht sie ihr Bein zurück und kniet sich wieder hin. Sie macht die Schreibtischlampe an, stellt fest, dass sie jetzt draußen noch weniger erkennen kann, und macht sie wieder aus.

»Gaaaaaanz nach Hause!«, wiederholt Shane immer wieder in

voller Lautstärke. Lachend und schreiend steht er auf dem Dach mit ausgebreiteten Armen, als stünde er auf einem Surfbrett.

»Hey, Arschloch!«, kommt plötzlich Tobys Stimme aus seinem Fenster nebenan. »Was tust du auf unserem Dach?«

»Ich werde springen, Sportsfreund.«

»Na, dann los!«, feuert Toby ihn an.

»Shane.« Gina bemüht sich, einfühlsamer zu klingen. »Komm wieder rein, Baby. Komm rein.« Sie beugt sich hinaus, so weit sie es wagen kann, und streckt ihm die Hand entgegen.

»Willst du dich *umbringen?«*, schreit Toby Shane mit einer Mischung aus Abscheu und Unglauben an.

»Bingo, Sportsfreund.«

»Das kannst du vergessen. Wenn du da runterspringst, brichst du dir höchstens die Beine – oder vielleicht das Rückgrat.« Toby kennt sich aus nach der Lektüre von »Tausend grausige und blutige Tatsachen!« in *Eine Makabere Sammlung.* »Loser«, setzt er hinzu. »Dann kannst du nicht mal mehr *laufen.* Was für ein Loser!« Er bricht in schallendes Gelächter aus, als er sich das vorstellt.

»Toby!« Gina bemüht sich noch immer zu flüstern.

»Du hast Recht – ich *bin* ein Loser«, sagt Shane laut. »Ich spiele in einer beschissenen Band und baue Dachfenster ein«, murmelt er vor sich hin.

In diesem Moment sieht Gina die Silhouetten ihrer Nachbarn, der Jensens, eines älteren Ehepaares, das, wie jeden Abend, seinen Golden Retriever ausführt.

»Gina? Liebes? Sind Sie okay?«

»Es geht ihr gut!«, ruft Shane.

»Toby! Komm da herunter, um Himmels willen!«, ruft Mrs Jensen.

Gina holt ihr Telefon, tippt 911 ein und gibt flüsternd die Situation und ihre Adresse durch.

»Ich bin hier drinnen«, ruft Toby aus seiner Gaube. »Das auf dem Dach ist *Shane!* Er will springen.« Er klingt ganz aufgedreht. »Mach schon, Loser! Spring!«

Gina hört sechs Wochen Mitschüler-Gemeinheiten aus ihrem Sohn sprechen. Sie hört den Schulrowdy und den Vater, der seinen Jungen nicht bei sich haben will.

»Shane?«, fragt Mrs Jensen. »Sind Sie ein Freund von Gina?«

»War ich mal«, antwortet er. »Sie will mich nicht mehr.«

»Jetzt kommen Sie schön vom Dach herunter«, sagt Mr Jensen.

Toll, denkt Gina. Wirklich toll. Das hat sie für ihr Image als Single-Mutter dringend gebraucht: einen betrunkenen Exfreund, der auf ihrem Dach eine Schmierenkomödie aufführt.

»Ich *bin* ein Loser«, wiederholt Shane und wendet sich damit wieder Toby zu, wobei er gefährlich ins Schwanken gerät. »Du bist ein kluger Bursche, Sportsfreund.«

»Und du bist ein Idiot«, gibt Toby zurück.

»Shane!«, ruft Gina, die eingesehen hat, dass Flüstern sinnlos ist. Unsicher kommt er ein paar Schritte auf sie zu. Ein Dachziegel löst sich unter seinen Füßen und landet klappernd in Scherben in der Einfahrt. »Meinst du, ich möchte nicht auch manchmal springen?«

»Was?«, fragt Shane.

»Meinst du, ich möchte nicht an manchen Abenden von einem zehnstöckigen Gebäude springen?«

Shane setzt sich hin.

Gina schluckt. Ihre Stimme ist zwar wie durch ein Wunder ruhig, doch ihre Knie zittern, und in ihrem Magen brennt ein Feuer. »Aber ich darf es nicht. Weil ich einen Sohn habe und ihn liebe und mich um ihn kümmern muss. Und du darfst es nicht, weil du deine Musik hast, die du liebst.«

»Meine Musik ist Scheiße.«

Die Jensens treten auf den Bürgersteig hinaus, und Gina hört Mrs Jensen sagen: »… die Polizei.«

»Nein, sie ist *nicht* Scheiße. Du bist begabt, und die Welt braucht deine Musik. Die Menschen brauchen Musik.« Gott, sie ist es so müde zu versuchen, Leute aufzubauen.

»Und ich brauche *dich.* Ich liebe dich.«

»Komm rein, dann reden wir.« Hinter ihr flammt die Deckenlampe auf. Sie dreht sich um.

Toby steht in der Tür. »Ein *netter* Freund.«

»Schatz … er ist nicht … es tut mir leid. Bitte mach das Licht aus, sonst sehe ich draußen nichts.« Sie streckt den Kopf wieder aus dem Fenster.

Toby gehorcht und bleibt abwartend stehen.

»Verlass mich nicht«, fleht Shane.

Gina beugt sich vor. »Es wird alles gut, Shane. Ich verspreche es dir. Bitte komm rein.« Shane stemmt sich hoch und tritt erneut an den Rand des Daches.

In diesem Moment biegen mit rotierenden Lichtern eine Funkstreife und ein Krankenwagen um die Ecke. Gina seufzt erleichtert auf und schließt für einen Moment die Augen. Als sie sie wieder öffnet, sieht sie Shane springen. Es ist ein seltsames Bild, denn er geht in die Knie und springt hoch, als wolle er fliegen. Für einen Moment, so kurz wie der Blitz eines Fotoapparates, bläht sein Flanellhemd sich zu einem capeähnlichen Dreieck auf, während er mit ausgebreiteten Armen in der Luft zu schweben scheint. Dann ist er verschwunden. Zuerst hört man gar nichts – und dann drei Geräusche gleichzeitig: Mrs Jensens Aufschrei, das Knacken von Gebüschzweigen

und den dumpfen Laut, mit dem Shanes Körper aufschlägt. Wo ist er gelandet? Auf Gras oder auf Beton? Gina krabbelt rückwärts vom Schreibtisch und sinkt wie betäubt auf die Bettkante.
»Mom?« Der gemeine Schulrowdy-Ton ist verschwunden. Toby macht zwar ein finsteres Gesicht, aber seine Unterlippe zittert. »Meinst du, er ist tot?«

Als Gina von ihrer Veranda in den Vorgarten tritt, haben dic Sanitäter Shane bereits auf eine Bahre gelegt. Er stöhnt und murmelt Unverständliches. Gina hält sich fern, denn sie möchte nicht, dass er sie sieht. Toby späht hinter der Haustür hervor in die kühle, feuchte Nacht. Die Jensens senken die Köpfe und eilen mit ihrem Hund die Straße hinauf.
Ein Streifenbeamter befragt Gina. Sie berichtet ihm von den Ereignissen des Abends, von Shanes Alkoholproblem und von seinem Jähzorn, und der Beamte fragt, ob er angesichts von Shanes Gefährlichkeit eine juristische Beraterin vom örtlichen Frauenhaus herkommen lassen soll.
»Eine … *was?*« Sie ist *keine* misshandelte Frau. Diesen Eindruck wollte sie nun wirklich nicht erwecken! »Er hat mich nicht *geschlagen«*, erklärt sie dem Polizisten. Wie hatte sie sich nur ausgerechnet in einer *Bar* verlieben können?
»Ich verstehe.« Der Beamte nickt wissend. »Aber er ist gewalttätig und Alkoholiker, und vielleicht möchten Sie ja irgendwann eine einstweilige Verfügung beantragen.« Er hält Gina eine Broschüre hin. »Da steht drin, wo Sie anrufen können. Sie brauchen keinen Anwalt. Sie gehen einfach zum Familiengericht und geben zu Protokoll, was vorgefallen ist. Noch am selben Tag wird eine vorläufige Verfügung erlassen. Dann werden Sie und der Gentleman zu einer regulären Anhörung vor-

geladen, und der Richter wird wahrscheinlich eine dauerhafte Verfügung erlassen, die es dem Gentleman untersagt, sich Ihnen, Ihrem Sohn und Ihrem Besitz auf weniger als hundert Meter zu nähern.«

Gina nimmt die Broschüre. »Danke.« *Gentleman.* Was für ein Witz.

»Das ist mein Job.«

Gina glaubt Mitleid in dem Blick des Mannes zu sehen, und sofort stellt sie innerlich ihre Stacheln auf. Vielleicht sieht sie auch Gespenster. Vielleicht ist es nur Freundlichkeit. Sie lächelt ihn an und beißt, grimmig entschlossen, nicht zu weinen, die Zähne zusammen.

Als alle weg sind, gehen Gina und Toby in die Küche. Gina schüttet den Kaffee weg und macht Toby eine Schokoladenmilch. »Willst du mit deinem Gameboy spielen?«

Toby schüttelt den Kopf.

»Fernsehen?«

»Um die Zeit gibt's doch nichts, was du mir erlauben würdest.«

»Oh. Daran hatte ich nicht gedacht.« Sie spült die Kaffeekanne aus.

»Müssen wir Shane im Krankenhaus besuchen?«, fragt Toby.

»Nein, Schatz.« Gina wird dort anrufen und sich erkundigen, wie es ihm geht, aber sie wird ihn nicht besuchen. Und wenn er sie noch einmal belästigt, wird sie vielleicht tatsächlich diese einstweilige Verfügung beantragen.

»Mom?«

»Hm?« Sie fragt sich, ob die im Krankenhaus ihr am Telefon überhaupt Auskunft geben werden.

»Könntest du Mr Mackey heiraten?«

Gina dreht das Wasser zu, das sie in die Glaskanne hat laufen lassen. Der Kühlschrank klickt und seufzt. »Theoretisch *ist* er verheiratet, Schatz.«
»Aber ich denke, er lässt sich scheiden.«
»Außerdem müsste er mir einen Antrag machen.« Sie stellt die Glaskanne verkehrt herum auf das Abtropfgestell und wendet sich ihrem Sohn zu.
»Warum machst *du ihm* keinen?«
»Schau mal, wie spät es ist!« Sie deutet auf die Uhr. »Schon nach Mitternacht!«
Toby bedenkt sie mit einem genervten Blick.
»Also … auch wenn Dr. Mackey sich scheiden lässt …«
»Hey … du würdest ihm trotzdem keinen Antrag machen?«
Gina schüttelt den Kopf.
Toby tritt gegen die Frühstückstheke, und der Milchschäumer rutscht über die Kante und zerschellt am Boden. Die weiße Flüssigkeit bildet eine Pfütze zwischen den Scherben.
Toby schaut unter seinen Locken hervor, als erwarte er ein Donnerwetter.
Gina zuckt mit den Schultern. »Schon gut, Schatz«, sagt sie. »Macht nichts.« Sie öffnet die unterste Kramschublade neben dem Telefon, holt einen Hammer heraus und hält ihn Toby hin. »Wenn du willst, kannst du auch noch das Sahnekännchen zertrümmern. Die Zuckerdose haben wir heute Abend ja bereits eingebüßt.« Gina hat gehofft, irgendwann das komplette Viceroy-Service mit den Usambaraveilchen und goldgeäderten Blättern zu besitzen. Das Geschirr ist teuer, und so hat sie immer nur peu à peu Einzelteile gekauft. Jetzt ist es ihr egal.
Toby sieht sie mit zur Seite geneigtem Kopf an. Sie legt den Hammer neben ihn auf die Frühstückstheke.

»Weißt du, dass ich dich lieb habe?«, fragt sie.
Er nickt. Sie drückt seine Schulter. Er ist zu dünn. Morgen wird sie ihm zum Dinner selbst gemachte Makkaroni mit Käse vorsetzen und Hotdogs.
»Möchtest du deinen Dad anrufen und dich eine Weile mit ihm unterhalten?«
Toby schüttelt den Kopf. »Warum willst du Dr. Mackey keinen Antrag machen?«
Weil ich die Antwort schon kenne, möchte sie antworten. Weil ich danach noch verletzter wäre und mich noch gedemütigter fühlen würde als jetzt. Obwohl ich nicht glaube, dass er mich liebt, will ich mit Dr. Mackey schlafen. Ich liebe ihn fast so sehr wie dich, und ich wünsche mir nichts sehnlicher, als dass du und ich und er gemeinsam in ein Haus ziehen, in ein Viertel mit einer Schule, die dir gefällt, und Kids, die dich zu schätzen wissen. Und dann will ich ein Baby von Dr. Mackey – aber nur, wenn du es auch willst. Nur, wenn du dafür bereit bist. Zuerst möchte ich einfach nur, dass wir drei zusammen sind.
»Weil …« Sie schiebt die Finger in Tobys wirre Locken und sucht nach den richtigen Worten, und wieder ist sie überrascht, wie seidig seine krausen Haare sind. Diesmal scheut er nicht vor der Berührung zurück. »Weil es so nun mal nicht läuft, Schatz.«

11

Elinor wacht auf, weil eine Mücke ihr ins Ohr summt. Malaria! Nein, ein Laubgebläse im Garten. Nein, eine *Motorsäge* vor dem Haus. Die Baumschneider, die *Mörder,* sind schon da! Dabei ist es noch nicht einmal acht! Sie sollten doch erst um neun kommen! Als sie die Decke zurückschlägt, segelt ein Blatt Papier auf den Fußboden. Sie bückt sich und sieht, dass es ein Notenblatt ist. Was hat Chopin in ihrem Bett zu suchen? Sie wirft den Walzer, den sie schon immer zu kompliziert fand, in den Papierkorb, stolpert ins Bad, spritzt sich Wasser ins Gesicht und fährt ein paarmal mit der Zahnbürste über ihre Zähne. Dann zieht sie Jeans unter ihr Nachthemd und ihr Lieblingssweatshirt über und macht sich auf den Weg.

Draußen ist es bereits heiß. Das zornige Jaulen der Säge schallt durch die Nachbarschaft. Der Baum ist Eigentum der Stadt (das weiß sie erst, seit Noah es ihr gesagt hat), aber sie hätten wenigstens klingeln können. Ein Mann hängt in einem Geschirr hoch oben zwischen den Ästen der Eiche. Er ist mit einem Taillenclip mit einem um den Baum laufenden Lederriemen verbunden. Der gefährdete Straßenabschnitt ist durch orangefarbene Hütchen gekennzeichnet. Ein großer Truck mit Anhänger blockiert die Einfahrt. Noah ist nirgends zu sehen.

»Hey!«, schreit sie zu dem Mann im Baum hinauf. Ein großer Ast kracht in die Einfahrt runter. Ein zweiter Mann kommt hinter dem Truck hervor, hebt den Ast auf und schiebt ihn in den Häcksler an der Rückseite. Ein Schnarren wird laut, gefolgt von einem Schwirren und einem Kreischen – wie von einem Mixer, in den man zu viele Eiswürfel gefüllt hat.

»AUSSCHALTEN!« Elinor stürmt mit wild wedelnden Armen auf den Mann zu. Unter ihrem Nachthemd rinnt Schweiß zwischen ihren Brüsten hinunter. »Alles ausschalten!«

Der Mann erschrickt, als er sie sieht. »Ma'am?«, ruft er.

Elinor stemmt die Hände in die Seite und hofft, damit Autorität zu vermitteln, auch wenn ihr Nachthemd unter dem Sweatshirt hervorlugt. »Sie sollten nicht vor neun hier sein! Ich wollte nur noch *eine* Tasse Kaffee unter dem Baum trinken!« Sie deutet auf die Eiche, die jetzt aussieht, als hätte ein Untier ein Stück aus ihrer Krone herausgebissen.

Der Mann runzelt verwirrt die Stirn. Er schaltet die Häckselmaschine aus und bedeutet seinem Kollegen, indem er den Arm hebt, die Säge auszuschalten. »Wir haben wegen der Hitze früher angefangen«, sagt er, als Ruhe herrscht, nimmt seine Baseballkappe ab und wischt sich mit dem Handrücken den Schweiß von der Stirn.

»Also, ich …« Normalerweise bietet Elinor Arbeitern Limonade oder Kaffee an. »Können Sie kurz warten? Ich will nur …« *Was?* Sie will, dass sie verschwinden, damit sie duschen kann, sich ihre Decke und ein Buch schnappen und wie jeden Tag unter ihrem Baum ihren Morgen zelebrieren.

Plötzlich ist Kat da. »Willst du wirklich zuschauen?«, fragt sie.

Elinor spürt ihren Kopf nicken.

»Es tut mir leid, Ma'am«, sagt der Häcksler-Typ und kratzt

verlegen und mit zusammengekniffenen Augen an seinen Armen herum. »Die Krankheit kann auf andere Bäume in der Nachbarschaft übergreifen. Sie wussten doch, dass wir kommen würden, oder?«

»Ja. Um *neun!*«

»Hören Sie«, wendet Kat sich an ihn, »können wir nur noch *eine Minute* mit dem Baum verbringen?«

Er verdreht die Augen. »Warte!«, ruft er dem Mann im Wipfel zu.

Kat zieht Elinor zu der Eiche hinüber, und sie stellen sich darunter.

»Kein Kaffee mehr mit Warren.« Elinor tätschelt den Stamm, als klopfe sie jemandem auf die Schulter. Der Baum fühlt sich stark und gesund an. Es ist ihr Kopf, der sich verrottet und hohl anfühlt und als ob es darin von Borkenkäfern wimmele.

»Wir können auch in Zukunft jeden Morgen hier miteinander Kaffee trinken«, sagt Kat. »Du suchst dir einfach einen robusteren Baum aus.«

Vielleicht ziehe ich ja weg, denkt Elinor, doch davon will sie jetzt nicht anfangen. Also erwidert sie: »Das wird aber nicht dasselbe sein.«

Kat lacht. »Ich verspreche dir, ich werde dich dazu bringen, den neuen Baum ebenfalls zu lieben.«

»Warst du eigentlich auch schon so geduldig, bevor du Kinder hattest?«, fragt Elinor.

Kat überlegt.

»Ich *rechne* mit deiner Geduld«, sagt Elinor, ehe sie antworten kann. Es muss ihrer Freundin vorkommen, als sei sie, Elinor, ihr viertes Kind.

Kat lächelt sie an. »Du kannst *immer* damit rechnen.«

»Okay?«, fragt der über ihnen hängende Mann leicht gereizt.

Seine Beine baumeln unten aus dem Geschirr. Es kann unmöglich bequem sein, so dazuhängen. »Gehen Sie bitte *beiseite?* Ein paar von uns müssen arbeiten!«
Elinor springt unter der Eiche hervor und läuft zur Veranda. Kat folgt ihr auf dem Fuß. Der Baum liegt im Sterben und droht Bäume in der Nachbarschaft mit seiner Krankheit anzustecken. Die beiden Männer haben einen Auftrag zu erledigen, und sie schwitzen in der Hitze. Kat muss ihren Tag weiter abspulen. Die Säge springt an, schnarrt und jault und lässt einen Ast nach dem anderen herunterkrachen. Der Mann am Häcksler tritt eine Zigarette in der Einfahrt aus. Elinor und Kat hocken auf der obersten Stufe der Veranda.
»Soll ich dir einen Kaffee machen?«, schreit Elinor Kat an, um den Lärm zu übertönen.
»Nein danke!«, schreit Kat zurück.
Elinor betrachtet den orangefarbenen Metallschacht des Häckslers mit seinen schwarzen GEFAHR-Aufklebern. Plötzlich erwacht der Wunsch in ihr, etwas aus dem Haus hineinzuwerfen. Ihren Laptop mit all den E-Mails aus dem Büro. Warum hat sie sich bloß bereit erklärt, während ihres Sabbaticals in E-Mail-Verbindung zu bleiben? *CC, Bcc, FYI, Blablabla.* Sie könnte auch das *Zone*-Kochbuch reinwerfen. Wo ist das überhaupt? Hat Ted es Gina zurückgegeben? Ein Buch würde ohne Schwierigkeiten durch den Häcksler laufen. Ja. Sie steht auf.
»Ich komme gleich wieder«, sagt sie zu Kat. »In einer Minute.«
Kat nickt.
Elinor eilt durch die Fliegengittertür ins Haus, zum Schlafzimmer, durchs Schlafzimmer ins Bad. Sie klettert auf die Toilette und holt die medizinischen Fachbücher aus dem Regal, steigt herunter und stapelt sie auf der Toilette. Als sie das oberste Buch

durchblättert, erinnert sie sich mit Schaudern, wie sie die Ratgeber damals kaufte, wie einschüchternd es war, die Beschreibung der Prozeduren zu lesen, die mit jedem Kapitel komplizierter wurden: Hysteroskopie, Eizellenentnahme, extrakorporale Befruchtung, intrazytoplasmatische Spermainjektion (ICSI). *Gott sei Dank werden wir das niemals brauchen!,* dachte sie, doch mit der Zeit arbeiteten sie und Ted sich durch die Kapitel, und jetzt sind Seiten über Seiten mit Erklärungen und Diagrammen mit Eselsohren versehen und Passagen mit Leuchtstift markiert. Sie hat die Bücher behalten, weil sie hoffte, dass Ted irgendwann die Kraft aufbringen würde, noch einmal einen In-vitro-Zyklus anzugehen. Aber das Ergebnis hängt offensichtlich nicht von Kraft ab. Sie packt den Stapel, drückt ihn an ihre Brust und stürmt hinaus.

»Was ist los?«, ruft Kat, als Elinor an ihr vorbeiläuft und die Einfahrt hinunter.

Elinor postiert sich hinter der Hecke, wartet darauf, dass der Mann am Häcksler sich umdreht und den nächsten Ast holt. Als es so weit ist, schießt sie aus ihrer Deckung zu der Maschine. Sie hat nicht die Zeit, die Bücher einzeln in den Schlund zu werfen, und so schleudert sie alle auf einmal hinein. Ein Wirbel aus Rücken und Seiten und Deckeln entsteht, Markerstreifen leuchten in der Sonne. Die dicken Bände machen ein anderes Geräusch als die Äste, geben ein gedämpftes, trauriges Brummen von sich, kreischen nicht, jaulen nicht. Der Häcksler-Typ kommt mit einem neuen Ast. Er ist schweißgebadet und macht ein Gesicht, als sei er drauf und dran, seinen Job hinzuschmeißen. Elinor tritt von der Maschine zurück. Sie fühlt sich irgendwie befreit ohne die Bücher. Rückwärts geht sie zur Veranda und setzt sich wieder neben Kat.

In diesem Augenblick hält ein großer, grüner Pick-up, und

Noah steigt aus. Er schaut unter einer Baseballkappe hervor nach oben, um abzuschätzen, wie weit die Männer mit dem Baum sind. Als er Elinor sieht, kommt er den Plattenweg herauf.

»Morgen!«, sagt er.

»Was sind Sie denn so fröhlich?«, fragt Elinor.

»Entschuldigen Sie.« Er nimmt die Kappe ab und dreht sie verlegen in den Händen. Freut er sich, sie zu sehen? Elinor versetzt sich in seine Lage, sieht sich mit seinen Augen: weißes Nachthemd über zerfetzten Levis, altes Männer-Sweatshirt, nackte Füße mit rosa lackierten Zehennägeln, schlafzerzauste Haare. Sie fährt sich mit der Zunge über die Zähne, hofft auf einen Rest Zahnpasta. Dann macht sie Noah und Kat miteinander bekannt, und sie grüßen sich mit einem lässigen Winken.

»Haben Sie viel mit kranken Bäumen zu tun?«, schreit Kat Noah zu.

»Leider ja.«

»Ganz schön brutal, wie er umgebracht wird«, grollt Elinor.

»Es tut mir auch leid um den Baum.« Noah setzt sich neben sie. Er ist groß, über eins achtzig, mit breiten Schultern und starken Armen. Als er sie auf die Knie stützt, bemerkt Elinor grau melierte Löckchen darauf. Er riecht sauber und frisch – nach Eukalyptus. In einem lahmen Versuch, ihr Nachthemd zu verstecken, zieht sie das Sweatshirt über die Knie.

»Knuffig«, formt Kat lautlos mit den Lippen, als Noah sich auf den Baum konzentriert. »Ich mache Kaffee«, ruft sie übertrieben fröhlich – wie eine Flugbegleiterin in der ersten Klasse. Noah meint: »Bitte, keine Umstände meinetwegen«, doch Kat zwinkert Elinor zu und verschwindet ins Haus.

Warren ist inzwischen auf einen dreieinhalb Meter hohen Totempfahl reduziert – mit noch einem dicken Ast, der wie der

Arm der Freiheitsstatue in die Höhe ragt. Wo die Äste waren, leuchten jetzt helle Kreise. Der Mann auf dem Boden füttert weiter den Häcksler. Während die Maschine ihr Vernichtungswerk fortsetzt, legt Elinor die Stirn auf die Knie. »Ist ein Baum zu viel verlangt?«, fragt sie durch ihre Beine.

Noah hört es nicht.

Das Jaulen der Motorsäge mindert sich zu einem Stöhnen, als der Arbeiter am Stamm entlang zum letzten Ast runterrutscht. Elinor hebt den Kopf, und ihr Blick fällt auf den Garten gegenüber. Dort stehen drei schlanke Birken mit gesunden Holzkörpern und klimpern mit ihren in dem leichten Wind flatternden Laubwimpern verführerisch zu Warren herüber. Elinor schaut Noah an. Sein dicker, sorgfältig gestutzter, silbergrauer Schnurrbart weckt den Wunsch in ihr, ihn anzufassen.

Warrens letzter Arm ist widerborstig. Der Mann mit der Säge hat seine liebe Not damit, doch schließlich bricht der Ast mit einem herzzerreißenden Geräusch und landet mit einem Krachen auf dem Boden. Elinor sieht mit Genugtuung, dass der Häcksler-Typ zurückspringen muss, als er auf ihn zurollt.

Die Männer machen sich daran, den Stamm zu fällen. Sägemehl spritzt davon, während die Metallzähne sich unaufhaltsam tiefer in das Fleisch des Baumes graben. Schließlich ist es so weit. Warren schwankt einen Moment, kippt und fällt. Der Mann mit der Säge verliert das Gleichgewicht, reißt den Arm in die Höhe wie zu einem ungeschickten Golfschlag, und sie entgleitet ihm. Er landet auf den Knien, rappelt sich auf und holt sie sich wieder. Als der Stamm in tragbare Segmente zerteilt ist, schaltet er die Säge aus. Plötzlich herrscht absolute Stille, doch in Elinors Ohren summt es wie bei Tinnitus. Krächzend fliegt eine Krähe über ihre Köpfe hinweg.

Kat kommt mit dem Kaffee. Noah nickt dankend, als sie ihm

einen Becher reicht, und dann beobachten sie zu dritt, wie die beiden Arbeiter die Abschnitte zu dem Truck rollen, jeweils bis drei zählen und sie dann auf die Ladefläche wuchten. Danach werfen sie die orangefarbenen Hütchen hinauf, fegen die Straße, winken Noah zu, steigen ins Führerhaus und fahren mit dem Häcksler im Schlepptau davon.

Der Vorgarten ist viel zu hell ohne die Eiche – wie ein überbelichtetes Foto.

Elinor steht auf und geht über den Rasen. Noah und Kat folgen ihr. Warren ist nur noch ein flacher Stumpf, ein Couchtisch auf der Wiese. Elinor hebt ein heruntergefallenes Blatt auf. Es ist pickelig und an manchen Stelle angefressen. Als sie es fallen lässt, bemerkt sie eine feine, hellgelbe Sägemehlschicht auf ihren Armen. Und auf Kats und Noahs. Es riecht gesund – wie etwas neu Gebautes.

»Darf sie auch einen Baum pflanzen, der bereits groß genug ist, um Schatten zu spenden?«, wendet Kat sich an Noah.

»Die Stadt bezahlt nur Setzlinge«, erklärt er. »Aber wenn man dazuzahlt, kann man natürlich auch einen größeren haben. Ich habe ein Buch im Wagen. Da könnten wir reinschauen, wenn Sie mögen.«

»Ein Buch!«, ruft Kat, als hätte Noah gesagt, er habe tausend Dollar. »Also, ich muss leider los, Termine beim Kieferorthopäden machen – kann man das glauben? Bei so kleinen Kindern! –, aber es wäre toll, wenn Sie Elinor helfen würden, einen neuen Baum auszusuchen.« Sie schüttelt Noah die Hand und läuft zu ihrem Haus hinüber.

»Vielleicht finde ich ja einen, der mir gefällt«, sagt Elinor.

Noah legt den Kopf schief und lächelt sie an. »Es ist wirklich schön, dass Sie Bäume mögen.«

»Tja – Säugetiere haben mich enttäuscht.«

»Einen Amberbaum, wie einen Satin-Nussbaum oder Sweetgum, würde ich Ihnen nicht empfehlen«, sagt Noah, als sie sich an Elinors Frühstückstheke gemeinsam über sein Baumbuch beugen. »Er hat runde, klebrige Zapfen, die ekelhaft anhänglich sind, wenn man drauftritt. Oh!« Seine Augen leuchten auf. »Ich habe *die* Idee für Sie: einen Ginkgobaum!« Er blättert zu dem Foto eines sommergrünen, lang gestielten, breit keilförmigen, zweispaltigen Blattes. »Die Blätter färben sich im Herbst gelb und leuchten herrlich in der Sonne. Und Ginkgos stehen auf der Liste der von der Stadtverwaltung genehmigten Bäume.«

»Wow.« Elinor bemüht sich, Noahs Begeisterung für die Vorstellung der in der Sonne leuchtenden Blätter zu teilen, doch der Notgedrungen-neu-Aspekt dieser Baumwahl deprimiert sie. Was wird sie in den kommenden Monaten *noch* Neues brauchen?

»Vielleicht bleibe ich ja gar nicht hier«, sagt sie zu den roten Blüten eines Jacaranda in dem Buch. Wenn sie und Ted nicht wieder zusammenkommen, wird sie das große Haus nicht mehr brauchen. Sie käme sich darin völlig verloren vor. Als sie es damals kaufte, hatte sie es für einen Ehemann und Kinder gedacht. »Ich habe morgens immer unter dem Baum gesessen, weil ich nicht weiß, was ich mit meinem Leben anfangen soll.«

»Sie brauchen auf jeden Fall einen neuen Baum, und wenn Sie einen *hübschen* pflanzen, wird das den Wert Ihres Hauses steigern – falls Sie es tatsächlich verkaufen wollen.«

»Sie haben Recht.« Elinor versucht, sich auf das Buch zu konzentrieren. »Ich hatte keine Ahnung, dass es so viele verschiedene Bäume gibt.« Bevor sie sich mit Noah an die Frühstückstheke setzte, war sie losgestürzt, um auf die Toilette zu gehen, sich ordentlich die Zähne zu putzen, ein wenig Lipgloss aufzutragen und ein T-Shirt anzuziehen. Da zum Du-

schen keine Zeit blieb, sprühte sie sich mit Parfum ein, und jetzt hat sie Angst, so penetrant zu riechen wie eine dieser Warenproben aus den Zeitschriften.
Noah verbreitet sich über Akazien, die zwar hübsch seien, sich aber ungeheuer vermehren, was nicht unbedingt positiv wäre. »Plötzlich hat man Wurzeln und Triebe, wo man gar keine haben will …«
Wieder kein Ehering, bemerkt Elinor.
»… ein roter Jakaranda ist natürlich sehr auffällig …«
Bäume, Bäume, Bäume. »Sind Sie verheiratet?«, platzt Elinor heraus.
»… Laubbaum … was?« Noah schaut auf sein Baumbuch hinunter, als wünsche er, es könne ihm bei der Antwort helfen. Er schüttelt den Kopf. »Geschieden. Seit acht Monaten. Ich dachte, wir führten eine gute Ehe. Wir waren beide gern im Freien … Aber eines Tages erklärte sie mir, ich sei langweilig und sie brauche mehr. Ich sagte: ›Okay, mein Gott, vielleicht war ich unaufmerksam‹, und dachte, sie würde mir mitteilen, was sie brauche – dass es etwas sei, was ich ihr geben könnte oder ändern. Aber sie hatte es bereits gefunden – bei dem Verkaufsleiter ihrer Software-Firma. Also, der *muss* doch geradezu langweilig sein.« Er blättert um.
»Tut mir leid.« Elinor klappt das Buch zu. Noah ist ungewöhnlich gesprächig für einen Mann, doch sie will nichts mehr über Bäume hören.
»Der Typ verdient einen Haufen Geld«, fährt Noah fort, »und hopphopp, sie heirateten ohne langes Zögern.« Er schnippt mit den Fingern. »Geld ist offenbar *nicht* langweilig. Sie flogen in den Flitterwochen zum Bergsteigen nach Tibet.« Er schlägt das Buch aufs Geratewohl wieder auf und landet bei Wurzelfäule. »Aber die Freude dauerte nicht lange, denn sie

stürzte schwer und wurde in einem Ganzkörpergips nach Hause geflogen. Der Geldsack war augenscheinlich ein beschissener Sherpa. Ich besuchte sie einmal im Krankenhaus, während er nicht da war, und als ich ihr beim Essen helfen wollte, fiel mir aus Versehen eine Erbse in ihren Gips. ›Das ist eine Metapher für alles!‹, schrie sie mich an.« Er wendet sich Elinor zu. »Das war für sie die Zusammenfassung unserer Ehe: eine Erbse«, sagt er ungläubig.

Die Vorstellung von der Erbse in dem Ganzkörpergips lässt Elinor schallend lachen. »Es tut mir leid«, japst sie, »Das muss scheußlich gekitzelt oder gejuckt haben. Können Sie das nachfühlen?« Sie kann einfach nicht aufhören zu lachen. In ihrer Not hält sie sich die Hand vor den Mund.

Noah runzelt die Stirn. »Es war ein *Versehen.*«

»Ich weiß«, prustet Elinor. »Das macht es ja gerade so komisch.«

Noah ist sichtlich gekränkt, und das erheitert Elinor noch mehr. Sie schlägt die Hände vors Gesicht und wendet sich ab, um ihre Fassung zurückzugewinnen. Als sie sich wieder zu ihm dreht, schaut er sie völlig verständnislos an, und sie findet diesen Ausdruck absolut unwiderstehlich.

Sie nimmt sein Gesicht in die Hände. »Es tut mir leid, es tut mir leid. Ich weiß, es muss schlimm gewesen sein.« Sie beugt sich näher zu ihm und streicht mit den Fingerspitzen über seinen stacheligen Schnurrbart.

Zu ihrer Überraschung beißt Noah sie in den Finger, kneift ein Auge zu und sieht sie mit einem spitzbübischen Piratengrinsen an, das den Gedanken in ihr weckt, dass er vielleicht nicht *nur* ein einschläfernder Baumfanatiker ist. Noah zieht Elinor von ihrem Hocker, trägt sie ins Wohnzimmer und legt sie auf den Teppich.

»Ich wollte bloß einen Baum!«, sagt sie.
»Ich beschaffe dir einen«, erwidert Noah.
Er kniet sich neben sie, und sie betrachten einander, wie man ein Gemälde in einem Museum betrachtet, eingehend, alle Details registrierend. Schließlich hebt Elinor die Hand, umfasst seinen Kopf und zieht ihn zu sich herunter.
Wenn man verheiratet ist, vergnügt man sich normalerweise nicht um zehn Uhr morgens mit dem städtischen Baumchirurgen auf dem Wohnzimmerteppich. Aber Elinor *ist* verheiratet. Ist das dann jetzt eine *Affäre?* Wie kommt es, dass sie noch nie einen Mann mit Schnurrbart geküsst hat? Er fühlt sich borstig an ihrem Mund an – wie eine Gemüsebürste. Sie genießt die Wärme und das Gewicht von Noahs Körper auf ihrem. Als sie zur Seite schaut, sieht sie zum ersten Mal die ungestrichene Unterseite des Couchtisches. Noah streicht ihr die Haare aus dem Gesicht und küsst ihre Brauen. Sein Schnurrbart kitzelt ihre Stirn. Als er ihr T-Shirt hochschiebt und sie zwischen die Rippen küsst, schließt Elinor mit einem Seufzer der Erleichterung die Augen, weil ihr hormongeblähter Bauch endlich wieder flach ist.
»Du bist süß«, flüstert Noah, richtet sich auf und küsst sie wieder auf den Mund. Dieser Kuss ist anders – intensiver, leidenschaftlicher, salziger. Aber Elinor geht das Wort *süß* im Kopf herum. Ist süß nicht eine Stufe unter hübsch? Drei Stufen unter schön? Das freundliche Äquivalent von *nett?* Sie sollte sich entspannen und … hoppla – Noahs große und angenehm zupackende Hand beginnt ihre Brüste zu massieren und dann ihren Bauch. Das ist entschieden besser als Kaffee unter einem Baum.
Noahs Handy klingelt. Er stöhnt auf und wälzt sich zur Seite. »Verdammt!«, flucht er nach einem Blick auf seine Uhr. »Ich

hätte schon vor zwanzig Minuten bei einem anderen Haus sein müssen.«

»Dann beeil dich lieber.« Elinor ist nicht böse über die Unterbrechung. Erstens genügte das für den Anfang, und zweitens braucht sie dringend eine Dusche.

Sie steht auf und rückt ihren BH und das T-Shirt zurecht. »Das hat Spaß gemacht.«

»Dann darf ich dich also anrufen?«

»Du hast die Nummer.«

»Mach dir keine Gedanken wegen des Baums.« Noah steigt wieder in seine Arbeitsstiefel, die er aufgeschnürt und weggekickt hatte. »Ich helfe dir.« Er küsst sie auf die Wange. Sein Schnurrbart hinterlässt einen angenehmen Schmerz.

Als er zu seinem Truck hinunterläuft, denkt sie: *Ein Baum weniger, ein Baumchirurg mehr …*

Inzwischen hat es sich eingespielt: Am Dienstagnachmittag holt Ted Toby vom Fitnesscenter ab und fährt mit ihm zu Barnes & Noble, wo sie lernen. Danach kocht Gina für sie alle, und anschließend machen Ted und Toby die Hausaufgaben fertig oder spielen ein Spiel. Wenn Gina Toby überredet hat, ins Bett zu gehen, trinken sie und Ted Kaffee oder Wein und gehen dann nach oben in ihr Zimmer, wo sie sich so leise wie möglich lieben, eine Herausforderung, die Ted noch zusätzlich erregt. Da sie Angst haben, dass das Bett quietschen oder knarzen könnte, legen sie sich auf den Boden, oder Ted setzt Gina auf die Kommode. Einmal drückte er sie an die Wand, und sie schlang die Beine um seine Mitte. Wenn Ted lauter zu werden droht, legt Gina ihm ihre Hand auf den Mund, die vom Kochen noch nach Zwiebeln, Knoblauch und Zitrone riecht. Er fährt mit der Zunge in ihrer Handfläche herum und schaut ihr dabei im Schein der Straßenlaterne in die klaren, grünen Augen. Danach kriechen sie vorsichtig in Ginas Bett und schlafen eng umschlungen ein. Ted achtet darauf, stets früh genug zu verschwinden. Er stellt seinen Reisewecker immer bereits vor der Ankunft bei Gina, weil ihn das Bild verfolgt, dass er bei strahlendem Sonnenschein in ihren Armen aufwacht und Toby am Bett steht.

Wenn Ted am Mittwochmorgen geht, ist es noch dunkel und das Gras feucht von Tau. Ein alter weißer Ford-Kombi tuckert langsam durch das Viertel, und der Vietnamese am Steuer wirft Zeitungen in die Zufahrten. Nach den vorangegangenen Stunden mit Hausaufgaben, Abendessen, Risk, Sex und kurzem, aber tiefem Schlaf ist Ted rundherum glücklich und zufrieden, und er wünscht, es wäre jeden Tag Dienstag.

Wobei nicht der Sex der schönste Aspekt des Abends für ihn ist. Ganz besonders genießt er es, sich mit Gina und Toby zum Essen hinzusetzen. Manchmal spielen sie »Zwanzig Fragen«, und Toby ist stolz darauf, dass er Ted und Gina ständig übertrumpft. Es erstaunt Ted immer wieder, was der Junge alles weiß.

»Howard Johnson hat das Sahneeis erfunden«, verkündet er eines Abends beispielsweise triumphierend.

»Es hat Howard Johnson tatsächlich gegeben?«, fragt Gina verblüfft.

»Ja, natürlich«, erwidert Toby mit einem nachsichtigen Lächeln. »Er war ein Deutscher und wurde Mann Hool genannt. In Englisch Man Hole.«

»Echt?«

»Hey. *Mom.*«

Ted liebt Ginas manchmal regelrecht kindliche Ernsthaftigkeit. Sie ist leicht zu necken, weil sie keine Ironie versteht, sie ist nicht sarkastisch, glaubt zunächst stets an das Gute im Menschen und sucht immer nach einem Silberstreif am Horizont. Elinor hasst diese Silberstreifen aus tiefster Seele. »Kein Kind? Dann könnt ihr nach Europa fliegen, wann immer ihr wollt!«, sagten wohlmeinende Bekannte zum Beispiel auf Partys zu ihr und gaben sich neidisch. Dann zwang Elinor sich zu einem Lächeln und leerte ihr Glas in einem Zug, und auf dem Heimweg wütete sie: »Schließt die EU etwa ihre Pforten, sobald man sich fortpflanzt? Ist es etwa ein Verbrechen, ein Kind auf einen Transkontinentalflug mitzunehmen und es zu überzeugen, dass die Mona Lisa die Strapaze wert ist? Ich verabscheue diese Schwätzer!«

»Ich weiß«, sagte Ted darauf besänftigend. »Ich weiß.« Elinor schimpfte zwar über die Leute, aber er hatte das Gefühl, dass ihre Wut sich gegen *ihn* richtete, und ertappte sich dabei, dass er den Kopf einzog und sich zu seinem Fenster hinneigte. Doch obwohl Ted Ginas Optimismus schätzt, vermisst er Elinors Düsternis. Er würde gern von sich sagen, dass seine Weltsicht *beide* Komponenten in sich vereine, aber in Wahrheit glaubt er von sich, nicht weitblickend genug zu sein, um überhaupt eine Weltsicht zu *besitzen.* Er ist zu kurzsichtig – das sagt Elinor jedenfalls. Vielleicht kommt das davon, dass er den ganzen Tag nur *Füße* ansieht. Es gibt nichts Kurzsichtigeres als ein Hühnerauge an einer großen Zehe. Doch die große Zehe ist von essenzieller Bedeutung. Man kann kaum *laufen* ohne die große Zehe, man kann nicht richtig stehen oder durchs Leben gehen.

»Du bist so still.« Gina löffelt mehr Salat auf seinen Teller, und die silbernen Armreifen klimpern an ihren gebräunten Handgelenken. Ted lächelt und beißt in sein würziges und saftiges Hähnchen, zu dem es zarte Kopfsalatblätter und buttrige Avocadowürfel in säuerlichem Senfdressing gibt. Als er einen Schluck von dem Zinfandel trinkt, den er mitgebracht hat, und dabei die Augen schließt, wird ihm klar, dass er *zwei Frauen gleichzeitig* liebt. Er kann sich nicht vorstellen, Elinor jemals *nicht* zu lieben, und die Tatsache, dass er in diesem Moment nirgendwo anders auf der Erde sein möchte als in diesem Raum und bei Gina, muss bedeuten, dass er auch *sie* liebt. Er öffnet die Augen, und der Raum scheint für eine Sekunde zur Seite zu kippen. Ted klammert sich an die Tischkante.

Er trinkt etwas Wasser und dann noch mehr von dem Wein, der seine Brust wohlig erwärmt und die Sehnsucht nach einer unerreichbaren Welt in ihm weckt, nach einem Zinfandel-Paralleluniversum, in dem jede Wunschkombination erfüllbar ist: die Ehe mit Elinor, das Leben mit Gina und die Hausaufgaben mit Toby.

»Oh, Himmel!« Gina lacht über Toby, der das Näseln seines Mathelehrers imitiert, und ein Stückchen Karotte fällt aus ihrem Mund.

»Krass!«, johlt Toby.

Sie drückt verlegen die Serviette an die Lippen, hüstelt, trinkt einen Schluck Wasser. Lachtränen glänzen in ihren Augen. Ted schaut von ihr zu Toby. Sie erleben gerade einen *Moment* – einen Moment ohne ihn. Er würde am liebsten verschwinden, sich davonschleichen, während zwischen den beiden endlich einmal Frieden herrscht.

Doch er bleibt und lässt Toby nach dem Essen den Anfang des Gedichts »Paul Revere's Ride« aufsagen. Er hat ihn dazu überredet, es auswendig zu lernen, nachdem er im Radio gehört hatte, dass man Menschen Gewohnheiten nicht einfach wegnehmen dürfe, sondern sie durch andere ersetzen müsse. Ted hofft, dass das Auswendiglernen Toby hilft, von seinem Drang loszukommen, zu zählen, zu trommeln und zu treten. Er hat Toby gesagt, dass er, wann immer ihn dieser Drang überkomme, in Gedanken das Gedicht aufsagen solle.

Toby beginnt zu deklamieren, wozu er sich mitten im Zimmer aufgebaut hat und hin und her wiegt. Die sich steigernde Dramatik des Gedichts gefällt ihm offenbar, denn er schmettert die Zeilen regelrecht in den Raum.

»Mom!«, ruft er stolz zur Küche hinüber, als er fertig ist. »Ich habe mir schon ganze fünf Strophen gemerkt!«

Als Toby im Bett ist, trinken Ted und Gina an der Frühstückstheke Portwein.

»Ich habe mir gedacht, dass ich vielleicht auch noch donnerstags mit Toby lernen könnte«, sagt Ted.

Gina senkt den Blick auf ihr Glas. »Hast du dich schon mit einem Anwalt in Verbindung gesetzt?«, fragt sie.

»Warum?«

»Wegen der gesetzlichen Trennung. Oder wegen der *Scheidung?*«, fügt sie leiser hinzu.

»Oh.« Ted weiß, dass es problematisch ist, dass er noch nicht einmal daran *gedacht* hat. Dass er in einem Zwischenstadium lebt. »Nein.« Er möchte antworten, dass er es bald tun wird, aber das wäre irreführend. Er wartet darauf, dass Elinor diesen Schritt tut. Es ist ihm klar, dass er seine Passivität abschütteln, dass er wissen sollte, was er will, und es sich holen. Plötzlich hofft er, dass Gina ihm ein Ultimatum stellen will.

Aber sie sagt nichts.

»Montag und Mittwoch wären mir auch recht«, kommt er zu seinem ursprünglichen Thema zurück und fühlt sich dabei wie ein Arsch.

Gina schiebt ihr Glas weg und faltet die Hände auf der Frühstückstheke. »Wenn du meinem Kind das Herz brichst …« Sie schaut ihn an. Es ist eine Entschlossenheit in ihrem Blick und ihrer Stimme, die er bei ihr noch nie erlebt hat – ein Löwenmuttergebaren, das ihm beinahe Angst macht. »Vielleicht will Elinor dich zurückhaben und du versöhnst dich mit ihr. Falls das passieren sollte, wirst du Toby nicht wiedersehen. Wenn du jetzt noch mehr Zeit mit ihm verbringst, wird es später umso schlimmer für ihn.« Ihr Blick wandert ab. »Ich werde weiter einmal in der Woche für dich kochen, weil mein Sohn dich vergöttert, und ich werde weiter mit dir schlafen, weil du mich glücklich machst und ich eine Idiotin bin, aber ich werde *nicht* zulassen …« Sie wirft den Kopf in den Nacken und drückt die Handwurzeln auf die Augen, um die Tränen zurückzudrängen. »Was rede ich denn da?« Sie tritt gegen die Frühstückstheke – eine Toby-Geste. »Du *tust* es ja bereits.«

»Belassen wir es vorerst bei Dienstag«, rückt Ted von seinem Vorschlag ab. Er möchte einfühlsam sein und wählt seine Worte sorgfältig. »Es tut mir leid, dass ich in meinem Leben noch nichts geklärt habe. Ich *möchte* es – und ich hoffe, dass ich irgendwann auch donnerstags kommen kann.« Was für ein halb gares, beschönigendes, augenwischerisches Versprechen, denkt er angewidert.

12

Als Elinor die Haustür öffnet, steht Roger mit seinen Putzutensilien vor ihr und hält ihr ein Päckchen hin, das in Zeitungspapier eingepackt und mit einer zerknitterten Schleife verziert ist.

»Weil ich weiß, dass Sie gern lesen.« Sein blasses Gesicht errötet an seinen Koteletten entlang bis an die Wurzeln seiner rotblonden Haare.

Er errötet leicht, das ist Elinor schon aufgefallen – als sei das Leben eine einzige Peinlichkeit. Als er ihr das Päckchen noch näher hinstreckt, sieht sie, dass Charlie Brown darauf versucht, einen Fußball zu kicken. Sie nimmt das Päckchen. »Danke.« Vielleicht hat Roger ja eine Schwäche für sie. Vielleicht fühlt er sich aber auch nur in seiner Dunkelkammer mit seinen Fotos wohl.

Als er mit seinem Staubsauger und dem Utensilieneimer kämpft, fällt sein Schwammwischer um und landet auf der Veranda.

Elinor bückt sich, um ihm zu helfen. »Das meiste davon habe ich selbst«, sagt sie zu ihm. »Ich meine nur – falls Sie nicht immer so viel Zeug mitbringen wollen.« Ins Haus zurückgekehrt, packt sie ihr Geschenk aus. Druckerschwärze färbt ihre Hände. Es ist ein Buch, ein Roman mit dem Titel *Cal.* »Oh, Roger. Ich liebe Romane. Und es ist wahrscheinlich höchste

Zeit, dass ich auch mal etwas *Heutiges* lese. Aber Sie hätten kein Geld für mich ausgeben sollen.« Sie legt die Hand auf Rogers Arm. Seine Haut ist weich wie die eines Kindes. Einem Jungen. Wie gern hätte sie einen Sohn, einen schlaksigen Jungen. Dank Ted könnte sie ihm sogar einen Softball zuwerfen. Sie liest den Klappentext. Die Geschichte spielt in Irland und dreht sich um einen jungen Mann, der sich der IRA anschließt und sich dann in eine ältere Frau verliebt. Am Ende verstecken sie sich gemeinsam. O-oh.

»Wir haben ihn auf dem College im Literaturkurs gelesen.« Roger folgt Elinor, die lesend in die Küche geht.

»Ich wollte schon immer mal nach Irland«, erzählt Elinor, um einen fröhlichen Ton bemüht, was ihr in Anbetracht dessen, was ihr heute bevorsteht, nicht leichtfällt. Sie legt das Buch auf die Frühstückstheke. »Haben Sie daran gedacht, mir Ihren Lebenslauf und Ihre Mappe mitzubringen?«

Roger schnippt mit den Fingern. »Vergessen.«

»Nächstes Mal.« Sie schnappt sich ihre Handtasche. »Noch mal danke für das Buch. Tut mir leid – ich muss los. Ich treffe mich mit meinem Mann.«

»Oh.« Roger errötet schon wieder. »Dann viel Glück.«

»Danke. Das werde ich brauchen, schätze ich.«

Auf dem Weg zu seiner Café-Verabredung mit Elinor übt Ted, was er ihr sagen will.

»Das Leben ist zu kurz, um weiter in diesem Zwischenstadium zu verharren«, erklärt er dem Autoradio. »Lass uns zu einer Entscheidung darüber kommen, wie wir weitermachen wollen.« Gott, das klingt ja grauenhaft formell. Aber wie *sollen* sie weitermachen? Wenn Elinor darum kämpfen will, ihre Ehe zu retten, dann wird er mitmachen. Andernfalls sollten sie die

gesetzliche Trennung vollziehen. Dann kann er endlich aufhören, sich wie ein heimlicher Ehebrecher zu fühlen und die Sorge vergessen, Gina und Toby eines Tages zu enttäuschen.
Heute Morgen beim Anziehen hat Ted darauf gehofft, dass Elinor die gesetzliche Trennung anstreben würde, doch jetzt, auf dem Weg zum Café, freut er sich darauf, sie einfach nur zu *sehen,* mit ihr zu reden. Er hat den unangebrachten Wunsch, ihr von Gina zu erzählen. Natürlich würde er Elinor niemals verletzen, indem er es tatsächlich *täte.* Aber sie kennt ihn besser als irgendjemand sonst, obwohl sie nur fünf Jahre zusammen waren, und darum ist *sie* es, die er um Rat fragen möchte, wie er sein Liebesleben auf die Reihe bringen kann. In der Vergangenheit hat sie sich ihm gegenüber stets einfühlsam gezeigt und ihm den Rücken gestärkt. Als er für sein Examen büffelte und panische Angst hatte, es nicht zu bestehen, sagte sie ihm immer wieder, er solle sich nicht verrückt machen. Vielleicht sei Fußchirurgie ja gar nicht das Richtige für ihn. Sie gab ihm nie das Gefühl, unter Druck zu stehen oder in der Falle zu sitzen. Sie sah immer einen Ausweg. Es war, als machten sie gemeinsam eine Höhlenwanderung, und sie hielt die Taschenlampe in der Hand. Warum zum Teufel sollten sie sich dann trennen? Ein ungeduldiger Fahrer hinter Ted hupt ihn an, weil er nicht losfährt, obwohl die Ampel auf Grün umgeschaltet hat.
»Herrgott!«, bellt Ted und muss alle Beherrschung aufbieten, um dem Typen nicht den Mittelfinger zu zeigen. »Es ist Sonntag, um Himmels willen! Keine Hektik!« Er tritt das Gaspedal durch und schießt mit quietschenden Reifen davon.
Elinor ist bereits da, erwartet ihn vor dem Mom-and-Pop-Coffeeshop in der Innenstadt. Es ist kühl, und sie sieht sehr hübsch aus in den Jeans und dem blauen Sommerpullover, der

zu ihren Augen passt. Drinnen rückt Ted ihr an einem der winzigen Marmortische den Stuhl zurecht. Sie setzt sich und bewegt ihren Teebeutel an dem Schnürchen nachdenklich in dem Becher auf und ab.

»Ich vermisse …«, beginnt Ted.

»Ich habe jemanden …«

Ted lacht. Elinor nicht. Früher sagten sie oft zur gleichen Zeit das Gleiche und kicherten über ihr schlechtes Timing, doch jetzt ist da keine Übereinstimmung zu erkennen.

»… dich«, beendet Ted seinen Satz. »Ich wollte sagen, dass ich dich vermisse.« Er schiebt seinen Kaffee weg, hat zum ersten Mal im Leben keine Lust auf Cappuccino.

»Oh.« Elinor runzelt die Stirn. »Ich vermisse dich auch.« Sie sagt es, als verstünde sich das von selbst. Alle Gedanken, die Ted für eine Offenbarung hält, sind für Elinor bereits Gegebenheiten. Ausgangspunkte. Er hinkt immer fünf Schritte hinter ihr her. Schließlich zieht sie den Beutel endgültig aus dem Becher und nippt an ihrem Tee.

»Ich liebe dich noch immer«, hört Ted sich sagen. Sein Kopf fühlt sich an wie mit Watte gefüllt. Das laute Gurgeln der Espressomaschine zerrt an seinen Nerven.

»Ich liebe dich auch, Ted.« Elinor sieht ihn an. »Ich werde dich *immer* lieben. Das weißt du. Aber glaubst du, dass das gut für uns ist?«

Ted zuckt mit den Schultern. »Was *ist* gut für uns? Was sollen wir tun? Das ist die Frage, auf die ich eine Antwort suche. Wo führt das hier hin?«

»Zu einer Pause, denke ich. Ich habe jemanden kennen gelernt«, sagt Elinor sehr zögernd.

»Jemanden kennen gelernt«, wiederholt Ted ausdruckslos. »Was genau bedeutet das?« Er fährt mit der Hand an der Unterseite des Tisches entlang und bemerkt voller Ekel einen angetrockneten Kaugummi.

»Ausgehen. Wandern.«

»Sex?«

»Nicht ganz. *Noch* nicht. Aber das ist nicht der Punkt.«

»Was tut er?«

»Er ist Baumchirurg – der Mann, der sich unsere Eiche ansehen kam.«

»Baumchirurg? Klingt aber, als ob er sich mehr als die Eiche angesehen hat. Hat er?«

Elinor seufzt gereizt. »Also wirklich: Du hattest eine Affäre, und jetzt bist du, obwohl wir getrennt sind, sauer, weil ich mich mit jemandem treffe?«

»Die Typen in deinen griechischen Tragödien haben doch auch alle einen Knall, oder?«

Ein angedeutetes Lächeln spielt um Elinors Mund. Sie schaut aus dem Fenster, vor dem Autos von Koffeinsüchtigen auf Parkplätze lauern. »Vielleicht ist es ja tatsächlich wie in einer griechischen Tragödie. Du weißt schon – wie bei Dido und Äneas. Sie liebt ihn, und er liebt sie, aber ich muss ins Büro, weil die Götter es so wollen, bis bald!«

»Dann sind die Götter Arschlöcher.«

»Du sagst es.«

»Dein Lesezirkel ist ein bisschen elitär, finde ich. Lest ihr Mädels nie Krimis oder so was?«

»Das *wollte* die Gruppe, aber ich wählte die *Ilias* aus und Kat die *Aeneis.* Offen gestanden passen wir beide nicht in diesen Kreis – auch, weil wir über die *Bücher* reden wollen. Ein kapitaler Fauxpas. Es soll nicht länger als sechseinhalb Minuten über die Bücher geredet und den Rest der Zeit über Ehemänner und Kinder gemeckert werden.«

Dieses eine Mal scheint Elinor nicht böse auf ihn zu sein. Eine kleine Baumdoktor-Romanze, und schon ist sie ein neuer Mensch. Das ist erfreulich, aber jetzt darf der Kerl wieder von der Bildfläche verschwinden, denkt Ted. Was weiß dieser Tarzan denn von *seiner* Frau. Er weiß nicht, dass sie es hasst, Briefumschläge anzulecken, BHs mit Vorderverschluss bevorzugt und ihr Moo-Shu-Schweinefleisch ohne die Pfannkuchen isst, dass ihr Lieblingscomic »The Quigmans« ist und ihr Lieblingssong von den Rolling Stones »Can't You Hear Me Knocking?«. Er weiß nicht, dass sie einmal auf einem Campingtrip den Talentwettbewerb gewann, indem sie mit einer Bratpfanne auf dem Kopf Hula tanzte. Der Baum-Typ hat keine Ahnung von all diesen Dingen!

»Jedenfalls siehst du noch immer *aus* wie ein griechischer Gott«, sagt Elinor zu Ted. »Hast du trainiert?«

»Mit ein paar Burschen Fußball gespielt.«

»Und mit Gina geschlafen?«

Ted nickt und senkt den Kopf. Er weiß zwar nicht, wie er und Elinor weitermachen sollen, aber er weiß zumindest, dass es etwas gibt, was er tun *muss:* ehrlich zu ihr sein. »Wirst du mit dem Baum-Typen schlafen? Mit Tarzan?«

»Wie läuft die Arbeit?«, wechselt Elinor das Thema.

Jetzt schaut *Ted* aus dem Fenster. Die Leute, die draußen vorbeigehen, wirken alle so zielbewusst. Sie scheinen einen exakten Plan für den Tag zu haben. »Okay«, antwortet er. »Und dein Sabbatical?«

»Auch okay. Nein – nervig. Es ist wie im Urlaub – man möchte das Beste daraus machen, um die kostbare Zeit nicht zu vergeuden.«

»Ja.«

Sie verfallen in Schweigen. Früher hätten sie in dieser Situation beide gelesen – Elinor den *New Yorker* und Ted dessen Sportteil – und einander zwischendurch etwas daraus vorgelesen und Bissen getauscht von was immer sie zu ihrem Kaffee beziehungsweise Tee aßen.

»Vielleicht sollten wir die … die gesetzliche Trennung durchziehen«, meint Elinor. »Ich kenne einen Anwalt, mit dem wir zusammenarbeiten könnten – sein Tätigkeitsschwerpunkt ist Mediation.« Sie legt den Finger an Teds Kinn und dreht sein Gesicht mit sanftem Nachdruck zu sich. Ihr Ausdruck ist freundlich-fragend. »Das bedeutet, dass ein Anwalt beide Parteien vertritt. Das Ziel dieses Prinzips ist, sich außergerichtlich friedlich zu einigen.« Jetzt klingen ihre Worte wie einstudiert, als habe auch sie auf der Herfahrt geübt – doch sie hört sich unsicher an, als hätte sie ebensolche Zweifel, wie Ted sie hat.

»Wenn wir uns zu der Trennung entschließen, dann wäre das die einzig richtige Methode«, sagt Ted. »Ich bin nicht bereit, Anwälten einen Haufen Geld in den Rachen zu werfen, die nur eine Schlammschlacht daraus machen würden.« Er ist nicht daran interessiert, sich um *Dinge* zu streiten, um Geld oder Besitz. Elinor und er haben sich nie um das gestritten, was sie *hatten.* Sie stritten sich um das, was sie nicht haben *durften* oder verloren – ein Kind, spontanen Sex, Leidenschaft.

»Okay«, sagt Elinor leise. »Ich kann den Kollegen anrufen.«

Was für eine bizarr zivilisierte Konversation. Sie weckt den Wunsch in Ted, den Tisch umzukippen. Sie sitzen hier und stecken Grenzen ab, tun genau, was Ted wollte – oder zu wollen *glaubte* –, als er noch bei Gina zu Hause war. Jetzt ist er nicht mehr sicher, was er will. Er will den Kuchen essen und gleichzeitig behalten. Er will, dass Gina den Kuchen bäckt und Elinor ihn einfriert, und er will ihn irgendwo jenseits des

Regenbogens essen, wo Eiscreme niemals schmilzt. Was für ein Schwachkopf.
Elinor legt ihre Hand auf seine. Die Kuppen ihrer kleinen Finger fühlen sich vertraut rau an. »Was meinst du?«, fragt sie.
»Ich weiß es nicht. Sag *du's*. Wir machen, was *du* willst.«
Elinor nimmt ihre Hand weg. »Zwing nicht *mir* die Entscheidung auf.«
»Okay«, sagt er, aber weiter fällt ihm nichts ein.
»Ich rufe ihn an.« Elinor rutscht mit ihrem Stuhl nach hinten. »Ich vereinbare einen Termin für uns.«
Jesus. Ständig haben sie einen Termin mit irgendjemandem. Mit Ärzten, mit Spezialisten, mit der Eheberaterin und jetzt mit einem Anwalt. Vielleicht ist ihre Ehe tatsächlich nicht zu retten.
Elinor drückt ihren leeren Pappbecher in der Hand zusammen.

»Man soll einen Hundert-Dollar-Baum nicht in ein Zehn-Dollar-Loch setzen«, sagt Noah und stellt den Fuß auf seinen Spaten, um das zukünftige Heim für Elinors Ginkgobaum noch tiefer auszuheben. »Das sag ich meinen Jungs immer.« Er erklärt, dass der Ginkgo mindestens einen Meter achtzig von Warrens Stumpf entfernt eingesetzt werden muss. »Weil die im Boden verbliebenen Eichenwurzeln hier Nitrogen aus dem Boden ziehen und wir diesem Burschen einen guten Start ermöglichen wollen. Ich werde ihn auch ordentlich düngen.«
»Danke«, sagt Elinor. Es ist Samstag, Noahs freier Tag, und sie wollten den Baum eigentlich gemeinsam pflanzen, aber Elinor steht nur herum und bewundert Noahs Rücken. Der Mann sieht selbst aus wie ein Baum, groß und breit – ganz anders als

Ted. Was nicht heißt, dass einer besser aussieht als der andere. Sie sehen einfach *verschieden* aus, und das ist gut. Noah erzählt, dass Ginkgos ursprünglich aus China stammen und man sie in ganz Asien in der Umgebung von buddhistischen Tempeln antrifft. Ein holländischer Reisender habe sich in die Bäume verliebt und Samen mit nach Hause genommen, und so seien sie in der westlichen Welt bekannt geworden.
»Wow.« Elinor fühlt sich ein wenig unter Druck gesetzt, diesen neuen Baum zu mögen. Sie ist zwar gern im Freien, aber sie mag nicht alle Bäume und Büsche – genauso, wie sie nicht alle Menschen mag.
Als das Loch tief genug ist, hilft Elinor Noah bei der Aufbereitung der Erde, indem sie mit einem Rechen den Dünger einarbeitet. Schließlich kippen sie den Ginkgo aus seinem Kübel und stellen ihn in das Loch. Nachdem Noah den Wurzelballen mit der nahrhaften Mischung bedeckt hat, kniet er sich hin und drückt mit drei Fingern rund um den Stamm eine Wasserrinne in die Erde. Es gefällt Elinor, dass es ihm nichts ausmacht, mit nackten Fingern im Boden zu wühlen.
Nach getaner Arbeit fahren sie zu einer ausgedehnten Wanderung zum Skyline Boulevard hinauf. Keuchend von der Steigung und glitschig von Schweiß spürt Elinor die typische Erregung des Neuen in sich hochsteigen, als sie zu einer Pause anhalten und Noah sie zu einem langen Kuss an einen Baumstamm drückt. *Alles* an Noah ist anders als bei Ted – seine Größe, seine Statur, sein Schnurrbart, seine Beinahe-Kahlheit. Ihn zu berühren gibt ihr den gleichen Energieschub wie die Reise durch ein fremdes Land.
Sie findet Wanderwege sexy – schon seit der Highschool, als sie und Tim Currington den Französischunterricht schwänzten und zum Stausee liefen, um Colt 45 zu trinken und nackt

zu baden. »Soup du jour!«, kreischten sie übermütig und sprangen von einem hohen Felsen in das kalte Wasser hinunter. Nach dem Schwimmen wickelten sie sich in Handtücher, die sie aus dem Waschraum neben der Turnhalle geklaut hatten, und übten als »Hausaufgabe« französisch küssen.

Als sie sich zum vierten Mal verabreden – diesmal will Noah bei sich zu Hause für sie kochen –, hofft Elinor, dass sie diesmal miteinander schlafen werden. Also duscht sie ausführlich und cremt sich besonders sorgfältig von oben bis unten ein, wobei sie erfreut feststellt, dass ihr Bauch durch ihre derzeitige Magenverstimmung noch flacher geworden ist. Entweder sind es die Nerven, oder sie hat sich einen Virus eingefangen – jedenfalls muss sie sich seit drei Tagen immer wieder übergeben. Sie hofft, dass es nicht ansteckend ist und Noah nichts allzu Würziges kocht.

Während er Zwiebeln hackt, sitzt Elinor in seiner Küche an der Frühstückstheke und schaut zu. Sie hat ihm ihre Hilfe angeboten, doch er bestand darauf, dass sie sich entspannen und in Ruhe ein Glas Wein trinken solle.

»Es wird angenommen, dass die Spezies Ginkgo schon seit mindestens zweihundert Millionen Jahren existiert«, erzählt er und öffnet eine Schachtel Pilze. »Einer ihrer Spitznamen lautet ›Überlebenskünstler‹. Die Chinesen verwenden die Blätter seit tausenden von Jahren zur Heilung aller möglichen Leiden.«

»Tatsächlich?« Elinor wünscht, sie würde die Unterhaltungen mit Noah ebenso genießen wie das Schmusen mit ihm. Seine Liebe zur Natur ist sympathisch, aber – sosehr es ihr widerstrebt, es zuzugeben – sie langweilt auch ein wenig. Er hat noch nie von den Büchern gehört, die sie liest, und er glaubt, Monty Python sei ein Typ – keine Truppe. Ob Ted mit Gina wohl mehr gemeinsam hat? Zum ersten Mal kommt ihr der Verdacht, dass die Beziehung der beiden tiefer geht. Sie schiebt den Wein beiseite und nippt an ihrem Wasser, das ihrem Magen besser bekommt.

Noah schneidet die Pilze in Scheibchen, während er über die Leute im Silicon Valley schimpft, die Häuser kaufen und die von den Vorbesitzern angelegten Gärten verwüsten, nur weil sie es sich leisten können. »Es ist, als wollten sie ihr Revier markieren.« Er trommelt mit den Fäusten an seine Brust und grunzt dazu. Dann schüttelt er ungläubig den Kopf und macht sich wieder an die Pilze. »Ein Paar riss doch wirklich und wahrhaftig prachtvolle Kreuzdornbüsche aus, die *eine Ewigkeit* gebraucht hatten, um sich so zu entwickeln. Das sind die, die im Frühling leuchtend blau blühen. Kennst du sie?« Er gibt die Pilze und Zwiebeln in die vorbereitete Pfanne. Es zischt und spritzt.

»Ich glaube, ja«, antwortet Elinor, obwohl sie sich nicht sicher ist. Der Röstgeruch löst Ekel in ihr aus.

Nach dem Essen sinken sie vor Noahs Kamin aufs Sofa. Sein Haus riecht maskulin – nach Leder und Sattelseife und frisch gemahlenem Kaffee.

»Alles, was Spaß macht, ist heutzutage schädlich«, murrt Noah mit dem Blick auf den Duraflame-Kloben auf dem Kaminrost. »Ich liebe echtes, loderndes, knackendes Holzfeuer, aber es ist schlecht für die Umwelt.«

Die Bitterkeit in seiner Stimme erinnert Elinor an sie selbst. Vielleicht ist das ihre größte Gemeinsamkeit: Düsternis. Sie sind Menschen, die ein künstliches Kaminfeuer in eine Depression stürzen könnte. Falls sie zusammenkommen sollten, werden sie nach dem Prinzip des immer halb *leeren* Glases gemeinsam in bodenlose Tiefen der Trostlosigkeit versinken.

»Es gibt schon noch ein paar Dinge, die Spaß machen und nicht schädlich sind«, murmelt sie, rückt näher an Noah heran und greift nach seiner Gürtelschließe. Sie fährt mit der Zunge an der stacheligen Unterseite seines Schnurrbarts entlang und stellt überrascht fest, dass der Zauber des Neuen noch immer anhält. Wann ist die Euphorie zwischen Ted und ihr erloschen? Laut Dr. Brewster *erlischt* sie nicht – sie wandelt sich zu etwas Besserem, Tiefergehendem, Bedeutsamerem. In Wahrheit fühlt es sich an, als lasse die Wirkung einer Droge allmählich nach, bis sie schließlich überhaupt nicht mehr wirkt. Und dann ertappt man sich im Supermarkt in der Schlange an der Kasse dabei, dankbar dafür zu sein, dass der Vordermann einen hoch beladenen Wagen hat, weil man auf diese Weise in Ruhe den Zeitschriftenartikel mit den zehn Tipps zum Aufpeppen des häuslichen Sexlebens lesen kann, obwohl man die sowieso schon kennt.
»Eine Frau in meiner Höhle!«, brummt Noah gefährlich. »Grrrr! Guuuut!« Was das Schmusen angeht, ist er nicht langweilig. Auf diesem Gebiet legt er eine fröhliche Angriffslust an den Tag. Er hebt Elinor hoch und trägt sie in sein Schlafzimmer, lässt sie aufs Bett fallen, reißt ihre Arme hoch und hält sie über ihrem Kopf fest, während er seinen unter ihr Shirt schiebt. Sein Schnurrbart schabt über ihren Bauch wie ein Luffahandschuh.
Auch der Sex ist ganz anders als mit Ted, aber gut, und hinterher ist Elinor gleichzeitig energiegeladen und erschöpft. Als Noah sich umdreht und den Arm um Elinors Taille schlingen will, schaltet sich der Fernseher ein. Noah lacht. »Ich bin über die Fernbedienung gerollt!«
Bugs Bunny schleicht in einer stürmischen Nacht auf Zehenspitzen auf ein Spukschloss zu. Elinor setzt sich auf. »Lass das

an!« Es ist ihr Lieblingstrickfilm – der mit dem verrückten Wissenschaftler mit dem Peter-Lorre-Gesicht und dem herzförmigen, rothaarigen Monster in High-top-Sneakers. Sie lehnt sich zurück. Noah legt den Kopf schief und lächelt sie an. Sein kahler Schädel leuchtet in dem bläulichen Lichtschein des Fernsehers. Noah sieht sie häufig so an – wie eine seltene Baumspezies, die er gern anschaut, die ihm jedoch Rätsel aufgibt.

»Liebst du diesen Cartoon nicht auch?«, fragt Elinor.

»Du hast eine Kinderseele«, sagt er amüsiert.

»Nicht wirklich.« Elinor deutet auf den Bildschirm. »Das ist ein Klassiker.« Bugs Bunny lenkt das Flickenteppichmonster ab, indem er es bei einer Maniküre zuquatscht und seine Klauen in Seifenwasser taucht, was Elinor *zum Sterben komisch* findet.

Noah lächelt milde. »Wenn du es sagst.«

Er liebt diesen Cartoon nicht? Wie kann sie sich körperlich zu jemandem hingezogen fühlen, der Bugs Bunny und das rothaarige Monster nicht liebt? Ist es für Männer leichter, mit Frauen zu schlafen, mit denen sie nichts gemeinsam haben? Plötzlich kann Elinor nicht länger über dieses Thema nachdenken. Pilze, Zwiebeln und Risotto steigen in ihrer Kehle hoch, und sie muss aus dem Bett springen und ins Bad stürzen.

Am Morgen ruft Ted auf dem Weg in die Praxis bei Gina an. Es ist erst Donnerstag, und er will nicht bis Dienstag warten, um den Abend mit ihr und Toby zu verbringen. Er vermisst die beiden – vor allem Ginas Klugheit. Irgendwie findet sie immer etwas zu sagen, was ihm hilft. Sie könnte auch Therapeutin sein. Sogar der Klang ihrer Stimme ist beruhigend. Ted ist erleichtert, dass er mehr vermisst als den Sex mit ihr. Er vermisst ihr Lächeln und ihren Duft und *alles.*

»Hi – ich bin's«, sagt er, als sie sich meldet.

»Ist etwas passiert?«, fragt sie alarmiert. Er muss drängend und verzweifelt geklungen haben.

»Nein, nein.« Er hasst es, während der Fahrt zu telefonieren. Es ist eine Leichtsinnigkeit, die er sich nur selten gestattet – aber er will einfach *sofort* wissen, wann er Gina sehen kann. »Hör mal – wegen unseres Gesprächs neulich: Ich würde euch beide doch gern auch donnerstags sehen.« Er merkt, dass er zu schnell auf eine Kreuzung zufährt und bremst ab. »Ich möchte euch öfter sehen. Elinor und ich werden uns nicht versöhnen. Sie wird einen Anwalt anrufen. Die Ehe wird …«, die Worte bleiben ihm im Hals stecken, und er räuspert sich, »… gesetzlich getrennt.«

»Okay.« Gina klingt zögernd.

»Darf ich euch heute Abend zum Essen ausführen?«

»Nein. Ich habe eine … ich bin schon verabredet. Wie wär's morgen – Freitag?«

»Du bist verabredet?« Wieder räuspert er sich, versucht, ruhig zu bleiben. »Mit wem?«

»Mit Barry. Wir gehen in eine Show.«

Na klar. Der aalglatte Geldsack Barry. »Okay – dann am Freitag.« Ein Wochenendabend. Da gehen die *echten* Paare aus. »Ich überlasse es dir, in welches Restaurant wir gehen.«

»Ich kann einen Sitter organisieren«, bietet Gina an.

»Großartig.« Ein richtiges Date! Dienstags, donnerstags und freitags. Das Jaguar fahrende Arschloch wird bald von der Bildfläche verschwunden sein. »Großartig«, sagt Ted noch einmal. »Ich vermisse dich. Ich *brauche* dich.«

»Viele Leute brauchen mich«, gibt Gina zurück. »Meine Kli-

enten brauchen mich. Mein Sohn braucht mich. *Shane* braucht mich.«
Ihr Ton überrascht Ted, aber wahrscheinlich ist das Letzte, was sie will, noch einer, der sie braucht. Sie möchte jemanden, der sie *liebt.* Doch diese Worte bringt Ted nicht über die Lippen.
»Also dann bis Freitag«, sagt er.
Schmerzhaft laute Stille summt in seinem Ohr.

13

Die zweite rosa Linie. Zwei Jahre lang hat Elinor darauf gehofft, sie sich bei jeder Sternschnuppe gewünscht und bei jedem Pusteblumensamenschirmchen, das sie auf die Reise schickte, und jetzt starrt sie ihr von dem Teststäbchen entgegen, das im Bad auf einem Blatt Toilettenpapier auf dem Waschbeckenrand liegt. Natürlich. Sie hat keine Magenverstimmung. Ihre Periode ist zehn Tage überfällig, aber sie hatte angenommen, das sei der Beginn der Menopause, denn dann kommt sie unregelmäßig. Ihre bleierne Mittagsmüdigkeit hat sie mit einer Depression erklärt. Und während sie wartete, befürchtete sie, dass ihre Periode sich pünktlich zu ihrem Date mit Noah einfinden würde. Typisch: Immer macht sie sich wegen der falschen Dinge Sorgen.

Sie wäscht sich die Hände und trocknet sie an der Pyjamahose ab, ohne das kleine Sichtfenster des Stäbchens einen Moment aus den Augen zu lassen. Die zweite Linie ist schwächer als die erste, die immer sofort erscheint, wenn man darauf uriniert hat – wahrscheinlich zum Beweis, dass man *getroffen* hat. Zwei Jahre hat das Fensterchen sie verhöhnt: leer, leer, leer. Sie betrachtete die zweite rosa Linie als ultimativen Beweis für Weiblichkeit, das Fehlen als ultimativen Beweis für Versagen. Manchmal wühlte sie das Stäbchen nach einer Stunde aus dem Abfall, um es noch einmal zu überprüfen. In anderen

Monaten setzte sie sich auf den Bettrand und ließ *Ted* nachschauen.

Elinor klappt den Toilettendeckel herunter und setzt sich hin. Ihre Knie zittern, und ihr ist schwindlig. Dieses Ergebnis hätte zu keinem ungünstigeren Zeitpunkt kommen können – und es könnte sie nicht weniger stören. Ein Sohn oder eine Tochter ist hier mit ihr im Raum! Ein Baby! *Teds* Baby. Ganz sicher ist sie nicht von *Noah* schwanger, mit dem sie gestern das erste Mal geschlafen hat. (Gott – sie ist schon jetzt eine schreckliche Mutter! Steigt mit einem Fremden ins Bett, noch bevor sie ordentlich vom Vater ihres Babys getrennt ist!) Sie geht in Gedanken zurück und landet bei der Nacht, in der sie und Ted das letzte Mal Sex hatten – nachdem er sie schlafend unter der Eiche fand. Es war verrückt gewesen, im Vorgarten zu schlafen, aber sie wollte damals einfach etwas *anders* machen, eine Trennung von ihrem alten Leben vollziehen. Als sie sich daran erinnert, wie innig sie sich an diesem Abend liebten, wird sie von Zärtlichkeit für Ted erfasst. Diese Art der Zuneigung ist ruhiger als Leidenschaft, gesünder, vielleicht einfacher aufrechtzuerhalten. Als sie aufsteht, steigt Übelkeit in ihr hoch. Sie öffnet den Deckel der Toilette wieder und setzt sich auf den Boden. Nur für den Fall.

Sie muss mit Ted reden. Sie müssen sich überlegen, was sie jetzt tun sollen – vor allem, was den Termin betrifft, den sie mit dem Mediationsanwalt vereinbart hat. Als Elinor ihn nach ihrem Treffen mit Ted in dem Café anrufen wollte, bekam sie plötzlich einen Krampf in der Hand und konnte die Nummer nicht zu Ende eintippen. Ihr Telefon rügte sie mit ungeduldigen Düdelü-Tönen, als sie innehielt. Sie beendete den Vorgang, um einen Moment nachzudenken. Sich mit dem Anwalt zusammenzusetzen bedeutete nicht, dass sie sich *scheiden* ließen. Sie würden einfach erfahren, was eine gesetzliche Trennung beinhaltete – welche Möglichkeiten sie hätten. Sie hat sich nie für Scheidungsrecht interessiert, denn es war ihr zu kriegerisch erschienen. Schließlich löste sich der Krampf in ihrer Hand, und sie vereinbarte einen Termin. Sobald sie es wagen kann, das Bad zu verlassen, wird sie ihn absagen.

Elinor stemmt sich vom Boden hoch und dreht das Wasser in der Duschkabine auf. Sie und Ted könnten sich trennen, und das Kind könnte bei ihr leben. Sie würden sich das Sorgerecht teilen. Vielleicht wäre das zu hart für Ted. Könnten sie einfach nur Hausgenossen sein? Sie zieht die Schlafanzughose und das Tanktop aus und stellt sich unter das inzwischen warme Wasser. Als sie sich einseift, spürt sie, dass ihre Brüste berührungsempfindlich sind. Wieder wird ihr übel, doch sie schafft es, den Brechreiz zu unterdrücken. Wahrscheinlich ist es töricht, für möglich zu halten, dass Ted und sie diese Situation in den Griff bekommen können. Nein. *Positiv denken,* sagt sie zu sich und tut einen tiefen, reinigenden Atemzug. Von jetzt an wird sie positiv denken. Aufhören zu fluchen. Nur noch biologische Lebensmittel kaufen. Die Folsäuretabletten aus der Versenkung holen. Das Autoradio leiser stellen und auf Mozart umschalten.

Während sie sich abtrocknet und die Zähne putzt, wirft sie immer wieder einen Blick auf das Teststäbchen. Die zweite rosa Linie ist ausgefranst, aber definitiv vorhanden. Sie schlüpft in Rock, T-Shirt und Sandalen und schüttelt ihr nasses Haar zurecht. Wie soll sie es Ted sagen? Die Neuigkeit ist zu überwältigend für einen Anruf in der Praxis. Sie wird ihn zum Dinner einladen, ihm sagen, dass sie eine schöne Neuigkeit für ihn habe. Als sie erwägt, ihm ein Steak mit Sauce béarnaise zu servieren, steigt neuerlich Übelkeit in ihrer Kehle hoch. Nein – sie wird nichts für ihn kochen. Dank Gina, der Königin hausgemachter Mahlzeiten, hat Elinor eine irrationale Furcht davor entwickelt, für ihren Mann zu kochen. Sie wird einfach Salate vom Deli holen, und sie werden ein Picknick im Park machen – wie früher, wenn sie sich nach der Arbeit trafen.

Der Geruch einer überreifen Banane in der Küche löst erneut Übelkeit aus. Elinor übergibt sich ins Abwaschbecken, spült sorgfältig nach, setzt sich auf einen der Hocker an der Frühstückstheke und tippt Kats Nummer ein.

»Du klingst ja ganz atemlos«, sagt Kat.

»Ich bin schwanger.«

»Was? Oh, mein Gott!« Sie hält einen Moment inne. »Von wem?«

»Ted.« Überrascht erkennt Elinor, dass sie *in jedem Fall* glücklich wäre. Früher erschien es ihr wichtig, ihr Kind von ihrer großen Liebe und zum richtigen Zeitpunkt zu bekommen. Jetzt würde es ihr Glück auch nicht trüben, wenn sie von dem UPS-Fahrer schwanger wäre.

»Oh, *El!*«

»Ich kann einfach nicht aufhören zu brechen.« Panik packt sie. Das Baby braucht doch Nährstoffe! Was, wenn sie auch dieses Kind verliert?

»Du musst essen.«

»Es bleibt ja nichts drin.«

»Du musst den ganzen Tag über essen – leichte Kohlenhydrate wie Toast und Cracker. Schon bevor du aufstehst. Leg dir einfach was auf den Nachttisch, wenn du ins Bett gehst. Oh, mein GOTT – ein Baby!« Kat stößt einen Jubelschrei aus.

»Auf den Nachttisch«, wiederholt Elinor, greift müde nach der Plastiktüte mit dem Brot und steckt eine Scheibe in den Toaster. Das mit den Crackern hätte sie wissen müssen! Das Gefühl der Unzulänglichkeit, das sie begleitete, während sie alles ausprobierte, um schwanger zu werden, kehrt zurück, eine Stimme, die ihr sagt, dass sie nicht zur Mutter geeignet ist.

»Weiß es Ted?«, fragt Kat.

»Nein. Ich habe dich zuerst angerufen.« Der warme Toast schmeckt gut. Sie bemüht sich, nicht zu schlingen.

»Ich bin geschmeichelt, aber du musst ihn anrufen …«

»Ich weiß«, erwidert Elinor mit vollem Mund. »Eines nach dem anderen: erst Toast, dann Ted.« Sie hat nicht die Kraft, Kat von ihrem Picknickplan zu erzählen.

»Ich habe so viel Zeug, was ich dir leihen kann!«, sagt Kat. Elinor ist jetzt in die Schwesternschaft der Mütter aufgenommen. Sie versucht, die Angst vor einer Fehlgeburt zu verdrängen.

Wieder im Schlafzimmer, sagt Elinor das Treffen mit dem Mediationsanwalt ab. Sie können ja jederzeit einen neuen Termin vereinbaren. Als Nächstes ruft sie in der Befruchtungsklinik an.

»Die zweite Linie ist nicht sehr deutlich und auch nicht ganz durchgezogen – ist das in Ordnung?«, fragt sie die Schwester.

Die Frau lacht. »Ja. Sie sind schwanger.«

Elinor setzt sich auf das ungemachte Bett. Es aus dem Mund eines anderen Menschen zu hören – eines *Profis* – lässt sie in Tränen ausbrechen.

»Das passiert öfter, kurz nachdem eine Patientin die Behandlung eingestellt hat«, sagt die Schwester. »Der Körper ist dann noch stimuliert durch die Medikamente. Sie hatten einfach Glück – eine der guten Eizellen hat sich doch noch besonnen.«

Die Schwester fragt nach dem Datum der letzten Periode,

rechnet kurz und sagt zu Elinor, dass sie morgen zur Blutabnahme kommen solle, damit ihr Hormonspiegel gemessen werden könne. Außerdem werde man ihr vorsorglich Progesteron verschreiben und hoch dosierte Vitamine. Da sie bereits zehn Tage über die Zeit sei, könne sie in vier Tagen zu einem Vaginal-Ultraschall zur Feststellung einer Herztätigkeit kommen. In zwei Wochen werde dann eine zweite Ultraschallaufnahme gemacht. Falls alles in Ordnung sei, würde man sie anschließend zu ihrem regulären Gynäkologen entlassen.

Entlassen. Elinor atmet tief durch, als sei sie zu der Klinik *verurteilt* worden! Sie wünscht, sie könnte die sterilen Untersuchungsräume und all die Tests umgehen, mit dem Krankenhausaufzug direkt zur Entbindungsstation hinauffahren und dort auf die Geburt warten.

»So viele Reifen«, sagt sie, und Sorge verbrennt den Toast in ihrem Magen. Sie lehnt sich in die Kissen zurück und entdeckt ein Ahornblatt zwischen den Laken. Wie kommt das hierher? Sie nimmt es in die Hand. Es ist tiefrot und fühlt sich ledrig an. Geistesabwesend legt sie es auf den Nachttisch, während sie nach einem Zettel Ausschau hält, um die vielen Termine zu notieren, die die Schwester ihr durchgibt. Das einzig Greifbare ist die Visitenkarte des Mediationsanwalts. Sie dreht sie um und schreibt die Daten und Uhrzeiten auf die Rückseite.

»Ihre Frau ist am Apparat«, ruft die Rezeptionistin Ted zu, als er auf den nächsten Untersuchungsraum zusteuert, um Mrs Carsons eingewachsene Nägel zu inspizieren. Er biegt zu seinem Sprechzimmer ab, um den Anruf entgegenzunehmen. Außer Larry hat er noch niemanden darüber informiert, dass er und Elinor sich getrennt haben.

»Hi«, sagt Elinor atemlos, als er sich meldet. »Ich habe eine Neuigkeit für dich.« Sie scheint ihre Erregung nur mit Mühe zügeln zu können. »Kannst du nach der Arbeit in den Watson Creek Park kommen – zu unserem Picknicktisch?«

»Was für eine Neuigkeit?« Ted hasst Überraschungen.

»Eine ganz *spezielle.* Ich erzähle dir alles, wenn wir uns sehen. Wir müssen uns unterhalten. Bei einem gemütlichen Picknick – wie früher. Kommst du?«

Ted lehnt sich an seinen Schreibtisch. Was für eine Neuigkeit könnte sie für ihn haben? *Ich will die Trennung? Ich will, dass du zurückkommst?* Er schaut auf das gerahmte Schwarzweißfoto hinunter, das Elinor am Tag ihrer Hochzeit zeigt. Sie strahlt ihn über die Schulter an. Die helle Haarsträhne, die über ihr eines Auge gefallen ist, gibt ihr etwas verschmitzt Verführerisches. Sie hatten viel Spaß auf ihrer Hochzeit. Alle sagten, sie würden keinen haben, würden zu gestresst und nervös sein, doch sie tanzten mit ihren Freunden bis nach Mitternacht und zogen dann noch mit der ganzen Gesellschaft in die Hotelbar um.

»Okay«, stimmt Ted zu.

Als er am Spätnachmittag die Praxis verlässt, schlägt ihm brütende Hitze entgegen. Es ist einer dieser Smogtage im September, an denen man kaum atmen kann und die ihn davon träumen lassen, dem Valley den Rücken zu kehren, vielleicht nach Calistoga hinaufzuziehen, in ein altes viktorianisches Haus, und dort oben eine kleine Praxis zu eröffnen. Neuerdings beinhalten diese Phantasien auch Gina und Toby. Gina, die morgens auf dem in der Sonne schimmernden Holzboden ihre Yogaübungen macht. Ted und Toby, die abends auf der hinteren Veranda sitzen und Risk spielen.

Er steigt ins Auto und dreht die Klimaanlage voll auf. Schon allein der Lärm, den sie vollführt, erfrischt ihn. Nachdenklich macht er sich auf den Weg zum Park. *Speziell* ist kein Wort, das Elinor üblicherweise benutzt. Es ist ein Adjektiv, das sie normalerweise als nichtssagend ablehnt, ein Adjektiv, das sich auf *alles* beziehen kann – von einem lernbehinderten Kind bis zu einem Hochzeitsempfang. *Hochzeitsempfang.* Ted schlägt mit der flachen Hand aufs Lenkrad. Das ist es: Elinor wird ihren Baumarzt heiraten! Ted schlägt mit der Faust aufs Lenkrad. Warum zum Teufel hat Elinor nicht *ihn* angerufen, als der Baum krank wurde? Immerhin war es auch *sein* Haus. *Sein* Baum. Und er kann mit einer Motorsäge umgehen! Wie kommt dieser Kerl dazu, seinen Baum umzubringen und sich seine Frau unter den Nagel zu reißen?

Obwohl er weiß, dass er sich irrational, selbstsüchtig und kindisch benimmt, ist Ted eifersüchtig auf die Männer in Elinors und Ginas Leben. Shane, Barry und Tarzan – oder wie immer dieses Baum-Arschloch heißt. Es wäre ihm am liebsten, wenn sie alle gemeinsam von einem Kliff springen würden.

Er biegt in den Parkplatz am Stausee ein. Früher gingen er und El hier am Wochenende spazieren. Damals redeten sie Stunden über Stunden miteinander – über ihre Arbeit und das Leben und die Bücher, die sie gerade lasen, und darüber, was sie als Nächstes an ihrem Haus verbessern wollten. Das war, bevor ihre Gespräche sich nur noch um das *eine* Thema drehten. Er findet einen Parkplatz im Schatten, steigt aus und geht den Hügel hinunter. Als er El sieht, hält er inne. El, die in dem laubgefilterten Licht steht, sieht in ihrem Sommerkleid wie ein impressionistisches Gemälde aus. Ihr kurzes Haar ist hochgesteckt, ein paar Strähnen kleben an ihrem Nacken. Ted schließt die Augen und stellt sich die feuchte, süß nach Apfel riechende Stelle darunter vor. Dann atmet er tief durch.

»Hi«, ruft er, um einen fröhlichen Ton bemüht. Elinor schaut von dem Picknicktisch hoch, der mit einer rotweiß karierten Plastikdecke, einer Flasche Wein, einer Flasche Mineralwasser mit Kohlensäure, einer Box mit Brathähnchenteilen und einer Reihe Kartons vom Deli, Melonenschnitzel, Käse, Brot und Feigen gedeckt ist.

»Abendessen.« Sie lächelt ihn an und setzt sich hin, tupft ihre Stirn mit einer Papierserviette ab. »Puuuh.«

Er umarmt sie kurz. »Du siehst hübsch aus. Warum das alles?« Er deutete auf den Tisch.

»Ich wollte in einer harmonischen Atmosphäre mit dir reden. Wein?« Ohne seine Antwort abzuwarten, schenkt sie ihm ein Glas Pinot Grigio ein, während sie selbst aus einem Plastikbecher Mineralwasser trinkt. Sie schneidet eine dicke Scheibe Brot ab, belegt sie mit Weichkäse und gibt sie auf seinen Teller.

Ted kaut. In der Anfangszeit ihrer Beziehung organisierte Elinor oft ein Picknick wie dieses, mit Brot und Käse und Wurst vom Deli, Trauben und Wein. Sie hasst Kochen, aber sie versteht sich gut darauf, Dinge für eine kalte Mahlzeit einzukaufen.

Elinor sitzt Ted gegenüber. Ihr Gesicht ist beunruhigend rot, und Schweißperlen glänzen auf ihrer Stirn und der Nase.

»Bist du okay?«, fragt Ted besorgt.

»Es geht mir großartig.« Sie steht auf, schluckt und setzt sich wieder. »Nur die Hitze macht mir zu schaffen.« Sie lächelt und knabbert an einer Traube. Plötzlich springt sie auf und stürmt hügelabwärts in Richtung Bach, wo sie sich unter einem Baum vorbeugt und übergibt.

»Du hast einen Hitzschlag!« Ted springt seinerseits auf und läuft zu ihr.

Elinor hebt den Kopf und schaut ihn an. Jetzt ist sie leichenblass, und ihre Haut sieht wächsern aus. »M-m.« Sie lacht. Tränen glänzen in ihren Augen. »Ich bin schwanger.«

»Was?« Ted spuckt den Bissen aus, den er in der Aufregung herunterzuschlucken vergessen hat. *»Schwanger?«* Da ist er, der Augenblick, den er so lange herbeigesehnt hat – und genau so, wie er ihn sich erträumt hat: Elinor überrascht ihn mit der Neuigkeit, als er sie am wenigsten erwartet. *Schwanger.* Seine Frau bekommt ein Baby. Er wird Vater. »Im *Ernst?* Ich meine …« Er hört den Unglauben in seiner Stimme und hofft, dass er Elinor nicht verletzt – aber das Timing ist wirklich verrückt.

Er schluckt. Es fühlt sich an, als stecke der Bissen, den er ausgespuckt hat, in seiner Kehle. Halt. Was, wenn sie von diesem *Baum-Typen* schwanger ist? *Ungewöhnlich träge,* hat der Arzt über sein Sperma gesagt. Er tritt einen Schritt auf Elinor zu.

»Du … und der Baumarzt …«

»Nein, Ted! *Du* bist der Vater.« Sie wischt sich mit dem Handrücken den Mund ab. »*Wir* bekommen ein Kind. Die Schwester hat ausgerechnet, dass ich am Ende der sechsten Woche bin. Erinnerst du dich an unsere letzte Nacht – an den Abend, als du mich schlafend im Vorgarten gefunden hast?«

Ted ist schwindlig, und er schwitzt aus allen Poren. Er fühlt sich müde und alt und glücklich und verwirrt. Ergriffen nimmt er El bei der Hand und geht langsam mit ihr zum Picknicktisch zurück. Damit ist die Entscheidung gefallen: Wenn sie ein Baby bekommt, wenn *sie beide* ein Baby bekommen, dann müssen sie zusammenbleiben. Seine Knie fühlen sich an wie Gummi. Fürsorglich hält er auf dem Boden Ausschau nach etwaigen herausstehenden Wurzeln, damit Elinor nicht darüber stolpert. Eigentlich hatten die Griechen der Antike es gar nicht so schlecht, denkt er: Sie mussten schwierige Entscheidungen nicht selbst treffen – das taten die Götter für sie. Der freie Wille kann auch eine Last sein – da muss man nur all die Philosophen fragen.

»Man hat den HCG-Wert im Blutserum bestimmt, und der Choriongonadotropinwert liegt bei 151«, berichtet Elinor leicht hektisch, euphorisch, angespannt. »Das ist *toll.* Ich werde das Baby also wahrscheinlich diesmal nicht …« Sie bricht ab.

Verlieren denkt Ted. Ihre Übelkeit und der Hormonwert lassen tatsächlich hoffen.

Plötzlich bleibt Elinor stehen und schaut zu Ted auf. Die Ponyfransen kleben schweißnass an ihrer Stirn. Sie entzieht ihm ihre Hand. »Keine Angst – das Baby bedeutet nicht, dass wir zusammenbleiben müssen.« Offenbar hat sie sein Schweigen als Zaudern oder Enttäuschung missinterpretiert. »Ich hoffe, dass die Neuigkeit dich glücklich macht, aber ich möchte nicht, dass du dich jetzt zu etwas gezwungen fühlst. Zu … *irgend*etwas. Ich möchte nur eine friedliche Atmosphäre für das Baby schaffen.« Ratlos senkt sie den Blick. »Ich weiß nicht, was wir tun sollen.«

»Schatz.« Ted nimmt wieder ihre Hand und führt sie die letzten paar Meter wie ein Kind zu dem Tisch. »Überlass *mir* den Denkprozess.« Das war eines der Lieblingswörter ihrer Eheberaterin, und er spricht das Wort betont aus, um Elinor zum Lachen zu bringen, doch sie bleibt ernst.

»Also – war *tun* wir?«, fragt sie. »Ich werde dieses Baby bekommen, aber …«

»Ich ziehe wieder ein«, sagt Ted. »Natürlich nur, wenn du es willst«, setzt er hastig hinzu. Er setzt sie auf die Bank, tränkt ein paar Papierservietten mit Mineralwasser und tupft ihr die Stirn ab.

Elinor schüttelt den Kopf. »Wir müssen reden.«

Ted überlegt, dass er und Elinor das Kind auch aufziehen könnten, *ohne* wieder zusammenzuleben. Es wäre machbar. Doch dann stellt er sich vor, dass Tarzan in sein Haus einzieht und sein Baby auf dem Arm hält.

»Es wird nicht mehr geredet«, entscheidet er. »Es ist beschlossen. Ich komme nach Hause. Du bist schwanger, und ich komme nach Hause.« Ted reicht ihr die Mineralwasserflasche. »Spül den Mund aus, aber schluck es nicht runter. Durch die Kohlensäure wird dir nur noch übler. Ich hole dir ein stilles Wasser.« Er schaut sich nach einem Kiosk um, doch alles, was er sieht, sind Bäume – und die scheinen auf ihn zuzukommen. »Lass uns von hier verschwinden.«

Elinor spült, spuckt aus und nickt. »Als wäre die Morgenübelkeit nicht schon schlimm genug, muss ich auch noch das Progesteron nehmen, was sie zehnmal schlimmer macht.«

»Du hättest nicht einen solchen Aufwand betreiben müssen«, sagt Ted mit einer den Tisch umfassenden Geste. »Aber es war sehr lieb von dir.« Er küsst sie zart auf Stirn und Nase und auf beide Wangen. »Danke.«

Elinor nickt halbherzig und beugt den Kopf in Richtung Knie. Sie ist offensichtlich dehydriert und isst wahrscheinlich nicht genügend Eiweiß. Vielleicht sind ihre Elektrolyte nicht in Ordnung. Ted räumt in aller Eile den Tisch ab, steckt alles in die braunen Papiertüten zurück. Er wird Elinor nach Hause bringen und ins Bett stecken und ein Auge auf sie haben. Wenn sie keine Flüssigkeit bei sich behalten kann, muss sie zu einer Infusion ins Krankenhaus.

»Schaffen wir dich *heim.*« Ted mag es, wie sich das Wort *heim* im Mund anfühlt. Seine Frau *braucht* ihn. Sie fahren heim.

»Gott, ich *wusste,* dass das passieren würde.« Gina schiebt ihren Salat weg. Ted hat sie wie geplant zum Abendessen ausgeführt, nur macht er jetzt Schluss mit ihr.
Ginas Blick wandert zu den anderen Paaren, die um die brennenden Kerzen herum auf den weißen Tischdecken Händchen halten. Es gibt wohl kaum etwas Grausameres und Ironischeres, als in einem romantischen Restaurant mit jemandem Schluss zu machen. Leider wird Ted das erst in diesem Moment bewusst. Und noch etwas: Nur Feiglinge machen in einem Restaurant Schluss – dann ist die Gefahr einer Szene nicht so groß.
»Es tut mir schrecklich leid.« Er will Gina Wein nachschenken, doch sie legt die Hand auf ihr Glas. »Ich hatte dir und Toby ein Versprechen gegeben, und ich habe dieses Versprechen gebrochen. Es tut mir unendlich leid. Du bist eine phantastische Frau, und Toby ist ein großartiger Junge, und ich weiß, dass du jemanden finden …«
»Oh, verschon mich!« Gina richtet sich stolz auf und wirft ihr Haar nach hinten. »Mir tut es auch leid – dass ich so dumm war! Ich wusste, dass du zu Elinor zurücklaufen würdest, sobald sie mit dem Finger schnippt. Toby und ich waren nur deine Miet-Familie.«
»Das ist nicht fair …«
»Warum tust du es dann?«
»Es ist ja vielleicht nur vorübergehend«, sagt Ted. »Elinor und ich wissen noch gar nicht wirklich, was wir tun werden. Wir brauchen einfach etwas Zeit, um uns über einiges klar zu wer-

den.« Was in aller Welt redet er da – und was für eine Reaktion kann er von Gina darauf erwarten?
Sie schaut ihn ungläubig an. »Entschuldige mich.« Sie steht auf, schlüpft in ihren braunen Blazer und wendet sich zum Gehen.
»Ich rede mit Toby«, sagt Ted leise.
Sie dreht sich zu ihm um und drückt den Zeigefinger auf den Tisch. »Nein. Das tust du *nicht. So viel* ist *sicher.*«

14

»Mein Mann ist wieder da«, eröffnet Elinor Noah. Sie weiß, dass es nicht die feine Art ist, telefonisch Schluss zu machen, aber Noah und sie haben sich ja noch nicht lange getroffen, und sie hat das Gefühl, es sich nicht leisten zu können, ihre momentan spärlichen Energiereserven durch ein Treffen mit ihm noch weiter zu reduzieren. »Wir fahren morgen gemeinsam zur ersten Ultraschalluntersuchung.«

»Ich verstehe.« Es überrascht Elinor, wie enttäuscht er klingt.

»Du weißt, was dein Problem ist?« Er fragt sehr einfühlsam.

»Und welches?«

»Du erwartest, dass alles zum richtigen Zeitpunkt passiert!«

»Ich glaube, das *war* mein Problem.«

»Du möchtest mit mir zusammen sein, aber du kannst es nicht, weil das Timing nicht das richtige ist.«

»Ein Baby ist wesentlich mehr als ein Timing, Noah.« Und ich *möchte* gar nicht mit dir zusammen sein, fügt sie in Gedanken hinzu. Ich mag dich, aber wir sind nicht füreinander geschaffen. Siehst du das nicht ein? Sie seufzt. »Du bist wirklich ein netter Kerl.«

»Ein *netter* Kerl? Das ist ja ein vernichtendes Urteil. Meine Exfrau setzte nett mit langweilig gleich. Außerdem bin ich im Augenblick alles andere als nett: Ich würde deinen Mann liebend gern in den Hintern treten.«

»Nett ist *kein* vernichtendes Urteil. Es hat mir viel bedeutet, dass du kamst, als sie die Eiche fällten, und mir halfst, einen neuen Baum zu pflanzen.«
»Du hast mir eben gefallen.«
»Danke«, sagt Elinor.
»Keine Ursache. Es ist mein Job, mich um kranke Bäume zu kümmern.«
»Nein – ich meinte, danke für die Zeit, die du mit mir verbracht hast.« Elinor hält inne, sucht nach den richtigen Worten. »Danke, dass du mir das Gefühl gegeben hast, sexy zu sein.«
»Es freut mich, dir von Nutzen gewesen zu sein.« Er klingt schon wieder fröhlicher. »Du *bist* sexy.«
»Und du bist ein guter Fang, Noah.« Nicht für mich, denkt sie, aber für irgendeine andere. »Das kannst du mir glauben – und lass dich nicht von etwas, was deine Frau gesagt hat, davon abbringen.«

Vier Tage nach dem Erscheinen der zweiten rosa Linie bekommen Elinor und Ted das schlagende Herz zu sehen. Ehrlich gesagt, *tut* Elinor nur so, als sehe sie es, während sie in dem abgedunkelten Raum von der Untersuchungsliege aus angestrengt das unscharfe Bild auf dem Monitor zu entschlüsseln versucht. Anfangs inspiziert Dr. Weston den Bildschirm schweigend und mit besorgter Ernsthaftigkeit. Ted rührt sich nicht, und Elinor schluckt das hysterische Lachen hinunter, das in ihrer Kehle aufsteigt.
Plötzlich erhellt sich die Miene der Ärztin. »Da! Genau da!« Sie deutet auf einen winzigen, flauschig wirkenden, runden Fleck innerhalb der grauen Masse. »Da ist das Herz.«
Elinor schließt die Augen, öffnet sie wieder und hofft, jetzt ein Pulsieren wahrzunehmen.

»Wow!« Ted beugt sich weiter vor. *Du siehst es auch nicht!*, denkt Elinor.
»Das kleine Ding da bringt mich dazu, an roten Ampeln ein Schläfchen machen zu wollen und mich in den Rinnstein zu übergeben?« Elinor schlägt die Hand vor den Mund. Oje. Sie übt schon jetzt Kritik! Wie soll das erst später werden? »Ich meine … du liebe Güte! So klein!«
Zu Hause klebt Ted die Ultraschallaufnahme an die Kühlschranktür. Das Querschnittfoto von Elinors Gebärmutter ist so grisselig wie das Bild eines Schwarzweißfernsehers bei schlechtem Empfang.
»Hallo, du«, sagt Elinor zu dem Baby, das inmitten weißer Flecke vage als erdnussförmiger, nur unwesentlich größerer Fleck zu erkennen ist. Dann macht sie sich daran, den Geschirrspüler einzuräumen, und dabei singt sie zu einer selbst erdachten Melodie einen selbst erdachten Text.

Ich liebe dich, mein Embryo!
Du bist zwar noch klein wie ein Floh,
Aber bald schon seh ich dich richtig oh-oh-oh,
Mein kleiner Embryo!

Mit dem Singen lenkt sie sich von ihrer Angst vor allem ab, was dem Baby schaden könnte. Chlor im Pool, medizinische Gesichtscreme, Ameisenspray in der Garage, *Streichkäse* (warum auch immer). Die Welt ist voller Gifte. Wie soll man sich auf dem neuesten Stand halten, ohne paranoid zu werden?
Während Elinor vor sich hin summt, lacht Ted nervös und sagt, sie müsse sich nicht um das Geschirr kümmern. Aber zu ihrer großen Erleichterung kocht er jeden Tag, seit er wieder

eingezogen ist, und so möchte sie wenigstens die Küche in Ordnung bringen.
Es gibt nicht mehr viele Lebensmittel, die Elinor reizen, und Ted überschlägt sich förmlich in dem Bemühen, Gerichte zu erfinden, die ihr schmecken könnten.
»Weißt du, wie es zu dem Rezept für die berühmten Fettuccine Alfredo kam?«, fragt er sie, während er Käse, Milch und Butter auf der Arbeitsfläche bereitstellt.
Elinor weiß es nicht. Sie sollte sich wirklich mehr fürs Kochen interessieren.
»Also, da gab es Neunzehnhundertsowieso einen römischen Küchenchef, der seine Frau während ihrer Schwangerschaft einfach nicht dazu kriegen konnte, mit Genuss zu essen, und er wurde immer frustrierter, weil ihm das in seinem Beruf schließlich gelingen sollte. Also warf er eines Abends frische Eiernudeln in einen Topf mit kochendem Wasser, zerließ Butter, verrührte sie mit Parmesan, Sahne, einer Prise Muskat und Pfeffer, und voilà – sie aß den ganzen Teller leer.« Er setzt Nudelwasser auf.
»Klingt gut.« Teds Fürsorge rührt Elinor. Er gibt sich solche Mühe. Sie liebt ihn dafür. Könnte man sich einen besseren Vater wünschen? Sie legt die Hände auf ihren Bauch. Seit Ted wieder da ist, begegnet er ihr mit Aufmerksamkeit und Freundlichkeit und … *Ehrerbietung*. Ja, das Wort hat sie gesucht. Er ist so voller Ehrfurcht für sie und ihre Schwangerschaft, dass sie sich fühlt, als sei sie *mehr* als eine Ehefrau und werdende Mutter. Sie fühlt sich, als sei sie ein Nationaldenkmal oder eine vom Aussterben bedrohte Spezies. Dieser neue Status hat in ihrer Beziehung zu einer enervierenden Förmlichkeit und Höflichkeit im Umgang miteinander geführt – als lebten sie in einer arrangierten Ehe. Wenn sie in der Küche oder im Bad

versehentlich aneinanderstoßen, zucken sie zusammen, entschuldigen sich und streifen die Wange des anderen mit einem schnellen Kuss.

»Wie läuft's denn so?«, fragt ihre Mutter, wenn sie anruft, womit sie nicht nur die Schwangerschaft, sondern auch die Ehe meint.

»Gut«, antwortet Elinor ihr dann jedes Mal, und das ist keine Beschönigung. Aber warum fühlt »gut« sich dann nicht *gut* an?

Wenn Ted in der Arbeit ist, schleicht Elinor sich in den In-and-Out, atmet gierig den Duft von Cheeseburgern und Pommes frites ein, lechzt nach einem Eistee, entscheidet sich jedoch brav für fettarme Milch. Sie vermisst das Koffein wie einen verlorenen Liebhaber. Inzwischen würde sie glatt einen Mord begehen für Tee, Kaffee oder Coke. Hauptsache, sie müsste nicht mehr dieses Kräuterteegebräu mit Zimt und Orange trinken, das wie das Potpourri an der Kasse der Autowaschanlage riecht. Wenn sie nur einen kleinen Schluck Tee bekäme, wäre sie bestimmt wieder in Form. Elinor erinnert sich an Kolleginnen, die während der Schwangerschaft ohne einen Anflug von Erschöpfung Überstunden und Geschäftsreisen machten – und sie kann sich kaum aufraffen, eine Suppenbüchse zu öffnen!

»Das wird schon wieder«, verspricht Kat ihr. »Wart's ab – im zweiten Drittel bist du voller Energie.«

Und so wartet Elinor auf diese Energie und wünscht, dass die Hormone sie nicht so rührselig machen würden. Als der Babyelefant im Zoo von Oakland stirbt, ist sie untröstlich. Sie betrachtet das Foto in der Zeitung und weint bitterlich. Seine nach vorne geklappten Ohren sind noch viel zu groß für seinen kleinen Körper, und nun wird er nie die Chance haben, gegen dieses Missverhältnis anzuwachsen. Unter der Aufnahme ist seine Mutter in ihrem Gehege zu sehen. Sie sieht schrecklich traurig und verloren aus.

»Der Elefant!«, schluchzt Elinor ins Telefon.

»Was?«, fragt Kat verdutzt.

»Er ist gestorben!«

»Wer?« Jetzt klingt Kat so alarmiert, als sei sie drauf und dran, aufzulegen und herüberzukommen.

»Der Elefant! Im Zoo! Er ist gestorben! Schau in die Zeitung!«

»Oh.« Im Hintergrund raschelt Papier. »Das arme Ding. Aber jetzt hat er's überstanden. Er war doch krank.«

Elinor kann nicht aufhören zu weinen. »Ich weiß«, bringt sie erstickt hervor, aber ihre Fähigkeit, rational zu denken, ist ebenso verschwunden wie ihre Energie. Die beiden haben sich in irgendein Motel verzogen und trinken ohne sie koffeinhaltige Getränke.

»Es wird dir bald besser gehen«, sagt Kat zum hundertsten Mal. »Das sind die Hormone.«

Die Erklärung für *alles.* »Ich weiß«, erwidert Elinor erneut. Sie sollte sich unbedingt beruhigen. Hysterie ist Gift für das Baby. »Wenn ich schon in der Schwangerschaft eine solche Katastrophe bin, wie soll das erst nach der Geburt werden?«

»Oh, El. Du wirst eine wundervolle Mutter sein, glaube mir. Mach dir nicht so viele Sorgen.«

»Okay.«

»Und lass die Finger von der Zeitung. Die Welt ist ein Jammertal.«

»Okay.« Elinor nimmt sich vor, nur noch Schwangerschaftsratgeber zu lesen. Sie duscht, zieht sich an und holt das eine Buch, das sie sich während ihrer Bemühungen, schwanger zu werden, zu kaufen gestattet hat: *Was Sie erwartet, wenn Sie in der Erwartung sind.*

Bei Starbucks genehmigt sie sich eine fettarme, geschäumte Milch mit einer Prise Zimt und blättert in *Was Sie erwartet.* Als Erstes erfährt sie, dass es verwerflich ist, zum Frühstück Weizenmehlmuffins zu essen anstatt Vollkorntoast. Außerdem ist es unverantwortlich, an Koffein auch nur zu *denken.* Und die heiße Dusche gestern Abend hat wahrscheinlich den IQ ihres Babys versengt. Das Buch bestätigt ihr, was sie bereits wusste: Sie ist ungeeignet und nicht wert, Mutter zu sein. »Leck mich«, flüstert sie den Buchseiten zu. Sie steht auf, nimmt ihre Milch mit, obwohl sie davon einen scheußlich säuerlichen Geschmack im Mund hat, und tritt durch die gläserne Flügeltür auf den Parkplatz hinaus. In der Nähe ihres Autos steht ein Müllcontainer. Sie läuft hin und versenkt darin *Was Sie erwartet, wenn Sie in der Erwartung sind.* »Leck mich«, wiederholt sie. Als sie den Motor startet, packen sie Schuldgefühle. Kein Wunder, dass sie so lange gebraucht hat, um schwanger zu werden. Sie erträgt es ja nicht einmal, *Bücher* darüber zu lesen. Es muss auch noch andere geben – *freundlichere.* Sie wird Kat fragen. Ohne Kat wäre sie verloren.

An diesem Abend ist Ted nach der Arbeit zu erledigt, um zu kochen, und erklärt sich bereit, Elinor eine Käsepizza mit Peperoni mitzubringen.

»Mmmm!«, schwärmt Elinor, der Käsefäden am Kinn kleben, als sie im Wohnzimmer vor dem Fernseher sitzen. »Ist das guuut!«

Ted nippt an einem Ginger Ale – er hat aus Solidarität Wein, Bier und Kaffee abgeschworen –, beugt sich herüber und stopft Elinor ein Kissen in den Rücken. Plötzlich wird Elinor

die Art seiner Fürsorge klar: Es ist dieselbe wie seinen Patienten gegenüber. Nun, schließlich *ist* sie das jetzt auch: eine Patientin – keine Geliebte.
Ted trinkt sein Ginger Ale aus und nickt zur Küche hin. »Soll ich dir irgendwas holen?«
»Neue Nerven wären schön – ich bin so rührselig.« Sie knüllt ihre Serviette zusammen. »Das kann dem Baby nicht guttun.«
Er zuckt mit den Schultern. »Das ist normal. Die Hormone.«
»Vermisst du sie manchmal?« Vielleicht sind die Hormone ja auch *daran* schuld – jedenfalls muss Elinor schon seit Tagen ständig an Gina denken. Ohne ihre Arbeit hat Elinor zu viel Zeit zum Nachdenken, hunderte von Augenblicken Gelegenheit, sich die Eigenschaften zu vergegenwärtigen, aufgrund deren Ted sich zu Gina hingezogen fühlte. Eigenschaften, die sie, Elinor, niemals besitzen wird: Cheerleader-Fröhlichkeit, Sportlichkeit, eine sexy Anmut wie die Birken im Garten gegenüber.
»Wen?«, fragt Ted.
»Gina.« Elinor schaut auf die fettfleckige Pizzaschachtel hinunter.
»Nicht wirklich.« Eine Antwort nach dem Geschmack von Elinors Mutter, deren Devise lautet: *Sag immer die Wahrheit, außer wenn sie grausam ist.*
Doch sein Ausdruck verrät ihn: Elinor kennt ihren Mann lange genug, um die Wehmut darin sehen zu können. Aber er wird auf das Mädchen verzichten, um bei seiner Frau zu bleiben und ein Baby mit ihr zu bekommen.
»Ich denke nur ganz selten an Noah«, sagt Elinor. Und wenn, dann sind es *horizontale* Gedanken, setzt sie im Stillen hinzu.
Eifersucht flammt in Ted auf. »Bitte keine Einzelheiten!«

»Immerhin warst *du* es, der …«
»Ist *das* das heutige Abendprogramm: Machen wir wieder eine Fahrt mit dem Aufwärm-Bus?« Ted wirft seinen Pizzarand in die Schachtel.
Elinor zieht die Knie an die Brust und schlingt die Arme darum. »Nein.« Aber möchte es gern, denn sie macht jeden Tag eine Fahrt dorthin, in die Welt ihrer Besessenheit, und wenn sie mit Ted über die Affäre spricht, anstatt so zu tun, als habe es sie nie gegeben, dann hilft ihr das, ihren dunklen Gedanken zu entfliehen. Wenn sie mit Ted darüber spricht, ist sie nicht so wütend. Dann kann sie bei dem Versuch, den Fall zu entschlüsseln, ihre analytische Juristendistanz wahren.
»Tut mir leid«, murmelt sie, lässt sich zur Seite sinken und legt den Kopf auf den Schenkel ihres Mannes. Er streicht ihr übers Haar. Sie liebt den Geruch seiner antibakteriellen Seife – er gibt ihr ein Gefühl der Sicherheit.

»Wow!« Dr. Weston stößt einen Seufzer der Erleichterung aus. »Da ist es!« Sie deutet auf den Monitor. »Ihr Baby.«
Elinor und Ted sind durch den zweiten Reifen gesprungen: den Achtwochen-Ultraschall.
Baby. Es ist das erste Mal, dass Elinor jemanden in der Befruchtungsklinik dieses Wort sagen hört. Follikel, Eizelle, Zygote, Embryo, Herzschlag, *Baby.* Anstatt sich zu bemühen, etwas auf dem Bildschirm zu erkennen, sucht sie in dem abgedunkelten Raum nach Teds Gesicht.
Er starrt mit leicht geöffnetem Mund ungläubig auf den Monitor – als hätte man ihm gerade mitgeteilt, dass er etwas gewonnen hat. »Wow!«, sagt er. »So viele Schritte, um dahin zu kommen, wo die meisten Leute starten.«

»Verstehen Sie mich nicht falsch – Sie haben hier nichts mehr zu suchen«, sagt Dr. Weston. »Und ich hoffe sehr, dass wir uns nicht wiedersehen.« Es rührt Elinor, dass die Ärztin ebenso nervös und hoffnungsvoll ist, wie sie und Ted es sind.
Ted hilft Elinor, sich aufzusetzen. Tränen glänzen in seinen Augen, doch sie laufen nicht über.
»Rufen Sie Ihre Gynäkologin an und machen Sie einen Termin für die erste Vorsorgeuntersuchung«, sagt Dr. Weston und legt ihnen die Hand auf den Arm. »Und vergessen Sie nicht, mir dieses Baby vorzuführen, wenn es da ist.« Sie blinzelt ihnen zu und eilt aus dem Untersuchungsraum.
Elinor rutscht von der Liege und zieht sich an. »Wir haben hier *wirklich* nichts mehr zu suchen.«

»Was würdest du davon halten, unsere Gelöbnisse zu erneuern?«, fragt Ted, als sie an diesem Abend im Bett liegen. »Fändest du das zu kitschig?«
»Nein.« Elinor rutscht rückwärts an ihn heran. Sein Körper strömt eine behagliche Wärme aus.
»Wir könnten nach Hawaii fliegen«, überlegt er laut.
»Ich glaube nicht, dass ich fliegen darf.«
»Ich meine doch nach der Geburt. So ungefähr ein halbes Jahr danach. Wir fliegen nach Maui und nehmen uns eine Ferienwohnung.« Er beugt sich über sie. »Würdest du mich wieder heiraten?«
»Du weißt genau, dass ich das tun würde.«
»Ich meine nicht, wenn wir noch mal von vorne anfangen würden, sondern *jetzt* – nach allem, was geschehen ist. *Würdest* du?«
Elinor hört aus seinen Worten: *Verzeihst du mir, dass ich dir untreu war?* Sie dreht den Kopf zu ihm um und streicht ihm

übers Haar. »Ja«, antwortet sie. »Ich *würde.«* Aber ich würde auch gern mehr über deine Gründe für deine Untreue wissen, setzt sie in Gedanken hinzu. Wie du es vor dir gerechtfertigt hast. Ob es wieder passieren kann.

Ted schlingt den Arm um sie, und sie lehnt sich an ihn, als er beginnt, ihre Brüste zu liebkosen. Sie schließt die Augen und seufzt wohlig, als sie seine Erektion an ihrem Steißbein spürt. Plötzlich fühlt sie sich wohlgeformt und sexy und nicht wie ein Schlachtschiff.

»Sex schadet dem Baby nicht«, flüstert sie.

Ted vergräbt das Gesicht in ihrem Haar und küsst sie auf den Nackenansatz.

Als sie den Rücken durchdrückt und die Beine ausstreckt, berühren ihre Zehen am Fußende etwas Weiches, Kühles. Sie schlägt die Decke zurück und entdeckt eine Handvoll Teerosenblütenblätter zwischen den Laken. Sie sind trocken, fühlen sich jedoch feucht und leicht klebrig an.

»Wie romantisch«, sagt sie zu Ted, hebt eines der samtigen Blütenblätter an die Nase, schließt die Augen und atmet tief ein.

»Ähhh … ja«, sagt Ted.

»Wie hört sich Dublin zu Weihnachten für Sie an? Wie etwas aus einem James-Joyce-Roman?« Wenn Elinors Boss Phil wegen irgendetwas aufgeregt ist, fällt er am Telefon oft mit der Tür ins Haus, ohne sich mit einer Begrüßung aufzuhalten oder seinen Namen zu nennen.

»Sind Sie das, Phil?«, fragt Elinor. »Oder ist der irische Fremdenverkehrsverein dran?«

»Wie würde es Ihnen gefallen, ein Akquisitionsteam in Dublin zu leiten?«, fährt Phil fort. »Ich wäre auch einverstanden, für einen Teil der Zeit Teds Aufenthalt dort zu finanzieren, wenn er wegkann.«

»Mir geht es gut – und *Ihnen?*«, neckt Elinor ihn und klemmt sich den Hörer zwischen Kinn und Schulter, um an ihrer Einkaufsliste für Lebensmittel mit hohem Folsäuregehalt weiterzuarbeiten.

»Wir akquirieren eine großartige kleine Network-Firma in Dublin – mit einem großartigen Technikerteam –, und Sie sind meine Beste im internationalen Arbeitsrecht. Was halten Sie davon, sechs Wochen da drüben zu arbeiten? Das müsste Sie doch ansprechen, da Sie den Collegeabschluss mit Englisch im Hauptfach machten.«

Es hat Elinor immer gefallen, international tätig zu sein, sich mit ausländischem Arbeitsrecht und Gewerkschaften vertraut zu machen und für Überseearbeitnehmer gute Leistungsangebote mit ordentlichen Abgangsarrangements zusammenzuschnüren. Aber jetzt ist sie nicht verfügbar.

»Im Grunde würde ich das sehr gern machen, aber ich muss passen. Ich bin …« Elinor hat nicht vorgehabt, jemandem in der Firma von der Schwangerschaft zu erzählen, bevor man sie ihr ansähe. Andererseits hat sie Phil über ihre IVF-Behandlung in Kenntnis setzen müssen, da sie ihre zahlreichen Arzttermine nicht anders hätte erklären können. »Ich bin schwanger.«

»Oh.« Er klingt enttäuscht. »Das ist ja großartig. Wow. Gratuliere!«

»Keine Sorge«, beruhigt sie ihn. »Ich drehe schon jetzt zu Hause durch ohne Arbeit. Sie können im November wieder mit mir rechnen – wie vereinbart.«

»Das freut mich zu hören.«

Sie freuen sich *immer,* das zu hören.

Noah hatte gesagt, es sei nicht nötig, den Schlauch beim Wässern des Ginkgo die ganze Zeit zu halten – sie könne ihn ruhig hinlegen und das Wasser zwanzig Minuten in Rinnsalstärke laufen lassen –, doch es gefällt Elinor, die Sonne auf ihrem Körper zu spüren und zu sehen, wie das Wasser in die Erde sickert und den braunen Ring dunkel färbt, der nach Redwood-Wald riecht – nach Campingtrip. Plötzlich erscheint Noahs Gesicht mit den grünen Augen, dem dicken Schnurrbart und den beiden Grübchen auf dem Bildschirm in ihrem Kopf, und ein Schwindelgefühl wie bei einem Schwips erfasst sie, als sie sich erinnert, wie sein kratziger Schnurrbart sich an ihren Lippen und auf ihren Brüsten anfühlte.

Ein Schauer überläuft sie. Unwillig schüttelt sie den Kopf. Vorsichtig berührt sie eines der hellgrünen Blätter ihres neuen Baumes und gestattet sich, an das Kinderzimmer zu denken. Anfangs hatte sie es nicht gewagt, da sie fürchtete, damit das Schicksal herauszufordern und die Schwangerschaft zu gefährden, doch nachdem Dr. Weston sich so zuversichtlich zeigte, traut sie sich. Es ist ungeheuer entspannend, sich den Raum auszumalen, der morgens der sonnigste im Haus ist. An eine Wand will sie ein Sofa stellen, wo sie stillen und nachmittags vielleicht ein Nickerchen machen wird, wenn das Baby schläft. Und in einem eingebauten Bücherregal sollen Klassiker stehen: *Little Stuart* und *Blueberries for Sal.*

Es gibt etwas, was Elinor an ihrer Schwangerschaft gefällt: Jetzt kann sie sich die Zukunft vorstellen. Sie wird eine *echte* Aufgabe haben – einen sicheren Hafen zu schaffen.

Aber sie hat Angst, dass sie das Kind zu sehr lieben könnte. Einmal, als sie und Ted zu einem IVF-Termin in die Klinik kamen, sah sie auf dem Korridor eine Reihe kleiner Rollstühle stehen. Rollstühle für *Kinder.* Natürlich. Die Erkenntnis traf sie wie ein Schlag in die Magengrube. Wenn man ein Kind hat, kann diesem Kind etwas *zustoßen.* Elinor wusste, dass das ein Schmerz wäre, den sie nicht ertrüge.

Als sie eine Hand auf ihrer Schulter spürt, schreckt sie aus ihren Gedanken hoch.

»Ich an deiner Stelle hätte so dicht an der Straße keinen Laubbaum gepflanzt«, sagt Ted und versetzt dem Stamm einen Fausthieb, als trete er gegen den Reifen eines Autos. »Da muss man ja im Herbst ständig die Blätter vom Bürgersteig fegen.«

Der Abscheu in seiner Stimme amüsiert Elinor. »Hast du die da schon gesehen?« Sie deutet auf eine Reihe leuchtend grün belaubter Bäume ein Stück die Straße hinunter. »Wenn es den Leuten dort nichts ausmacht, im Herbst ein bisschen zu fegen, dann wird es mir auch nichts ausmachen.«

Ted zuckt mit den Schultern. »Wenn du das sagst.«

Elinor lacht. »Ja, das sage ich.«

»Mrs Mackey?«, sagt eine kleine Stimme am Telefon, als Elinor sich mit »Hallo?« gemeldet hat.

»Ja.« Elinor streicht die Daunendecke glatt. Es erfüllt sie mit Befriedigung, dass sie das Bett gemacht hat, wozu ihr noch vor kurzem die Energie fehlte.

»Ähhh – ich rufe an, weil ich fragen wollte, ob ich vielleicht babysitten könnte … irgendwann, meine ich.«

»Wer spricht denn …«

»Wir hatten heute so einen Unterricht in der Schule. *Familienbande* hieß der. Ein blöder Name, aber wir lernten, wie man Babys versorgt. Jeder kriegte eine Puppe, und die Frau zeigte uns, wie man ein Baby hält. Man muss die Hand unter den Kopf legen, weil, wenn sie noch ganz klein sind, können sie ihn nicht selbst hochhalten …«

Elinor erinnert sich plötzlich, diese Atemlosigkeit schon einmal gehört zu haben, diese hektische, asthmatische Art zu sprechen. Sie setzt sich aufs Bett. »Toby?«

»Oh, Mann, das hab ich ja ganz vergessen: Hier ist Toby.«

»Möchtest du mit Dr. Mackey sprechen?« Elinor versucht, sich ihre Befremdung nicht anmerken zu lassen.

»Ähh – nein. Eigentlich mit *Ihnen.* Weil ich Sie wegen dem Babysitten fragen wollte.«

»Aber wir *haben* das Baby doch noch gar nicht, Schatz.« Trotzdem ist es aufregend, dieses Wort für sich in Anspruch nehmen zu können. *Baby.*

»Ich wollte immer einen Bruder, aber meine Mom wird keinen kriegen, weil sie es nicht mal schafft, einen *Ehemann* zu kriegen. Sie ist so ein Loser.«

»Nun, ich …« Dieses Kind ist wirklich ein Original. Ich würde Gina nicht unbedingt als Loser bezeichnen, denkt Elinor. Ihr fallen da andere Ausdrücke ein. *Schlampe. Ehebrecherin.*

»Ich würde auch im Haushalt helfen und nicht mehr so oft mit meinem Gameboy spielen und babysitten und auch im Garten arbeiten, Sie wissen schon, Blumenzwiebeln einsetzen und solchen Kram. Meine Mom ist stinksauer, weil ich ihr nicht helfen wollte, aber eigentlich wollte sie gar keine Hilfe, sondern bloß, dass wir was *zusammen* machten. Und da fallen ihr die langweiligsten Sachen ein. Aber wenn ich bei Ihnen wohnen würde …«

»Wohnen?« Elinors Schwangerschaftsbrennofen springt an, Hitze und Übelkeit strömen durch ihren Körper. Sie steht auf, zieht den Pullover über den Kopf und wirft ihn auf den Boden.

Toby japst.

»Toby, Schatz, ich hole jetzt Dr. Mackey.«

»Aber …«

»Ich muss mich übergeben, Toby!« Sie lässt das Telefon aufs Bett fallen und stürzt ins Bad. »Ted!« Ihr Frühstück steigt in ihrer Kehle hoch.

»Was?«

»TELEFON!« Sie hört ihn die Treppe heraufkommen – und dann hört sie zu ihrem Leidwesen nichts mehr, denn sie ist lautstark damit beschäftigt, sich der weich gekochten Eier zu entledigen. Noch ein Lebensmittel, das sie von ihrer Liste streichen muss. Wenn sie das verdammte Progesteron nicht nehmen müsste, wäre die Spuckerei bestimmt längst erledigt, denkt sie frustriert. Zittrig richtet sie sich auf, betätigt die Spülung, greift nach ihrer Zahnbürste und geht zähneputzend auf den Flur hinaus, um wenigstens jetzt zuzuhören, wie Ted mit Toby telefoniert.

»Ich weiß«, sagt er gerade besänftigend. »Ich weiß. Du hast ihn vergeigt? Das ist kein Weltuntergang. Du musst *lernen,* Toby. Du kannst es schaffen, Champ – ich weiß, dass du es kannst. Nein, Toby, tut mir leid. Ich weiß. Du darfst nicht mehr hier anrufen, okay? Mrs Mackey geht es nicht gut, und es regt sie vielleicht auf. Ich weiß. Ich weiß. Ich muss jetzt Schluss machen. Toby? Ich lege erst auf, wenn du aufgelegt hast. Okay? Mach's gut.«

Elinor nimmt die Zahnbürste aus dem Mund und lässt die Hand sinken. Plötzlich tut es ihr genauso leid um diesen Jungen wie um den Babyelefanten aus dem Zoo.

Für einen Jungen in den Zwanzigern ist Roger, was das Putzen angeht, bemerkenswert gewissenhaft. Als Elinor ihn bittet, das auf den Garten hinausgehende Panoramafenster in der Küche zu putzen, zuckt er nicht mit der Wimper. Sie beobachtet vom

Spülbecken aus, wie er sich, auf einem Hocker stehend, mit Windex und Haushaltspapier voranarbeitet. Seine karierte Hose sieht aus, als habe sie Mitte der 1970er zu einem Anzug gehört, und auf seinem T-Shirt prangt »Squirrel Nut Zippers«. Er ist zwar dünn, hat jedoch breite Schultern und muskulöse Arme. Alles in allem sieht er ausgesprochen nett aus, schließt Elinor ihre Betrachtung ab und macht sich daran, den Geschirrspüler einzuräumen. Jede junge Frau müsste sich zu diesem Burschen mit den blauen Augen, der schlanken Figur, dem hippen Ziegenbärtchen und der freundlichen Art hingezogen fühlen, oder? *Gina* müsste sich zu ihm hingezogen fühlen, oder? Und Toby würde ihn mögen. Der Gedanke überfällt Elinor aus heiterem Himmel – genau wie die Übelkeit, die sie seit Wochen quält. Nur löst *er* einen wahrhaftigen Energieschub aus. Sie begrüßt das vertraute Gefühl einer Idee, die sich in ihrem Kopf entwickelt, auch wenn es eine total verrückte ist. Roger wäre ein netter Partner für Gina und ein guter Kumpel für Toby. Roger ist vielleicht sieben oder acht Jahre jünger als Gina, doch er wirkt ziemlich reif – und er scheint ältere Frauen zu mögen. Wie alt *ist* Gina überhaupt? Elinor schiebt die Frage weg, denn sie will nicht wirklich darüber nachdenken.

Seit Toby angerufen hat, ist es, als lauerten er und Gina an der Peripherie ihres Lebens mit Ted wie ein an einen sich drehenden Donut erinnernder Hurrikan auf einer Wetterkarte, der jenseits jeder Kontrollmöglichkeit näher kommt. Sie sollte sich nicht über Gina und Toby den Kopf zerbrechen müssen! Schon jetzt vermisst sie schmerzlich die Tage, als sie fünfe gerade sein ließ, sich einfach unter die Eiche legte und in die Luft schaute. Das Leben ist bedeutend einfacher, wenn man seinen Ehrgeiz aufgibt und aufhört, sich etwas zu wünschen.

Aber wenn man schwanger ist, kann man nicht so unbekümmert in den Tag hineinleben. Und darum muss sie der Bedrohung durch Toby und Gina ein Ende machen.

»Hey – was halten Sie von Frühstück?«, fragt sie Roger, als er mit dem Fenster fertig ist.

»Ich möchte nichts, danke.«

»Sie *haben* schon gegessen?«

Er schüttelt den Kopf.

»Das Frühstück ist die wichtigste Mahlzeit des Tages.« Elinor holt Speck, Muffins, Eier, Käse, Zwiebeln und Pilze aus dem Kühlschrank. Endlich hat sie etwas entdeckt, was sie zubereiten kann – ein herzhaftes Frühstück. Toast, Marmelade, große Schnitze von Pfirsichen vom Bauernmarkt in Honig-Joghurt. Sie schlägt Eier in einer Schüssel mit so viel Schwung auf, dass sie die Arbeitsfläche bekleckert. Man sehe sich das an: Da steht sie barfuß und schwanger in ihrer Vorstadt-Küche und kocht. Damals auf dem College war das ein Szenario, das ihr wie der Inbegriff des Spießertums erschien. Jetzt fühlt sie sich wohl.

Roger tritt einen Schritt zurück und mustert sein Werk. »Wenn ich eine Pause mache, gerate ich in Verzug«, sagt er. »Ich habe heute *noch* ein Haus auf dem Terminplan.«

Wer sagt's denn: zuverlässig. Ein weiteres, positives Attribut. Roger ist *perfekt* für Gina und Toby.

Elinor legt die Speckscheiben in die Pfanne. »Das Essen wird Sie höchstens zehn Minuten kosten.« Während er isst, werden sie sich darüber unterhalten, wie er Gina einladen soll, mit ihm auszugehen. *Wie-wie-wie.* Sie hackt Zwiebeln, schneidet übrig gebliebene Pellkartoffeln in Scheiben und brät sie mit Rosmarin in Olivenöl. »Sie müssen bei Kräften bleiben.«

Roger gibt sich geschlagen. Er lacht. »Okay.« Seine Ohren röten sich.

Sie setzen sich an die Frühstückstheke, und Elinor schaut Roger beim Essen zu. Er schiebt eine Gabel mit einer knusprigen Kartoffelscheibe und etwas Ei in den Mund, schließt die Augen und kaut. »Mm – göttlich.« Er öffnet die Augen wieder und beißt von seinem Toast ab. Elinor strahlt. Roger schluckt und wischt sich den Mund ab. Seine Wangen röten sich.
»Ich … ähhh … ich hab mir überlegt …«, beginnt er.
Elinor schiebt mit dem Messer Tomatenscheiben von einem Brettchen auf seinen Teller.
»Hätten Sie Lust, am Samstag mit mir zur Avedon-Ausstellungseröffnung in San Francisco zu gehen?«, fragt er. »Richard Avedon … mein … *der* Porträtfotograf …«
»Oh, Roger.« Sie hofft, dass es nicht herablassend klingt. »Das würde ich gern tun, aber Sie wissen doch, dass ich nicht mehr allein bin.« Sie schlägt sich mit der flachen Hand an die Stirn. »Wie dumm von mir – ich habe Ihnen ja gar nicht erzählt, dass Dr. Mackey wieder eingezogen ist. Ich weiß, eine zweite Person im Haus bedeutet zusätzliche Arbeit für Sie, aber er ist sehr ordentlich. Natürlich bezahlen wir Ihnen unter diesen Umständen auch gern mehr.« Sie will nicht weiter auf die Tatsache eingehen, dass Roger sie gerade um ein Date gebeten hat, denn wenn er noch verlegener wird, steht zu befürchten, dass sein Gesicht in Flammen aufgeht.
Sie steht auf, um den Kaffee zu holen. »Hey – dann sind Sie also Single, ja?«, fragt sie, um Nonchalance bemüht, und schenkt ihm Kaffee ein.
»Ich habe eine Freundin.« Er sagt es ohne große Überzeugung. »Genauer gesagt, ich *hatte*. Wir haben uns getrennt.« Er schiebt den Speck auf seinem Teller herum. »*Sie* hat Schluss gemacht.«
»Tut mir leid.« Elinor faltet eine Serviette. »Das ist schlimm.

Trennungen tun schrecklich weh. Das weiß ich aus Erfahrung.«

»Aber ich bin für neue Bekanntschaften offen«, fügt Roger hastig hinzu und beißt wieder von seinem Toast ab.

»Das freut mich zu hören. Ich kenne da nämlich ein Mädchen, das *begeistert* von Ihnen wäre. Die junge Frau arbeitet in meinem Fitnesscenter und ist ausgesprochen attraktiv. Diese Figur – wow!« Die Schwärmerei bereitet ihr körperliche Schmerzen, aber da muss sie jetzt durch.

»Sie sprechen von einem Blind Date?« Angst malt sich auf Rogers Gesicht.

»Sind Sie gut in Mathe?«

»Hat sie etwa Mathematik studiert?«

»Nein, aber sie hat einen Sohn.«

»Cool.«

»Und dieser Sohn braucht dringend Nachhilfe in Mathe. Ich weiß, dass es ihr viel bedeuten würde, wenn Sie ihm helfen könnten.« Elinor klopft sich auf den Schenkel. »Er ist ein toller Bursche.« Wieder steht sie auf, diesmal um ihre Handtasche zu holen, und zieht die Mitgliedskarte des Fitnesscenters aus der Brieftasche. Dann schreibt sie die Telefonnummer auf einen Zettel und schiebt ihn Roger hin. »Rufen Sie sie dort an und bieten Sie ihr an, ihrem Sohn Nachhilfe zu geben.«

Roger schaut stirnrunzelnd auf den Zettel hinunter.

Elinor setzt sich wieder zu ihm und legt ihre Hand auf seine. »Sie würden mir damit einen Gefallen tun. Ich möchte, dass sie jemand *Netten* kennen lernt, und ich glaube, Sie wären genau der Richtige. Aber erzählen Sie ihr nicht, dass der Vorschlag von mir kam, okay? Es ist irgendwie peinlich, verkuppelt zu werden.«

»Wem sagen Sie das!«

»Oh – ich meinte, für *Frauen*. Manchmal, zumindest. Jedenfalls ist sie wirklich hübsch und sportlich – und was haben Sie außerdem zu verlieren? Im schlimmsten Fall bekommen Sie einen Nebenjob als Nachhilfelehrer.«

»Sie haben Recht«, sagt Roger. »Was hat ein Loser zu verlieren?«

»Roger, mein Freund – Sie sind kein Loser.«

»Ich putze Häuser und gehe zu Blind Dates.« Angewidert wirft er seine Serviette auf den Teller. »Ich muss endlich meine Bewerbungsunterlagen fertig kriegen.«

»Sie können es, und Sie werden es. Machen Sie sich nicht verrückt. Sie sind noch jung.«

Roger steht auf und trägt seinen Teller zum Spülbecken. »Okay. Ich rufe sie an.« Sein Gesicht erhellt sich. »Die Beschreibung klingt zumindest cool. Danke. Aber jetzt muss ich weiterarbeiten, okay?«

»Okay.« Der Gedanke, dass ihr Plan tatsächlich aufgehen könnte, macht Elinor schwindlig. Dann packt sie Reue. Jetzt ist sie wie eine dieser einmischerischen Gottheiten aus der *Ilias* und *Aeneis,* die ständig im Leben der glücklosen Sterblichen herumpfuschen und ihnen hinter jeder Wegbiegung eine Torte ins Gesicht klatschen.

15

Zum Teufel mit Ted. Gina hat es bis obenhin, ständig an ihn zu denken. Sie hat sich bisher nicht daran hindern können, doch das wird sich ändern. Irgendwie. Sie wird einfach jedes Mal, wenn ihr Ted einfällt, an etwas anderes denken. So gewöhnt man sich schließlich alle Unsitten ab – indem man sie durch etwas ersetzt. Anstatt Ted zu vermissen, wird sie darüber nachdenken, wie sie sich selbstständig machen könnte – als Personal-Trainerin und Ernährungsberaterin, die ins Haus kommt. Wie wär's mit Krankenversicherungen? Sie wird in Zukunft immer einen kleinen Block bei sich tragen und alle Ideen und Fragen notieren, die ihr in den Sinn kommen.

Ärgerlich lehnt sie sich in den Rahmen der offen stehenden Tür zu Tobys Zimmer. Als Ted noch aktuell war, hielt Toby für einen Jungen eine erstaunliche Ordnung und erledigte seine Hausaufgaben und sonstigen Pflichten. Jetzt lässt er alles schleifen. Das Zimmer sieht aus, als sei ein Hurrikan hindurchgefegt. Schmutzige Kleidung, Gürtel und Sneakers geben sich ein chaotisches Stelldichein mit CDs, Büchern, Comics, einem halb fertigen Lego-Raumschiff, dem Innenleben eines zerlegten Computers, einer Gitarre mit nur zwei Saiten (wo in aller Welt ist *die* denn hergekommen?) und Tobys Styropor-Sonnensystem, das immer an der Decke hing und jetzt hoffnungslos verknotet und mit einem zertretenen Planeten darniederliegt. Auf dem Schreibtisch türmen sich Müslischalen mit angetrockneten Zerealienresten und Gläser mit klebrigem Bodensatz.

Gina hat es nicht geschafft, Toby zum Aufräumen zu überreden. Sie hat gebeten, genörgelt und geschrien. Sie hat es mit Motivation versucht wie bei ihren Klienten im Fitnesscenter. »Ich helfe dir. Wir arbeiten jetzt eine halbe Stunde«, sagte sie fröhlich und stellte den Küchenwecker auf dreißig Minuten, »und dann bestellen wir uns Pizza.« Toby verdrehte die Augen. Er machte zwar mit, aber dermaßen widerwillig und langsam, dass sie kaum etwas ausrichteten.

Letzte Woche strich Gina ihm das Fernsehen, erklärte ihm, dass er erst wieder fernsehen, Gameboy spielen oder seinen Computer benutzen dürfe, wenn er eine halbe Stunde aufgeräumt hätte. Toby zuckte mit den Schultern und verschwand in sein Zimmer. Als sie nachsehen ging, war er in sein Ritter-Buch vertieft.

Während ihrer Grundschulzeit fuhr Ginas Klasse einmal mit dem Bus nach New York City ins Metropolitan Museum of Modern Art. Ihre Lieblingsabteilung war die ägyptische gewesen mit den majestätischen Sphinxen und den Skarabäen, aber die Jungen begeisterten sich für die lebensgroßen Ritter und Pferde in den Rüstungen im Atrium. Als sie sich eines Tages im Center an diese Ausstellung erinnerte, kam ihr eine Idee: Sie und Toby würden nach New York City fliegen. Sie brauchten Ted nicht. Sie würden übers Wochenende bleiben, sich die Ritter und Rüstungen ansehen und im Carnegie Deli riesige Stücke Käsekuchen essen. Als sie Toby abends von ihrem Plan erzählte, weiteten sich seine Augen, und er schnalzte mit der Zunge, doch dann verfinsterte sich seine Miene, und er verwarf die Idee.

»Langweilig«, sagte er, verdrehte die Augen und trat gegen die Frühstückstheke.

»Nein, *nicht* langweilig«, widersprach Gina. »In Wirklichkeit sehen sie viel toller aus als auf den Bildern in deinen Büchern. Aber wenn du einen Abenteuerausflug sausen lassen willst, nur um mir zu trotzen, dann tu das ruhig.«

Fang einfach an, sagt sie sich, während sie noch immer in das Zimmer ihres Sohnes schaut. Sie ist entschlossen, das Chaos zu beseitigen, bevor Toby aus der Schule kommt. Als sie über die Schwelle tritt, rutscht sie auf einer CD aus und verrenkt sich das Knie. Einem erschreckenden Knacken folgt ein brennender Schmerz. Sie nimmt die CD, richtet sich auf, humpelt zum Schreibtisch und beginnt zu stapeln. Der Schmerz in ihrem Knie treibt ihr die Tränen in die Augen, so dass sie alles nur noch verschwommen sieht. »Zum Teufel mit dir!«, schreit sie das Zimmer an. Sie hat es bis obenhin, ständig zu versuchen, Toby glücklich zu machen. »Zum Teufel mit Ted!« Ewig zu versuchen, ihn dazu zu bringen, sie zu lieben. Es ist, als kandidiere sie für ein öffentliches Amt. Als hätte sie eines dieser idiotischen Schilder in ihrem Vorgarten stehen: *Stimme für Gina! Ich kann dir eine gute Mutter sein! Ich kann dir eine gute Geliebte sein! Wählt mich! Liebt mich!* »LECKT mich!«, schreit sie und stampft mit dem Fuß auf Jupiter. Die Styroporkugel birst knirschend unter ihrem Sneaker. Ha. Sie hat etwas Ordinäres gesagt! Genau wie alle anderen Erwachsenen. Vielleicht ist ihre Wohlanständigkeit ja ein Fehler. *Hi, ich bin Gina! Trampelt auf mir herum!*

Sie stopft Schmutzwäsche in den Korb, ohne sich darum zu scheren, dass auch einige CDs dazwischen sind. Das Zimmer riecht nach saurer Milch und alten Socken, einer Mischung, die einen leichten Würgereiz bei ihr auslöst. An manchen Tagen kann sie Toby nicht einmal dazu überreden zu duschen.

»Willst du der Klassenstinker sein?«, fragte sie ihn eines Morgens, als er gerade zur Schule aufbrechen wollte. Es war gemein, das zu sagen, aber sie drang nicht durch zu ihm.

»Ja, ich will der Klassenstinker ohne Dad sein!«, schrie er sie an.

»Erstens *hast* du einen Vater«, erwiderte sie und versuchte, gleichzeitig streng und aufmunternd zu klingen, »und zweitens haben viele Kids in deiner Klasse geschiedene Eltern. Es tut mir leid für dich, dass die Situation sich so ergeben hat, aber sie bedeutet nicht, dass du unglücklich sein und uns beide unglücklich machen musst.«

Doch sie *sind* beide unglücklich. Und Gina ist ratlos. Sie zerrt den Korb durch den Müll auf den Flur hinaus und schaut dort zu der weiß getünchten Decke hinauf. Das tut sie oft, wenn sie ihre Energie bündeln will. Manchmal muss man einfach auf eine leere Tafel schauen. Aber als Gina in das Zimmer zurückkommt, fühlt sie sich der Aufgabe, die sie hier erwartet, noch immer nicht gewachsen. Wenn sie vielleicht alles zu einem Haufen zusammenschieben würde … Ja, das ist die Lösung: *ein* Haufen. Sie geht in die Garage.

Gina besitzt noch einige Erinnerungsstücke an ihr Landleben in Maine, wo sie Tobys Vater kennen lernte: einen Allzwecksauger, einen kleinen Werkzeugkasten und ein Laubgebläse. Sie war handwerklich schon immer ziemlich geschickt. Ihr Vater, der an Lungenkrebs starb, als sie zwanzig war, hat sie, als sie ein Kind war, samstags immer zur Arbeit mitgenommen, sich von ihr Werkzeuge zureichen lassen und ihr sogar erlaubt, Dichtungsmasse aus der Pistole zu drücken. Gina begleitete ihn auch noch, als sie schon auf die Highschool ging. Zu dieser Zeit bezahlte er sie dafür, und sie aßen gemeinsam zu Mittag, saßen in irgendjemandes Garage auf einem Brett, schälten Orangen und harte Eier und lasen einander aus der Zeitung ihre Horoskope vor, und Gina liebt noch heute, wie es in Eisenwarenläden riecht und in der Werkzeugabteilung bei Sears – nach Kupfer, Aluminium und rostfreiem Stahl, nach Holzböden und Old Spice. Eisenwarenläden riechen nach Samstag, nach ihrem Vater. Nach allem, was sie an Männern liebt. Sie zerrt den Yard-Pro-Super-Turbo-Gebläse-Schredder-Sauger unten aus dem Regal. Damals in Maine kam es ihr nicht komisch vor, ihn zu kaufen. Dort war sie selbstständiger, hat sich, was ihr Glück anging, hauptsächlich auf sich verlassen. Vielleicht war sie aber nur nie wirklich verliebt, bevor sie Ted traf. Sie schnappt sich das Zubehör für den Sauger und ein orangefarbenes Verlängerungskabel und schleppt alles in Tobys Zimmer. Es würde Stunden dauern, die Sachen einzeln in Augenschein zu nehmen, und darum wird sie das ganze Zeug einfach in eine Ecke pusten und Toby dazu verdonnern, den Haufen zu sortieren.

Sie kriecht zu der Steckdose unter dem Schreibtisch, um das Kabel anzustecken. Dort ist es so staubig, dass sie niesen muss. Als sie den Sauger einschaltet, dröhnt sein Brummen in ihren Ohren, und ihre Arme zittern von der Vibration. Sie hätte ihre Kopfhörer aufsetzen sollen. Nachdem sie die Geschwindigkeit auf 125 Stundenmeilen gedrosselt hat – das ist die unterste Stufe –, steuert sie, indem sie das Pusterohr vor sich hin und her schwingt, von der Tür aus die gegenüberliegende Ecke des Zimmers an. Papiere fliegen hoch und springen an die Fliegengitterfenster, als wollten sie flüchten. Als sie das Rohr hebt, um sie herunterzublasen (idiotisch!), fällt ein Fliegengitterfenster heraus und landet unten in den Büschen.

Gina krümmt sich vor Lachen und lässt um ein Haar das Rohr los. Eigentlich ist es ja nicht komisch, aber sie könnte sich ausschütten vor Vergnügen. Sie sollte Tobys ganzes Zeug zum Fenster hinausblasen!

Wann hat sie das letzte Mal gelacht? Als sie mit Ted zusammen war. Aber es war nicht Ted, der sie zum Lachen brachte, sondern Toby. Ted brachte Toby zum Lachen, und Toby brachte sie zum Lachen. Sie bildet sich das nicht nur ein – es war wirklich alles besser, als Ted noch mit ihnen zusammen war.

Das Gebläse pustet vor sich her, was des Weges kommt. Jogginghosen, Schwimmshorts, Computerspieleschachteln, Bonbonpapiere, Schulunterlagen, schmutzige Socken, saubere Socken ... Schwere Dinge wie Bücher oder Sneakers kickt sie, erfreut über ihren Erfolg, schrittweise mit. Aber Ted *war* nie wirklich mit ihnen zusammen, denkt sie. Wie dumm von ihr, es zu glauben – und zu glauben, dass er *bleiben* würde. Ein halb volles Glas Coke kippt um, und die dickflüssige, braune Limonade versickert im Teppich. Gina zielt mit dem Rohr auf ein Spiralnotizbuch. Die Seiten flattern im Luftstrom. Als sie das Rohr anders ausrichtet, sieht sie in dem aufgeschlagen liegen gebliebenen Notizbuch die Worte *Lieber Dad.* Sie schaltet den Sauger aus und hebt das Notizbuch auf. *Lieber Dad. Es ist nicht so schlimm, jetzt bei Mom zu wohnen. Wusstest du, dass sie richtig beliebt ist? Ich meine, bei Männern und in dem Fitnesscenter, wo sie arbeitet. Alle Leute, die da hinkommen, wollen sie als Trainerin haben.* Gina betrachtet Tobys kleine, eckige Schrift und fragt sich, was ihr Sohn wohl mit diesem Brief bezweckt. Will er seinen Vater dazu bringen, sich mit ihr zu versöhnen, obwohl er verheiratet ist? *Es gefällt mir in Kalifornien, weil hier im September noch Sommer ist. Es ist warm genug, um im Pool zu schwimmen, und ...* Und *nichts.* Der Brief endet hier. Gina reißt die Seite heraus, faltet sie zusammen und steckt sie in die Tasche. Als sie auf den Sauger hinunterschaut, fällt ihr Blick auf den großen gelben Aufkleber mit der Telefonnummer der Kundenberatung. Ob die ihr sagen können, wie sie ihr Kind erziehen soll?

»Hey! Was ist denn hier los?« Gina fährt erschrocken herum. Toby steht in der Tür. Er trägt seine zu großen Surfer-Shorts, ein schwarzes T-Shirt und orangefarbene Converse-Hi-Tops ohne Socken. »Was *machst* du?« Er atmet flach und schnell.

»Einen Haufen, den du nach den Hausaufgaben sortieren wirst.« Gina bemüht sich, ruhig zu bleiben. »Was für einen Snack möchtest du?«

Toby knallt seinen Rucksack gegen den Schreibtisch. »Ich habe keine Fliegengitter mehr! Verschwinde aus meinem Zimmer!«

»Toby, ich habe dich bestimmt ein Dutzend Mal freundlich gebeten, diesen Saustall …«

»Ich will mein Zimmer nicht aufräumen, weil ich es HASSE! Ich hasse *alles* hier!«

Gina verschränkt die Arme. »Ja, es ist wirklich schrecklich, dass du so leben musst – mit einem eigenen Zimmer und einem eigenen Fernseher und einem Pool, den du praktisch für dich alleine hast, und mindestens einmal in der Woche Essengehen.« Gina steckt die Hand in ihre Tasche. »Deinem *Dad* hast du geschrieben, dass es dir hier gefällt.« Sie zieht die herausgerissene Seite hervor, faltet sie auseinander und hält sie Toby unter die Nase.

»Das war, als Dr. Mackey mir noch Nachhilfe gab. Hey! Du liest meine Sachen!«

Gina legt den angefangenen Brief auf den Schreibtisch. »Du hasst alles hier? Du hasst *mich?* Okay. Dann rufe ich deinen

Vater und Cruella an und informiere sie, dass du auf dem Weg bist.« Das war's. Sie gibt auf. Mit einer heftigen Bewegung schiebt sie eine Jeans von Tobys Schreibtischstuhl, damit sie sich an seinen Computer setzen kann. Die Tastatur ist voller Staub und Krümel und Sesamsamen von einem Bagel. Sie pustet alles herunter, tippt *expedia.com* und dann *Bangor, Maine.*

»Was machst du?«, will Toby wissen.

»Ich kaufe dir eine Flugkarte.« *Drohen Sie Ihrem Kind nie mit Konsequenzen, die Sie nicht einzuhalten gedenken,* hört sie ihren Erziehungsratgeber mahnen. *Kinder durchschauen einen Bluff sehr schnell.* Aber vielleicht sollte sie Toby tatsächlich einen Flug nach Maine buchen.

»Lass das!«, protestiert Toby mit Angst in der Stimme, als sie die Flüge durchlaufen lässt. »Nimm die Hände von meinem Computer!«, schreit er. »Kauf dir selber einen! Den hat *Dad* mir gekauft!« Armwedelnd stürmt er auf sie zu.

Gina nimmt die Hände von der Tastatur und faltet sie im Schoß. »Auch gut. Dann bestelle ich das Ticket eben telefonisch.« Sie kann ruhig so weit gehen, ihm einen Platz reservieren zu lassen, denkt sie, denn man muss die Flugkarte erst nach Ablauf von vierundzwanzig Stunden kaufen.

Sie verlässt das Zimmer und knallt die Tür hinter sich zu. Wieder einmal hat sie sich auf Tobys Ebene begeben. Einerseits der Brief, andererseits die Angst in Tobys Stimme … sie versteht gar nichts mehr. Liebe sollte schön sein, aber das ist sie nicht. Sie ist kompliziert und tut weh und macht wütend. Gina begreift es nicht. Warum machen die Menschen sich das Leben so schwer? Plötzlich dröhnt der Sauger wieder los, lässt das ganze Haus vibrieren, und dann hört sie Glas zerbrechen und Toby lachen. Sie macht kehrt und geht zurück.

16

Das Wartezimmer in der Praxis der Gynäkologin ist Elinors und Teds Ellis Island: Sie sind aus dem Land der Unfruchtbarkeit in das Land der Schwangerschaft gekommen. Elinor umklammert mit einer Hand das Klemmbrett mit den aktualisierten Informationen und mit der anderen Teds Finger.

»Au!«, jault er leise auf.

»Entschuldige!« Sie hat ihm vor lauter Nervosität die Finger verbogen. Zerknirscht lockert sie ihren Griff und schöpft Trost aus der trockenen Wärme seiner Hand.

Frauen in verschiedenen Schwangerschaftsstadien fächeln sich in dem stickig heißen Raum Kühlung zu. Ein kleines Kind beginnt zu jammern, und seine Mutter kramt in ihrer Wickeltasche und bringt ein Päckchen Streichkäse zum Vorschein. Ted ist der einzige Ehemann. Die anderen müssen sie für einen Feigling halten, weil sie ihn mitgebracht hat, denkt Elinor – für alle Übrigen hier ist Schwangerschaft etwas Alltägliches, wenn nicht gar *langweilig,* wie man aus dem herzhaften Gähnen einer der werdenden Mütter schließen könnte –, aber Ted *wollte* sie begleiten. Erstens, weil er Dr. Kolcheck endlich einmal kennen lernen möchte, und zweitens, weil heute, kurz vor dem Ende ihres ersten Drittels, ein Gespräch über eine etwaige Fruchtwasseruntersuchung ansteht. Ted blättert eine *Eltern*-Zeitschrift durch und macht bei einem farbig hervorgehobenen Kasten halt, in dem die Vorzüge frischer Äpfel gegenüber Apfelsaft und Apfelmost aufgezeigt werden. Elinor lässt seine Hand los und streicht über ihren Bauch. Seit sie kein Progesteron mehr nimmt, geht es ihr wesentlich besser. Jetzt gibt es nur noch sie und das Baby und Mutter Natur. Wenn sie morgens aufwacht, wird sie nicht mehr von Übelkeit und Erschöpfung heimgesucht.

Neben der Rezeption öffnet sich eine Tür, und eine Schwester ruft: »Mrs Mackey?« Ted nimmt Elinors Hand und drückt sie im Aufstehen.

Dr. Kolcheck ist jünger als Ted und Elinor, freundlich und intelligent. Sie spricht schnell und strahlt eine Energie aus, die Elinor nicht einmal ohne Schwangerschaft und mit Koffein hätte. Die Ärztin erläutert das Für und Wider einer Fruchtwasserdiagnostik gegenüber einer anderen früheren speziellen Untersuchung, der Chorionzottenentnahme, die viele Frauen in Elinors Alter machen ließen, um unter anderem Chromosomenanomalien auszuschließen. Elinor könne die Chorionbiopsie, die unter Ultraschallkontrolle stattfände, schon nächste Woche machen lassen – die Resultate lägen bereits einige Tage später, geradezu sofort, vor. Die Fruchtwasserpunktion hingegen sei erst in der sechzehnten Woche möglich, und sie müsse zwei Wochen auf die Resultate warten. Für manche Frauen führe der Abbruch zu einem späteren Zeitpunkt zu einer traumatischen Erfahrung. Die Chorionbiopsie sei wohl mit einem leicht erhöhten Risiko für einen Abgang verbunden, aber es liege trotzdem nur zwischen eins Komma fünf und zwei Prozent, und man müsse die Vorteile einer früheren Diagnose gegen dieses leicht erhöhte Risiko abwägen.

Termini, Prozentsätze, Für und Wider drehen sich in Elinors

Kopf wie in einem Mixer. In ihrem Beruf ist sie absolut in der Lage, komplexe Informationen zu begreifen und Risiken einzuschätzen, doch das Wort »Abbruch« hat ihre Denkfähigkeit blockiert. Sie möchte das Baby behalten, was auch immer ihm fehlen mag. Ted streichelt ihr Bein. Es tut ihr so gut, ihn bei sich zu haben. Er ist in schwierigen Situationen stets ruhig, speichert Informationen und stellt dann intelligente Fragen. Dr. Kolcheck hält inne. Sie und Ted sehen Elinor an, die bisher kein Wort gesagt hat. Ihr Mund ist wie ausgedörrt.

»Wenn die Resultate schlecht ausfallen, könnte unser Kind vielleicht nur auf die Berufsschule gehen, ja?« Elinor versucht zu lachen. *Du darfst es mir nicht wegnehmen, ganz egal, was ihm fehlt!*

Dr. Kolcheck lächelt mitfühlend, beugt sich vor und drückt Elinors Arm. »Entschuldigen Sie – ich habe Sie überrumpelt. Fahren Sie nach Hause und denken Sie in aller Ruhe nach. Machen Sie sich schlau und sprechen Sie miteinander. Wenn Sie Fragen haben, rufen Sie mich an.«

Als Nächstes wird Elinor untersucht, weswegen Ted ins Wartezimmer zurückkehrt.

»Ich bin so froh für Sie.« Dr. Kolcheck steckt sich das Stethoskop in die Ohren, um Elinors Herz und Lungen abzuhorchen. »Es tut mir leid, dass Sie solche Probleme hatten.«

»Tja – wir haben eine kostspielige Reise in die Hölle gemacht«, erwidert Elinor und lässt sich auf der Liege nach hinten sinken. »Aber jetzt sind wir zurück, und alles ist gut. Ich werde ab der nächsten Woche wieder arbeiten.« Elinor freut sich darauf, in die Firma zurückzukehren, zu den strukturierten Tagen, dem Menschengewimmel und den willkommenen Ablenkungen. Dann wird es ihr schwerer fallen, sich zu sorgen.

Dr. Kolcheck runzelt leicht die Stirn, als sie Elinors Becken und Gebärmutter untersucht. »Hoffen wir, dass das Kind nicht groß wird«, sagt sie. »Sie sind sehr schmal gebaut.« Es ist als Kompliment für ihre Zierlichkeit gemeint, doch es weckt in Elinor das vertraute Gefühl der Unzulänglichkeit. Dabei hat sie vorhin im Wartezimmer gerade ein wenig Selbstvertrauen gewonnen, sich sogar so weit vorgewagt, sich auszumalen, mit ihrem ersten Kind im Schlepptau und dem zweiten im Bauch im Büro zu erscheinen.

»Sehen wir uns das Baby im Ultraschall an«, sagt Dr. Kolcheck. »Gehen Sie Ihren Mann holen.«

Als Elinor vorsichtig um die Ecke späht, schaut Ted verträumt lächelnd in die Ferne. Sie macht ihn mit einem Räuspern auf sich aufmerksam und bedeutet ihm mit dem gekrümmten Zeigefinger mitzukommen.

Sie folgen der Ärztin einen Flur hinunter. Elinor ist inzwischen an die vaginale Ultraschalluntersuchung gewöhnt, die schmerzlos ist und irgendwie beruhigend. Während all der Monate, in denen sie nicht schwanger wurde, fühlte sie sich von ihrem Körper verraten, fragte sich: *Was geht da drinnen vor?* Der Ultraschall ermöglicht doch wenigstens einen verschwommenen Blick auf das frustrierende Geheimnis.

Ted lehnt sich an die Wand, um nicht im Weg zu stehen. Elinor schließt die Augen. Es ist warm und still – wie im Mutterleib. Sie atmet tief, um sich zu entspannen. Ja, es gibt tausende von genetischen Markern, die sich in den sich entwickelnden Chorionzotten finden und auswertbar sind, aber sie ist schwanger. *Denk positiv.* Das Ultraschallgerät klickt, während Dr. Kolcheck das Bild auf dem Monitor mustert. Als Elinor den Kopf zur Seite dreht, sieht sie den unscharfen Lichtkegel. Einige der Punkte auf dem Bildschirm sind größer als andere, und einer davon ist ihr Baby. *Hallo, du.*

»*Oh*«, sagt Dr. Kolcheck plötzlich. Ihre Stimme klingt ungläubig. Sie legt die Hand auf Elinors Schenkel. »Es tut mir so leid.«

Leid?

»Sie haben das Baby verloren. Es tut mir so leid.« Sie fährt mit den Fingerspitzen über Elinors Bein.

»Verloren?« Elinor lacht. »Es ist doch da!« Diese fusselige Kugel ist so *klein.* Dr. Weston brauchte jedes Mal einige Minuten, um sie zu finden.

»Das Herz schlägt nicht.« Dr. Kolcheck deutet auf den Monitor. Elinor bemüht sich, etwas zu erkennen. Für sie sieht das Bild aus wie immer – grau und verschwommen und *ursuppig.*

Sie dreht den Kopf zur anderen Seite. Ted steht mit ausgebreiteten Armen und gespreizten Fingern an die Wand gepresst da, als halte ihn ein gewaltiges Gebläse dort fest.

»Es ist da«, wiederholt Elinor. Dr. Kolcheck streicht mit der Hand über Elinors Bein. Das ist keine Berührung zu Untersuchungszwecken. Es ist eine Geste des Mitgefühls.

Sag's ihr, Ted! Es ist da! Das Baby ist da! Ted rutscht an der Wand abwärts, bis er mit eingeknickten Beinen auf dem Boden sitzt. Elinor kommt es vor, als wäre die Untersuchungsliege ein Schiff und er sei über Bord gegangen. Was ist hier *los?* Sie wendet sich wieder der Ärztin zu.

»Es tut mir so leid«, sagt Dr. Kolcheck noch einmal.

Es ist alles okay, möchte Elinor zu ihr sagen. Es ist da. Es war bei der letzten Untersuchung doch auch da. Es ist nur schwer zu sehen. Nur ein winziger Punkt zwischen all den Punkten.

Es muss da sein! Ted! Sag's ihr. Elinor schaut wieder zu ihm hinüber. Er schüttelt den Kopf.
Dr. Kolcheck steht auf und sieht ihn über die Untersuchungsliege hinweg an. »Es tut mir so leid. Es ist kein Herzschlag vorhanden, und es gibt auch keine Ansätze von Gliedmaßen.« Sie scheint zu hoffen, dass Ted, weil er ebenfalls Arzt ist, fähig sein wird, diese Information zu begreifen.
Elinor wusste nicht, dass Ansätze von Gliedmaßen zu sehen sein müssten. Stand das in ihrem Buch? In dem Buch, das sie in den verdammten Müllcontainer geworfen hat? Wenn sie davon gewusst hätte, hätte sie ihre Phantasie dazu nutzen können, sich Ansätze von Gliedmaßen vorzustellen, anstatt sich auszumalen, eine ganze Kanne Earl Grey zu trinken.
»Aber …« Elinor kann sich nicht aufsetzen.
Die Ärztin zieht den Ultraschallstab heraus und schaltet das Gerät ab. »Ich lasse Sie beide eine Minute allein, okay?«, sagt sie.
Ted rappelt sich auf. Sein Gesicht ist weiß wie die Wand. Wird er etwa ohnmächtig?
Elinor kommt sich plötzlich peinlich entblößt und lächerlich vor und schließt die Beine.
Ted schaut sie an und schüttelt wieder den Kopf.
Sie zieht die Knie an, dreht sich auf die Seite und schafft es, sich auf den Rand der Liege zu setzen. Ted tritt zu ihr und nimmt sie in die Arme. Sie birgt das Gesicht an seiner Schulter.
»Bitte mach das helle Licht nicht an«, sagt sie und spürt ihn nicken.
Er streicht ihr wieder und wieder übers Haar. »Das werde ich nicht, Schatz. Das werde ich nicht.«

Ted dreht den Zündschlüssel herum und fährt los, aber er hat keine Ahnung, wohin. Nach Hause? Was sollen sie da tun? Dr. Kolcheck hat Elinor für den nächsten Tag zu einer Ausschabung angemeldet, sie angewiesen, nach Mitternacht nichts mehr zu sich zu nehmen und morgens noch einmal zu ihr zu kommen. Sie ist zwar vollkommen sicher, dass das Baby nicht mehr lebt, aber sie glaubt, dass Elinor und Ted es erst wirklich akzeptieren werden, wenn sie es noch einmal auf dem Monitor sehen. Also wird sie es ihnen noch einmal zeigen, und dann wird Ted Elinor ins Krankenhaus bringen, wo man sie als externe Patientin aufnehmen wird. Dr. Kolcheck ist zumindest einfühlsam. Mehr können sie im Moment nicht erwarten.

»Wo sollen wir hinfahren?«, fragt er Elinor. Er möchte seine Frau einfach nur im Arm halten und nachdenken. Nein. Er will seine Frau einfach nur im Arm halten und *nicht* nachdenken. Er möchte, dass wieder gestern ist, letzte Woche, die Anfangszeit ihrer Ehe vor viereinhalb Jahren. Warum hat er in den Flitterwochen auf Kaui nicht ihre Pille vom Balkon des Hotelzimmers in den Springbrunnen unten geworfen und sie auf der Stelle geschwängert wie ein richtiger Mann? Er hätte sie überreden sollen, diesen blutsaugerischen Job aufzugeben. Stattdessen wurde Elinor befördert, und die Firma beanspruchte mehr und mehr von der Zeit und Energie seiner Frau. Ein Stück ihrer Seele. Er hätte sie überreden sollen, die Beförderung auszuschlagen. Aber das wäre nicht in ihrem damaligen Interesse gewesen.

»Du kannst«, sagt Elinor und zeigt ihm, dass die Ampel auf Grün umgeschaltet hat.

Ted gibt zu viel Gas, und die Reifen drehen durch. »Entschuldige. *Wohin?*«

»Ich weiß auch nicht.« Elinor kneift die Augen zusammen und hebt die Hand, um ihr Gesicht gegen die durch ihr Fenster hereinscheinende Sonne abzuschirmen.

Es herrscht lebhafter Verkehr um diese Zeit, denn die Mütter holen ihre Kinder von der Schule ab. An der nächsten Kreuzung pfeift ein Schülerlotse durchdringend auf seiner Trillerpfeife und bedenkt die anhaltenden Autos mit einem drohenden Blick, während die Kinder auf dem Zebrastreifen die Straße überqueren.

»Dahin.« Elinor deutet auf eine Chevron-Tankstelle. »In die Waschanlage. Schau – es steht niemand an.«

Das Auto ist zwar schon sauber, aber Ted gehorcht. Er tankt voll und drückt dann auf den Ja-Knopf für Wagenwäsche. Obwohl er überzeugt ist, dass die Zusammensetzung des Mittels für die Deluxe-Wäsche dieselbe ist wie für die Luxus-Wäsche, wählt er diesmal die Luxus-Version, weil er hofft, dass sie länger dauert.

»*Deshalb* geht es mir besser«, sagt Elinor, als Ted wieder einsteigt. »Ich dachte, es läge daran, dass ich das erste Drittel fast hinter mir habe – aber es liegt daran, dass wir das Baby verloren haben und darum mein HCG-Spiegel absinkt.« Sie streicht sich mit der Hand vorsichtig über den Bauch. Die Geste bricht Ted fast das Herz. »Keine Hormone – keine Übelkeit.« Sie legt eine Hand ans Armaturenbrett. »Ich habe heiß geduscht, was ich nicht hätte tun dürfen.«

»Das war nicht der Grund, Ellie. Es ist statistisch erwiesen – in unserem Alter ist das Risiko einfach größer. Es war nicht deine Schuld – so ist das Leben nun mal.«

»Der *Tod,* meinst du.«

Ted schließt die Augen, drückt kurz auf seinen Nasenrücken, öffnet sie wieder, startet den Wagen, fährt um die Ecke zur

Waschanlage, kurbelt das Fenster herunter und gibt auf einer Tastatur den Code von seiner Quittung ein.
»Ich hätte das Progesteron nicht absetzen dürfen.« Elinor sieht ihn flehend an.
»Schatz.« Er streichelt ihre Schulter und küsst sie auf die Wange. »Dr. Weston hätte es nicht abgesetzt, wenn sie eine Gefahr darin gesehen hätte. Sie ist eher übervorsichtig.«
Elinor nickt und schaut auf ihre Hände hinunter. »Danke für deinen Versuch, mich aufzubauen«, sagt sie leise. »Es tut mir leid – ich tue gar nichts, um dich aufzubauen.«
Hinter ihnen hupt es.
»Willst du immer noch da durch?«, fragt Ted.
Elinor nickt.
»Okay.« Er lenkt den Wagen in die Waschstraße und schaltet, als die roten Lampen blinken, die Zündung aus. Mit einem metallischen Klappern und einem Schwirren senken sich die rotierenden blauen Bürsten auf sie herunter, hüllen sie ein, schirmen sie gegen die Helligkeit und die Hitze und das Chaos draußen ab. Ted öffnet seinen Sicherheitsgurt, rutscht zu Elinor hinüber und nimmt sie in die Arme. Sie schmiegt sich eng an ihn. Wasser trommelt auf das Autodach und an die Scheiben. Teds Augen und Kehle brennen. Plötzlich wird ein gutturales Heulen laut wie von einem Kater, der im Begriff ist, sich auf einen Konkurrenten zu stürzen. Ted hebt den Kopf und stellt überrascht fest, dass der Laut aus den Tiefen seines Brustkorbs kommt.

Im Krankenhaus wird Elinor angelächelt, gestreichelt und mit Medikamenten versorgt. Die Leute wissen nicht, dass *sie* ihr Baby umgebracht hat. Sie wissen nichts von all den Fehlern, die sie gemacht hat. Zweimal hat sie Darjeeling getrunken, wobei sie den Tee so lange ziehen ließ, dass er schließlich dunkel wie Karamell war und die Gerbsäure auf der Zunge kitzelte und das Koffein die Spinnweben aus ihrem Kopf fegte. Außerdem hat sie den Lack von ihren Fußnägeln entfernt, sich zwar eine Maske aufgesetzt, um nicht die Dämpfe einzuatmen, aber das Aceton drang trotzdem durch. Und sie hat im Yogakurs die Bogenposition eingenommen. War das nicht die Position, die man nicht einnehmen sollte, wenn man schwanger war oder seine Tage hatte? Sie war mit dem Rad zum Drugstore gefahren. Der Luftzug und die Anstrengung beseitigten zwar die Übelkeit, doch ihre Herzfrequenz überstieg mit Sicherheit die erlaubten 145 Schläge pro Minute, als sie mit ihrem Lippenbalsam und dem Shampoo nach Hause strampelte. Sie hat ihr Baby umgebracht, und hier sind alle so nett zu ihr und versichern ihr, dass es nicht ihre Schuld sei. Wenn sie das wirklich glauben, warum betonen sie es dann unentwegt? Ganz offensichtlich sind sie bemüht, sie aufzubauen. *Sie haben Ihr Baby umgebracht. Das kommt vor. Es tut uns so leid.*

Als sie zum Operationssaal gefahren wird, sieht sie über sich die Deckenfliesen dahinsegeln. Ein Gesicht schiebt sich davor, lächelnd und attraktiv und nah wie das eines Geliebten. Er stellt sich vor – Dr. Gutaussehend, der Anästhesist.

»Ich bin am Verhungern«, platzt Elinor heraus und möchte sich am liebsten auf die Zunge beißen, so peinlich ist es ihr, in diesem Moment an Essen zu denken.

»Was ich für Sie habe, ist besser als Essen«, schmeichelt er. »Ist es Ihnen recht, wenn ich jetzt die Infusion starte?« Sie spürt einen Einstich, Wärme strömt durch ihren Arm, und dann schwebt sie in den Operationssaal. Es wäre beängstigend,

wenn es tatsächlich passierte. Wenn sie nicht fliegen würde und sich in jeden im Raum verliebte. »Zählen Sie von zehn rückwärts«, sagt der Schöne.
»Zehn, ne…«

Es besteht ein Unterschied zwischen Traurigkeit und Wahnsinn, denkt Elinor, als sie auf der Toilette sitzt und ihre Binde umklammert. Sie kann sich nicht davon trennen. Sie will sie nicht wegwerfen. Sie sollte sie irgendwo in Sicherheit bringen.
»Gott!«, schreit sie und wirft das Ding schließlich doch in den Mülleimer.
»Bist du okay?«, ruft Ted aus der Küche. Seit sie aus dem Krankenhaus gekommen sind, hat er sie nicht aus den Augen gelassen.
»Könnte nicht besser sein!«, ruft sie zurück. Und schon wieder ist sie biestig zu ihrem Mann. Verdammte Idiotin! Das Wasser kommt so heiß aus dem Hahn, dass sie ihre Finger verbrennt. Sie schüttelt sie trocken und verlässt das Bad.
In der Küche schlingt sie die Arme um Teds Mitte und legt den Kopf an seine Brust. Gestern trug sie noch etwas in sich, das ein Teil von ihnen beiden war. Jetzt ist es nicht mehr da, aber wenigstens hat sie *ihn* noch. Die Hälfte des Ganzen.
Ted drückt sie schweigend an sich.
Früher hat sie gern so mit ihm dagestanden und den Geräuschen seines Innenlebens gelauscht, dem Gurgeln und Klopfen und Rauschen in ihm. Er wiegt sich sanft mit ihr hin und her, streicht ihr übers Haar und küsst sie auf den Scheitel. Ted ist vielleicht der netteste Mann, den sie jemals kennen gelernt hat. Wie konnte sie das vergessen?

In dieser Woche umarmen Elinor und Ted sich abends im Bett nicht – sie umklammern sich, schlingen ihre Arme und Beine umeinander, dass sie wie ein schwitzender Oktopus in die Mitte der Matratze sinken, schotten sich ab gegen die Welt.

Wenn Elinor morgens aufwacht, trifft sie die Erinnerung daran, dass das Baby nicht mehr da ist, wie ein Schlag ins Gesicht. »Oh!«, ruft sie dann erstickt und schreckt Ted damit auf. *»Stimmt.«*

Es ist lustig: Vor der Ausschabung sollte sie von zehn rückwärts zählen, und als sie nach der Operation aufwachte, bat die Schwester sie, ihre Schmerzen auf einer Skala von eins bis zehn einzustufen. *Die physischen oder die psychischen?,* fragte sich Elinor. Das Fentanyl sagte *fünf,* und das sagte sie der Schwester. Die Frau tätschelte ihren Arm und lächelte. Es gefiel Elinor, dass alle sie berührten, und jetzt, wo sie noch immer Krämpfe und Blutungen hat, wünscht sie sich Zuwendung von allen Seiten. Sie möchte, dass die Kassiererin bei Safeway sie bittet, ihre Schmerzen auf einer Skala von eins bis zehn einzustufen. »Haben Sie alles gefunden, was Sie heute brauchen? Und wie stufen Sie Ihre Schmerzen auf einer Skala von eins bis zehn ein?« Sie möchte das Radio im Auto einschalten und hören: *Weitere Nachrichten: Elinor und Ted Mackey haben ihr Baby verloren. »Sie hatten sich doch sowieso getrennt«, kommentiert ein Nachbar der Mackeys. »Wir wissen nicht, was für Probleme die beiden haben«, fügt ein anderer hinzu. Die Aktie von S&P ist um fünf Punkte gestiegen …*

Nachmittags ist der Blues am schlimmsten. Er drückt auf ihre Schultern und auf ihren Rücken, bis sie das Gefühl hat, den gleichen Gang zu haben wie Groucho Marx. Wenn sie zu Hause ist, möchte sie *nichts wie raus,* und wenn sie draußen ist, kann sie es nicht erwarten, nach Hause zu kommen. Jetzt, da sie so viel Koffein zu sich nehmen darf, wie sie will, graut ihr davor, in den Coffeeshop in ihrem Viertel zu gehen, wo sie früher so gern in der Sonne gesessen und gelesen hat. Vormittags wimmelt es dort von Mutter-Kind-Gruppen, die regelrechte Wagenburgen aus den Gefährten ihrer Sprösslinge bauen. Sie nippen und mampfen und gurren und schütten ihr Herz aus. Sie sind erschöpft. Sie sind in diesem elenden Mommy-Martyrium gefangen.

Elinor hat Angst, dass sie sie anschreien könnte. *Okay! Gib mir das verdammte Kind!* Sie versucht, sich auf die *Aeneis* zu konzentrieren, doch sie kann die schwatzenden Frauen nicht ausblenden. Ihr Puls rast, und sie fühlt sich wie ein Schachtelteufel kurz vor dem Hochspringen. Sie flüchtet in ihr Auto. Dann macht sie den Versuch, nachmittags in das Café zu gehen, doch da trifft sie auf die Mütter mit Schulkindern, die auf dem Heimweg dort haltmachen.

Die ganze Welt verletzt ihre Gefühle. Ein *Eiswagen* verletzt ihre Gefühle. Eines Tages bildet sie sich ein, dass der Eiswagen Gas gibt, wenn er an ihrem Haus vorbeifährt. Der Fahrer scheint zu wissen, dass die Mackeys kein Kind haben. *Bleib stehen!,* schreit Elinor das geschlossene Wohnzimmerfenster an. *Ich will ein Eis mit gerösteten Mandeln!* Sie sollte den Mann wegen zu schnellen Fahrens anzeigen. Wie bescheuert. Sie braucht etwas von dem Zeug, was sie ihr im Krankenhaus gegeben haben und was sie glauben machte, dass alles in Ordnung kommen würde. Was war das nur gewesen? Sie fragt Ted. Fetanyl. Kann er ihr ein Rezept dafür ausstellen? Nein. Kann sie nach Mexiko fahren und es sich dort beschaffen? Nein. Es ist ein Narkosemittel. Genau das Richtige: Sie *möchte* narkotisiert werden.

Die einzigen Menschen, in deren Gesellschaft sie sich wohlfühlt, sind Ted und Kat. An dem Nachmittag, als sie nach der Ausschabung heimkam, erwartete Kat sie in ihrem Wohnzimmer – mit Brownies, Vanilleeis, Karamellsauce, Chardonnay und einem neuen Pyjama. »Ich habe den Pyjama gewaschen, damit du ihn heute Abend gleich anziehen kannst. Er ist ganz flauschig geworden.«

»Ich liebe dich!«, rief Elinor unter Tränen.

»Ich dich auch«, sagte Kat. »Und es ist schrecklich für mich, dass ich dir so gar nicht helfen kann.«

Elinor vergrub das Gesicht in dem warmen, weichen Baumwollschlafanzug, atmete tief den Duft des Trocknertuches ein und weinte bitterlich.

»Er gibt sicher auch ein gutes Taschentuch ab«, meinte Kat lachend.

Schließlich verzichtet Elinor auf Ausflüge ins Café und den Supermarkt mit seiner Windelabteilung und an jeder Ecke lauernden Babys. Sie bleibt zu Hause und beschränkt sich auf kleine Aufgaben, wie zum Beispiel die Post hereinholen und durchsehen. Doch selbst das gerät leicht zum Horror für sie: Als ein Umschlag von der gynäkologischen Praxis kommt, weiß sie vom Verstand her, dass nur eine Rechnung darin sein kann, doch in ihrer Phantasie enthält er einen Brief: *Wir bedauern, Ihnen mitteilen zu müssen, dass Sie nicht zur Mutterschaft geeignet sind. Bitte retournieren Sie die Rüschenlatzhosen und nehmen Sie Abstand davon, sich auszumalen, wie Sie der Collegeabschlussfeier Ihrer Tochter beiwohnen.*

Ted kauft ein und kocht, und Roger hält das Haus sauber. Aus irgendeinem Grund mag Ted Roger nicht.

»Vielleicht beklaut er uns«, meckert er.

»Was? Sei nicht albern«, erwidert Elinor.

»Warum ist er so schreckhaft? Er riecht nach Schuldbewusstsein wie nach einem schlechten Aftershave.«
Elinor kichert. Roger ist in Teds Gegenwart tatsächlich nervös. Als Elinor die beiden Männer miteinander bekannt machte, ließ Roger vor lauter Nervosität eine Flasche Zitronenöl fallen, die in der Einfahrt zerschellte.
Er hat eben eine kleine Schwäche für mich, denkt Elinor. Ist das so schwer vorstellbar? Vielleicht finden junge Männer, die mich auf der Straße sehen, mich ja auch attraktiv! Wer weiß.

Elinor ist erleichtert, als sie am darauf folgenden Montag wieder in die Firma gehen darf. Dort stehen keine Kinderwagen herum. Bevor sie losfährt, ruft sie den CEO an und bittet ihn, niemandem außer ihrer Assistentin von ihrer Fehlgeburt zu erzählen. Er gibt ihr sein Wort. Als sie ihr Büro betritt, prangt ein Riesenstrauß rosafarbener Blumen auf ihrem Schreibtisch, und auf der darin steckenden Karte stehen nur zwei Worte: »Willkommen zurück.«
Den ganzen Morgen über kommen Leute zu ihr, um hallo zu sagen. »Wie war Ihr Sabbatical?«, fragen sie mit Neid in der Stimme.
»Wunderbar!«, lügt Elinor.
»Was haben Sie gemacht?«
»Ich …« Sie hätte sich eine Geschichte zurechtlegen sollen. »Gelesen, geschlafen – nichts Besonderes. Im Garten gearbeitet. Sie wissen ja, wie die Zeit dahinfliegt.« Elinor hofft, dass ihr Lächeln natürlich wirkt und niemand das Zittern ihrer Hände bemerkt. Es ist eine lächerliche Nebensächlichkeit, aber sie hat sich wirklich darauf gefreut, im zweiten Schwangerschaftsdrittel Umstandskleider fürs Büro zu kaufen.
Am Vormittag schaut ihr Chef herein, setzt sich auf eine Ecke

ihres Schreibtisches und lässt ein Bein baumeln. »Es ist schön, Sie wieder hier zu haben.«

»Danke. Und vielen Dank für die Blumen. Es ist schön, wieder hier zu *sein.*« Sobald er gegangen ist, wird sie ein Aspirin nehmen – ihr Dauergrinsen hat ihr Kopfschmerzen gemacht.

»Wie ich schon sagte: Sie sind die beste Anwältin für internationales Arbeitsrecht und internationale Arbeitsverhältnisse im ganzen Valley, soweit ich das beurteilen kann, und ich wäre *glücklich,* wenn Sie diese Akquisition in Irland händeln würden. Glauben Sie mir – ich könnte nachts ruhiger schlafen.« Er steht auf und sieht sie freundlich an. »Mag Ted Guinness?«

Elinor wünscht, sie wäre auf einem anderen Gebiet die Beste im ganzen Valley. Als *Frau* – eine Frau, die ein Kind austragen kann. »Lassen Sie mich darüber nachdenken«, bittet sie. »Lassen Sie mich mit Ted darüber sprechen. Es klingt verlockend. Wirklich.«

Am Mittwoch kann Elinor kaum noch erwarten, dass die Arbeitswoche endet, denn sie ist ständig von der Angst geschüttelt, mitten in einer Konferenz oder einer Unterhaltung in Tränen auszubrechen. Doch als der Samstag endlich da ist, erkennt sie, dass die Wochenenden noch viel schlimmer sind. Ständig flanieren Familien mit Kinderwagen vorbei, spielen Kinder in den Vorgärten. Elinor versucht, sich nicht davon demoralisieren zu lassen, bäckt Buchweizenpfannkuchen für Ted und macht ihm am Sonntag Eier mit Truthahnschinken zum Frühstück. Nachdem sie die Küche in Ordnung gebracht hat, setzt sie sich hin, um eine Erledigungsliste aufzustellen. *Besorgen,* schreibt sie und setzt einen Doppelpunkt dahinter. *Was besorgen?* Sie ist ganz sicher, dass ihr vor einer Minute etwas eingefallen ist.

»Ich weiß nicht«, sagt Elinor, als Kat sie am Abend zu ihrem Lesezirkel abholen kommt. »Ich glaube, ich sollte lieber nicht mitgehen.«

»Aber es wäre vielleicht eine gute Ablenkung für dich«, gibt Kat zu bedenken.

Das letzte Mal war vereinbart worden, bis zu diesem Treffen die *Aeneis* zu lesen, und eigentlich möchte Elinor gern darüber reden. »Okay.« Sie hat das eine oder andere über Äneas zu sagen, den sie für eine Memme hält. »Dann wollen wir mal.« Sie nimmt ihre Jeansjacke.

Wie bei allen Zusammenkünften von Vorstadt-Frauen dreht sich die Unterhaltung zunächst um Kinder, Ehemänner, Lehrer und Fußball, wobei sie immer wieder zum Thema Kinder zurückkehrt. Elinor nippt an ihrem Tee und hofft, dass man ihr nicht ansieht, wie viel Muskelkraft sie ihr Lächeln kostet.

»Können wir nicht einfach gehen?«, fragt sie Kat aus dem Mundwinkel.

»Lass mich nur machen«, antwortet Kat auf die gleiche Weise. »Ladys«, wendet sie sich an die Gruppe, »wollen wir nicht langsam über unser Buch sprechen?«

»Also, ich muss euch sagen«, beginnt Janice Meads und fährt sich dabei mit der Hand durch ihre kurzen Haare, »dass es mir diesmal auch nicht besser gefallen hat als damals auf dem College. Vielleicht liegt es an mir, aber ich finde es …«, sie schaut zur Zimmerdecke hinauf und sucht nach dem richtigen Wort, »… unzugänglich.«

»Eine nette Umschreibung für langweilig«, meint Doreen Whiting.

»Es ist so traurig«, sagt Fran. »Ich meine, die Geschichte von Dido und Äneas. Die schafft mich einfach.«

»Das verstehe ich«, stimmt Kat ihr zu.

»Ich auch«, schließt Elinor sich an. »Und diesmal war ich richtig wütend auf Äneas.« Die Frauen schauen sie interessiert an. »Wenn man es genau nimmt, ist es eine Silicon-Valley-Story. Sie lieben sich, aber er stellt die Arbeit über die Liebe.«

»Er ist pflichtbewusst«, sagt Kat.

Elinor nickt. »Genau. Aber es ist die Pflicht gegenüber der Firma, nicht die Pflicht gegenüber der Familie. Er liebt Dido, aber als die Götter ihn nach Rom beordern, lässt er Dido im Stich.«

»Das ist ja ungeheuerlich«, findet Cathy. »Leider bin ich nicht so weit gekommen, aber trotzdem ...« Cathys Mann ist VP einer Marketingfirma und niemals rechtzeitig zum Abendessen oder zum Bad der Kinder zu Hause. Sie liest zwar kaum jemals eines der Bücher zu Ende, aber Elinor mag sie, weil sie Wein trinkt und gern lacht.

»Warum geht Dido nicht mit ihm?«, überlegt Kat laut.

»Weil sie bleiben und ihr Königreich regieren muss«, sagt Janice. Sie nimmt alles sehr ernst – sogar Spinatdip. Einmal erläuterte sie volle fünf Minuten lang die Vorzüge von Frühlingszwiebeln gegenüber roten.

»Aber mit ihrem gebrochenen Herzen ist sie doch nutzlos für das Königreich. Warum kann sie nicht um der Liebe willen darauf verzichten? Äneas wird von der Firma an einen anderen Ort versetzt? Also geht sie mit.« Elinor schlägt sich mit der flachen Hand auf den Schenkel. »Zum Teufel mit dem Königreich.«

Doreen zuckt zusammen. Elinors Ausdrucksweise war wieder einmal zu drastisch für die wohlerzogene Vorort-Welt. Sie steigt von Tee auf Wein um. Jetzt darf sie ja wieder nach Herzenslust Koffein und Alkohol konsumieren, und das tut sie

auch. Neulich hat sie sich sogar am hellen Nachmittag einen Irish Coffee genehmigt.
»Ja – zum Teufel mit der Pflicht«, schließt Kat sich ihr an.
»Was würde sie schon verlieren, wenn sie mitginge?«, fragt Fran. Elinor mag sie, weil sie sensibel ist und eine hoffnungslose Romantikerin. »Aber sie kann ja gar nicht mitgehen, weil er sie nicht darum bittet«, fügt sie traurig hinzu.
»Der Punkt ist, dass er keinen freien Willen besitzt«, sagt Janice. »Das ist in all diesen griechischen Storys so. Deshalb finde ich sie ja so unzugänglich.«
Hör auf mit deinem Unzugänglich, denkt Elinor. *Es ist so affig.*
»Möchte jemand Kaffee?«, fragt Sharon, die heutige Gastgeberin.
»Liebend gern«, meldet Doreen sich zu Wort. »Ich bin völlig geschafft. Mm – diese Brownies sind soooooo gut. Woher hast du das Rezept?«
»Aus Mattys Klassenkochbuch. Sie haben es für eine Spendenaktion zusammengestellt. Eine hübsche Idee. Die Lehrerin überredete alle Mütter, Rezepte beizusteuern, und die Kids illustrierten sie und schrieben dazu, was sie am liebsten essen, und dann ließen sie sie bei Kinko's vervielfältigen und binden und verkauften sie. Es kamen an die neunhundert Dollar zusammen!«
Elinor schluckt einen Bissen hinunter und versucht, ihre Miesepetrigkeit abzulegen. »Hast du schon die Kekse aus Hafermehl mit Rosinen probiert?«, fragt sie Doreen. »Lecker!«
»Ich kann überhaupt nichts backen, weil meine Küche umgestaltet wird«, jammert Doreen, als sei das eine Zumutung.
»Hat Matty dieses Jahr Mrs Matson?«, wendet sie sich an Cathy.
»Oh, mein Gott! Taylor LIEBTE sie«, schwärmt Sharon.

»Hört euch an, wie verrückt diese Dido ist«, sagt Fran und liest vor: »Wenn es eine göttliche Gerechtigkeit gibt, dann hoffe und bete ich, dass dein Schiff auf ein Riff aufläuft und du in einem nassen Grab deine Strafe findest …!«
»Heutzutage würde sie ihm die Reifen zerstechen«, meint Elinor.
»Du bist so ein Quatschkopf«, sagt Cathy voller Zuneigung.
Elinor wendet sich Fran zu, die als Einzige wirklich daran interessiert zu sein scheint, über das Buch zu sprechen. »Aber ich glaube, Äneas hat sich *entschieden,* auf seinen freien Willen zu verzichten. Er weiß, was richtig ist, doch er tut es nicht, weil er unter dem Pantoffel der Götter steht.« Sie wünscht, sie hätte es weniger abfällig gesagt.
»Okaaaaaay«, sagt Janice.
Kat lacht über Elinors Interpretation – ein Hyänenkeckern, das zu laut ist und zu spät kommt. Janice macht ein finsteres Gesicht. Die anderen räuspern sich und sehen einander unbehaglich an. Sie scheinen zu begreifen, dass es hier in Wahrheit um Elinors Ehe geht.
Es ist ein warmer Abend, und Elinor malt sich aus, mit einem Hechtsprung durch das offene Wohnzimmerfester zu entfliehen. Niemand hier versteht sie. Wie sollten sie auch? Sie ist ein zur Mutterschaft ungeeigneter, verbitterter, in Selbstmitleid watender Miesepeter. Und sie hasst diesen Lesezirkel. Wieder zwingt sie sich zu lächeln und lockert den Griff, mit dem sie den Stiel ihres Weinglases umklammert, denn sie fürchtet, dass er mittendurch brechen könnte.
Cathy und Doreen, die rechts beziehungsweise links von Elinor und Kat sitzen, stecken hinter ihnen die Köpfe zusammen und setzen ihre Unterhaltung über die Lehrer ihrer Kinder und die außerschulischen Aktivitäten fort.

Kat blättert in ihrem Buch und liest die kurzen Anmerkungen, die sie hier und da an den Rand geschrieben hat. Anfangs meckerte Elinor, als sie sah, dass Kat in ihr Buch schrieb. »Was hast du dagegen?«, begehrte Kat auf. »Es ist *mein* Buch, und ich lese meine Eindrücke später gern noch mal.« Eine gute Idee, fand Elinor und begann, ebenfalls in ihr Buch zu schreiben. Das ist etwas, was ihr daran gefällt, vierzig zu sein: Man macht sich nicht mehr wegen Kleinigkeiten verrückt. Vielleicht, weil große Brocken einen zu zermalmen drohen.
»Kat, hat Jason Bill Swanson als Fußballtrainer?«, erkundigt sich Doreen.
Kat schaut auf und lächelt milde. Sie hat zwar ihren Namen gehört, aber nicht die Frage.
Cathy beugt sich zu Elinor herüber. »Wir reden hier die ganze Zeit über unsere Kinder«, sagt sie mit gesenkter Stimme. »Es tut mir so leid, dass du das Baby verloren hast.«
»Ich danke dir. Es war schlimm. Danke.« Elinor nickt und drängt mühsam die aufsteigenden Tränen zurück. Jetzt wünscht sie, sie hätte ihre Schwangerschaft für sich behalten. Aber sie und Ted haben *zweimal* das Herz schlagen sehen – na ja, so gut wie –, und Dr. Weston hat gesagt, sie sollten ihr das Baby vorführen, wenn es da wäre.
»Weißt du«, sagt Doreen, »ich glaube, alles geschieht aus einem guten Grund.«
Elinor leert ihr Weinglas und stellt es auf den Couchtisch. »Das glaube ich nicht. Ich glaube nicht, dass alles aus einem guten Grund geschieht. Ich glaube nicht, dass der Holocaust aus einem guten Grund geschah, und ich glaube auch nicht, dass Joanna Fried aus einem guten Grund einen Knoten in ihrer Brust entdeckte.« Joanna ist eine gemeinsame Bekannte, und es geht ihr der Chemo wegen so schlecht, dass sie heute

nicht zu dem Treffen kommen konnte. Wer hat sich nur diesen Silberstreif-Blödsinn ausgedacht – und seinen Zwilling: *Wenn es nicht geklappt hat, dann sollte es nicht sein!*
Elinor lächelt Doreen an. »Aber ich danke dir trotzdem«, sagt sie. Sie steht von ihrem Stuhl auf und holt sich ihre Jacke und Handtasche aus der Ecke. Auf dem Weg zur Haustür schaut sie zur Küche hinein, um sich bei Sharon zu verabschieden. »Ich fühle mich nicht gut – aber es war alles wunderbar.«
»Oje – was hast du denn?«
»Migräne«, hört Elinor Kat hinter sich an ihrer Stelle antworten.
Sie verlassen das Haus und ziehen leise die Tür hinter sich ins Schloss.
»Okay, tut mir leid. Es war eine schlechte Idee.« Kat hakt Elinor unter. »Ich glaube, meine Lesezirkeltage sind gezählt.«
»Ich hätte nicht so ein Miesepeter sein dürfen.«
»Weißt du, was? Wir beide gründen unseren eigenen Lesezirkel«, schlägt Kat vor.
Als sie den Plattenweg hinuntergehen, knackt es plötzlich irgendwo, und dann springt ein Rasensprenger an und durchweicht ihre Hosen. Kat kreischt vor Vergnügen auf und rennt los.
Elinor folgt ihr. »Wohin?«, fragt sie atemlos.
»Ray and Eddie's? Eine Runde Billard?«
»Ja!«, ruft Elinor begeistert. »Eine Runde Billard!« Wenn sie Dido wäre, hätte sie genau das getan, nachdem Äneas die Stadt verlassen hatte: Sie wäre auf ein Bier und eine Runde Billard in die Bar gegangen.

Wie es scheint, muss Elinor fast jeden Tag etwas Neues auf ihre Zu-meiden-Liste setzen. Die aktuellste Heimsuchung ist ein

Song mit dem Titel »I want my Baby back«. Offenbar lieben ihn die Hörer, denn er läuft ständig im Radio. Mit unbarmherziger Penetranz singt eine Gruppe zu Popklängen »I want my BABY BACK, BABY BACK, BABY BACK! I want my BABY BACK, BABY BACK, BABY BACK!« Und gleichgültig, wie schnell Elinor den Song auch abwürgt, der Text bohrt sich in ihre Seele wie ein Splitter unter den Fingernagel.

Eines Morgens, als sie gerade duscht, kommt der Song aus ihrem Badezimmerradio. Sie springt, begleitet von aus der Duschwanne schwappendem Seifenwasser, aus der Kabine und drückt hektisch auf den Aus-Knopf ihres Ghettoblasters, doch die elektronische Tastatur ist kaputt. Wenn man auf Lautstärke drückt, wird auf einen anderen Sender umgeschaltet, und wenn man auf Aus drückt, passiert gar nichts.

»I waaaaaaaaant my Baby BACK …«

»HALT'S MAUL!« Da sie nasse Hände hat, kann sie den Stecker nicht herausziehen, und so schlägt sie mit ihrem Clog auf den Aus-Knopf ein. Die Klappe des CD-Players öffnet sich, und die CD darin bricht. Mitten in einer wüsten Schimpfkanonade sieht sie aus dem Augenwinkel Teds nackten Fuß auf der Türschwelle. Sie dreht sich zu ihm um. Er hält ihr ein Handtuch hin.

»Was ist los?«, fragt er.

»Aus!«, fleht sie und tritt zurück.

Er drückt auf die Knöpfe, und als nichts hilft, zieht er den Stecker aus der Dose.

»Da war wieder dieser verdammte Baby-back-Song!« Elinor hält sich mit einer Hand das Handtuch vor die Brust und deutet mit der anderen auf das Radio.

»Der *was?*«

Wie ist es möglich, dass Ted diesen Song nicht kennt? Warum

geht die Welt nicht auch für ihn unter? »Dieser neue Ohrwurm, den sie dauernd spielen. Du musst ihn schon gehört haben: ›I want my baby back‹ …« Elinor schaut Ted an. Er wirkt so ruhig. Die Ringe unter seinen Augen sind verschwunden. Er kann wieder schlafen.

»Oh. Dieses Ding ist jedenfalls Schrott.« Ted knallt den Ghettoblaster auf den Mülleimer, als wolle er ihr zeigen, wer der Boss ist. »Wir kaufen dir ein neues Gerät.«

Elinor schlüpft in ihre Unterwäsche, frottiert ihre Haare und legt Lippenstift auf. Dann fällt ihr ein, dass ihr Lieblingspullover im Trockner ist. Die Wärme in der Waschküche hüllt sie ein wie eine Decke. Der Trockner läuft noch. Sie lauscht dem Klicken von Knöpfen und Schnappverschlüssen, stellt sich vor, wie ihre und Teds Jeans mit ineinander verschlungenen Hosenbeinen in der Trommel kreisen. Sie stellt sich ihrer beider DNS-Stränge zu einem kleinen Menschen verknotet vor, der an den Wildlederfransen einer Cowboylatzhose zupft. Die Hitze, die von dem Trockner ausgeht, ist verlockend. Sie tritt auf ihn zu, drückt ihren Körper an ihn, legt die Wange darauf und die Arme darum, als umarme sie ihn. Er wirkt wie eine Wärmekompresse gegen ihre Krämpfe.

Die Leute glauben, man müsse Wäsche nur nach Farben sortieren, aber es ist besser, sie auch nach Stoffen zu sortieren – nach dem Gewicht der Gewebe. Man sollte Handtücher nicht mit T-Shirts mischen, denn am Ende sind die Handtücher noch nass und die T-Shirts knochentrocken und unrettbar zerknittert. Und man hat Strom verschwendet.

Die Hitze tut Elinors Bauch gut. Sie drückt sich noch fester an den Trockner. Seine Kompaktheit gibt ihr ein Gefühl der Sicherheit.

»El? Bist du okay?«, hört sie Ted plötzlich besorgt fragen.

Sie hebt die Wange vom Trockner und lässt sie wieder darauf sinken. »Er ist warm«, sagt sie.

»Oh.« Teds Stimme drückt Verstehen und Erleichterung aus. Elinor spürt überrascht, wie er sich mit der Brust an ihren Rücken schmiegt, seine Arme auf ihre legt und seine Wange an ihr Gesicht. Im ersten Moment spannt sie ihre Muskeln an, um sich gegen sein Gewicht zu wappnen, doch er ist so behutsam, dass sie sich nicht erdrückt fühlt, sondern beschützt und getröstet. Brauchen sie wirklich das ganze große Haus? Könnten sie nicht von jetzt an in der Waschküche leben – in Eintracht mit der Waschmaschine und dem Trockner? Es dauert einen Moment, bis sie begreift, dass die Tränen, die ihr Gesicht benetzen, nicht ihre eigenen sind.

17

Gina ist gerade mit einer Klientin beschäftigt, als der Rektor im Center anruft und sie auffordert, in die Schule zu kommen.

»Ich kann Dienstag- und Donnerstagvormittag«, erklärt sie ihm, nachdem sie in ihrem Terminplan nachgesehen hat.

»Ich muss Sie bitten, *sofort* zu kommen, Ms Ellison«, sagt der Rektor. »Es hat sich ein Vorfall ereignet, und Toby ist hier bei mir. Übrigens schon zum dritten Mal in dieser Woche.«

»Ein Vorfall? Zum dritten Mal?« Ginas Magen verkrampft sich. Hoffentlich hat Toby niemanden verletzt – oder sich selbst. Vielleicht hat er etwas kaputt gemacht – etwas Teures, das sie nicht bezahlen kann.

Bei dem *Vorfall* handelt es sich, wie Gina in der Schule erfährt, lediglich um einen Streich. Toby hat sich in die Toilette der weiblichen Lehrkräfte geschlichen und Ketchup-Tütchen unter die Brillen gelegt, wodurch der Leinenrock von Mrs Fritz bekleckert wurde.

»Man muss sie genau unter die beiden Gummidinger an der Vorderseite des Sitzes klemmen«, erklärt Toby, wobei er vergnügt auf seinem Stuhl auf und ab hüpft. »Sonst funktioniert es nicht.«

Der Rektor starrt ihn fassungslos an.

Gina stößt einen Seufzer der Erleichterung aus. Der Blick des

Rektors macht ihr deutlich, dass dies nicht die Reaktion ist, die ihm vorschwebt.
»Toby!«, tadelt sie ihren Sohn pflichtschuldigst. »Entschuldigen Sie«, wendet sie sich an den Rektor. »Ich bin nur so froh, dass niemand verletzt worden ist.«
»*Noch* nicht«, erwidert er, und in Gina keimt der Verdacht auf, dass dieser Mann vielleicht nicht die Idealbesetzung für die Rolle eines Schulrektors ist. Vielleicht sollte er lieber zur Armee gehen und Rekruten drillen. Er hat sie gezwungen, im Center alles stehen und liegen zu lassen, und so musste ihre Klientin ihr Training zum größten Teil allein absolvieren. Wenn sie ein Mann wäre, denkt Gina, hätte der Rektor sie bestimmt nicht genötigt, ihren Arbeitsplatz Knall auf Fall zu verlassen.
»Bitte richten Sie Mrs Fritz mein Bedauern aus. Selbstverständlich werde ich, werden wir, wird *Toby* die Reinigungsrechnung bezahlen.«
»Das wäre angemessen.« Der Rektor fixiert Toby. »Offensichtlich legen Sie zu Hause keinen Wert auf Disziplin, Ms Ellison.«
»Das ist nicht wahr!«, protestiert Gina, doch er hört ihr gar nicht zu.
»Nun, Toby«, sagt er. »Was glaubst *du,* wie wir dein Benehmen bestrafen sollten?«
»Indem Sie mich von der Schule schmeißen.« Toby schaut auf den Boden.
»Legst du es darauf an?«, fragt der Rektor.
Toby zuckt mit den Schultern.
»Ich würde sagen, du machst einen Besuch bei unserem Schulpsychologen. Dr. Chambers ist ein netter Mann.«
Gina hustet. Sie war während ihrer Schulzeit auch einmal zur

Psychologin geschickt worden – nachdem Tina Taylor ihr im Kunstunterricht den Pferdeschwanz abgeschnitten hatte. Die Jungs hatten Tina wegen ihrer Flachbrüstigkeit den Spitznamen »Tiny Titty Tina Taylor« verpasst, und aus Wut darüber war sie gemein zu den *Mädchen* in der Klasse. Und eines Tages gipfelte diese Gemeinheit darin, dass sie Gina die Haare abschnitt. Danach wurde Tina in eine Art Besserungsanstalt geschickt. Gina war traumatisiert durch den Vorfall – sowohl wegen des Verlustes ihrer Haare als auch vor Scham, weil sie im Angesicht der ganzen Klasse in Tränen ausgebrochen war. Doch außer Root-Beer-Dum-Dums hatte die Psychologin ihr nicht viel anzubieten. Sie konnte ihr ihre Haare nicht wiederbeschaffen – und genauso wenig könnte dieser Dr. Chambers erreichen, dass Tobys Vater in Zukunft öfter anriefe. Toby schaut Gina an und verdreht die Augen. Gina zieht die Nase kraus, um ein Lächeln zu unterdrücken. Für einen Moment sind sie sich einig.

Auf der Heimfahrt weiß Gina nicht, was sie sagen soll. Vorhaltungen, Aufmunterungen – sie hat schon alles versucht. »Toby, ich habe keine Lust mehr zu versuchen, dich glücklich zu machen und dazu zu bringen, dich anständig zu benehmen.« Sie sieht zu ihm hinüber. Er hat sich weggedreht und schaut aus seinem Fenster. Am liebsten würde sie anhalten, ihn in die Arme nehmen und seine knochigen Schulterblätter streicheln. »Was willst du? Weißt du überhaupt, was du willst?«

Toby nickt. »Bei Dr. und Mrs Mackey und ihrem Baby wohnen.«

Gina hat nicht auf die Straße geachtet und muss scharf bremsen, als sie bemerkt, dass der Verkehr vor ihnen langsamer geworden ist. Tobys Rucksack kippt vom Rücksitz auf den Boden. *Ist das nicht komisch,* denkt sie, *genau das täte ich auch gern. Meinst du, wir könnten eine Wohngemeinschaft gründen? Ich hasse Teds Frau nicht einmal. Ich möchte es, aber ich fand sie vom ersten Moment an sympathisch.* Der Verkehr fließt wieder schneller. Jetzt hält Gina einen großen Sicherheitsabstand zu dem Landrover vor ihnen.

»Ich glaube, ich muss dir etwas klarmachen, Toby«, sagt sie. »Du wirst dein ganzes Leben lang Wünsche haben, die dir nicht erfüllt werden. Das wird dich sehr unglücklich machen. Du glaubst vielleicht, du kannst es erzwingen, wenn du dich nur genug darum bemühst, doch die wahre Lösung ist, zufrieden mit dem zu sein, was man *hat.* Ich weiß, dass das kitschig klingt, aber dahin musst du kommen. Du musst nicht *alles* mögen, was du hast, aber zumindest einiges davon. Verstehst du, was ich meine?«

Toby schnalzt missbilligend mit der Zunge.

»Denk einfach mal darüber nach.«

Er seufzt tief.

»Ich habe nämlich eine Aufgabe für dich.«

»Toll.«

»Allerdings. Sie kommt auf deine Haushaltspflichtenliste gleich hinter Müllrausbringen, und du musst sie erfüllen, wenn du dein Taschengeld haben willst.« Ursprünglich hatte Gina vorgehabt, das Taschengeld vom Aufräumen seines Zimmers abhängig zu machen, doch sie befürchtete, dass er dann weder den Müll hinausbringen noch sein Zimmer entrümpeln und somit sein Taschengeld verspielen würde. Allerdings wüsste er wahrscheinlich gar nicht, wofür er es ausgeben sollte, denn dank seinem Vater und Ted hat er alle Bücher und Spiele, die er im Moment will. Außerdem sind es nicht in erster Linie *Dinge,* die er will, sondern *Menschen.* Das zumindest haben sie und ihr Sohn gemeinsam.

»Alles, was du tun musst, ist, drei Dinge aufzuschreiben, die du dir wünschst«, fährt sie fort. »Aber nur eines dieser Dinge darf Geld kosten. Wenn du die Liste fertig hast, schauen wir sie uns an und reden darüber, ob diese Wünsche erfüllbar sind. Wenn nicht, überlegen wir gemeinsam die nächstbesten.«

Lange herrscht Stille. Schließlich fragt Toby: »So, wie wenn man eigentlich Pommes will, aber keine auf der Speisekarte stehen, und man dann Chips nimmt?«

»Genau.« Gina ist glücklich, dass er seine ablehnende Haltung aufgegeben hat. »Es wird vielleicht nicht einfach … aber wenn wir fertig sind …«

»Oh, Mann!«

»Hör mir doch zu! Wir fliegen nach New York und gehen ins Metropolitan Museum, und du wirst die Rüstungen sehen. Vertrau mir: Wenn du sie siehst, wirst du sie auf deine Wunschliste setzen. Du wirst dir wünschen, Milliardär zu sein und in einem Haus mit einer Rüstung in der Eingangshalle zu wohnen wie Mick Jagger oder sonst wer. Das Gute ist, dass diese Ausstellung dein Leben lang dauern wird und du jederzeit hingehen und sie dir ansehen kannst. So gehören dir die ausgestellten Dinge in gewisser Weise, aber sie sind dort, damit sich *alle* daran erfreuen können.«

Toby hat Feuer gefangen. »Darf ich die Schule schwänzen, wenn wir nach New York fliegen?«

»Ja. Zwei Tage. Ich werde mir von deinem Lehrer die Hausaufgaben geben lassen. Du wirst zwei Tage Schule versäumen, und ich werde zwei Tage Arbeit versäumen. Wir werden uns ein langes Wochenende genehmigen. Wenn du keinen Spaß haben solltest, werde ich dich entsprechend entschädigen.«

Toby runzelt die Stirn.
»Das war ein Witz«, sagt Gina.
»Ja – er war so komisch, dass ich das Lachen vergessen habe.«
»Und …«
»Hast du heute besonders viel Kaffee getrunken oder was?«
»… als Vorbereitung wirst du einen Aufsatz über Ritterlichkeit schreiben. Ich habe in deinem Ritter-Buch geblättert, als ich versuchte, dein Zimmer aufzuräumen, und da steht eine Menge über Ritterlichkeit drin. Ritter waren zwar große Kämpfer, aber sie behandelten Frauen mit ausgesuchter Höflichkeit. Vor allem ihre Mütter. Ich hoffe, du wirst dir ein Beispiel daran nehmen und deine Mutter in Zukunft auch wie ein echter Ritter behandeln.«
Toby hat sich wieder weggedreht und betrachtet die vorbeiziehende Landschaft. Seine verfilzten Locken schimmern im Sonnenlicht, das durch das offene Schiebedach hereinscheint.
»Vielleicht gehe ich zu Halloween als Ritter«, sagt er mehr zu sich als zu Gina.

Gina zählt gerade laut die Medizinball-Übungen ihrer Klientin Susanne mit, als sie erneut ans Telefon gerufen wird. Sie hofft, dass nicht schon wieder der Rektor anruft.
»Noch zehnmal«, sagt sie zu ihrer Klientin und geht ins Büro.
»Spreche ich mit Gina?« Es klingt, als spiele Shane den Nüchternen und Höflichen.
»Shane?«
»Nein. Mein Name ist Roger. Ich rufe an, weil Sie einen Nachhilfelehrer für Ihren Sohn suchen.«
»Oh!« Gina fingert ihre Handtasche aus ihrem Fach und kramt ihre Liste mit ihren Fragen hervor. *Student? Im wievielten Col-*

legejahr? Mathe als Hauptfach? Wie viele Stunden pro Woche verfügbar? In Gedanken setzt sie hinzu: *Kinderschänder? Dieb?* Anstatt wieder einen Zettel ans Schwarze Brett zu heften, hätte sie lieber bei dem Paukstudio mit den qualifizierten Lehrkräften anrufen sollen, dessen Werbespot im Fernsehen lief. Aber ihre Kollegin Brenda meinte, diese Institutionen seien zu teuer, und Ted fand, der Aushang im Community College sei genau das Richtige. Aber was weiß der schon? Schließlich hat er keine Kinder.

Gina stellt Roger die Fragen auf ihrer Liste und dann noch alle, die ihr auf die Schnelle einfallen. Sie erfährt, dass er kein Student ist, Kunst als Hauptfach auf dem College hatte und einen Abschluss in Fotografie besitzt – und, dass er Mathe als Nebenfach hatte.

»Mathe fiel mir leicht, und ich muss als Fotograf auch ständig damit umgehen, aber vielleicht sollten Sie doch lieber jemanden nehmen, der Mathe als Hauptfach hatte.« Er klingt jung, intelligent und freundlich. Vielleicht würde Toby zu ihm aufsehen. Ein trockener Mathestudent hätte vielleicht gar keinen Sinn für Tobys speziellen Humor.

Roger stimmt zu, sich mit Gina vor dem Kinocenter des Einkaufszentrums zu treffen. Sie hat diesen Ort gewählt, weil er leicht zu finden ist und in einem übersichtlichen Areal liegt, wo nachmittags zwischen dem Lunch-Ansturm und dem Kino-Ansturm relativ wenig los ist.

»Gut«, sagt Gina. »Dann bis Donnerstag um zwei.«

»Ich glaube, ich habe einen neuen Mathenachhilfelehrer für dich gefunden«, sagt Gina an diesem Abend bei biologischen Makkaroni mit Käse zu ihrem Sohn. »Er klang sehr nett am Telefon.«

»Ich will aber keinen anderen Nachhilfelehrer.«
»Ich weiß.«
»Also will ich ihn gar nicht kennen lernen.«
»Aber *ich.* Er heißt Roger und ist Fotograf.«
»Kommt er her?«
»Nein. Ich treffe mich am Donnerstag um zwei mit ihm, während du in der Schule bist. Im Einkaufszentrum – vor dem neuen Kinocenter. Er klang wirklich sehr nett, Toby. Jung. Wir werden sehen. Ich muss erst mit ihm reden.«
»Als ob du ihm Fragen über Mathe stellen könntest! Wahrscheinlich willst du mit ihm ausgehen!«
Gina ignoriert den Seitenhieb. »Die Fragen über Mathe wirst *du* ihm stellen. Ich will nur herausfinden, ob er tatsächlich bereit ist, mit dem mürrischsten Zehnjährigen auf diesem Planeten zu arbeiten.«

Als Gina später auf Zehenspitzen zu Tobys Zimmer geht, um nachzusehen, ob er seine Hausaufgaben macht, hört sie ihn mit jemandem sprechen.
»Du solltest abhauen, Arschloch. Meine Mom *hat* einen Freund. Sie hat sogar *drei* Freunde: Barry, Dr. Mackey und diesen neuen Typen. Roger.«
Mit wem redet er da, um Himmels willen? Sie späht um die Ecke und sieht Toby, über seinen Schreibtisch gebeugt, durch das offene Fenster mit jemandem sprechen, der offenbar unten vor dem Haus steht. Sie schleicht die Treppe hinunter und späht in die Dunkelheit hinaus. Shane! Sein rechtes Bein ist eingegipst, und er stützt sich auf Krücken. Als Gina im Krankenhaus anrief, bekam sie keine Auskunft. Datenschutz, wurde ihr lapidar erklärt. Wenn sie wissen wolle, wie es ihrem Freund gehe, solle sie ihn besuchen. Das würde sie schön blei-

ben lassen. Zwei Tage später las sie in der Zeitung unter der Überschrift *Auseinandersetzung in der Lone Pine Lane* eine kurze Meldung, aus der sie erfuhr, dass er behandelt und bald entlassen werde. *Es wurde keine Anzeige erstattet,* stand da. *Fünfunddreißigjähriger Mann. Zustand zufriedenstellend.* Gina nahm sich vor, die einstweilige Verfügung zu beantragen.

Für alle Fälle holt sie das Telefon aus der Küche und kehrt zu Tobys Zimmer zurück. Sie hätte die einstweilige Verfügung tatsächlich beantragen sollen. Gleich morgen wird sie zum Gericht gehen.

»*Und* sie wird heiraten!«, trumpft Toby trotzig auf.

»Heiraten?« Statt Wut hört Gina Unglauben in Shanes Stimme, Traurigkeit und Bedauern. Sie schließt die Augen.

»Ja – Dr. Mackey.«

»Toby!«, zischt sie durch den Türspalt. Sie will vermeiden, dass Shane merkt, dass sie zu Hause ist. Sonst gibt es eine weitere *Auseinandersetzung,* und sie muss wieder bei der Polizei anrufen. Mit etwas Glück wird Toby Shane mit seiner Stichelei verscheuchen.

»Wer zum Teufel ist Dr. Mackey?« Shane ist lauter geworden. Er hat eindeutig getrunken.

Gina umklammert das Telefon.

»Er ist Arzt«, antwortet Toby.

»Cool.« Shane scheint sich zu bemühen, ruhig zu bleiben.

»Ja – und jetzt muss sie den beiden anderen beibringen, dass sie Dr. Mackey heiratet. Aber Roger schenkt ihr vielleicht auch einen Ring, und ich weiß nicht, was sie dann tut. Er trifft sich am Donnerstag mit ihr im Einkaufszentrum, und ich wette mit dir, dass er ihr einen Antrag macht.«

»Das ist cool. Ehrlich. In welchem Einkaufszentrum, Sportsfreund?«

»Oakmont. Um zwei …«
Gina stößt die Tür auf und stürzt sich auf Toby, packt ihn um die Mitte und reißt ihn zu Boden.
»Was ist nur in dich gefahren?«, flüstert sie.
Toby entwindet sich ihrem Griff und legt sich in Schnee-Engelmanier mit ausgebreiteten Armen und Beinen auf den Rücken. »Was ist in *dich* gefahren?«
Gina wartet darauf, dass Shane schreit oder an die Tür hämmert oder sonst wie randaliert. Sie wird die Polizei anrufen *müssen.* Zunächst ist es still. Dann klacken seine Krücken plötzlich auf dem Plattenweg. Das Geräusch entfernt sich, gleich darauf klappt eine Autotür, und ein Wagen fährt los. Gott sei Dank: Ein Taxi oder ein Freund bringt ihn weg.

18

Ich habe The Zone *definitiv verlassen,* denkt Ted, während er sich in seiner Mittagspause im Kentucky Fried Chicken über Milchbrötchen mit Butter und Honig hermacht. Er ist heute schon den zweiten Tag hier, hat auf das Hühnchen und den Krautsalat verzichtet und nur Brötchen genommen, drei Stück und einen Karton Milch, alles auf seinem kleinen, roten Plastiktablett aufgereiht. Neuerdings kann er gar nicht genug kriegen von Kohlenhydraten, stopft Bagel und Frosted Flakes und Eskimo-Minikuchen in sich hinein. Hauptsache, kein Leinsamen. Alkohol reizt ihn nicht. Ein Glück. Er trinkt zwar gern einen schönen Cabernet, aber er hat niemals Trost im Suff gesucht. Stattdessen steht er mitten in der Nacht auf und mampft in der bis auf den gelben Schein eines Nachtlichtes dunklen Küche im Stehen Cheerios mit Bananen und Zucker. Während er sich dabei vorstellt, wie Folsäure und Vitamin B_{12} in seinen Blutstrom wandern und Serotonin in sein Gehirn zurückkehrt, wird er ganz ruhig.

Er schneidet das zweite Brötchen auf und bestreicht es mit Butter. Es scheint, als habe sich eine neue Kluft zwischen Elinor und ihm aufgetan – durch den neuen Schmerz, der sie peinigt und den er wieder nicht lindern kann. Er wünscht, er hätte, anstatt in der gynäkologischen Praxis zusammenzubrechen, Elinors Hand gehalten und ihr beigestanden. Er ist Arzt, verdammt noch mal – er sollte eine schlechte Nachricht händeln können. Aber auf seinem Fachgebiet gibt es kaum schlechte Nachrichten. Hauptsächlich eingewachsene Zehennägel, Fußpilz, vielleicht ein Überbein oder Hammerzehen. Im schlimmsten Fall die Amputation von ein, zwei Zehen eines Diabetikers, doch auch die ist nichts im Vergleich zum Verlust eines Babys.

Darum hat er sich auf Füße spezialisiert: Es erschien ihm auf diesem Gebiet am wahrscheinlichsten, Patienten helfen zu können, und am unwahrscheinlichsten, einen zu verlieren. Offen gestanden weiß er nicht, wie Onkologen damit zurechtkommen. Er würde durchdrehen, wenn er einen Patienten verlöre. Elinor und Gina sagen beide, er sei feinfühlig. Eine nette Umschreibung für *Weichei.* Wenn er wirklich feinfühlig wäre, hätte er niemals eine Affäre gehabt und seine Frau so schrecklich verletzt.

Ted leckt das zweite Honigtöpfchen aus, ohne sich darum zu scheren, ob jemand ihn bei diesem Verstoß gegen die Tischmanieren beobachtet. Er ist auf dem besten Weg, sich das ganze Gewicht wieder anzufressen, das er dank Gina verloren hat, isst, um den ungeheuren Drang zu betäuben, zu ihr ins Bett zu kriechen. Heute früh ertappte er sich in der Schlange im Coffeeshop dabei, von ihr tags zu träumen. Er erinnert sich, wie er in ihrem Zimmer um fünf Uhr morgens aufwacht, sein Wecker zirpt, sie zusammengerollt im Bett liegt wie ein Fötus mit dem Rücken an seinem Oberkörper, das lange Haar ausgebreitet auf dem Kopfkissen und manchmal auf seinem Gesicht. Wie er sich aufsetzt und durch die Gardinen an ihrem Bett in die Nacht hinausschaut, Gina im Schlaf betrachtet. Ihre Züge sind immer so friedlich, keine schlimmen Träume runzeln ihre Stirn. Er atmet ihr China-Rain-Parfum ein, erinnert sich an den Tag, als er den Namen des Duftes erfuhr. Er war – nach einem Glas Wein, aber vor dem Sex – in ihrem Bad und suchte auf dem kleinen Wandbord nach der Flasche. Er wollte sie sehen und berühren und den *Namen* wissen. »Was *machst* du da drin?«, fragte Gina draußen vor der Tür kichernd. Ted ließ sie herein und gestand ihr, dass er einfach wissen *müsse,* wie ihr Parfum heiße. Sie lachte und zeigte es ihm, ein kleines Glasröhrchen mit einem Roller wie ein Deo, womit sie den Duft hinter ihre Ohren, zwischen ihre Brüste und auf die Handgelenke auftrug. Immer wenn er sie morgens im Schlaf betrachtete, atmete er den süßen, erdigen Geruch ein. Bevor er aufstand, strich er ihr Haar zur Seite und küsste sie auf die Wange und Schläfe – zwei sanfte Küsse, die sich wie Glücksbringer anfühlten, als werfe er Münzen in einen Brunnen.

Ted beginnt, in der Arbeit Fehler zu machen. Keine großen, aber es sieht ihm nicht ähnlich. Er vergisst, Rezepte durchzutelefonieren, spricht einen älteren Gentleman mit *Mrs* Dawson an. Eines Morgens erscheint er in der Praxis, obwohl er sich zu dieser Zeit bereits im Krankenhaus für eine Operation desinfizieren sollte. Als er hereinkommt, informiert ihn die Rezeptionistin atemlos, dass sein Patient bereits seit fünfundvierzig Minuten im Vorbereitungsraum liege.
»Willst du nicht mal Urlaub machen?«, fragt sein Partner Larry hoffnungsvoll.
»Vielleicht«, antwortet Ted. »Meinst du, ich sollte mit Elinor verreisen?«
»Ja! Fliegt nach Venedig! Es ist so romantisch! Ihr müsst euch beeilen, bevor es versinkt!« Larrys drängender Ton irritiert Ted – er tut ja, als wäre die *Praxis* am Versinken.
Abends auf dem Heimweg kauft Ted einen Reiseführer für

Venedig. Er lässt ihn als Geschenk einpacken und besorgt noch zwei Steaks, Kartoffeln, Zuckererbsen und einen Strauß Teerosen. Zu Hause macht er Essen, legt das Päckchen neben Elinors Teller und stellt die Blumen vor ihr Gedeck.

Sie packt das Buch aus, streicht mit der Hand über den Einband und bemüht sich sichtlich, Begeisterung zu zeigen. »Oh, Venedig! Wow!«

»Lass uns hinfliegen«, sagt Ted. »Das ist doch angeblich das Gute daran, kein Kind zu haben: Man kann verreisen, wann man will.«

Elinor schaut auf ihren Teller hinunter. »Vielleicht sollten wir das Geld lieber für eine Reise in ein Land verwenden, wo wir ein Kind *adoptieren* können.«

»Oh. Okay.« Ted lässt sein Besteck sinken. »Vielleicht.«

»Hier sind Adoptionen unheimlich kompliziert, weißt du«, fährt sie fort. »Und die leiblichen Mütter dürfen es sich auch noch anders überlegen, wenn man das Kind schon eine ganze Weile bei sich hat. Vielleicht sollten wir es in einem anderen Land versuchen.«

Das ist dann höchstwahrscheinlich ein Land, in dem die Menschen seit Generationen an Unterernährung leiden und ärztlich schlecht versorgt sind, denkt Ted. Natürlich widerstrebt es ihm, Elinor zu enttäuschen, aber er ist nicht bereit, von der Sterilitäts-Therapie-Achterbahn in die Internationale-Adoptions-Achterbahn umzusteigen. Er möchte für eine Weile auf festem Boden bleiben. Doch Elinor hat bereits begonnen, Artikel zum Thema Adoption auszuschneiden und in einem braunen Ordner zu sammeln. Ihre braunen Ordner machen ihn nervös. Sie sind immer ein Zeichen dafür, dass sie etwas Großes vorhat.

»Das wird doch kein echter Urlaub, wenn wir wegen einer

Adoption recherchieren«, wendet er ein. »Ich dachte, wir machen eine *Pause*.«

Elinor zerteilt ein Stück Kartoffel. »Ich will keine Pausen mehr machen«, erwidert sie leise. »Ich habe nie das Gefühl, etwas zu erreichen, wenn ich eine Pause mache.«

»Also gut.« Ted bemüht sich, fröhlich zu klingen. »Wir reden darüber, okay?«

»Okay.« Elinor klopft mit der Hand auf den Reiseführer. »Danke für das Buch. Das war lieb von dir.« Sie scheint sich ebenfalls nicht streiten zu wollen. In den vergangenen Tagen haben sie sich beinahe überschlagen vor lauter gegenseitiger Freundlichkeit – aber irgendwie scheinen sie auseinanderzudriften, wobei sie jedoch eine Höflichkeit beibehalten, wie man sie einem Mitarbeiter oder einem Hausgast gegenüber zeigt.

G. Ellison steht auf dem Display. Ted drückt hektisch auf die grüne Taste des Telefons, damit ihm Elinor nicht etwa zuvorkommt.

»Hallo?«

»Ähh – hi«, sagt eine vertraute, atemlose Stimme.

»Toby!« Ted verspürt einen Anflug von Enttäuschung, weil es nicht Gina ist, und gleichzeitig ein Schuldgefühl. Er dreht die Faust auf der Schreibtischplatte, als wolle er die Fingerknöchel hineinbohren. Der Schmerz macht seinen Kopf klar. »Du sollst doch nicht hier anrufen!«

»Mein neuer Nachhilfelehrer will sich mit Ihnen treffen und über Mathe mit Ihnen reden.«

»Du weißt, dass das nicht geht. Du kannst ihm doch selbst sagen, was ihr gerade durchnehmt.«

»Ja, schon – aber er will mit Ihnen reden. Er sagt, er kann mir besser helfen, wenn er mit Ihnen geredet hat.«

»Es tut mir leid, Toby, aber Mrs Mackey und ich machen gerade eine schwere Zeit durch, und ich kann sie unmöglich noch zusätzlich belasten.«

»Wie kann mein Mathezeug sie belasten?«

Ted hört den Staubsauger vom Teppich auf die Dielen wechseln, während Elinor damit durchs Parterre fährt. Und wieder auf den Teppich. Das erkennt er am Klang des Brummens. Seit sie sich besser fühlt, macht sie jeden Tag sauber, obwohl dieser merkwürdige Fotograf alle zwei Wochen zum Putzen kommt.

»Toby! Deine Mutter und ich waren zusammen, aber wir *sind* es nicht mehr.« Der Staubsauger verstummt, und Ted spricht mit gesenkter Stimme weiter. »Und deshalb kann ich mich nicht mehr mit euch treffen. Es tut mir leid. Ich weiß, es ist immer schlimm für Kinder, wenn so etwas passiert.« Teds Blick wandert zu dem Stapel medizinischer Fachzeitschriften auf seinem Schreibtisch. Er hat versucht, einen Artikel mit dem Titel »Die Anti-Entzündung-Debatte« zu lesen, doch er konnte sich nicht konzentrieren.

»Nein, das wissen Sie nicht! Sie wissen gar nichts! Das sagt ihr Erwachsenen bloß. Alles, was euch interessiert, ist, dass es *euch* besser geht. Ihr entscheidet alles. Wo ich leben muss und wer vielleicht mein Stiefvater wird … Wieso darf *ich* nichts entscheiden?«

»Ich weiß, dass deine Mutter dich in ihre Entscheidungen einbezieht, Toby. Auf die Entscheidungen deines Vaters hat sie leider keinen Einfluss, Kumpel. So ist es nun mal.« Ted ist stehen geblieben, um sich nicht auf eine längere Unterhaltung einzulassen, denn Toby hat eine vertrackte Art, ihn in ein Gespräch zu verwickeln. »Was nehmt ihr denn gerade in Mathe durch?«

»Die Berechnung von Rauminhalten und Flächen.«
»Das ist doch interessant.« Ted schaut aus dem Fenster. Es ist Sonntag, und eine Parade von Leuten mit Hunden, Joggern und Familien zieht vorbei. Die Tage werden kürzer. Der Gedanke deprimiert ihn.
»Ich raff das aber nicht!«, schimpft Toby. In sanfterem Ton fährt er fort: »Hey, ich glaube, mein Nachhilfelehrer spinnt auf meine Mom. Sie macht die Typen ganz verrückt. Jetzt war sie wegen Shane sogar beim Gericht, weil er sie einfach nicht in Ruhe lässt. Und Barry kauft ihr andauernd Schmuck. Er hat ihr einen echt tollen Brillantring geschenkt.«
Eifersucht steigt in Ted hoch, als er sich ausmalt, wie Barry Gina den Ring in einer Samtschatulle überreicht. Plötzlich kommt ihm der alarmierende Verdacht, dass Toby vielleicht *weiß,* dass Eifersucht eine Schwäche von ihm ist. Vielleicht weiß er, dass seine, Teds, Schwäche Eifersucht ist und Ginas Schwäche ein großes Herz und dass sie beide eine latente Schwäche füreinander haben. Vielleicht ist Toby mit seinen zehn Jahren ja gescheiter als sie alle zusammen. Dieses Kind sollte die Privatsphäre von Erwachsenen respektieren, verdammt.
»Nun, du weißt, dass deine Mom eine tolle Frau ist, und sie wird bestimmt einen wunderbaren Mann finden, den auch du mögen wirst.«
»Barry hat mir zwei Tickets für die White Stripes geschenkt. Hey – haben Sie Lust, mit mir hinzugehen?«
Ted lacht. »Selbst, wenn das ginge, könnte ich es dir nicht sagen, weil ich überhaupt nicht weiß, wer die White Stripes sind.«
»Eine Band – aber was für eine, weiß ich auch nicht. Barry sagt, ich soll jemanden aus meiner Klasse einladen. Ich wollte

eigentlich Melanie fragen, aber die mag moderne Musik wahrscheinlich gar nicht – sie spielt Geige.«

»Vielleicht kannst du sie ja mal zu etwas anderem einladen.«

»Ja. Ich werde später eine ganz kluge Frau heiraten – keine so doofe wie meine Mom.«

»Deine Mutter ist nicht *doof,* Toby«, sagt Ted noch leiser, »und sie tut für dich, was sie kann. Du solltest wirklich netter zu ihr sein und ihr eine Chance geben. Wenn du ehrlich bist, fallen dir bestimmt auf der Stelle fünf Dinge ein, die sie in dieser Woche für dich getan hat.«

»Ja – sie ist mit dem Laubgebläse durch mein Zimmer gefahren.«

»Was?«

»Das ist ihre neue Putzmethode …«

Ted spürt, dass er wieder in Tobys Sog zu geraten droht. »Ich muss weg, Toby«, versucht er, sich zu retten.

»Okay. Gehen Sie was für das Baby kaufen?«

Die Frage raubt Ted buchstäblich den Atem. Als ihm schwindlig wird, holt er tief Luft. Der künstliche Fichtennadelduft von Elinors Universalreiniger steigt ihm in die Nase. Seine Beine versagen ihm den Dienst, und er sinkt auf seinen Schreibtischstuhl. »Mrs Mackey und ich werden nun doch keines bekommen.«

»Wie meinen Sie das?«

»Wir haben es verloren.«

»Wie geht denn *so* was?«

»Na ja – die Ärztin hat uns nach der letzten Untersuchung gesagt, dass es nicht mehr am Leben ist.«

»Oh.« Toby klingt erschüttert. »Das Baby ist *in* Mrs Mackey gestorben? Wieso?«

»Das wissen wir nicht, Kumpel. Die Natur hat ihren eigenen

Kopf. Es ist wie bei Tomaten, weißt du – da schaffen es auch nicht alle Stauden, die man pflanzt. Für gewöhnlich passiert es, wenn etwas mit den Chromosomen des Babys nicht stimmt, und so war es vielleicht ein Glück.« Sich selbst hat Ted noch nicht wirklich davon überzeugen können.

»Was sind Chromosomen?«

»Ein Chromosom ist ein fadenförmiges Gebilde im Zellkern, das das Erbgut trägt. So klein, dass man es nur unter dem Mikroskop sehen kann. Mrs Mackey ist jetzt natürlich sehr traurig. Wir müssen Rücksicht auf sie nehmen, und darum darfst du nicht mehr hier anrufen, okay?«

»Okay.« Toby schnieft.

»Du bist ein toller Bursche, Toby. Du weißt eine Menge über Geschichte, und du bringst die Menschen zum Lachen. Es wird sich für dich alles zum Guten wenden. Du kannst das im Moment vielleicht nicht glauben, aber ich bin überzeugt davon.« Ted wünscht, er könnte etwas dazu beitragen. Es macht ihn traurig, dass ihm die Gelegenheit dazu verwehrt ist.

»Das erzählt mir meine Mom auch. *Du kannst nicht alles haben, was du willst, aber es wird sich alles zum Guten wenden*«, äfft er seine Mutter nach. »Ihr glaubt das nur, damit ihr euch besser fühlt.«

»Ich muss jetzt wirklich aufhören, Toby, okay? Sei nett zu deiner Mutter. Und lade die Geigerin ins Kino ein.«

Ted hört Toby auflegen. Wieder wandert sein Blick zum Fenster hinaus. Ein junges Paar zieht einen roten Leiterwagen auf dem Bürgersteig vorbei. Die beiden unterhalten sich angeregt, während das Kind Brötchenkrumen aus einer Bäckertüte auf die Straße wirft. Plötzlich kann Ted nachfühlen, warum Elinor sich in die Waschküche zurückzieht. Bisher dachte er, sie suche in der Wärme dort Geborgenheit, doch jetzt, da er zum ersten Mal Schmerz empfindet, als er ein Paar mit einem Kind sieht, wird ihm klar, dass sie sich zum Schutz vor seelischen Verletzungen von außen dorthin flüchtet. Er hätte *Vater* sein können. Seinerseits auf der Flucht, konzentriert er seinen Blick auf das Fenster. Zum ersten Mal bemerkt er, dass die Stege zwischen den zwei dicken Isolierglasscheiben aus Aluminium sind. Es sind teure Fenster, dazu gedacht, Lärm, Kälte, Regen und Einbrecher fernzuhalten, doch Ted wünscht, er würde in einem alten Haus wohnen, mit Fenstern mit *richtigen* Scheiben und *Holz*stegen. Vielleicht wäre es gar nicht schlecht, wenn Elinor und er hier wegziehen würden, dieses Haus hinter sich lassen.

Elinor trinkt einen großen Schluck Darjeeling, schließt die Augen und genießt die Wärme des Tees und die Süße des Honigs darin. Dann zieht sie einen Korb mit zusammengelegter Wäsche vom Küchentresen, setzt ihn auf die Hüfte und macht sich auf den Weg zum Schlafzimmer.

Als sie an Teds Arbeitszimmer vorbeikommt, sitzt er mit dem Telefon in der Hand am Schreibtisch und schaut aus dem Fenster.

»Ist was?«

Als er ihre Stimme hört, wendet er sich ihr zu. Er sieht aus, als habe er gerade eine schlimme Nachricht bekommen. Vielleicht hat die Praxis ihm das Ergebnis der pathologischen Untersuchung mitgeteilt. Aber was könnte schlimmer sein als *Sie haben das Baby verloren?*

»Nein. Nichts.« Ted stellt das Telefon auf die Basis zurück und streicht mit den Handflächen seine Khakihosen glatt.

»Wer hat denn angerufen?« Sie setzt den Wäschekorb auf die andere Hüfte.

»Toby.« Er reibt sich mit beiden Händen das Gesicht. »Es tut mir leid – aber ich glaube, diesmal konnte ich ihm klarmachen, dass er es nicht mehr tun darf.«
Elinor stellt den Korb auf den Boden und lehnt sich an den Türrahmen. »Will er noch immer babysitten?« Obwohl sie verärgert ist, rührt sie Tobys Anhänglichkeit an Ted.
»Nein. Ich habe ihm erzählt, dass wir das Baby verloren haben.«
Es ist tröstlich, Ted *wir* sagen zu hören. Die zum Fenster hereinscheinende Spätnachmittagssonne verleiht seinen Haaren einen Mahagonischimmer. Was das angeht, kommt er nach seinem Vater – der hat auch noch kein einziges weißes Haar. Elinor hat einen Mann geheiratet, der auf attraktive Weise altert. Was für ein Glück. Gleichgültig, wie müde oder verzagt er ist oder wie wütend sie auf ihn sein mag – in Elinors Augen sieht er immer gut aus. Doch die Liebe, die sie für ihn empfindet, hat sich verändert. Sie ähnelt jetzt mehr der, die sie für ihre Mutter empfindet oder für Kat. Vielleicht *ist* das so in einer Ehe – vielleicht gehört das zu ihrer ganz normalen Entwicklung.
Sie wünscht, sie könnte dessen sicher sein.
Ted massiert seinen Nacken und betrachtet den Fußboden. Sie sollte ihm etwas kochen, denkt Elinor. Vielleicht ein Filet mignon. Sie sollte einen Kochkurs besuchen. Es wäre bedeutend sinnvoller, sich auf Essen zu konzentrieren als auf Wäsche.
»Toby wollte, dass ich mich mit seinem neuen Mathenachhilfelehrer treffe und mit dem Mann bespreche, worauf es ankommt.« Ted schaut wieder zum Fenster hinaus. »Ich habe es abgelehnt.«
Was würde das jetzt noch ausmachen?, fragt sich Elinor. Sie kann das Gefühl nicht abschütteln, dass sie bereits alles verlo-

ren hat, was es zu verlieren gibt. Jeden Morgen beim Aufwachen sagt sie sich, *nein,* das stimmt nicht: Sie könnten ihr Haus verlieren; Ted könnte seine Praxis verlieren (Patienten verklagen Ärzte hin und wieder!); einer von ihnen könnte Krebs haben. Nach diesen dramatischen Überlegungen treibt sie eine manische Dankbarkeit aus dem Bett, die sich im Lauf des Tages zu einer tiefen Traurigkeit wandelt. »Weißt du, was?« Elinor schlingt die Arme um ihre Taille, um sich gegen den Vorschlag zu wappnen, den sie ihrem Mann machen will.

Ted wendet sich ihr zu.

»Triff dich mit dem Nachhilfelehrer – und lade Toby auf ein Eis am Stiel ein.«

»Ich weiß nicht.« Ted ist unsicher. »Das ist riskant.«

Worin besteht das Risiko für ihn? Tobys Anhänglichkeit noch zu verstärken oder wieder in Ginas Bett zu landen? »Wenn du es nicht tust, wird er immer wieder anrufen.«

»Wir könnten uns eine Geheimnummer geben lassen.«

Elinor schüttelt den Kopf. »Wie es aussieht, bist du wirklich wichtig für diesen kleinen Kerl, und ich finde, es genügt, dass *unsere* Herzen gebrochen sind – wir müssen nicht auch *sein* Herz brechen.«

Ted reibt sich die Augen. »Er wird darüber hinwegkommen.«

Elinor weiß, dass Ted den Jungen nicht anrufen wird – aber sie weiß auch, dass er es möchte. Er sieht Toby offenbar als eine Art Bewährungsmöglichkeit, und sie will ihn nicht um diese Chance bringen. Also geht sie zum Schreibtisch, nimmt das Telefon von der Basis und hält es ihm hin. Als er es nimmt, verlässt sie das Zimmer so fluchtartig, dass sie vergisst, die Wäsche mitzunehmen. »Versprich mir nur, dass du es mir sagst, wenn du sie wieder fickst!«, ruft sie über die Schulter. Die Worte hallen durch den Flur. Elinor ist auf Strümpfen unterwegs, und nach ein paar Schritten macht sie kehrt, schleicht lautlos zu Teds Arbeitszimmer zurück und bleibt neben der offenen Tür stehen, um zu lauschen.

»Ich könnte ihn doch auch *anrufen«*, sagt Ted, hört einen Moment zu und spricht dann weiter. »Im Einkaufszentrum? Okay. Beim Kinocenter. Okay. Okay. Er heißt Stan? Hab ich notiert. Richte ihm aus, dass ich komme.«

Elinor eilt in die Küche. Sie wird ihrem Mann heute Abend ein hausgemachtes Essen vorsetzen: Hähnchen-Cordon-bleu-Roulade und Spargel mit Sauce hollandaise. Das ist ziemlich einfach. Kat hat es ihr einmal gezeigt. Man muss die Hähnchenschnitzel zwischen Butterbrotpapier mit einem Nudelholz plattwalzen, dann Schinken und Käse darauflegen, das Ganze fest aufrollen und mit der Nahtstelle nach unten in eine Kasserolle legen.

Im Therapiezimmer der Eheberaterin nimmt Ted Elinors Hand und drückt sie. Er kennt seine Frau jetzt seit fünf Jahren, aber es überrascht ihn immer wieder, wie klein ihre Hände sind – wie die eines Kindes.

»Um den Verlust ihres Babys zu verkraften, müssen Sie sich eine Trauerzeit zugestehen«, sagt Dr. Brewster. »Das schaffen Sie nicht über Nacht.«

Sie nicken beide. Sagen Sie mir etwas, was ich noch nicht weiß, denkt Ted.

»Im Augenblick haben Sie vielleicht das Gefühl, dass es keine Hoffnung mehr gibt«, fährt Dr. Brewster fort, »aber wenn Sie sich gestattet haben zu trauern, würde ich gern mit Ihnen über die Möglichkeiten sprechen, die Ihnen offenstehen.«

»Die kenne ich schon«, sagt Elinor müde. »Adoption. Spendereizellen. Ein Baby aus dem Einkaufszentrum entführen.«

Dr. Brewster lächelt. »Und das Konzept, kind*frei* zu leben anstatt kinder*los.«*

»Diese Freiheit ist für mich nicht erstrebenswert«, gibt Elinor zurück.

Ted hat normalerweise nichts übrig für Populärpsychologie, doch diese Wortschöpfung gefällt ihm, denn in seinen Augen schafft sie Zuversicht. Als sie sich damals zu der IVF-Pause entschlossen, kaufte er ein Buch mit dem Titel *Süße Trauben: Wie Sie aufhören, unfruchtbar zu sein, und wieder anfangen, zu leben.* Er dachte, es würde Elinor Freude machen, wenn er ihr jeden Abend vor dem Schlafengehen ein paar Seiten daraus vorläse, doch das Buch brachte sie zum Weinen.

Zu Teds Überraschung steht Elinor plötzlich auf. »Ich möchte *Enkelkinder«*, erklärt sie Dr. Brewster in energischem Ton, als verhandle sie einen Fall vor Gericht. »Verstehen Sie das? Es geht nicht darum, ein *Kind* zu haben – es geht darum, eine *Familie* zu haben.«

»Absolut«, stimmt Dr. Brewster zu. »Lassen Sie uns das in einigen Wochen besprechen.«

In einigen Wochen. Das klingt wie eine gerichtliche Strafzumessung ohne präzise Zeitangabe. Warum sitzen er und Elinor wieder in einem Loch, und warum kann er sie nicht beide ausgraben? Und warum bringt Elinor nicht zur Sprache, dass er sich mit Tobys neuem Nachhilfelehrer treffen wird? Es bestürzt Ted, wie sehr er sich darauf freut, auf die Gelegenheit zu erfahren, wie es Gina geht – aber er hat sich fest vorgenommen, den Mann nicht zu sehr auszuquetschen.

»Ich werde mich mit Tobys Nachhilfelehrer treffen«, platzt er heraus. Es erleichtert ihn, es gestanden zu haben.

»Wer ist Toby?«, fragt Dr. Brewster verdutzt.

»Ach ja – richtig«, sagt Elinor. »Den Namen kennen Sie ja gar nicht. Die Exgeliebte meines Mannes hatte einen Sohn. *Hat* einen Sohn. Und dieser Sohn hängt sehr an Ted. Darum sagte ich, er solle ihn besuchen.«

»Glauben Sie, dass es gesund ist, diese Beziehung aufrechtzuerhalten?«, wendet Dr. Brewster sich an Ted.

»Was *ist* schon gesund?«, mischt Elinor sich ein. »Was, außer grünem Tee, ist gesund?«

»Ich habe *Ted* gefragt«, rügt Dr. Brewster sie milde.

Elinor setzt sich wie ein gescholtenes Schulkind und kaut auf ihrer Unterlippe.

Ted hüstelt, um Zeit zu schinden, und antwortet dann mit sorgfältig gewählten Worten: »Ich mag diesen Jungen sehr, und ich möchte, dass etwas aus ihm wird. Aus irgendeinem Grund scheine ich einen positiven Einfluss auf ihn zu haben – und vorläufig werde ich mich nur mit seinem Nachhilfelehrer treffen.«

»Wie fühlen Sie sich dabei?«, fragt Dr. Brewster Elinor.

»Ich glaube nicht, dass ich mich dadurch noch schlechter fühlen werde, als ich es bereits tue – ich denke, das wäre gar nicht möglich«, antwortet Elinor.

Ted langt hinüber und massiert ihren Nacken, doch diesmal entspannt sie sich nicht unter seiner Berührung.

»Außerdem wird er sowieso weiter bei uns anrufen«, setzt sie bitter hinzu.

»Es ist Ihr gutes Recht, darüber wütend zu sein«, sagt Dr. Brewster.

Elinor steht wieder auf und beginnt hin und her zu gehen. »Ich habe es SATT, das Recht zu haben, wütend zu sein!«

Dr. Brewster rutscht nach vorne, bis sie auf der Kante ihres Sessels sitzt.

»Ich habe es satt, das Recht zu haben, traurig zu sein«, fährt

Elinor fort. »Ich möchte das Recht haben, *glücklich* zu sein!« Sie fährt sich wieder und wieder durch die Haare und zerrt dabei an den Fransen. »Seit zwei Jahren läuft alles schief, und ich bin nur noch wütend!«

Ted fängt ihre Hand ein, als sie wieder bei ihm vorbeikommt, und zieht sie sanft zu ihrem Sessel zurück. In der Vergangenheit hat Elinor einmal zu ihm gesagt, dass sie den Eindruck habe, die Eheberaterin ermutige sie, ihre Wut beizubehalten, anstatt sie zu überwinden. »Wahrscheinlich finanziert meine Wut die Hypothek für ihr Haus in den Bergen«, meinte sie zynisch. »Du bist ungerecht«, widersprach Ted. »Sie macht nur ihren Job. Schließlich bezahlen wir sie nicht dafür, dass sie vom Spielfeldrand aus zusieht.« Doch insgeheim gab er ihr Recht. Manchmal hatte er in Dr. Brewsters Therapiezimmer das Gefühl, dass er ins Bodenlose sank oder zurückrutschte, dass ihre Probleme unüberwindbar waren. Vielleicht lag das aber auch nur an dem tiefen, glatten Ledersessel.

»Und wissen Sie, was?«, setzt Elinor ihre Rede fort. »Vielleicht hilft Reden überhaupt nicht. Vielleicht verschlimmert es die Gegenwart, dass wir ständig in der Vergangenheit wühlen, ständig an alles erinnert werden, was schiefgelaufen ist und was wir hätten anders machen können und warum wir wütend aufeinander sind. Oh, ja – ich erinnere mich gerade jetzt, warum ich wütend auf dich bin!« Bei den letzten Worten hat sie sich Ted zugewandt. Sie strafft ihre Schultern, fasst sich und sagt mit leiserer Stimme in den Raum hinein: »Vielleicht müssen wir nicht *alles* durchkauen.« Sie schaut Dr. Brewster an und dann mit flehendem Blick zu Ted.

Er nickt ehrfürchtig und streicht ihr über den Kopf. Sie hat gerade das getan, was sie früher ständig tat – in Worte gefasst, was er dachte. Nur formulierte sie es immer origineller und präziser. »Sie hat meine Meinung bereits *gesagt«*, witzelte er dann.

»Es tut mir leid«, sagt er.

Elinor nickt. »Ich weiß. Mir auch.«

»Du hast doch gar nichts getan.«

»Lass uns nicht anfangen«, bittet sie ihn.

»Okay.«

»Hören Sie«, bricht die Therapeutin nach einer langen Pause das Schweigen. »Sie haben Recht. Es ist nicht gut, sich immer wie in einer akuten Krise zu fühlen. Sie beide haben viel durchgemacht – Sie müssen sich mehr zugutehalten, wie hart Sie gearbeitet haben und wie tapfer Sie sich schlagen.«

»Danke«, sagt Elinor. »Ernsthaft. Ich wollte Sie nicht attackieren. Ich halte Sie für eine sehr gute Therapeutin.« Sie schaut auf ihre Uhr. »Aber wissen Sie, was? Unsere Zeit ist um.«

19

Die überwältigende Geruchsmischung in der Schlemmermeile des Einkaufszentrums erinnert Roger daran, dass er noch nicht zu Mittag gegessen hat. Unter dem Beschuss der Aromen von backenden Keksen und Waffeltütchen, in unechter Butter bratenden Maiskolben und irgendetwas Fettigem, Rauchendem auf einem Grill spürt er sowohl Hunger als auch Übelkeit in sich aufsteigen. Er schaut noch einmal auf den Zettel in seiner Hand: *Gina Ellison. Zwei Uhr. Schlemmermeile.* Es ist zwei Uhr zehn. Wo also *ist* die Lady? Das hat er davon, dass er alles tut, was Mrs Mackey ihm sagt. Ein Glück, dass sie keine Sekte leitet. Roger schlendert an den Kartenschaltern des Kinocenters vorbei, die Gina als Treffpunkt bestimmt hat. Er hat gar nicht gewusst, dass es im Einkaufszentrum jetzt ein Kino gibt. Eine Rolltreppe führt zu einer zweiten Etage mit Vorführsälen hinauf, und vor den Kartenschaltern stehen zahlreiche Tische und Stühle, die von Schnellrestaurants gesäumt sind, wo man von Süßigkeiten über Fettigkeiten bis zu Koffein alles bekommt, was das Herz begehrt.

»Roger?«

Er dreht sich um und sieht eine sehr schlanke Frau mit langem Haar auf einen abgerissen wirkenden jungen Mann mit einer bis über die Ohren heruntergezogenen Wollmütze und ausgebeulter Hose zutreten, aus deren einer Tasche eine Kette baumelt.

»Nein«, murmelt der Junge.

Mann, wird die erleichtert sein, wenn sie ihn sieht, denkt Roger, denn verglichen mit diesem Typen ist er eine regelrechte Schönheit.

»Sind Sie Tobys Mom?«, fragt er sie. Ziemlich jung für eine Mom. »Ms Ellison?«

Sie wendet sich ihm zu und nickt erleichtert. »Gina.«

Roger spricht seine Klienten lieber mit Mr und Mrs an.

Sie streckt ihm die Hand hin. Alles an ihr ist irgendwie lang – ihre Arme, die Finger, das bis zur Taille reichende Haar. Die meisten Männer sind wahrscheinlich hingerissen von ihr, aber sein Typ ist sie nicht. Unter anderem ist er wohl der unsportlichste Mensch auf Erden.

Sie trägt einen hellblauen Jogginganzug und mit Glitzersteinchen besetzte Flip-Flops. Das Sweatshirt ist so kurz, dass man ihren Bauch sieht. Er ist glatt und flach, doch auch er reizt Roger nicht. Er wird ihrem Sohn vielleicht Nachhilfe geben, aber er wird sie ganz sicher nicht um ein Date bitten.

»Hi.« Er hält den Handschlag geschäftlich – kurz und fest.

Gina hat ein Notizbuch dabei. »Setzen wir uns.« Sie überfliegt die Tischreihen.

Roger folgt ihr zu einem Tisch nahe dem Corn-Dog-Stand, wo es Wiener Würstchen in Maisbrot am Stiel gibt, und sie setzen sich neben eine riesige, unechte Palme. Roger fragt sich, ob auch die Erde in dem Kübel unecht ist, und späht verstohlen hinein, doch er kann es nicht erkennen.

Gina legt ihr Notizbuch auf den Tisch, schlägt es auf und kramt einen Kugelschreiber aus ihrer Handtasche. Sie wirkt gestresst. »Mein Sohn Toby ist ein ausgesprochen heller Bursche, aber er hat Schwierigkeiten, sich zu konzentrieren, und er braucht wirklich dringend Hilfe in Mathe. Wie sich in der Vergangenheit gezeigt hat, war ein Nachhilfelehrer von großem Nutzen.« Sie wirft ihr Haar nach hinten und schaut in ihr Notizbuch. Wenn Roger sie fotografieren sollte, würde er sie bitten, sich kopfüber an das Klettergerüst auf dem Spielplatz bei seinem Haus zu hängen. Dann würde ihr Haar nach unten fallen, vielleicht den hellgelben Sand streifen, und es wäre noch mehr von ihrem Bauch zu sehen. Wahrscheinlich würde sie lachen, und die Ader auf ihrer Stirn würde hervortreten.

»Okay.« Er hatte auf einen Kaffee und ein Scone oder etwas in der Art gehofft, um seinen übersäuerten Magen beruhigen zu können, aber sie kommt gar nicht auf die Idee, das Treffen in dieser Form zu gestalten.

Gina schaut von ihren Notizen auf. »Sie haben also noch nie Nachhilfe gegeben.« Ihr Blick ist beinahe misstrauisch.

»Nein – aber ich möchte damit anfangen.« Warum zum Teufel sagt er das? Warum arbeitet er nicht an seiner Mappe und dem Bewerbungsaufsatz für die Graduate School? Außerdem hat er während seiner Collegezeit in einer Grundschule Kunstunterricht gegeben und sogar mit dem Gedanken gespielt, Lehrer zu werden. Er mochte die Kinder, aber man musste für das Diplom so viele Kurse belegen, und wie es schien, blieb die Bezahlung miserabel. Es gab leichtere Methoden, Geld zu verdienen, während er seine Mappe zusammenstellte.

»Oh.« Gina nickt. »Okay. Ich möchte, dass Toby an drei Nachmittagen in der Woche unterrichtet wird. Sie treffen sich mit ihm im Café von Barnes & Noble, besorgen gemeinsam mit ihm einen Snack für ihn und arbeiten dann anderthalb Stunden mit ihm. Danach hole ich ihn ab. Wäre Ihnen das recht?« Sie hat die Stimme erhoben, denn der Geräuschpegel ist ziemlich hoch. Komisch: Die vielen Menschen, die sich unterhalten, das metallische Klimpern der Grillbestecke, das Piepsen der Geldautomaten und der alles untermalende Pseudojazz verursachen einen beträchtlichen Lärm, aber die Geräusche neutralisieren sich gegenseitig und vereinigen sich zu einem Brummen. Roger könnte hier wahrscheinlich wunderbar schlafen.

»Was hat er denn im Moment in Mathe?«, erkundigt er sich. Vielleicht wäre Nachhilfe ja ein gutes, zweites Standbein für ihn. Er könnte vormittags weiterhin putzen und nachmittags Kinder unterrichten. Das wäre eine schöne Abwechslung nach dem Toilettenschrubben und Bodenwischen. Seine Exfreundin Elissa sagte, er bemühe sich nicht, etwas zu erreichen, er warte, bis von selbst etwas passiere. Damals war ihm das egal, aber nun wird er sein Leben anpacken – mit Unterrichten anfangen, weiterhin putzen, seine Mappe fertigstellen und sich endlich an der Graduate School bewerben. Plötzlich wird ihm klar, warum er es bis jetzt nicht getan hat: Was ist, wenn sie ihn nicht aufnehmen? Was soll dann aus ihm werden? Nichts Richtiges, das steht fest.

» … Berechnung von Rauminhalten und Flächen«, sagt Gina, »andererseits Bruchrechnen und endlos lange Divisionen – das ganze Vorprogramm von Algebra.« Gina hebt die Hand. »Ich war eine Katastrophe in Mathematik. Sie machte mir Magengeschwüre.«

Roger hat das Bedürfnis, sie zu beruhigen, denn sie wirkt extrem besorgt. »Keine Bange – Algebra ist nicht so schlimm, wenn man sie erst mal geknackt hat.«

»Können Sie mir Referenzen nennen?«, fragt Gina. »Ich würde gern drei Leute anrufen.«

»Okay.« Das ist ja ein richtiges Bewerbungsgespräch! Er kann ihr die Nummer seines Studienberaters aus der Schule geben und zwei von Klienten. Vielleicht die von Mrs Mackey.

»Sehr gut.« Sie lächelt zum ersten Mal.

Gar nicht übel, die Lady. Scheint echt nett zu sein. Hoffentlich ist der Junge kein Albtraum. Er hat Glück, so eine Mom zu haben.

»Ich glaube, es wird meinem Sohn gefallen, einen jungen, hippen Nachhilfelehrer zu haben.«

Ständig sagen ihm alle, er sei hip, und er weiß überhaupt nicht, wieso. Er fühlt sich nicht hip.

»Wann könnten Sie anfangen, falls sich die Referenzen als zufriedenstellend erweisen?«

»Jederzeit.«

Roger lässt den Blick wandern. Mit den Marmorfußböden, Messinggeländern und hohen Decken kommt ihm das Einkaufszentrum wie ein Tempel vor. Die Kirche des Kapitalismus. Vielleicht sollte er für eine Weile nach Tibet oder Bali gehen. Im Himalaya wandern. Sich selbst finden. Nein. Er *will* sich gar nicht finden. Er will jemand anderen finden. Er hat es bereits getan: Mrs Mackey. Aber ihr Mann ist wieder da, und jetzt kriegt sie ein Baby.

Der klebrige Backgeruch der Kekse ist unerträglich. Roger hat das Gefühl, als stecke ein Eierteigklumpen in seinem Rachen. Er schaut zu der Keksvitrine hinüber. Die Dinger sind viel zu groß und sehen bleich aus, als wären sie nicht durch. Es dreht ihm den Magen um, und er würgt, als hätte er einen Kater. Plötzlich blitzen weiße Sterne am Rand seines Gesichtsfeldes. Wird er etwa ohnmächtig? Er senkt den Kopf. Vielleicht ist er ja zuckerkrank. Und er hat nicht mal eine Krankenversicherung! Nur totale Loser haben keine Krankenversicherung! Was zum Teufel *macht* er mit seinem Leben?

»Sind Sie okay?« Gina steht auf und beugt sich zu ihm hinunter. Ein Teil ihrer Haarpracht fällt auf seine Knie.
Er hebt den Kopf. »Ja, ja. Ich glaube, ich brauche nur was zu essen.«
»Ich hole Ihnen etwas.« Der mütterliche Ton ihrer Stimme tut ihm gut. »Ich bin gleich zurück.«
Roger senkt den Kopf wieder und konzentriert sich auf das Flipflopflipflop ihrer Schritte. Er ist froh, einen Moment allein zu sein.

Ted hat das Einkaufszentrum seit der Renovierung noch nicht betreten. Früher war es schäbig, mit Billigläden und schlecht beleuchteten Parkplätzen und einem armseligen Angebot an Restaurants. Jetzt gibt es einen neuen Flügel mit einer Schlemmermeile und einem Kinocenter.
Ted ist mit dem Nachhilfelehrer vor dem Kino verabredet. Er setzt sich hinter einer Tischreihe in eine Kunstledernische, von der aus er den Treffpunkt im Blick hat. Es ist erst kurz nach zwei, aber schon stehen Leute nach den weniger teuren Karten für die Nachmittagsvorstellungen an. Elinor und er sollten auch einmal in eine Nachmittagsvorstellung entfliehen. Vielleicht auch für ein paar Monate – bis nach den Ferien. Heute früh hat er geträumt, dass Elinor ihn mit einer schönen Neuigkeit wach rüttelte. »Es gibt ein Baby für uns!«, sagte sie. »Zieh dich an! Wir können die Kleine sofort abholen! Aber wir müssen als Erste da sein, sonst schnappt sie uns vielleicht jemand weg!« Im Traum war Ted aufgeregt und freute sich, wurde weder von Zweifel noch von Angst gequält. »Das ist ja toll!«, antwortete er und wachte auf.
»*Was* ist toll?«, fragte Elinor, die, bereits wach, mit einem Be-

cher Tee und einem Buch neben ihm im Bett saß. Er brachte es nicht übers Herz, ihr seinen Traum zu erzählen.
Ted beobachtet die Menschen, die die Schlemmermeile entlangwandern. Viele davon sind junge Mütter mit Kinderwagen, in denen sich Windel- und Einkaufstüten türmen. Jetzt versteht er Elinors scherzhaften Vorschlag, im Einkaufszentrum ein Baby zu entführen. Er ist regelrecht geschockt über die jungen Frauen mit ihren Tattoos und den Speckwülsten, die sich über die Hüfthosen rollen. Macht ihn das zum Snob? Er hätte sich etwas zu lesen mitnehmen sollen. Nein – dann könnte er ja nicht nach Stan Ausschau halten. Toby sagte, er wisse nicht, wie Stan aussehe, aber er würde allein kommen und irgendwo vor dem Kinocenter stehen.
Ted überlegt, ob er vielleicht jenseits der Kartenschalter nachsehen sollte. Einmal hatten Elinor und er sich nach der Arbeit in einem Restaurant in der Innenstadt mit einer Bar im Freien verabredet. Sie war rund, und in der Mitte stand ein riesiges Aquarium, und wie sich herausstellte, wartete er auf der einen Seite und Elinor auf der anderen, und sie wurden beide zusehends ärgerlicher. Schließlich stand El auf und wanderte um die Bar herum. Sie lachten, als sie sich fanden. Damals betrachteten sie ein Missgeschick pro Tag noch als lustig und nicht als Bestätigung dafür, dass *alles* in ihrem Leben schiefging.
Ted steht auf und wandert zur anderen Seite der Kartenschalter hinüber, wobei er Tisch für Tisch systematisch nach jemandem absucht, der allein ist. Alles, was er entdeckt, ist eine ältere Dame in einem weißen Regenmantel, die ein Kreuzworträtsel löst. Sein Blick gleitet zu den hufeisenförmig angeordneten Schnellrestaurants dahinter, und sein Herz macht einen Satz, als er Gina bei einem Chinesen bezahlen sieht, was

sie auf ein Tablett gestellt hat. Er duckt sich hinter eine Pflanze. Gina gleitet mit dem Tablett, auf dem auch ein Karton Milch steht, geschmeidig zwischen den Tischen hindurch und stellt es einem jungen Mann hin, der dankend nickt, eine Gabel nimmt und zu essen beginnt. Gina setzt sich lächelnd zu ihm. Es macht ihr Freude, Menschen mit Essen zu versorgen. Das hat Ted jedes Mal aufs Neue bezaubert. Gina hat Freude am Kochen, Freude am Sex, Freude daran, ihr Kind zu lieben, Freude daran, Menschen zu helfen. Das liebt Ted an ihr. *Liebt?* Ja, er liebt Gina noch. Und jetzt versteckt er sich im Einkaufszentrum hinter einer künstlichen Palme und beobachtet sie. Nachdem er ihr das Herz gebrochen hat. Aber vielleicht hat er das ja gar nicht. Vielleicht geht es ihr gut. Wie es aussieht, hat sie eine Verabredung. Der Typ, der da reinhaut, als hätte er seit Tagen nichts gegessen, kommt ihm irgendwie bekannt vor. Die rotblonden Haare und der Ziegenbart – das ist doch der Bursche, der bei ihnen zu Hause putzt! Was zum Teufel machen denn *die beiden* miteinander? Und wo ist Toby? Und wo ist Stan? Und warum zum Kuckuck kauft Gina dem Putzmann ein Mittagessen?

Was immer da auch vorgeht – auf keinen Fall hat Toby seiner Mom erzählt, dass Ted sich mit seinem neuen Nachhilfelehrer treffen wird. Sie hätte ihm nicht erlaubt, das einzufädeln. Ted tritt aus seiner Deckung. Hinter ihm nähert sich jemand mit seltsamem, rhythmischem Geklapper. Als er sich umdreht, sieht er einen Mann auf Krücken die Schlemmermeile entlangkommen. Der Typ macht große Schritte mit seinen Krücken und große Sprünge mit seinem einen Bein, und seine langen, fransigen, schwarzen Haare hüpfen im Takt, während er das zweite – eingegipste – Bein hinter sich herzieht wie einen widerwilligen Begleiter. Sein finsteres Gesicht drückt Wut

und Entschlossenheit aus. Mit wehendem, offenem Flanellhemd stürmt er an Ted vorbei. Das Einkaufszentrum ist zwar kostspielig renoviert worden, aber offenbar kann auch das gepflegteste Ambiente Schattengestalten wie diese nicht abschrecken. Zu Teds Überraschung steuert der Bursche geradewegs auf Ginas Tisch zu, die spricht und in ihr Notizbuch schreibt, während der Putzmann isst. Als sie aufschaut und den Typen kommen sieht, weiten sich ihre Augen. Sie schiebt ihren Stuhl zurück, steht auf und ballt die Faust. Der Putzmann – er heißt Roger, fällt Ted plötzlich ein – ist ebenfalls aufmerksam geworden und hat aufgehört zu kauen.
Ted kann nicht hören, was Gina zu dem Mann auf Krücken sagt, doch sie macht ein strenges Gesicht und schüttelt missbilligend den Kopf. Krücke lacht, aber er ist der Einzige, der die Situation amüsant findet. Roger verfolgt die Szene mit sichtlicher Besorgnis. Plötzlich schlägt der Fremde ihm seine Krücke gegen das Bein. Roger hebt mit einer Hey-was-soll-das-Geste die Hände.
Wie es aussieht, ist der Typ betrunken. Shane. Das muss Shane sein, Ginas Rockstar-Freund. Natürlich ist er nicht wirklich ein Rockstar, aber in Teds Phantasie wurde er augenblicklich dazu, als Gina erzählte, dass er in einer Band spielt. Doch jetzt wirkt er in keiner Weise glamourös, sondern wie eine bissige Ratte.
Roger steht zögernd auf, wischt sich mit seiner Serviette den Mund ab, wirft sie auf das Tablett und nickt Gina, die sich ihm zugewandt hat, zu, als wolle er sich verabschieden. Shane stützt sich auf eine seiner Krücken, hebt die andere und lässt sie mit Schwung gegen Rogers Brust krachen.
»Jesus! Mann!«, hört Ted Roger schreien. Shane zischt irgendetwas, das Ted nicht verstehen kann, doch er hört den

drohenden Ton. Die Leute an den umliegenden Tischen beobachten die Entwicklung mit einer Mischung aus Angst und Faszination.

»Das reicht!«, hört Ted sich das monotone Brummen in der Schlemmermeile übertönen. Von einer Wut angetrieben, die größer zu sein scheint als er selbst, stürmt er zwischen den Tischen hindurch, ohne sich darum zu scheren, dass er dabei gegen Stühle stößt und Drinks umkippt.

»Dr. Mackey!«, ruft Roger erleichtert, als sei er sicher, dass nun alles gut werde.

»Ted!« Gina presst eine Hand auf ihren Magen, was Ted zeigt, dass sie wieder Krämpfe hat.

»Mach dir keine Sorgen«, sagt er zu ihr und schaut sich suchend um. Normalerweise wimmelt es in Einkaufszentren von Polizisten. Wo *sind* sie? Er wendet sich Shane zu. Aus dem Augenwinkel sieht er Gina warnend den Kopf schütteln.

»Du bist also der Arzt«, sagt Shane in hochmütig spöttischem Ton. Im Grunde ist er ausgesprochen attraktiv mit seinen leuchtend blauen Augen und den kohlschwarzen Haaren, die im Lampenlicht glänzen – aber der Geruch nach Whiskey und Zigaretten, den er verströmt, ist alles andere als anziehend.

»Ja, ich bin Arzt – und Sie, mein Freund, sind hier nicht erwünscht.«

»Mein Freund?« Shane lacht höhnisch. »Wir kennen uns doch nicht mal. Was haben wir gemeinsam – abgesehen davon, dass du meine Freundin gefickt hast?«

»Wirklich nett, Shane«, sagt Gina angewidert.

»Ich muss los«, wirft Roger zaghaft ein.

»Ich verstehe.« Gina wirkt enttäuscht.

Wahrscheinlich war es das erste Date der beiden, denkt Ted.

Aber der Bursche ist sowieso viel zu jung für sie. »Warten Sie einen Moment«, hält er Roger auf. »Bevor Sie gehen, müssen Sie noch Ihre Aussage zu Protokoll geben. Ich hole einen Polizisten.«

»Lassen Sie's gut sein, Doktor.« Roger schaut von Ted zu Shane. »Es war ja nur ein Missverständnis.« Er hebt die Hände und entfernt sich langsam rückwärts, als wage er nicht, seinem Angreifer den Rücken zuzuwenden.

Shane setzt ihm mit einem großen Sprung nach und schwingt neuerlich seine Krücke. Als er Roger verfehlt, fährt er herum und wirft die Krücke nach Gina. Die macht einen Schritt zur Seite, und das Ding landet klappernd auf dem Boden. Ted wirft sich dazwischen.

Mit schützend ausgebreiteten Armen baut er sich vor Shane auf. »Lassen Sie sie in Ruhe!«, hört er sich drohend knurren.

»Du bist verheiratet und hast meine Freundin gefickt, du Arschloch. Verpiss dich!«

Ted rührt sich nicht vom Fleck. Unter dem Ärmel des Flanellhemdes verborgen schnellt Shanes Hand auf ihn zu, als wolle er ihm einen Boxhieb versetzen. Im nächsten Moment spürt er einen brennenden Schmerz im Bauch. Zuerst hat er nur einen kleinen Durchmesser – wie nach einem Bienenstich –, aber dann breitet er sich immer weiter aus, und das Brennen wird so stark, als hätte ihn jemand mit kochendem Wasser übergossen. Etwas Warmes, Klebriges durchtränkt sein Hemd oberhalb des Hüftknochens. Er presst die Hand darauf.

»Ein *Messer!«*, hört er Roger sagen.

Die Marmorfliesen verschwimmen vor Teds Augen, und er hebt die Hände, als könne er in der Luft Halt finden. Als Shane näher kommt, weiten sich die schwarzen Pupillen seiner murmelblauen Augen. Undeutlich sieht Ted, wie Gina einen Stuhl über ihren Kopf hebt und ihn dann von hinten auf Shane heruntersausen lässt. Ted hebt den Blick. Von einem riesigen Plakat im Schaufenster von Victoria's Secret lächelt ihn eine Frau mit schimmernden Lippen an. Dann beginnt er zu sinken. Wie kann er gleichzeitig sinken und schweben? Das Gefühl widerspricht allen Gesetzen der Physik und Schwerkraft. Dann wird es zu dunkel, um weiter darüber nachzudenken.

Leuchtend blauer Himmel blendet Ted, als er die Augen aufschlägt und er in einen Leichenwagen geschoben wird. »Schuhe!«, stößt er undeutlich hervor, denn er spürt deutlich, dass sie fehlen. Ein fremdes Wesen – irgendein Engel in einer seltsamen Uniform – redet beruhigend auf ihn ein. Ted fühlt, wie sich seine Lippen schürzen, als sie den Buchstaben »W« bilden. *Was?* Aber er braucht die Frage gar nicht zu stellen, denn er kennt die Antwort. Er ist verblutet, nachdem er mit einem Messer aufgeschlitzt und ausgenommen wurde wie ein Fisch – nur sind die schuldigen Teile versehentlich nicht entnommen worden.

Jetzt ist er tot, und sie werden ihn *beerdigen.* Wo ist Elinor? Sie weiß, dass er verbrannt werden will und seine Asche auf dem Mt. Katahdin in Maine ausgestreut, wo er früher an jedem Labour-Day-Wochenende mit seinem Vater gewandert ist – auf dem Weg, der »Die Messerschneide« heißt. Haha! Und Elinor sagt immer, er habe keinen Sinn für Ironie.

Ted sieht eine lange Schnur von seinem Arm nach oben führen wie die Leine eines Luftballons. Ein Gesicht kommt über ihm angeschwebt. »Du wirst wieder gesund«, flüstert eine Stimme. *Gina.* Er möchte die Hand heben und ihr Haar berühren, doch sein Arm ist an diesem Bett festgenagelt oder worauf immer er da liegt. Gina küsst ihn auf die Stirn. Warmer Atem streift seine Haut. Haare kitzeln ihn am Arm. Ted hat Gina das Herz gebrochen. Er hat seine Frau betrogen. Shane hatte ganz Recht damit, ihn zu erstechen. Aber Shane hätte nicht auch Gina töten dürfen. Jetzt sind sie beide hier – zwei tote Liebende. Wie Romeo und Julia in der Krypta. Nur gab es in dem Stück kein Leben nach dem Tod. Ted hat nie an ein Leben nach dem Tod geglaubt, doch offensichtlich ist es eine Tatsache, denn schließlich ist er hier. Er hätte nicht so skeptisch sein sollen. Jemand sagt zu Gina, dass sie gehen muss. Dass sie *aussteigen* muss. Sie darf das Leben danach nicht mit Ted teilen. *Bitte, Ma'am. Danke.* Eine Sirene heult los. Natürlich: Ted liegt in einem Krankenwagen.

»Bleib …« Er schleudert das Wort, so weit er kann, hofft, dass es Gina erreicht. Bleib bei mir, möchte er sagen. Ich liebe dich. Es tut mir leid. Bleib bei mir. Wo ist Elinor? Jemand soll ihr sagen, dass ich auch sie liebe. Und, dass es mir auch leid tut. Bleib …

Ted spürt, wie die Ambulanz beschleunigt, aber sie kann dem Schmerz nicht davonfahren – er rast hinterher und holt ihn ein. Ted schaut zu dem schwingenden Infusionsbeutel hinauf und fragend in das junge Gesicht eines Sanitäters. Wo ist das Morphium? Aus irgendeinem Grund geben sie ihm kein Morphium. Warum? Wahrscheinlich, weil er so vielen Menschen Schmerzen zugefügt hat. Jetzt ist er an der Reihe, Schmerzen zu haben.

20

Als Elinor im Krankenhaus eintrifft, hat man Ted gerade aus der Notaufnahme zu einer Magnetresonanztomographie nach oben gebracht. Roger hat sie angerufen, und die Angst in seiner Stimme versetzte sie in Panik. Er war so aufgeregt, dass seine Stimme sich immer wieder überschlug und er viel zu schnell sprach. *Gina, dann aus dem Nichts dieser Irre, dann plötzlich Ted aus dem Nichts, niedergestochen, Krankenwagen.* Als sie in die Notaufnahme kam, erklärte ihr der Arzt, dass die Stichwunde nicht gefährlich sei – sie habe nur mit ein paar Stichen genäht werden müssen –, die Schädelprellung, die ihr Mann sich bei seinem Sturz zugezogen habe, jedoch Anlass zu Besorgnis gebe.

Jetzt sitzt Elinor auf dem Flur vor der Notaufnahme und wartet auf den Neurologen, der mit ihr sprechen wird, nachdem er sich die Ergebnisse der MRT angesehen hat. Es beunruhigt sie, dass ein Neurologe hinzugezogen worden ist. *Anlass zu Besorgnis.* Was soll das heißen? Für gewöhnlich lässt sie sich derart vage medizinische Äußerungen von Ted übersetzen, denn ihr bereitet es ebensolche Schwierigkeiten wie beim Wetterbericht den Unterschied zwischen *teilweise bewölkt* und *größtenteils heiter* zu ergründen.

Roger tritt aus einem Untersuchungszimmer. Er sieht ziemlich mitgenommen aus. Als er sich neben Elinor setzt, bemerkt sie, dass seine Hände zittern. Nervös beginnt er, seine Knie zu massieren.

»Wie geht es Dr. Mackey?«, fragt er.

»Ich wünschte, ich wüsste es. Bis jetzt hat mir noch niemand wirklich etwas gesagt. Sind Sie okay?«

»Ja – bis auf einen blauen Fleck am Bein und eine Prellung an der Brust. Ich würde eigentlich gern gehen, aber die Cops sagen, ich muss warten, bis der Detective kommt, weil der mit mir reden will.«

»Aber Sie haben doch gar nichts getan«, sagt Elinor.

»Er will was über den *anderen* Typen wissen.«

»Den Mann, der Ted niedergestochen hat? Wissen Sie, wer er ist?«

»Ein Freund von Gina. Ich muss schon sagen – sie hat einen ziemlich merkwürdigen Umgang.«

»Wie ist Ted denn überhaupt in diese Auseinandersetzung hineingeraten?«, fragt sie.

»Keine Ahnung! Er war plötzlich da. Zuerst taucht aus dem Nichts dieser schräge Shane auf, und als es richtig übel wird, wirft Dr. Mackey sich dazwischen und versucht, Gina vor ihm zu beschützen.«

»Toll. Ihr Ritter in schimmernder Rüstung!«

Roger beschränkt seinen Kommentar auf einen undefinierbaren Laut.

Elinor schaut den Korridor hinunter. Das Krankenhaus ist ihr fremd. Sie wünschte, sie wären im Stage Mill General, wo Ted operiert. Dort *kennen* ihn alle.

Nach einer Ewigkeit kommt eine Schwester aus der Notaufnahme und teilt Elinor mit, dass Ted stationär aufgenommen

worden ist und sie zu ihm hinaufgehen dürfe. Der Neurologe werde sie in Kürze aufsuchen.
Elinor hat nicht die Geduld, auf den Lift zu warten. Sie läuft zur Treppe. Er wird wieder gesund, betet sie sich in Gedanken ununterbrochen vor, während sie immer zwei Stufen auf einmal nimmt – wenn es wirklich ernst wäre, hätten sie ihn auf die Intensivstation gebracht. Aber als sie die Tür zu seinem Zimmer öffnet, bleibt sie wie erstarrt stehen. Sie hatte erwartet, ihn wach vorzufinden, doch seine Augen sind geschlossen, und er liegt regungslos da. Sein Gesicht ist grau, als bekäme er nicht genügend Sauerstoff. Sie kann nicht einmal erkennen, ob er überhaupt *atmet.* Energisch ruft sie sich zur Ordnung, denn sie möchte nicht, dass er ihr ihre Angst anmerkt, wenn er die Augen öffnet.
Elinor hat Ted noch nie zuvor als Patienten erlebt. Er ist der *Arzt. Sie* ist die Patientin. Leute mit entzündeten Zehen sind die Patienten. WAS IST LOS MIT IHM? Sie klammert sich an den Türrahmen und presst die Lippen aufeinander, um die Frage nicht hinauszuschreien. Sie hat das Baby verloren, und jetzt verliert sie Ted. Wieder! Wie kann man einen Menschen so viele Male verlieren? Plötzlich ist sie froh, dass sie es gewesen war, die sich den IVF-Therapien unterzogen hatte. Bisher hat sie Ted übel genommen, dass er keine der körperlichen Torturen erdulden musste, aber jetzt wird ihr klar, dass sie es nicht ertragen hätte, ihn im präoperativen Stadium und postoperativen Stadium und in all den höllischen Stadien dazwischen zu sehen.
»Er ist sediert, also wird er sich nicht groß bewegen«, sagt eine Schwester, als sie sich an Elinor vorbei ins Zimmer drängt.
»Oh«, sagt eine Stimme *im* Zimmer.
Erst in diesem Moment registriert Elinor, dass *Gina* an Teds

Bett sitzt. Hat sie ihn vielleicht auch zur MRT begleitet? Die Tatsache, dass Elinor als Letzte im Krankenhaus eintraf, scheint zu bestätigen, dass sie nur noch eine Randerscheinung in Teds Leben ist.

»Oh!«, sagt Gina noch einmal, als sie Elinor ins Zimmer treten sieht, und steht auf. Sie trägt einen dieser schnuckeligen Jogginganzüge, in denen keine Frau jemals wirklich joggt. Es ist warm im Zimmer, und sie hat die Jacke ausgezogen und sich um die Taille gebunden. Ihr Tanktop umschließt kleine, hochstehende Brüste.

»Was *tun* Sie hier?«, fragt Elinor.

»Der Detective hat gesagt, ich soll warten. Er will mit jedem von uns einzeln sprechen.« Sie schlingt die Arme um ihre Taille und geht rückwärts in Richtung Tür.

Die Schwester überprüft den Infusionsbeutel und legt Ted dann die Manschette des Blutdruckmessgerätes an.

»Und wo *ist* der Detective?«, erkundigt sich Elinor bei Gina.

»Er spricht mit dem … Angreifer.« Sie hat die Tür erreicht. »Ich warte draußen auf dem Flur.«

»Einen Moment noch«, hält Elinor sie auf. »Ich möchte wissen, was eigentlich passiert ist.«

Sie geht zum Bett und streichelt Teds Arm. Diese Regungslosigkeit! Normalerweise bewegen sich seine Lippen, wenn er schläft, oder seine Lider flattern. Sie nimmt seine Hand und streicht wieder und wieder darüber, als streichele sie ein Tier. Dann kommt ihr der Gedanke, dass ihre Angst sich vielleicht durch die Berührungen auf ihn überträgt, und sie legt seine Hand zurück und küsst ihn auf die Stirn, die warm und feucht ist. Sein Gesicht ist ausdruckslos, seine Atmung flach. Die lose auf ihm liegende Decke weckt den Wunsch in ihr, sie um ihn herum festzustopfen, wie es eine fürsorgliche Mutter machen würde. Stattdessen umklammert sie das Metallgeländer des Schutzgitters wie ein kleines Kind ein Spielzeug. *Meins.*

Elinor schaut zu Gina, die an der Tür stehen geblieben ist. Ihre langen Haare mögen auf den ersten Blick attraktiv wirken, doch bei genauerem Hinsehen sind sie dünn. Beinahe strähnig. Elinor ist entsetzt über sich: Ihr Mann liegt so gut wie bewusstlos in einem Krankenhausbett, und sie macht sich Gedanken über die Haare seiner Geliebten. Seiner Exgeliebten. Sie wünscht, *sie* wäre bewusstlos.

»Also?«, sagt sie zu Gina.

»Ich unterhielt mich im Einkaufszentrum mit einem potenziellen Nachhilfelehrer für Toby, und mein Exfreund Shane tauchte auf, gegen den ich eine einstweilige Verfügung erwirkt habe, und begann, uns zu attackieren, und auf einmal war Ted da, und Shane, der getrunken hatte, ging mit seiner Krücke auf Roger los und dann auf Ted, und plötzlich stach er Ted nieder.«

Wenn ein mordlüsterner Irrer die Alternative war, dann konnte man verstehen, dass Gina sich in Ted verliebt hatte.

Die Schwester fühlt mit gerunzelter Stirn hoch konzentriert Teds Puls.

Elinors Blick wandert zu der Reihe geheimnisvoller Apparate über dem Kopfende des Bettes und kehrt dann zu Gina zurück. »Zuerst ruinieren Sie meine Ehe, und dann wird mein Mann Ihretwegen um ein Haar getötet«, sagt sie.

Gina öffnet den Mund und schließt ihn wieder. Ihre Augen werden schmal, und sie erwidert mit gesenkter Stimme: »Ich habe Ihre Ehe nicht ruiniert. Ich bin nur über das Trümmerfeld gegangen. Doch es war ein schrecklicher Fehler. Denken Sie nicht, dass ich das nicht weiß.«

»Verheiratet sein ist nicht so einfach, wissen Sie.« Anfangs war

das Metallgeländer kalt gewesen, doch unter Elinors Klammergriff ist es warm und feucht geworden. »Wenn ich mich nicht irre, sind *Sie nicht* verheiratet.«
»Das ist nicht der Punkt.« Gina hebt die Arme und schiebt mit den Handrücken ihre Haare von den Schultern, eine Geste, die aussieht, als bereite sie sich auf einen Kampf vor.
»Und was *ist* der Punkt, Gina?«
»Der Punkt ist«, mischt sich die Schwester ein, »dass dieser Gentleman eine Stichwunde und eine möglicherweise gefährliche Schädelverletzung erlitten hat und Sie beide Ihre Diskussion draußen im Wartebereich fortsetzen werden, weil ich sonst den Sicherheitsdienst hole.« Sie ist eine kompakte Person mit einem großen Busen. Zwischen dem zu einem kurzen, dünnen Pferdeschwanz zusammengebundenen dunklen Haar schimmert hier und da weiß die Kopfhaut durch. Sie kommt auf Elinors Bettseite herüber und stößt Elinor regelrecht weg. Während sie einen neuen Infusionsbeutel an den Galgen hängt, schnalzt sie missbilligend mit der Zunge, als wolle sie sagen, nicht zu fassen, womit ich mich hier abgeben muss. »Der Patient kann Sie hören, wissen Sie«, fügt sie hinzu, »und ich bezweifle, dass Sie zu einer Besserung seines Befindens beitragen.«
»Er ist mein Mann.« Elinor hat immer noch einen Finger um das Metallgeländer gehakt.
Die Schwester sieht sie schief an.
Plötzlich dreht Ted den Kopf in Richtung Tür. Seine Lider flattern und heben sich. Gina hat sich zum Gehen gewendet, doch sie spürt offenbar, dass er die Augen geöffnet hat, denn sie dreht sich um.
»Oh«, sagt sie.
Elinor hat noch nie so viel Zärtlichkeit und Kummer in einer einzigen Silbe gehört.

Ein Lächeln breitet sich auf Teds Gesicht aus. »Hi, Engel«, sagt er.
Gina schießen Tränen in die Augen. »Ich muss gehen.«
Elinor räuspert sich. Ted schaut sie an. »Oh!« Er klingt überrascht und erleichtert. »Hi.«
»Hi. Du bist okay.« Sie nimmt wieder seine Hand und drückt sie. Er erwidert den Druck schwach.
Gina verschwindet zur Tür hinaus.
»Ja, es scheint so.« Er spricht ein wenig undeutlich und verlangsamt. Es scheint ihm nicht bewusst zu sein, dass er gerade in Gegenwart seiner Frau voller Freude seine Geliebte begrüßt und bestätigt hat, dass er Gina liebt. Natürlich könnte es auch an der Kopfverletzung oder der Medikation liegen, aber Elinor glaubt das nicht. Es erstaunt und kränkt sie, wie glücklich Ted war, als er Gina sah – und es verblüfft sie, dass diese Erkenntnis sie nicht wütend macht, sondern unsagbar traurig.
Die Schwester verlässt kopfschüttelnd das Zimmer.
»Du bist okay«, wiederholt Elinor. Sie wird Ted vielleicht an eine andere Frau verlieren, aber nicht an den Tod. Nicht heute, zumindest.
Plötzlich platzt Toby herein und zieht seine Mutter hinter sich her, die ihrerseits versucht, ihn wieder auf den Flur zu ziehen. Er reißt sich los, stürzt zu Teds Bett, wirft einen Blick auf den Infusionsbeutel und auf Teds Gesicht und bricht in Tränen aus.
»Hey, Kumpel«, sagt Ted liebevoll und versucht, den Kopf vom Kissen zu heben. »Ich bin okay. Aber ich habe Stan nicht gefunden.« Die Mittel, die Ted bekommen hat, scheinen ihn glauben zu machen, dass er sich völlig entspannt unterhalten kann, während seine Frau und seine Geliebte im Zimmer sind, als wären sie alle miteinander auf einer Cocktailparty.

»Wer ist Stan?« Gina packt ihren Sohn bei den Schultern und dreht ihn zu sich herum.
»Es gibt keinen Stan«, gesteht Toby. Er tritt mit der Schuhspitze auf den Linoleumboden ein und senkt den Kopf, um sich unter seinen Locken zu verstecken.
Ted kichert. »Dann ist es ja kein Wunder, dass ich ihn nicht finden konnte.«
»Toby!«, rügt Gina den Jungen. »Du hast Dr. Mackey im Einkaufszentrum nach jemandem suchen lassen, den es gar nicht gibt? Was fällt dir ein?« Sie hat den kleinen Kerl offensichtlich nicht unter Kontrolle, denkt Elinor, aber sie muss zugeben, dass es ihr wahrscheinlich ebenso gehen würde.
Toby hebt den Kopf. Sein Gesicht ist gerötet. »Ich wollte, dass er dich da sieht!«, erklärt er seiner Mutter mit lauter Stimme. »Dr. Mackey geht nicht mehr ins Fitnesscenter, und darum seht ihr euch überhaupt nicht mehr …«
Also haben sowohl Elinor als auch Toby sich als Kuppler versucht!
»Dr. Mackey ist ernsthaft verletzt.« Gina schaut ihrem Sohn eindringlich in die Augen.
»Ja – wegen deines Arschloch-Freundes!«
»Er ist nicht mein – Toby! Sag Mrs Mackey, dass es dir sehr, sehr leid tut.« Gina hängt ihre Makrameetasche an den anderen Arm und dreht Toby zu Elinor.
»Es tut mir leid.« Auf Tobys Gesicht malt sich tiefe Enttäuschung. Sein schöner Plan ist schiefgegangen. Elinor ist hin- und hergerissen. Der Junge ist manipulativ, das steht fest, aber seine Glücklosigkeit greift ihr ans Herz. Dieses Haar wie verfilzte Schafwolle und diese unverbrüchliche Zuneigung zu Ted! Elinor hatte gedacht, Roger könne Teds Platz einnehmen, doch offenbar wollen Toby und Gina nicht einfach nur

einen *Mann* in ihrem Leben haben – sie wollen *Ted.* Niemals hätte sie gedacht, dass sie sich einmal Sorgen machen müsste, weil *zwei* Menschen ihr Herz an ihren Mann verloren hatten. Sie schaut auf Ted hinunter, der wieder eingeschlafen ist, und entdeckt den Hauch eines beginnenden Doppelkinns. Er hat seit seiner Rückkehr nach Hause merklich zugenommen, was ihn auf sympathische Weise älter macht. Plötzlich sieht er aus wie ein Mann in mittleren Jahren.

Elinors Blick kehrt zu Toby zurück. Sie kann nicht »Es ist schon okay« sagen, denn es *ist* nicht okay. Nicht, bevor der Neurologe Entwarnung gegeben hat.

»Komm, Toby«, sagt Gina. »Wir setzen uns in den Wartebereich, bis die Polizei kommt.« Sie dreht ihren Sohn in Richtung Tür. Als sie sie öffnet, steht Roger davor. Er nickt ihr zu, lässt sie und Toby vorbei und tritt ins Zimmer. »Hey.« Er hebt grüßend die Hand. »Geht's Dr. Mackey schon besser?«

»Das hoffe ich«, antwortet Elinor. »Ich habe noch immer keine präzisen Informationen bekommen.«

»Mein Wagen steht vor dem Einkaufszentrum.«

»Ich kann Sie ja später dort absetzen«, bietet sie ihm an.

»Cool.«

Gina ist vor der offenen Tür stehen geblieben und hat zugehört. »Moment mal«, sagt sie. »Sie beide *kennen* sich?« Sie deutet von Roger zu Elinor.

»Ich arbeite für die Mackeys«, erklärt Roger ihr. »Ich putze bei ihnen. Mrs Mackey meinte, ich wäre ein geeigneter Nachhilfelehrer für Toby.«

Gina stemmt die Hände in die Seite und bemüht sich sichtlich, diese Eröffnung zu begreifen. *»Warum?«,* wendet sie sich an Elinor.

»Vielleicht, weil ich Ihnen helfen wollte, einen Ersatz für mei-

nen Mann zu finden«, antwortet Elinor. »Vielleicht auch, damit Ihr Sohn aufhört, bei uns anzurufen.«
»Toby! Du hast da *angerufen?*«
Der Junge schüttelt ihre Hände von seinen Schultern. »Was sollte ich denn *tun?*«, fragt er in herzzerreißender Ratlosigkeit.
»Darüber reden wir noch.« Gina schiebt ihn vor sich her außer Sicht.
»Ich warte auch draußen.« Roger folgt den beiden.
Elinor setzt sich an Teds Bett. Dieser Tag ist zwar sicherlich der merkwürdigste in ihrem bisherigen Leben, aber sie glaubt nicht, dass sie nach dem zweiten Verlust eines Babys noch jemals etwas wirklich schocken kann. Dass sie das erste Baby verloren hat, konnte sie begreifen – es war kurz nach Beginn der Schwangerschaft gewesen –, doch diesmal hatten sie beide das Herz schlagen sehen – *zweimal!* – und waren ausdrücklich von der Befruchtungsklinik verabschiedet worden.
Ted schlägt die Augen auf und lächelt Elinor an.
»Erinnerst du dich, was im Einkaufszentrum passiert ist?«, fragt sie ihn.
»Ich wünschte, ich täte es nicht. Ginas verrückter Freund hat mich mit einem Messer attackiert, und ich bin gestürzt und habe mir den Kopf angeschlagen.« Er fährt sich mit der Zunge über die Lippen und schluckt trocken. Seine Stimme klingt heiser. »Es tut mir leid.«
Elinor schüttelt den Kopf. »Hauptsache, du bist okay.« Ted schuldet ihr keine Entschuldigungen mehr. Sie hat Roger zu Gina geschickt, und Toby hat den beiden Ted hinterhergeschickt. Elinor greift nach einem rosa Deckelbecher, in dem ein Strohhalm steckt, und hält ihn so, dass Ted trinken kann.

Er trinkt langsam und schließt dabei die Augen. Dankbarkeit entspannt seine Züge.

»Du löst beeindruckende Reaktionen bei Menschen aus«, versucht sie zu scherzen und stellt den Becher wieder auf den Betttisch. »Ein Zehnjähriger verliebt sich in dich, und Kid Rock rastet bei dem Gedanken aus, dass du seine Frau anfasst.«

»Oh, Gott.« Ted schließt erneut die Augen.

»Der Neurologe müsste längst hier sein«, moniert Elinor. Sie erzählt Ted nichts von der Äußerung des Arztes in der Notaufnahme, der meinte, dass *die Schädelprellung Anlass zu Besorgnis gebe.* »Und es kommt auch noch ein Detective zu dir.«

»Oh.« Ted klingt bestürzt. »Ich dachte, die Sache wäre erledigt. Darf ich bald nach Hause? Wie lange habe ich geschlafen?«

»Etwa eine Stunde«, beantwortet Elinor nur seine letzte Frage. »Erinnerst du dich an die MRT?«

»Ich hasse dieses verdammte Monstrum. Man kommt sich vor wie im Sarg.« Er deutet auf den Becher, und sie gibt ihm wieder zu trinken. »Ich habe geträumt«, erzählt er. »Ich träumte, dass wir beide einen Ausflug mit dem Auto machten – und wir konnten die richtige Ausfahrt nicht finden.«

Wir haben schon vor Monaten die *falsche* Ausfahrt genommen, denkt sie.

Endlich erscheint der Neurologe. Elinor schaut zu, wie er sich mit einer kleinen Stablampe über Ted beugt und ihm in die Augen leuchtet. Wieder einmal ist sie überrascht, wie jung die Ärzte heutzutage sind. Sie versucht im Kopf zu überschlagen, wie viele Jahre Praxis dieser Typ haben kann.

»Sie hatten Glück«, sagt der Arzt zu Ted. Er ist groß und

durchtrainiert, trägt das Haar kurz geschnitten und hat recht große Hände.

»Sieht so aus«, erwidert Ted, und er nuschelt nicht mehr. Er setzt sich auf.

»Entschuldigen Sie«, sagt der Arzt milde lächelnd zu Elinor, und ihr wird bewusst, dass sie im Weg steht. Hastig tritt sie einen Schritt zurück. Ted folgt dem Finger des Neurologen mit den Augen von rechts nach links und von oben nach unten. Anschließend beantwortet er eine Reihe von Fragen nach dem heutigen Datum, der Tageszeit, seinem momentanen Aufenthaltsort und dem Namen des derzeitigen Präsidenten. Und erinnern Sie sich daran, dass Sie Gina lieben?, erweitert Elinor die Liste im Stillen. Und lieben Sie Ihre Frau noch? Das tun Sie doch, oder? Aber nicht mehr auf dieselbe Weise, richtig?

»Sehr gut.« Der Neurologe bedeutet Elinor, sich zu setzen. »Wir waren besorgt wegen Ihrer vorübergehenden Bewusstlosigkeit und dem kurzen Verwirrungszustand danach«, sagt er, wobei sein Blick zwischen Elinor und Ted hin und her gleitet. »Aber die MRT sieht nicht schlecht aus. Sie haben zwar eine beachtliche Beule, aber keine nennenswerte Schwellung unter der Schädeldecke. Trotzdem werden wir Sie für alle Fälle über Nacht zur Beobachtung hier behalten. Ich habe eine Medikation angeordnet, die verhindern wird, dass Sie einen Krampf bekommen, was zwar unwahrscheinlich, aber doch möglich wäre.«

»Du bist *okay*«, sagt Elinor zu Ted. Es ist als Feststellung gemeint, kommt jedoch mit der Unsicherheit einer Frage heraus. Sie möchte von Ted bestätigt bekommen, dass das die Zusammenfassung der Ausführungen des Arztes ist. Dass alles gut wird. Medizinisch gesehen, zumindest. Sie legt leicht die

Hand auf Teds Arm und spürt durch das dünne Krankenhausnachthemd die Wärme seiner Haut.

Ted nickt zwar, aber zögernd, als fühle er sich *noch nicht* ganz okay.

Elinor streicht seine Decke glatt. Sie hat das Bedürfnis, ständig das Bett zu berühren.

»Er hat den Wer-was-wo-wann-Test mit Bravour bestanden«, sagt der Arzt. »Seine posttraumatische Amnesie dauerte weniger als eine Stunde, was ein gutes Zeichen ist.«

»Danke«, sagt sie, und ihre Stimme klingt brüchig vor Erleichterung.

»Ich habe eigentlich gar nichts *getan*«, erwidert der Neurologe lächelnd. »Aber ich nehme Ihren Dank trotzdem an.«

Ted betastet vorsichtig die Beule an seiner Schläfe. »Aufgeblasen.« Er versucht zu lachen.

Das stimmt nicht, denkt Elinor. Er ist nicht aufgeblasen. Obwohl ein exzellenter Arzt, ein guter Sportler und ein attraktiver Mann, ist er nicht überheblich. Das ist eines der Dinge, die sie immer an ihrem Mann geschätzt hat.

Eine neue Schwester beginnt ihren Dienst, und Elinor überredet die Frau, die jünger und weniger streng ist, sie bei Ted auf dem Ausklappsessel übernachten zu lassen. Dann kommt der Detective und bittet Elinor hinauszugehen, weil er mit Ted allein sprechen wolle.

Der Wartebereich ist sanft beleuchtet und mit Sofas, tiefen Sesseln und Couchtischen ausgestattet, um der Krankenhausatmosphäre wenigstens hier die Nüchternheit zu nehmen, doch der Linoleumfußboden lässt keinen Zweifel daran aufkommen, wo man sich befindet. Elinor entscheidet sich für einen Sessel ein paar Reihen hinter Gina und Toby. Roger sitzt in einer Ecke und liest. Sie sitzen alle so weit wie möglich voneinander entfernt, ohne jedoch den Wartebereich vor Teds Zimmer zu verlassen. Elinor würde gern Kat anrufen, um sie über den neuesten Stand der Dinge zu informieren, doch von allen Wänden starren ihr drohend die Handyverbotsschilder entgegen.

»Hey, ich habe die Wunschliste fertig«, hört sie Toby zu seiner Mutter sagen. »Die, zu der du mich *gezwungen* hast«, fügt er in anklagendem Ton hinzu. Er hebt den Schulrucksack vom Boden hoch, den er auf seiner Seite neben das Sofa gestellt hat.

»Nicht jetzt, Schatz.« Gina legt den Kopf in den Nacken, und ihre Haare drapieren sich wie ein hellbrauner Vorhang über die niedrige Rückenlehne. Sie massiert ihre Schläfen. »Wir sehen sie uns später an.«

»Okay. Ich sag dir nur die Nummer eins.« Elinor hört, wie der Junge irgendwo eine Seite herausreißt. »Ich will, dass Dr. Mackey *mitfliegt* nach New York.«

»Nach New York?«, stößt Elinor unwillkürlich hervor und schaut von dem zerlesenen *Family Circle* auf, mit dem sie sich abzulenken versucht.

Gina setzt sich aufrecht hin und wendet sich ihrem Sohn zu. »Erinnerst du dich noch, wie ich dir sagte, dass du nicht alles haben kannst, was du willst? Menschen *kann* man nicht haben.«

Elinor schaut wieder auf die mit kürbisorangefarbenem Zuckerguss, Minizuckerstangen und schwarzen Plastikspinnen dekorierten Halloween-Muffins hinunter. Es wäre bestimmt spaßig, sie nachzumachen.

»Dann hör endlich auf, mich zu fragen, was ich will«, sagt Toby weinerlich und beginnt mit der Schuhspitze auf den Boden einzuhacken. »HÖR EINFACH AUF, MICH ZU FRAGEN!«

Ihnen gegenüber stopft eine müde aussehende Frau ihr Strickzeug in eine Plastiktüte, steht auf und geht.

»Okay.« Gina beugt sich zu ihrem Sohn und versucht, ihn zu sich heranzuziehen. »Wir reden mit der Polizei, und dann fahren wir heim. Hier hast du zwei Dollar. Hol dir was aus einem der Automaten – einen Schokoriegel oder was immer du sonst willst.« Sie dreht sich um und deutet auf einen Flur, in dem sich offenbar die Automaten befinden, und dabei bemerkt sie, dass Elinor sie beobachtet.

Hastig senkt Elinor den Blick auf ihre Zeitschrift. Toby steigert sich in einen hysterischen Anfall hinein, schluchzt und tritt und schlägt mit den Fäusten um sich.

»Sie halten mich wahrscheinlich für eine schreckliche Mutter«, sagt Gina zu Elinor. Sie muss fast schreien, um Toby zu übertönen, doch ihr Ton ist erstaunlich gelassen.

Ihre Offenheit verblüfft Elinor. Sie klappt die Zeitschrift zu und schaut an Gina vorbei aus dem Fenster, vor dem sich eine Palme gegen den blauen Himmel abzeichnet. »Und Sie halten mich wahrscheinlich für eine schreckliche Ehefrau.«

Roger hört in seiner entlegenen Ecke ebenfalls auf zu lesen und reibt sich mit den Handwurzeln die Augen.

»Und wenn Dr. Mackey *stirbt?*«, jault Toby. Er wirft das Geld, das seine Mutter ihm gegeben hat, auf den Boden und beugt sich vor, so dass Elinor seinen Kopf nicht mehr sehen kann.

Die Zeitschrift rutscht von ihrem Schoß und landet mit einem dumpfen Laut auf dem Boden. »Toby!«, fährt Elinor den Jungen an. »Hör zu und sieh mich an!« Er richtet sich auf und wendet sich ihr langsam zu. Sein Gesicht ist voller hektischer Flecken. »Dr. Mackey wird wieder ganz gesund. Der Neurologe war da und hat es uns gesagt. Die Untersuchung hat nichts Schlimmes ergeben.«

»Genau«, bekräftigt Gina.

Was weißt denn du? Elinor hebt die Zeitschrift auf und blättert sich in dem Bemühen, ruhig zu bleiben, zu den originellen Muffins durch, die sie kurz zuvor abgelenkt haben. Toby dreht seiner Mutter den Rücken zu, verschränkt die Arme auf seiner Sofalehne, legt den Kopf darauf und weint leise. Gina malt mit der Hand Kreise auf seinen Rücken.

Elinor lässt die Muffins Muffins sein (für wen sollte sie die denn jemals backen?) und beobachtet wieder Mutter und Sohn, die nicht miteinander sprechen, aber durch Ginas Berührung verbunden sind. Tobys Sorge um Ted rührt sie. Das Schicksal hat dem Kind ein schlechtes Blatt ausgeteilt – eine allein erziehende, berufstätige Mutter, die eine Affäre mit einem verheirateten Mann hatte, und einen lieblosen Vater in einem anderen Staat. Elinors Mann ist die Nummer eins auf der Wunschliste eines Zehnjährigen, und wahrscheinlich ist ein Zehnjähriger auch die Nummer eins auf *ihrer* Wunschliste. Die Wahrheit ist, dass die Vorstellung, einen Säugling zu haben, ihr ein wenig Angst macht. Das hat sie noch niemandem gestanden. Nicht einmal Kat. Sie fürchtet, ungeeignet zu sein, mit etwas so Zerbrechlichem umzugehen. Fürchtet sich vor den Auswirkungen des zwangsläufigen Schlafmangels auf ihr Gemüt. Fürchtet, beim Stillen Fehler zu machen. Fürchtet, in Teds Augen zu versagen. Aber sie fände es herrlich, ein Kind im Grundschulalter zu haben. Jemanden, mit dem sie Halloween-Muffins dekorieren könnte. Natürlich würden ihre Muffins nicht annähernd so aussehen wie die in der Zeitschrift. Sie wären verrückter, fehlerhafter, spaßiger. Sie möchte spaßiger werden. Es gibt einen Unterschied zwischen komisch und spaßig. Gina ist wahrscheinlich spaßig. Elinor ist komisch, aber spaßig war sie schon lange nicht mehr.

Als der Detective zu ihnen kommt, spricht er zunächst getrennt mit Gina, Roger und Elinor und dann mit allen gemeinsam, wozu sie sich im Halbkreis um einen der Couchtische versammeln. Obwohl dem alten Hasen sicher nichts Menschliches mehr fremd ist, wirkt er beeindruckt von den Details, als er sie zusammenfasst: Elinor ermutigte Roger, Kontakt mit Gina aufzunehmen, um Toby Nachhilfe zu geben, der wiederum Ted ins Einkaufszentrum schickte, wo er sich mit einem Stan treffen sollte, der nur nicht existierte, dafür aber kam Shane, gegen den Ms Ellison wegen Belästigung in betrunkenem Zustand eine einstweilige Verfügung erwirkt hat. Dann kam es zu der »aktuellen Auseinandersetzung«, in deren Verlauf Ted niedergestochen wurde und eine Kopfverletzung erlitt. Richtig? Alle nicken. Der Detective berichtet, dass Shane ohne die Möglichkeit einer Kautionszahlung inhaftiert worden sei.

»Müssen wir Anzeige erstatten?«, fragt Gina.

»Nein, Ma'am. Sobald ich Mr Mackeys Aussage habe, schicke ich das Protokoll mit der Anzeige wegen tätlichen Angriffs an den Bezirksstaatsanwalt. Seitens des Staates wird ein Anklagevertreter bestimmt. Möchten Sie eine zusätzliche Anzeige wegen Verstoßes gegen die einstweilige Verfügung erstatten?«

Gina nickt.

Elinor ist froh, dass sie beim Zivilrecht geblieben ist. Trotzdem hätte sie nichts dagegen, ihrerseits einige Anzeigen zu erstatten. Gegen Shane, weil er Ted niedergestochen hat. Gegen Gina, weil sie mit Ted geschlafen hat. Gegen Toby, weil er ständig bei ihnen anruft. Gegen Noah, weil er ihren Baum hat fällen lassen. Gegen Gott, weil er ihr das Baby genommen hat …

»Er ist eine Bedrohung für mich und meinen Sohn«, sagt Gina

in ihre Gedanken hinein. »Und eindeutig eine Bedrohung für die Gesellschaft. Er ist nicht mehr, wie er war, bevor ich mich von ihm trennte.« Sie klingt aufrichtig betrübt darüber.

»Aber das ist nicht *Ihre* Schuld«, sagt Roger.

Und schon wieder ist ein Ritter da!, denkt Elinor.

»Jedenfalls tut es mir leid«, erwidert Gina. »Nach dieser Geschichte wollen Sie sicher nichts mehr mit uns zu tun haben. Dabei glaube ich, dass Sie ein toller Nachhilfelehrer für Toby gewesen wären.«

Der Cop, der den Dialog aufmerksam verfolgt hat, öffnet den Mund, um Roger eine Frage zu stellen, entscheidet sich jedoch dagegen. Er schlägt mit der flachen Hand auf die Lehne seines Sessels. »Ich lasse Sie jetzt gehen. Es war ein anstrengender Tag für alle.«

Sie stehen auf. Gina nimmt Toby bei der Hand. Als sie ihn mit sich ziehen will, beginnt er wieder zu weinen. Sie hebt ihn hoch und drückt ihn an sich. Er ist eigentlich schon viel zu groß und schwer, um getragen zu werden, aber Gina hat offensichtlich mehr Kraft, als man ihr ansieht. Nach einer Minute stellt sie ihn wieder auf den Boden, und sie gehen davon. Elinor ist überrascht – sie hat damit gerechnet, für die Dauer von Teds Krankenhausaufenthalt mit ihnen um die Position an seinem Bett kämpfen zu müssen. Ob es ihr gefällt oder nicht – sie hat sich tatsächlich daran gewöhnt, ihren Mann mit diesen beiden zu teilen. Sie sieht ihnen nach, wie sie den Flur hinunterwandern, Toby an Ginas Seite geschmiegt und Gina mit locker um seine Schulter gelegtem Arm. Sie verlassen zwar das Krankenhaus, aber sie werden Elinor und Ted unweigerlich nach Hause folgen.

21

Als Elinor nach Hause fährt, um ein paar Sachen für die Nacht zu holen, ruft sie aus dem Auto bei Kat an, um ihr zu sagen, dass Ted wieder gesund wird. Da sie die Einzelheiten nicht während des Fahrens erläutern will, machen sie aus, sich bei ihr zu treffen.

Bei ihrer Ankunft ist die Sonne hinter dem Hügel verschwunden, vor dem ihr Haus steht. Die herbstgelben Blätter des Ginkgobaumes leuchten, als hätten sie das Sonnenlicht des ganzen Tages eingefangen. Sie muss ihn unbedingt sofort gießen, denn es ist heute heiß gewesen wie im Sommer. Elinor parkt in der Einfahrt, steigt aus und geht den Schlauch holen, der an der Hauswand hängt. Wahrscheinlich übertreibt sie mit der Gießerei, aber sie hat das dringende Bedürfnis, sich um etwas anderes zu kümmern als Firmen und ihre Dienstverhältnisse.

»Die meisten Leute gießen mit zu viel Druck«, hat Noah ihr erklärt. »Dadurch wird die oberste Erdschicht überschwemmt, und das Wasser läuft weg, anstatt bis zu den Wurzeln zu sickern.« Seiner Empfehlung entsprechend reduziert sie den Strahl auf ein Rinnsal und beobachtet, wie das Erdreich das Wasser dankbar aufnimmt. Vielleicht war es unklug von ihr gewesen, Noah und seine Baumbesessenheit so gering zu schätzen. Gärtnern verlangt eine Geduld, die sie kultivieren sollte. Ein Flugzeug dröhnt über ihren Kopf hinweg. Bei den Nachbarn gegenüber hängen von Halloween noch aufblasbare Fledermäuse und Plastikskelette in einem Baum. Elinor ist jedes Jahr aufs Neue überrascht, wie viele Kinder an diesem Tag mit dem Schlachtruf »Süßes oder Saures!« auf ihrer Schwelle erscheinen. Es tut weh, kinderlos in einem Viertel zu wohnen, in dem es so viele Kinder gibt.

»Der Baum sieht toll aus«, sagt Kat hinter ihr. »Erzähl mir mehr über Ted.«

Elinor berichtet ihr detailliert von dem Drama im Einkaufszentrum und der Diagnose des Neurologen.

»Gott sei Dank ist Ted nicht mehr passiert.« Kat schüttelt den Kopf. »Und wie sieht es mit Gina und Roger aus? Hast du da zwei Fliegen mit einer Klappe geschlagen?«

»Nur theoretisch. Als Kupplerin bin ich eine Niete. Ich sollte mich in Zukunft auf meinen Job beschränken, denn offenbar ist das das Einzige, worin ich wirklich gut bin.«

Ein Ginkgoblatt löst sich und trudelt zu Boden. »Du weißt doch, dass sie *alle* abfallen«, sagt Kat, als sie Elinors bestürzten Blick sieht.

Elinor nickt. »Ja – aber es ist ein Jammer. Sie sind so schön. Sie muss zugeben, dass dieser Baum mit der Anmut einer Geisha bedeutend attraktiver ist, als es ihre geliebte, arthritischknorrige Eiche war. Und irgendwann wird er auch richtig Schatten spenden.

»Hey!« Elinor hält Kat den Schlauch hin. »Nimm mal kurz. Ich bin gleich wieder da.« Vor lauter Hektik hat sie völlig das Geschenk für Kat vergessen, das sie heute Vormittag abgeholt hat. »Ich weiß, dass du nicht Geburtstag hast, aber ich will nicht bis dahin warten.« Gleich darauf streckt sie

ihrer Freundin eine kleine Samtschatulle hin, die sie aus dem Auto geholt hat.
Kat gibt ihr im Gegenzug den Schlauch zurück. »Was …« Sie öffnet die Schatulle und stößt einen Schrei aus. »Oh, mein Gott!«
Elinor hatte Wochen vergeblich nach den richtigen Smaragdohrringen gesucht. Kats Ohrläppchen sind zwar durchstochen, aber sie trägt kaum jemals Ohrringe, weil sie das »Gebaumel« nervt, wie sie sagt. Und so ging Elinor schließlich zu einem Goldschmied in der Stadt und beauftragte ihn, ein Ohrgehänge zu entwerfen, das nicht »baumelte«, damit Kat den Schmuck auch tragen könnte, wenn sie mit ihren Söhnen herumtobte.
»Wow.« Kat hebt mit zwei Fingern einen der kleinen weißgoldenen Ohrhänger hoch, an dem ein Smaragd hängt, schiebt den Dorn nach kurzem Gestocher durch ihr Ohrläppchen und steckt die Sicherung darauf. »Wofür sind die?«
»Dafür, dass du du bist. Dafür, dass du mich erträgst.« Sie legt den Schlauch hin, und sie umarmen sich.

Ted schläft, aber es ist kein ruhiger Schlaf. Im Traum versieht er das Geschehen im Einkaufszentrum mit noch dramatischeren Schlussszenen. Ted sticht Shane nieder. Shane sticht Toby nieder. Toby liegt auf dem cremefarbenen Marmorboden mit geschlossenen Augen und halb offenem Mund, und überall ist Blut. Es ist Toby, aber er sieht nicht aus wie Toby. Es ist ein anderer Junge.
»Lassen Sie mich durch – ich bin Arzt!«, ruft Ted, und die Menge bildet eine Gasse für ihn.
»Ich weiß«, sagt eine Stimme.
Ted spürt das vertraute Zwicken der Blutdruckmanschette.

»Was ist Ihr Fachgebiet?« Eine Schwester steht über ihn gebeugt an seinem Bett. Auf ihrem rosa Kittel tanzen Mickey und Minnie Mouse.
»Waf?« Teds Zunge ist zu groß für seinen Mund.
»Sie haben mir gerade erklärt, dass Sie Arzt sind. Worauf sind Sie spezialisiert?«
»Füfe.« Im Allgemeinen bedauert Ted die Krankenhauspatienten, weil sie ständig geweckt werden, aber er ist froh, dass die Schwester ihn aus seinem Traum geholt hat.
»Ihre Frau ist nur schnell nach Hause gefahren, um sich ein paar Sachen zu holen«, erzählt die Schwester lächelnd und entfernt die Blutdruckmanschette. »Sie möchte die Nacht bei Ihnen verbringen.«
»Aber daf wäre doch nicht nötig«, sagt Ted. Doch er ist froh, dass Elinor wiederkommt. Er wünscht, die Schwester würde bei ihm bleiben, bis El eintrifft – ihm helfen, wach zu bleiben.
»Würden ...« Um ein Haar hätte er sie tatsächlich darum gebeten! Wie lächerlich. Krankenhäuser sind chronisch unterbesetzt, und er ist ein erwachsener Mann. Ein Arzt!
»Möchten Sie irgendetwas?«, fragt die Schwester. »Vielleicht ein Eis am Stiel?«
»Eis am Stiel«, wiederholt Ted, und die Worte kommen klar und deutlich. Er ist erleichtert, dass das Genuschel ein Ende hat. »Eis am Stiel«, sagt er noch einmal. Die Schwester missdeutet seine Begeisterung als ein Ja und bringt ihm eines.

Elinor duscht und zieht einen Jogginganzug an. Dann sucht sie sich Lesestoff – ein paar Zeitschriften und ihre Taschenbuchausgabe von *The Moviegoer.* Sie und Kat haben tatsächlich ihren Zwei-Frauen-Lesezirkel gegründet und wählen abwechselnd ihre Lieblingsbücher aus Collegetagen aus. Elinor ist dafür in ihrem Arbeitszimmer per Trittleiter zum obersten Bord ihres Regals hinaufgestiegen und hat alte Taschenbücher heruntergeholt. Während sie vergilbte Seiten umblätterte, sog sie genießerisch den leicht modrigen Geruch ein und freute sich darüber, dass die Geschichten, die sie am meisten liebt, noch immer da sind, Wort für Wort. Nicht alles ist verloren. Als sie Walker Percy zu der Flasche Wasser in die Segeltuchtasche gesteckt hat, fällt ihr Blick auf das makellos glatte Bett. Irgendwann hat sie mit dem Gedanken gespielt, die Pech bringende Matratze auszurangieren und eine neue zu kaufen. Das war, als sie und Ted anfingen, die Wochenenden in Hotels zu verbringen, weil sie dachten, dass es die Fruchtbarkeit vielleicht steigern würde, wenn sie aus ihren Bemühungen einen Spaß machten. Einmal stellten sie sogar ihr Zelt im Garten auf, koppelten ihre Schlafsäcke via Reißverschluss, liebten sich und schliefen ein. Aber um halb drei wachten sie klamm und mit schmerzenden Knochen auf und schleppten sich ins Haus. Elinor war so abergläubisch geworden, dass sie später glaubte, sie wäre bestimmt schwanger geworden, wenn sie bis zum Morgen in dem Zelt ausgeharrt hätten. Es konnte den Spermien nicht gutgetan haben, in ihr durchgeschüttelt zu werden.

Als sie sich aufs Bett setzt, um ihre Ugg Boots anzuziehen, knirscht etwas unter ihr. Sie steht auf, schlägt die Daunendecke zurück und entdeckt ein Stück Eierschale. Die Scherbe ist weiß und uneben und mit Kaffeesatz beschmiert. Vielleicht ist sie draufgetreten, als sie mit Socken in der Küche war, und hat sie mit heraufgebracht. Neuerdings findet sie ständig etwas zwischen den Laken, und wie sollen die Sachen da hinkommen, wenn nicht durch sie? Aus irgendeinem rätselhaften Grund möchte sie die Eierschale nicht wegwerfen, und so legt sie sie vorsichtig auf den Nachttisch.

Elinor setzt sich wieder aufs Bett und schaut in den offenen Kleiderschrank. Als Ted auszog, hatte er in großem Stil ausgemistet und viele seiner alten Kleidungsstücke, Schuhe, Bücher und CDs zur Heilsarmee gebracht. Obwohl er wieder eingezogen ist, sieht seine halb leere, aufgeräumte Seite irgendwie »vorübergehend« aus. Auch ihre Ehe erscheint ihr vorübergehend – ein Experiment, so fragil wie die Embryonen im Labor.

Teds Schuhbestand ist auf sechs Paare geschrumpft – drei Paar Straßenschuhe und jeweils ein Paar Tevas, Wanderstiefel und Sneakers. Elinor wird bewusst, dass sie die Vorstellung, dass er wieder auszieht, erträgt. Nachdem sie ihn in dem Krankenhausbett gesehen hat, weiß sie jetzt, was sie *nicht* erträgt: Die Vorstellung, dass er stirbt.

Seinem Herzen nicht zu folgen tut weh – das kann sie jeden Tag auf Teds Gesicht sehen. Sie ist nicht sicher, dass er überhaupt weiß, dass er Gina liebt. Wenn man seinem Herzen *folgt,* wird es wahrscheinlich *anderen* wehtun. Aber sie ist nicht mehr verletzt oder wütend. Sie ist nur noch traurig, und das fühlt sich viel weniger verrückt an. Sie wird Ted immer lieben. Sie hat ihn sogar geliebt, als sie ihn hasste. Und sie glaubt, dass sie immer bis zu einem gewissen Grad Freunde sein werden. Sie ist ziemlich sicher, dass diese Überzeugung aus Weisheit resultiert, nicht aus Überheblichkeit oder Erschöpfung. Eigentlich ist es einfach, jemanden zu lieben. Wirklich schwierig ist, Verständnis für ihn zu haben.

Sie steht auf, um den Kleiderschrank zu schließen. Die

Lamellentüren gleiten in den Laufschienen aufeinander zu, und Teds Sneakers und ihre Clogs verschwinden dahinter.

Als Ted das nächste Mal aufwacht, sieht er zu seinem Entsetzen eine spiegeleiförmige, rote Pfütze auf seiner Bettdecke. Die Naht ist aufgegangen, und seine Stichwunde blutet wieder!
»Oh, Gott!« Der Klang seiner Stimme erschreckt ihn. Dann muss er lachen: Das Eis am Stiel war Kirsche gewesen, und er ist offenbar beim Schlecken eingeschlafen. Er greift nach der Klingel, damit jemand kommt und das Bett frisch bezieht, entscheidet sich dann jedoch dagegen. Alle sagen, dass Ärzte die schlimmsten Patienten seien, und er will diesen schlechten Ruf nicht noch untermauern. Außerdem kommt Gina bald. Nein, nicht Gina. Elinor! *Elinor* kommt bald.
Ted kaut auf dem Weichholzstiel seines Eises herum, schließt die Augen und gestattet sich, an Ginas Umarmung zu denken, sich zu erinnern, wie sie nach dem Sex sein Kreuzbein massierte und ihn dann mit den Fingern beiderseits entlang seiner Wirbelsäule durchknetete. Es war eine himmlische Massage, die damit endete, dass sie seine Kopfhaut bearbeitete, bis der Stress des Tages zur Zimmerdecke aufstieg und verpuffte.

Als Elinor auf dem Weg zur Garage durch die Küche geht, sieht sie das rote Lämpchen des Anrufbeantworters blinken. Sie drückt auf den Knopf, und die Stimme ihrer Gynäkologin Dr. Kolcheck flutet durch die Küche. »Der Bericht aus der Pathologie ist eingetroffen. Die Diagnose lautet: ›15- beziehungsweise 14/21-Trisomie‹, was *in jedem Fall ein Todesurteil ist.* Mit anderen Worten: das Mädchen, der weibliche Fötus, hatte so gut wie keine Überlebenschance.« Sie entschuldigt sich dafür, diese Nachricht auf dem AB zu hinterlassen, aber sie möchte, dass Elinor und Ted sie so schnell wie möglich erfahren – erfahren, dass sie absolut nichts falsch gemacht haben. Elinor schießen Tränen in die Augen, als sie die Worte *der weibliche Fötus* hört. Ein Mädchen. Sie wird es Ted heute nicht mehr erzählen – sie wird abwarten, bis er wirklich wiederhergestellt ist.

Sie hätten ein Mädchen bekommen. Und sie hatte sich einen Jungen vorgestellt. Cowboyhut und Latzhose und … *nein,* sie wird das nicht tun.

Dr. Kolcheck wird von der Maschine abgewürgt, weil die Sprechzeit zu Ende ist, aber die zweite Nachricht ist ebenfalls von ihr. »Ich habe noch eine Information für Sie«, sagt sie. »Also scheuen Sie sich nicht, mich heute bis dreiundzwanzig Uhr auf meinem Handy anzurufen.«

Elinor schreibt sich die angegebene Nummer auf, wobei der Gedanke an *noch eine* Information sie mit Grauen erfüllt. Sie tippt die Nummer ein. Von jetzt an hätte sie gern *weniger* Informationen. Weniger Realitätsprüfungen.

»Oh, Gott!«, sagt sie bestürzt, als Dr. Kolcheck sich meldet und im Hintergrund Stimmengewirr zu hören ist. »Ich störe Sie!«

»Sekunde!« Eine Tür wird geschlossen. »Im Gegenteil«, antwortet die Ärztin mit gesenkter Stimme. »Sie sind meine Rettung! Ich bin hier auf einer sterbenslangweiligen Party. All diese Leute reden nur über Wein, über diesen Jahrgang und über jenen. Ich meine, Hauptsache ist doch, dass er schmeckt. Man sollte ihn trinken und nicht darüber diskutieren.«

Elinor lacht. Es wäre schön gewesen, wenn Dr. Kolcheck ihr Baby auf die Welt geholt hätte.

»Folgendes.« Die Stimme ist ernst geworden. »Da Sie das Kind aufgrund einer Chromosomenanomalie verloren haben, ordnete ich einen Test auf ein seltenes Phänomen an, obwohl ich ziemlich sicher war, dass Sie davon nicht betroffen wären. Zu meiner Überraschung sind Sie es *doch.*«

»Mich überrascht das nicht«, erwidert Elinor bitter.

»Ich weiß«, sagt die Ärztin mitfühlend. »Sie sind Trägerin einer balancierten Translokation, was heißt, dass Sie ein summarisch normales Genom aufweisen und phänotypisch gesund sind, jedoch ein so genannter Konduktor einer Translokationstrisonomie sind. Für Sie ist das völlig ungefährlich. Und ohne diesen Test wüssten wir nicht einmal davon. Sie werden niemals etwas spüren.«

»Wie – bitte …« Elinor sitzt auf einem Hocker an der Frühstückstheke. Das ist genau die Sorte Information, die sie nicht mehr verarbeiten müssen will.

»Eine seltene Sache«, fährt die Ärztin fort. »Übrigens: Translokation heißt Umlagerung eines Bruchstücks eines Chromosoms an ein anderes Chromosom. Wir Ärzte sprechen auch von Chromosomenaberrationen, was Abweichungen von der normalen Chromosomenzahl oder strukturelle Abweichungen einzelner Chromosomen heißt. Nur einer von fünfzigtausend Menschen hat die Kombination, die Sie haben. Ihre Chromosomenzahl stimmt, aber zwei Stücke Ihres Chromosomenmaterials sind ausgetauscht. In Ihrem Fall das Chromosom 3 und 15. Sie können sich das so vorstellen: als ob ein Löffel in Ihrem Gabelfach und eine Gabel in Ihrem Löffelfach liegen. Wie gesagt – es ist völlig ungefährlich für den Patienten. Sie sind gesund. Das Problem ist …«

Es gibt immer ein Problem. Elinor will keine *Patientin* mehr sein. Sie will ein *Mensch* sein. Ein Mensch ohne eine Krankenakte, die so dick ist wie ein Telefonbuch.

»… dass es die Gefahr einer Fehlgeburt beziehungsweise eines Aborts steigert und die Chancen für eine Befruchtung senkt. Also möchte ich, bevor wir weitermachen, dass Ted und Sie zu einer genetischen Beratung gehen. Das ist nicht mein Gebiet, aber ich kenne einen großartigen Arzt in der Stadt, der Ihnen präzise Statistiken über die Gefahren und Chancen vorlegen kann.«

Elinor hat einen Kugelschreiber in der Hand, weil sie sich darauf vorbereitet hat mitzuschreiben, doch alles, was sie geschrieben hat, ist: 3, 15, ausgetauscht, Besteck. Kleine Informationsbruchstücke sind in ihrem Gedächtnis hängen geblieben: einer von fünfzigtausend Menschen. Gabel in Ihrem Löffelfach. Und das Wort *weitermachen.*

Sie legt den Kugelschreiber hin. Ted und sie sollten nicht zu dieser genetischen Beratung gehen. Sie haben sich genug beraten lassen. Elinor stellt sich vor, wie sie beide vor dem Schreibtisch eines weiteren Arztes sitzen, hinter einer weiteren, geschlossenen Tür, und über eine weitere, riesige, weiße Schreibunterlage hinweg einen weiteren, wohlmeinenden Mediziner in einem weißen Kittel ansehen. Sie stellt sich vor, wie sie ihren Kopf auf den Schreibtisch des genetischen Beraters schlägt, wieder und wieder, bis sie eine Beule hat, die größer ist als Teds.

»Wir werden sehen«, sagt sie zu Dr. Kolcheck.

»Ich verstehe. Wahrscheinlich brauchen Sie etwas Zeit, um all das zu verdauen. Sie sind eine gute Kandidatin für Spendereizellen. Das Positive an dieser Methode ist, dass Sie nicht an einen bestimmten Zeitpunkt gebunden sind. Sie können warten, bis Sie so weit sind. Ich hatte einige Patientinnen, die hinterher sehr glücklich über ihre Entscheidung für diese Variante waren.«

»Aha«, sagt Elinor leise. Sie hat gelernt, dass es ein Fehler sein kann, auf den richtigen Zeitpunkt zu warten. Man muss spontaner sein. Und es wird für Ted und sie niemals der richtige Zeitpunkt kommen, wieder mit diesen Therapien zu beginnen. Sie kann sich nicht vorstellen, dass er ihr an der Frühstückstheke noch eine Injektion gibt. Sie kann sich nicht vorstellen, dass er sich noch einmal dem Stress unterzieht, in der Praxis eine Spermaprobe in einen Plastikbecher von sich zu geben. Sie sollten ein Kind adoptieren.

Sie sollte ein Kind adoptieren. Ted würde ihr zuliebe zustimmen, doch er hat Bedenken, und sie möchte ihn nicht überreden müssen. Es sollte keinen Streit mehr geben, keinen Kampf mehr um ihre Ehe, keinen Kampf um eine Familie. *(Haben Sie Kinder? Nein, aber wir versuchen es! Versuchen es, versuchen es, versuchen es!)*

Sie sollte den Job in Dublin annehmen, denkt Elinor. Sie sollte sich vor Oscar Wildes Haus auf die Stufen zu seiner Veranda setzen und ein Guinness trinken, die Fusion unter Dach und Fach bringen, nach Hause fliegen und ein Baby adoptieren. Ein Gedanke steigt in ihr auf und macht ihr Angst. Werden Sie ihr überhaupt ein Kind *geben* ohne Ehemann? Ted würde sie nach Irland begleiten, doch sie weiß, dass er seinen Urlaub lieber zum Tauchen in Australien nutzen würde. Er würde nach Irland mitgehen, um sie glücklich zu machen. Er würde so gut wie alles tun, um sie glücklich zu machen. Doch er verdient es auch, glücklich zu sein.

Dr. Kolcheck sagt, wie leid es ihr tue, dass sie keine bessere Nachricht für Elinor habe und dass Sie sich freuen würde, wenn Ted und Elinor nach ihrem Besuch bei dem genetischen Berater zu ihr in die Praxis kämen. Elinor dankt ihr.

»Ich werde einen Termin vereinbaren«, schwindelt sie, denn sie möchte Dr. Kolcheck nicht enttäuschen. Sie verabschieden sich.

Elinor schaut das Telefon an. Statt den genetischen Berater wird sie den Mediationsanwalt anrufen. Im Moment macht sie der Gedanke an Scheidung nicht traurig, aber sie weiß, dass sie später darunter in die Knie gehen wird. Vielleicht schon morgen. Vielleicht wird sie sogar trauriger sein als über den Verlust des Babys. Doch im Augenblick hat sie eine klare Vision von sich in zehn Jahren. *Mein erster Mann? Oh, das war ein wirklich anständiger Kerl.*

Die Scheidung wird von ihr ausgehen müssen. Ted würde ausharren, bei ihr bleiben, auf Gedeih und Verderb. Ihr Blick fällt auf den Block und den Kugelschreiber. Noch vor einem Jahr hätte sie in dieser Situation angefangen, eine Liste aufzustellen: *Nachuntersuchungstermine Ted. Genetischen Berater vergessen. Spendereizellen? Recherchieren. Terminplanung? Bücher kaufen, um Ted für Adoption zu interessieren.*

Ihre Schultern sinken herab, als ihr zwanghafter Ehrgeiz von ihr abfällt. Das Gefühl ist entspannend wie ein starker Drink. Sie nimmt den Kugelschreiber und schreibt: *Dublin?* Dann steht sie auf und holt die Post aus dem Briefkasten. Überfällige Arztrechnungen, der Beginn der Reisekatalogschwemme. Sie wirft alles in die leere Obstschale.

Im Bad putzt sie sich gründlich Zähne und Zunge, um

den schalen Krankenhauskaffeegeschmack loszuwerden. Der schon einmal gedachte Gedanke an eine Auslandsadoption kehrt zurück. Russland, vielleicht. Hoffentlich kann sie mehr als ein Baby adoptieren. Sie weiß schon jetzt, dass sie eine dieser Mütter sein wird, die die Kinder in ihrem Bett schlafen lassen. Kinder, Katzen, Spielzeug, Geschichtenbücher – ein harmonisches Durcheinander. Sie malt sich aus, wie sie alle jeden Abend miteinander beim Lesen einschlafen.

Aber vorläufig ist sie noch Single, und sie kann sich durchaus vorstellen, wieder mit Noah zu schlafen. Sie kann sich vorstellen, hin und wieder mit ihm auszugehen. Darf man mit vierzig ein so lockeres Leben führen? Allerdings ist es wahrscheinlich, dass Noah inzwischen eine andere hat. Falls es so ist, wünscht sie ihm Glück. Sie wünscht auch Ted Glück. Gina wünscht sie, dass sie zwanzig Pfund zunimmt und einen riesigen Eiterpickel bekommt. »Ein nässendes Karbunkel«, sagt sie mit schmalen Augen zum Badezimmerspiegel und schwelgt einen Augenblick in Boshaftigkeit. Sie ist nicht verpflichtet, die Geliebte ihres Mannes zu mögen oder was immer sie in der Zukunft sein wird. Elinor fährt sich mit den Fingern durch die Haare und macht das Licht aus.

Als sie im Schlafzimmer einen Pullover überzieht, fällt ihr wieder das Gespräch mit Dr. Kolcheck ein. *Balancierte Translokation.* Eine Gabel in ihrem Löffelfach. Sie ist eine unordentliche Besteckschublade. Doch es ist tröstlich, endlich eine präzise Diagnose zu haben – eine andere Diagnose als *Sie sind alt.* Ted wird dieses Translokation-Ding besser verstehen als sie. Vielleicht drängt er sie sogar zu der genetischen Beratung. Ihr zuliebe.

Elinor schnappt sich Dave Barrys Essay-Sammlung von Teds Nachttisch. Sie wird ihm im Krankenhaus daraus vorlesen. Es ist sein Lieblingsbuch, und er braucht etwas zum Lachen. Sie beide brauchen das.

LOLLY WINSTON

Himmelblau und Rabenschwarz

Roman

Nach dem Tod ihres geliebten Mannes Ethan ist Sophie am Boden zerstört. Nie hätte sie sich vorgestellt, dass ihre Ehe so zu Ende gehen könnte. Sophie möchte erst einmal eine »gute Witwe« sein, aber das ist gar nicht so einfach, wenn man entdeckt, dass man nicht nur seinen Ehemann, sondern auch seinen Job und seine Taille verloren hat. Schließlich sieht sie nur noch einen Ausweg: Sie muss ihr bisheriges Leben komplett auf den Kopf stellen und ganz von vorne anfangen …

»Eine unvergessliche Geschichte! Sie geht unter die Haut, ist unheimlich traurig und im gleichen Atemzug zum Schreien komisch. Man ist hingerissen, betrübt, begeistert und kann jedes Gefühl nachempfinden.«
Bild am Sonntag

Knaur Taschenbuch Verlag